KB142636

연쇄 살인마
개구리 남자의
귀환

연쇄 살인마
개구리 남자의
귀환

나카야마 시치리
장편소설

———

김윤수 옮김

북로드

차례

1

파열하다

1

JR조반 선 쓰치우라행 고속열차가 미카와시마에 도착하자 옆에 앉아 있던 여중생들이 일제히 일어나 서둘러 출구로 향했다. 도마 가쓰오는 여중생들의 몸에 닿지 않게 허둥지둥 두 다리를 움츠렸다. 초등학생 시절부터 여자들을 대하기가 너무 어려웠다.

"이번 역은 미나미센주, 미나미센주입니다."

한자를 읽지 못하기 때문에 안내방송으로 정차 역을 하나씩 확인했다. 안 그러면 내려야 하는 역을 지나칠지도 모르니까. 도마 가쓰오는 후드티 주머니를 뒤적여 종이를 여러 장 꺼내 펼쳐봤다. 종이에는 낯익은 자신의 글씨가 쓰여 있었다. 됐다. 이 페이지가 분명하다.

저녁 8시 30분, 한창 붐빌 시간은 지났지만 퇴근하는 직장인들이 전철 손잡이를 붙들고 나름대로 각자의 시간을 보내고 있었다. 자리에 앉은 사람들도 이어폰으로 음악을 듣거나 휴대전화로 뭔가를 하느라 아무도 도마 가쓰오에게 관심을 두지 않았다.

도마 가쓰오는 사람들이 붐비는 데서 쉽게 진정이 안 돼 싫었지만 아무도 자신을 보지 않는다는 사실을 알고 나서는 조금 안심했다. 이제 두 구간만 참으면 된다. '그건 그렇고', 도마 가쓰오는 생각했다. 겨우 10개월 사이에 세상이 이렇게 변할 수 있을까. 한노 거리에도 새 빌딩이 들어서고 낯선 도로가 생겼다. 주변 경관이 싹 바뀌어 도마 가쓰오의 귀환을 반기지 않는 듯 보였다. 예전에 읽은 《우라시마 타로》(거북을 살려준 덕으로 용궁에 가서 호화롭게 지내다가 돌아와보니, 많은 세월이 지나 친척이나 아는 사람은 모두 죽고, 모르는 사람뿐이었다는 전설의 주인공-옮긴이)의 주인공이 된 기분이었다.

원래는 좀 더 빨리 퇴원할 수 있었는데 일정이 많이 어그러졌다. 형사에게 입은 부상은 2주 만에 붕대를 풀 정도로 대단치 않았지만, 격투를 벌이다 상대에게 너무 심한 부상을 입혀서 곤란해졌다. 무슨 죄를 저질렀다던가? 게다가 보통 사람들과는 다르기 때문에 입원 생활이 더 길어졌다. 어려운 이야기라 잘 모르겠지만 법원이라는 데서 그렇게 정한 듯했다.

그동안 정기 검사를 받았고 적절히 운동도 할 수 있었다. 몸이 완전히 회복된다 해도 담당 선생님이 허가해야 퇴원이 가능하다고 했더랬다. 얼마나 밖에 나가기를 기다렸던가. 해야 할 일이 있는데……. 하는 수 없이 침대에서 앞으로 해야 할 일을 계획하며 머릿속으로 계속 예습했다. 어떤 방식으로 할까, 도구는 뭘로 준비할까, 상대가 있는 장소로 어떻게 갈까.

이틀 전 근처 철물점에서 망치와 비닐 끈을 샀다. 어떤 방식을 택하든 이 두 가지는 꼭 챙겨야 한다고 선생님이 가르쳐줬기 때문이다. 망치와 끈은 개구리 남자의 신분을 증명한다고.

"이번 역은 마쓰도, 마쓰도입니다."

개구리 남자. 작년 말, 사이타마현 한노시에서 연쇄 살인 사건을 일으켜 시민들을 공포의 도가니로 몰아넣은 범인은 '개구리를 잡았다'로 시작하는 쪽지를 현장에 남겨 개구리 남자란 이름을 얻었다. 도마 가쓰오에게 개구리 남자는 영웅이며 또 다른 자신이었다. 도마 가쓰오라는 인간은 남이 도와주지 않으면 아무 일도 못 하는 하찮은 존재이지만 개구리 남자는 그 이름만으로도 모두 몸을 떠는 공포의 왕이다.

도마 가쓰오는 자신이 싫었다. 도마 가쓰오에게 다가오는 인간은 비웃음이나 동정심만 품을 뿐이다. 항상 깔보는 시선으로 쳐다본다. 도마 가쓰오는 이런 사실을 참을 수 없었다. 학대받는 자만이 지닌 센서로 사람들의 악의를 민감하게 감지한다. 기피, 혐오, 우월. 타인의 눈은 항상 이런 칙칙한 감정으로 채색돼 있다. 젠장, 날 우습게 보다니. 그렇다면 사람들에게 전율과 공포를 안기며 군림하는 개구리 남자가 훨씬 매력적이다.

"마쓰도. 마쓰도입니다."

여기다. 도마 가쓰오는 훈련된 병사 같은 기분으로 전철에서 내렸다. 순간 11월의 차가운 밤공기가 얼굴을 때렸다. 아직 비는 안 오지만 공기는 수분을 듬뿍 머금었다. 행선지는 지바현 마쓰도시 시라카와초 3-1-1. 망막에 기록된 정보는 여전히 선명했다. 사전 답사도 충분히 했다. 하지만 여긴 낯선 장소인 데다 글을 잘 읽지 못하니 길을 잃을 가능성이 크다. 그래서 사흘 전, 날이 밝을 때 여기 왔다.

목적지인 시라카와초 3-1-1에 대해서는 한노시의 중앙도서관에서 충분한 정보를 얻었다. 도서관 자료실은 지바현 전 지역의 주택 지도를 갖추고 있다. 사서에게 부탁하자 마지못해 해당 페이지를 찾아줬다. 젠린(지도 정보를 조사하고, 제작, 판매하는 일본 기업-옮긴이)의 주택 지도에는 번지수며 거리 이름까지 상세히 기재되어 있기에 3-1-1이 어딘지는 금방 알았다. 동네와 거리 이름은 못 읽어도 번호만 알면 충분하다.

운 좋게도 시라카와초는 마쓰도역에서 별로 멀지 않았다. 2킬로미터가 조금 넘는 거리다. 이 정도면 도마 가쓰오라도 충분히 걸어갈 수 있다. 동쪽 출입구로 나와 남동방향으로 걸어갔다. 오가는 행인들 중에는 도마 가쓰오와 마찬가지로 후드티를 입은 사람도 있지만 모자를 뒤집어쓴 이들은 보이지 않았다. 도마 가쓰오는 조금 망설였다. 목적지에 다다를 때까지 얼굴을 숨겨야 할까. 잠시 생각한 뒤 모자는 안 쓰기로 했다. 전에 선생님이 가르쳐줬다. 눈에 띄지 않으려면 남들과 똑같이 행동해야 한다고. 원래 자신이 눈에 띄지 않는 용모라는 사실은 알고 있다. 목적지까지 가는 길은 망막에 남아 있기 때문에 일일이 복사지를 다시 볼 필요는 없다. 영상 기록의 저장과 재생. 뇌의 일부가 하드디스크 역할을 한다는 점이 무기지만 정작 도마 가쓰오 본인은 알지 못하는 기능이었다.

공기는 무거운 상태에서 더 차가워졌다. 목적지가 가까워지면서 가게와 네온사인 간판이 적어지고 오렌지색 가로등도 간격이 넓어졌다. 도마 가쓰오의 다리는 계속 불빛이 약한 방향으로 향했다. 보도 맞은편에서 오는 사람들도 부쩍 줄어들었다. 점차 가슴속의 야수가 고개를 쳐들었다. 이전부터 키우던 가슴속 짐승은 야행성이다. 밤이 깊어지고 어두워질수록 눈빛이 강해진다.

이미 문을 닫은 신사복 가게를 지나 삼거리에서 좌측으로 꺾었다. 자동차 한 대가 간신히 지나갈 수 있는 골목을 잠시 걸어가자 이내 목적지에 도착했다. 우편함에 번지수도 적혀 있었다. 시라카와초 3-1-1. 오마에자키. 도마 가쓰오는 우편함 옆에 있는 초인종을 눌렀다. 그리고 인터폰 쪽으로 얼굴을 들이댔다. 오마에자키 무네타카는 도마 가쓰오를 보자 몹시 놀란 것 같았다.

"어이구, 도마 가쓰오 아니냐. 오랜만이구나. 무슨 일이니? 이 시간에."

*

마쓰도시 시라카와초 3가에 사는 사람이 갑작스러운 폭발음에 잠에서 깬 것은 11월 16일 새벽 1시 15분이었다.

가시마 고지는 근처에 벼락이라도 떨어졌나 싶어 벌떡 일어나 밖으로 나갔다가 기겁을 했다. 이웃에 사는 오마에자키 집의 창문이 깨지고 안에서 검은 연기가 피어오르고 있었기 때문이다. 가시마는 급히 신고를 했다. 중앙소방서 대원들이 출동했을 때는 이미 오마에자키 집에서 피어나는 검은 연기가 잦아들어 있었다. 가스가 유출됐을 가능성을 고려해 신중하게 집 안으로 진입한 대원은 실내를 보고 깜짝 놀랐다.

거실로 생각되는 방은 폭발로 인해 가구, 바닥, 천장 할 것 없이 성한 데 없이 완전히 부서져 있었다. 원래 형태를 유지하는 물건은 하나도 없고 벽에는 커다란 구멍이 뚫려 있었다. 하지만 대원이 깜짝 놀란 이유는 따로 있었다. 방 여기저기에 살점과 피가 흩어져 있었던 것이다. 수백 개의 조각으로 분쇄된 조직이 벽과 바닥에 달라붙어 있었다. 살점의 빨간색과 지방의 노란색, 그리고 뼛조각의 하얀색이 온 방 안을 캔버스 삼아 현란한 지옥도를 그리고 있었다.

가장 큰 덩어리라고 해도 고작 축구공 크기였다. 두개골이나 골반 부위도 산산조각 났고 그 사이사이를 몸 안에서 분출된 내용물이 메우고 있다. 덕분에 벽지는 원래 문양을 전혀 알아볼 수 없었다. 깨진 펜던트 조명등에서 대롱대롱 늘어진 긴 물체는 대장이었다. 절단면에서는 토막 난 대변이 간헐천처럼 솟아나왔다.

섬뜩한 광경에 소방대원이 한 걸음 물러서자 어깨에 물방울이 떨어졌다. 아직 소화 작업도 하지 않았는데, 하고 의아해하며 물방울을 손가락으로 닦았다가 헉 하고 비명을 질렀다. 물방울의 정체는 천장에 온통 들러붙은 점액 방울이었다. 토막 난 살점과 사방으로 튄 체액. 옷 조각이 안 남아 있었다면 원래 사람이었다는 사실도 몰랐을 것이다. 만약 마스크를 안 쓰고 있었으면 화약 냄새와 불에 탄 냄새 이외에 틀림없이 더 끔찍한 냄새를 맡았을 것이다. 그때 천장에 달라붙어 있던 손바닥만 한 덩어리가 천천히 떨어지려고 했다. 표면에 하얀 털이 나 있는 덩어리였다. 피할 사이도 없이 덩어리가 떨어져 마스크 전면에 철썩 달라붙었다.

"으악."

대원은 무의식중에 덩어리를 손으로 떼어내 살펴봤다. 백발이 피로 얼룩진 두피였다. 자기도 모르게 마스크 속에서 신음을 했다. 소방관으로 임명된 지 5년이나 됐지만 정작 자신이 도움을 요청하고 싶어진 것은 이번이 처음이었다.

*

다음 날, 고테가와 가즈야는 복면 경찰차를 타고 폭발 현장을 향하고 있었다.

합동수사도 아닌데 지바현경 관할에 발을 들이면 대체 무슨 소리를 들을지……. 머리 한구석에서는 이런 생각이 슬쩍 떠올랐지만 이내 지우고는 가속페달을 밟는 다리에 힘을 줬다. 단세포, 무모한 인간. 무슨 말을 하든 상관없다. 설령 뉴기니섬의 오지에서 일어났다 해도 이건 내 사건이다.

그때 조수석에서 벌레 씹은 얼굴로 있던 와타세가 쳐다도 안 보고 말했다. "말해두는데, '이건 내 사건이다'라는 생각은 하지 마. 우린 어디까지나 정보를 주려고 가는 것뿐이니까."

대체 이 남자는 어디서 독심술을 배운 걸까. 아니면 내가 너무 단순해서 티를 낸 걸까. 여하튼 이렇게까지 생각이 읽히면 일일이 반론할 기분도 들지 않는다. 고테가와는 그럴듯하게 고개를 끄덕이지만 오마에자키 집 폭발 소식을 듣고 먼저 움직인 사람은 와타세였을 것이다. 오마에자키 교수는 작년 말에 발생한 한노시 50음순 연쇄 살인(한노시에서 발생한 연쇄 살인으로, 50음순으로 범행 대상을 골라 살해해 이름만으로 누구든 그 대상이 될 수 있어 큰 공포를 불러일으켰다—옮긴이) 사건의 관계자로, 그 사건을 담당한 고테가와와도 상당한 인연이 있었다. 정보 제공. 명목이야 그럴싸하지만 와타세가 일단 개입한 순간 현장의 주도권은 이 남자에게 넘어갈 수밖에 없다. 단 정보를 제공할 수 있는 사람은 자신들 둘뿐이라는 것도 사실이었고, 현장 개입은 고테가와 개인의 생각과는 별개로 정당성이 있다.

"오마에자키 집 폭파…… 관련 사건 같습니까?"

"보도에서는 오마에자키 교수 시신은 사방으로 흩어진 정도가 아니라 산산조각이 났다던데. 단순 사고로 그렇게까지 시신이 손상된다고 보기는 어려워. 게다가 안 좋은 이야기를 들었어."

"뭡니까?"

"도마 가쓰오가 10월 말에 퇴원했어."

순간 당황해서 핸들을 잘못 꺾을 뻔했다.

"도마 가쓰오가? 그럼 이번 사건을 녀석이……."

"섣불리 판단하지 마. 아직은 아무것도 모르니까."

오마에자키 무네타카 조호쿠대학 명예교수와 도마 가쓰오. 두 사람은 과거 이상적인 주치의와 환자였다. 도마 가쓰오가 관여했다면 사건의 양상은 전혀 달라진다. 섣불리 판단하지 말자고 생각하지만 자꾸 신경이 쓰였다. 순간 왼쪽 다리의 상처가 욱신거렸다. 당시 고테가와는 만신창이가 될 만큼 심각한 부상을 입었다. 의사가 놀라워할 정도로 빨리 회복해 그럭저럭 직장에 복귀했지만 원형을 되찾기 힘들 정도로 부서진 왼쪽 다리는 여전히 통증이 느껴졌다. 생각해보면 사건은 해결했지만 많은 것을 잃었다. 얻은 것은 경찰관의 긍지와 각오, 잃은 것은 여성에 대한 애정과 신뢰감, 그리고 인간에 대한 희망. 어엿한 경찰관이 된다는 것은 그만큼의 불신과 절망을 짊어지는 일과 같다는 사실을 깨달았다.

"아직 그 사건이 끝나지 않은 걸까요?"

"그렇지 않다는 사실을 확인하려고 가는 거야."

와타세가 내뱉었지만 고테가와는 이번 일이 자꾸만 지난 사건의 재개를 알리는 신호탄 같았다. 고테가와가 이렇게 예감하고 있다면 와타세는 당연히 다음 흐름까지 내다보고 있을 터였다. 현장에 도착하자 구경꾼들이 겹겹이 둘러싼 가운데 경찰관과 소방대원이 오마에자키의 집을 출입하고 있었다. 밖에서 봐도 집 중심부가 기묘하게 찌부러져 있었고, 내부의 참상은 미루어 짐작할 수 있을 정도였다.

현장 담당자는 마쓰도경찰서의 다테와키 경부였다. 와타세와 고테가와가 예고도 없이 들이닥치자 놀라는 한편 수상쩍어했지만 와타세의 설명을 들으면서 점점 얼굴빛이 변했다.

"오마에자키 교수님이 예전 50음순 살인과 관련이 있었다는 겁니까?"

"사정이 그래서 폐가 될 줄 알면서도 찾아왔습니다. 이번 사건과 관련이 있을지도 모릅니다. 현장을 둘러봐도 되겠습니까?"

원래 인상이 험악한 와타세의 청을 거부할 수 있는 사람은 거의 없다. 새로운 정보를 제공한다니 나쁠 것도 없다. 다테와키는 두말없이 두 사람과 함께 현장으로 들어갔다.

"아참, 두 분 식사는 하셨습니까?"

"아뇨, 아직입니다만."

"다행이군요. 절대 밥을 먹은 다음에 보시면 안 됩니다."

다테와키의 말은 현장에 발을 들인 순간 이해가 됐다. 고테가와는 보고 있는 물체를 시체라고 표현해야 할지 망설여졌다. 인간을 운운하기 이전에 동물의 형태조차 하고 있지 않았기 때문이다. 인간을 갈아 으깨 물감으로 만들어 온 방 안에 휘갈긴 듯한 광경이었다. 냄새도 지독해서 동물성 단백질을 태운 이상한 냄새에 부패한 냄새가 더해지고 게다가 화약 냄새가 섞여 있었다. 숨을 한 번 들이쉬었는데도 정말 지독했다. 텅 빈 위에서 소화액이 역류할 듯했다.

"한노 사건과 관련 있다는 말을 듣고 이제야 이해가 됐습니다. 실은 이런 게 발견됐거든요."

다테와키가 비닐봉투를 와타세에게 내밀었다. 안에는 네 귀퉁이가 탄 쪽지가 들어 있었다.

여기 적힌 글을 본 고테가와는 이번에야말로 구토가 올라왔다.

오늘은 폭죽을 사왔다.

커다란 소리를 내면서 뭐든지

산산조각 낸다. 굉장하다.

그래서 개구리 안에

넣어서 불을 붙여봤다. 개구리는

불꽃놀이처럼 폭발했다.

옷에 개구리 눈깔이

붙었다.

언젠가 경험한 섬뜩함이 느껴져 구역질이 났다. 문장은 물론 글씨체도 전에 본 범행성명서와 아주 흡사했다. 와타세가 얼굴을 일그러뜨렸는데 그 이유를 잘 알 것 같았다. 이는 지난 사건이 이어지고 있다는 명확한 메시지였다.

"오마에자키 교수님은 혼자 사셨는데 부엌 개수대에는 커피 잔이 두 개 있었습니다. 어젯밤에 손님이 찾아왔던 모양입니다."

대접하려 했던 손님이 갑자기 돌변하여 오마에자키를 습격했다. 즉, 범인은 아는 사람이라는 얘기다.

"범인으로 추정되는 인물이 남긴 증거는 커피 잔과 이 쪽지뿐으로…… 하긴, 가장 중요한 단서인 시신이 이 모양이니."

다테와키는 울분을 풀 길이 없다는 듯 머리를 흔들었다. 가령 자상(찔리고 베인 상처-옮긴이)이 있으면 각도를 보아 범인이 왼손잡이인지 오른손잡이인지 알 수 있다. 외상의 개수나 울혈을 보고 격투를 벌였는지 판단한다. 시반이나 위 내용물로 정확한 사망 시각을 추정한다. 이는 모두 범인을 특정할 수 있는 요소로, 바꿔 말하면 시신만큼 확실히 범인을 가리키는 것은 없다. 그런데 확실한 증거물이 산산조각 난 상태라 할 말이 없었다. 고테가와는 담당 검시관 입장에 적잖이 공감했다.

"어젯밤 방문객을 봤다는 목격자는 나왔습니까?"

"아뇨, 탐문수사를 하고 있지만 현재 목격자는 없습니다. 큰길에서 떨어져 있고 주택가인 데다 밤 10시가 넘으면 오가는 사람도 없습니다. 날이 추워져서 이웃집들도 창문을 다 닫아버리죠. 악조건을 모두 갖추고 있어요."

"폭탄 제원은요?"

"감식반에서 조사하고 있습니다만…… 폭발물 파편이 살점, 조직과 엉겨 있어서 박리 작업만으로도 시간이 좀 걸리는 모양입니다."

다테와키는 쪽지가 든 비닐봉지를 손가락으로 탁 튕겼다.

"와타세 경부님, 사이타마현경에 이것과 동일한 물건이 네 장이나 보관돼 있다고 하셨잖습니까. 당장 도움이 되는 정보는 이거겠군요."

와타세가 다테와키에게 다가가 목소리를 낮추어 말했다.

"이 기분 나쁜 쪽지에 대해서는 입을 다무는 편이 좋을 겁니다."

"왜죠?"

"한노시 사건에서는 성씨가 '아'에서 '에'까지의 남녀가 희생됐습니다. 이 사건으로 '아'행은 완결됐습니다."

"마지막 범행이다?"

"반대죠. 범행은 다른 행으로 이행한다."

다테와키는 허를 찔린 듯 입을 반쯤 벌렸다.

"'아가사다나'의 순서대로 범행이 이어질지는 모르겠지만 50음순 살인이 계속되고 있다는 사실이 알려지면 성씨가 '가'로 시작되는 사람들은 엄청나게 불안해질 겁니다."

고테가와는 한노 시민들의 반응을 떠올렸다. 그때는 희생자가 한노 시민으로 한정돼 있기도 해서 살인이 일어날 때마다 해당 성씨의 사람들은 공황 상태에 빠졌다.

"골치 아픈 것은 여기가 한노시가 아니라는 점입니다."

"그건…… 무슨 뜻입니까?"

"전에는 사건이 한노시에 한정됐기 때문에 한노 시민의 불안은 크더라도, 다른 지역 사람들은 느긋하게 방관할 수 있었습니다. 하지만 이번에는 같은 '아'행이면서 특정 지역에서 벗어났어요. 공포의 정도가 적어지는 만큼 오히려 범위는 확대된 겁니다."

다테와키의 얼굴색이 서서히 바뀌었다. 공포가 확산되면 그만큼 수사본부를 비난하는 목소리도 거세진다. 가장 거센 비난을 받는 쪽은 틀림없이 현장 일을 하는 자신들이다.

"와타세 경부님, 경부님은 이 사건에 관심이 아주 많으신 것 같군요."

다테와키는 상대의 기분을 살피듯 와타세의 얼굴을 들여다봤다.

"괜찮으시면 사건의 진척 상황에 따라 의견을 교환하면 어떨까요? 범인이 지난 사건을 되풀이하고 있다면 사건을 담당한 경부님의 정보가 필요하니까."

"알겠습니다."

고테가와는 옆에서 주고받는 대화를 들으면서 어이가 없었다. 어쩌면 이리 말주변이 좋을까. 본래 수사 개입은 달갑지 않은 법인데 상대편에서 먼저 협력을 요청하게 만들었다. 와타세 아래서 2년, 그동안 범죄 수사와 관련해 많은 것을 배웠지만 여전히 이 노련함만은 흉내도 내지 못한다. 아니, 애당초 자신 같은 사람이 습득할 수 있는 기술인지가 의문이다.

"어젯밤 이곳을 방문했다는 인물은 짐작이 갑니다. 사이타마현경에 데이터가 남아 있으니 커피 잔에서 검출된 것과 대조해보죠."

"잘 부탁드립니다."

다테와키의 말을 받아서 와타세는 가볍게 고개를 끄덕였다. 만난 지 얼마나 됐다고 벌써 상하관계를 맺어놓았다. 이 역시 와타세의 능력 중 하나였다.

와타세는 한 번 더 현장을 둘러봤다. 마치 보이지 않는 무언가를 보고, 나지 않는 냄새를 맡고, 들리지 않는 소리를 듣는 것 같았다. 이윽고 와타세는 맛이라곤 없는 먹을거리를 씹는 얼굴로 발길을 돌렸다.

복면 경찰차에 올라탄 뒤에 고테가와는 바로 질문을 던졌다. "반장님 센서에 뭔가 반응했습니까?"

"색은 같아."

"색이요?"

"사람을 사람이라고 생각하지 않는 시체 처리나 기호화. 이번에도 범인은 자신의 광기를 숨기려 하고 있어. 이전 사건을 정확하게 좇는 모방범이라는 면에서는 합격점이야."

모방범이라는 말에 바로 도마 가쓰오의 얼굴이 떠올랐다. 하긴 그가 범인이라면 수긍이 간다. 독창성은 없지만 타인의 행위를 따라할 수 있다. 성실하고 세심하게 자기감정을 죽이고. 다음에 떠오른 것은 오마에자키의 얼굴이었다. 지성이 느껴지는 온화한 눈동자와 풍격. 불량소년에게 딸과 손녀의 목숨을 빼앗겼지만 불합리한 법률과 악랄한 변호사에 가로막혀 범인을 벌하지는 못했다. 끓어오르는 격정을 온후한 얼굴 밑에 꼭꼭 숨겨놓고 항상 신사처럼 행동했다.

"반장님."

"어?"

"그거, 정말 오마에자키 교수님 시체일까요?"

"아니면, 위장이라고?"

"그토록 만만치 않은 교수가 간단히 살해됐다? 좀처럼 상상이 안 돼서요."

"하긴 나이보다 뇌에 주름이 많은 양반이었지. 그래도 고령자인 점에는 변함이 없어. 폭력을 어떻게 이기나. 폭탄에는 더더욱 못 이기지."

과연 지당한 말이었다. 아무리 정교하고 치밀한 두뇌라도 강인한 육체와 대치하면 당장 부스러질 것이다. 하물며 상대가 도마 가쓰오라면 더더욱 그렇다. 고테가와 자신이 도마 가쓰오와 격투를 벌이다 성한 데 하나 없을 정도로 당했다. 교수가 상대라면 순식간에 결판이 날 것이다.

폭발로 인한 죽음이 위장 아닐까 하는 의심은 일단 보류하기로 했다. 어차피 지금쯤 과학수사연구소 담당자가 살점 일부를 한창 분석하고 있으니 조만간 결과가 나올 것이다. 또 오마에자키가 폭사했다면 뭐 나름 어울린다는 느낌이 든다. 책사는 자기 꾀에 넘어간다. 그만큼 간사한 꾀를 잘 부리는 인간이 정반대의 존재에게 무참히 살해됐다는 것도 왠지 모르게 세상 이치에 부합하는 듯하다.

"그건 그렇고 폭탄이라니…… 만약 도마 가쓰오가 범인이라면 어떻게 입수했을까요?"

"편의점에서 파는 물건도 아니고 인터넷에서 판다는 얘기도 들은 적이 없어. 일반적으로는 부품을 그러모아서 직접 만들겠지."

폭탄 만드는 이야기는 아예 꺼내지 않는 편이 좋다. 상대는 와타세다. 초심자가 만드는 폭발물에서 테러리스트가 제작하는 고성능 폭탄까지 구체적인 사양이며 상세한 라인업을 거침없이 설명할 것이다.

"도마 가쓰오에게 폭탄을 만들 지식이 있다고 생각하십니까?"

와타세는 먼 곳을 응시하면서 입을 열었다. "너, 뭐든 간에 폭탄 설계도를 본 적이 있나?"

"없는데요."

"폭발은 연소 속도를 높이기 위해 화약을 태우기만 하는 단순한 과정이야. 나중에 터지느냐 바로 터지느냐에 따라 기동방식이 달라지지. 간단히 말하면 폭발을 일으키는 사람이 폭탄에서 멀리 떨어질수록 회로는 복잡해져. 요컨대 다이너마이트의 도화선에 불만 붙이는 거라면 타이머나 코드도 필요 없는 거야."

"그렇더라도 다이너마이트 본체도 철물점에서는 안 팔지 않습니까?"

"너, 도마 가쓰오가 전에 어디서 일했는지 벌써 까먹었냐?"

잊긴 누가 잊었다고. 도마 가쓰오는 시내에서도 평판 좋은 치과에서 일했다. 자신과 도마 가쓰오는 치과 기숙사에서 한바탕 전투를 치렀다.

"치과 치료에 사용하는 약제 중에 차아염소산나트륨이 있어. 입 안을 살균하는 데 쓰는데 건조하면 염소산염이 돼. 염소산염은 화약 원료지. 도마 가쓰오가 직장에서 필요한 지식을 습득해서 필요한 재료를 몰래 보관하고 있었을지도 몰라."

"제조공정이 복잡하지 않습니까?"

"화학약품을 담아서 방치해두면 자연건조 돼. 어이없을 정도로 단순한 작업이야. 어린애도 할 수 있어. 그걸 병째로 소각로에 던져봐. 화학약품 양이 많으면 아예 소각로가 터져버려."

대체 그런 지식은 어디서 얻는 건지 매번 의아하지만 이미 묻고 싶은 마음은 사라진 지 오래였다. 일단 그보다 신경 쓰이는 일이 있다. 도마 가쓰오의 행방이다. 아직 도마 가쓰오가 용의자로 지목되진 않았지만 현장에 남겨진 쪽지는 좋든 싫든 그를 떠올리게 한다. 정신질환에 완치는 없다. 단지 관해(寬解: 질병의 증상이 경감 또는 거의 소실되어 임상적으로 조정된 상태-옮긴이)나 재발이 있을 뿐이다. 따라서 도마 가쓰오가 퇴원했다고 해서 타인에게 폭력을 행사하지 않는다는 보장은 전혀 없다. 만약 도마 가쓰오가 범인인데 수배도 못 하고 신병 확보도 못 하고 있다면 대단히 위험한 상황이다. 오마에자키 교수 자신이 아주 적절히 말하지 않았던가. 어린아이는 싫증나거나 혼나지 않는 한 마음에 든 놀이를 그만두려고 하지 않는다.

"일단 현경 본부에 도마 가쓰오 얼굴 사진이 보관돼 있어. 다테와키 경부도 활용하겠지만 녀석이 잠복한다면 어디 있을 것 같나?"

"본인이 잘 아는 한노시…… 아닐까요?"

"더구나 녀석은 마음을 터놓고 지낼 사람이 적은 인간이니까. 장소도 한정돼 있어."

"우리가 찾는 겁니까?"

"찾기 싫냐?"

"그러면 정보 교환이 아니라 노골적인 수사 개입 아닙니까?"

"찾기 싫냐?"

거듭되는 질문에 거부할 수 없는 압력이 느껴졌다. 이 남자는 철저히 현장 지향적이다. 고테가와를 부추기고는 있지만 본심은 자신이 여우사냥에 뛰어들고 싶은 것이다.

"마쓰도경찰서와 어떻게 타협하실 참입니까?"

"우리 과장을 중간에 세워 사토나카 본부장에게 수사 협력을 제안하려고."

"구리수 과장님이 받아들일까요?"

"운 좋게 도마 가쓰오를 잡아서 마쓰도경찰서에 넘기면 지바현경이 사이타마현경에 은혜를 입게 돼. 두 현경 부장은 캐리어(국가 공무원 1급 시험에 합격해서 채용된 사람으로 고위 간부-옮긴이) 동기니까 빚에는 민감하게 반응하지. 신병을 확보하지 못한다 해도 이쪽에서 협력을 제안한 것이고 더구나 수사 차원의 이야기야. 책잡힐 일은 전혀 없어."

즉, 위험 부담은 없고 보상은 크기에 과장과 본부장은 덥석 물 수밖에 없다는 얘기였다.

"저요, 전부터 궁금하던 것이 있습니다."

"뭐?"

"구리수 과장님은 왠지 반장님을 거북해하는 것 같던데요……. 이 정도로 속을 들여다보고 있다는 걸 알면 기분이 좋지는 않겠죠."

"이제 와서 감탄할 것은 없고. 경찰복 오래 입으려면 상사를 잘 활용할 줄 알아야 해. 이제 좀 배워라."

하지만 고테가와는 자신이 와타세를 효율적으로 활용할 날은 영원히 오지 않으리라고 확신했다.

이튿날, 곧바로 다테와키가 보고를 해왔다. 감식반이 오마에자키의 연구실에서 지문과 모발을 채취해서 폭발 현장에 남겨진 것과 비교한 결과 동일 인물이라는 결론이 내려졌다. 또 조호쿠대학 부속병원에서는 의사를 비롯한 직원들의 건강검진을 하기 때문에 오마에자키의 혈액 샘플이 보관돼 있었다. 이것의 DNA를 현장에 튄 혈액과 대조했더니 이 또한 동일했다. 덧붙여 커피 잔의 지문에 관한 보고도 올라와 있었다. 두 개의 잔에 남은 것은 틀림없이 오마에자키와 도마 가쓰오의 지문으로 이로써 사건 당일 오마에자키가 상대한 사람은 도마 가쓰오라는 사실이 입증됐다. 요컨대 고테가와가 의심한 위장설은 바로 깨진 것이다. 그렇다고 의기소침할 이유는 없었고 고집 세고 꼬장꼬장한 노교수의 죽음에 인생무상을 느꼈을 뿐이다.

2

"지바현경이 정식으로 수사 협력을 요청해왔어."

조수석에서 와타세가 중얼거리듯 말했다.

"그럼 지바현경도 도마 가쓰오가 범인이라고 생각하는 겁니까?"

"이런 상황에서는 보통 그렇게 생각하지. 게다가 용의자는 행동반경이 좁고 사건 직후라서 경찰 수사망에 걸리기 쉽다고 생각하고 있어."

과학수사연구소의 보고에 따르면 오마에자키를 살해하는 데 사용된 화약에서 염소산염이 검출됐다. 공교롭게도 와타세의 가설이 입증된 셈인데 이로써 도마 가쓰오의 혐의는 한층 짙어졌다. 도마 가쓰오의 주소지는 여전히 한노시에 있고, 사이타마현경에 협력을 요청한 이유는 도마 가쓰오가 범인이라고 단정했기 때문이다. 도마 가쓰오의 정신장애를 고려하면 분명 행동반경이 좁혀진다. 숫자와 가나문자(일본어를 표기하는 고유문자-옮긴이)밖에 읽지 못하기 때문에 자유롭게 돌아다니기도 곤란하다. 사건 현장과 현주소를 잇는 동선을 감시하면 충분하다고 본 것이다.

지난 사건에서 일단 체포되어 구류를 살던 도마 가쓰오는 이후 수사를 통해 무죄가 입증됐다. 입원한 사이에 전에 근무했던 치과에서 즉각 잘렸는데, 오마에자키 집에서 일어난 사건은 그런 와중에 벌어진 일이었다.

"하지만 반장님, 도마 가쓰오가 살던 기숙사는 따로 감시하고 있잖습니까. 왜 저희가 그쪽에 배치되지 않는 겁니까?"

작년에 기숙사에서 도마 가쓰오의 신병을 확보한 사람은 바로 고테가와였다. 그런 장소를 다른 수사관이 감시한다는 것은 속이 편치 않은 일이었다.

"질리지도 않냐. 너, 그때 범인 잡으려다가 거의 죽을 뻔했잖아. 그쪽에는 실력 좋은 고수를 보냈어."

뭐 할 말이 없었다. 고테가와는 혀를 차고 싶은 것을 참고 핸들을 쥐었다. 다만 듣지 않아도 와타세가 무슨 생각을 하는지 조금은 알았다. 이 상사는 범행 후 도마 가쓰오가 자기 방으로 돌아가리란 생각은 털끝만치도 하지 않았다. 그렇지 않고서야 자신을 운전수 삼아 다른 수사관들과 따로 움직일 이유가 없으니까.

"그럼 반장님은 지금 가는 곳에 도마 가쓰오가 잠복해 있다고 생각하시는 겁니까?"

"생각하는 게 아니야. 확인하러 가는 거지."

"확인해야 하는 게 뭐가 있습니까?"

"과학수사연구소 보고에 부족한 것이 있어."

두 사람이 향하는 곳은 지난번 사건으로 가족과 연인을 잃은 유족의 집이었다. 오마에자키가 없었으면 지난 개구리 남자 사건은 절대 일어나지 않았다. 유족의 원한은 당연히 오마에자키를 향할 테고, 그들은 범인 도마 가쓰오를 숨겨줄지도 모른다. 한편 오마에자키가 사건에 관여했다는 사실을 아는 사람은 많지 않을 터다. 만약 도마 가쓰오를 숨겨주고 있다면 그는 사건의 진상을 어떻게 알았을까.

결국 온통 모르는 것투성이니 가설을 하나하나 확인해보는 기존 방식에 의존할 수밖에 없었다.

이윽고 두 사람을 태운 자동차는 한노역을 지나 299호선으로 들어갔다. 한노시 오기야초 3-2-5, 그린가든 한노 202호. 여기에 지난번 사건으로 살해당한 여성의 애인, 가쓰라기 사다카즈가 살고 있다. 사건 당시에 본 가쓰라기는 겁 많은 초식동물을 연상시키는 청년이었다. 애인이 살해당하고 분노를 어디다 풀지 몰라 곤혹스러워하는 모습은 딱하기가 이루 말할 수 없었다. 나중에 고테가와가 가쓰라기에게 친근감이 생긴 이유는 둘 다 가까운 사람을 잃었기 때문이었다. 범인과 격투를 벌이다 입은 부상보다 그 상처가 더 깊었다. 젊기에 육체는 빨리 회복되지만 반대로 정신의 상처는 악화된다. 고테가와도 온몸에 입은 부상은 완치됐지만 마음이 찢긴 상처는 아직도 아물지 않고 있었다. 필시 당분간은 아물지 않을 것이다. 과연 가쓰라기의 상처는 이미 나았을까. 평온한 생활을 되찾았을까. 고테가와는 남의 일이지만 신경이 쓰였다.

'가쓰라기'라고 적힌 문패 쪽으로 다가갔다. 오늘은 토요일이기에 운이 좋다면 집에 있을 터였다. 초인종을 누르자 바로 젊은 여자 목소리가 들려왔다. 여자? 분명 가쓰라기는 혼자 살았다. 설마 새 애인일까. 이렇게 빨리 옛 애인을 잊을 남자 같지는 않았는데. 고테가와는 문을 연 여자를 보고 앗 하고 소리를 지를 뻔했다. 고테가와를 본 여자도 마찬가지였다. 이부스키 고즈에. 개구리 남자 사건에서 두 번째 희생자가 된 노인의 손녀였다.

"고즈에……."

"그때, 그 형사님."

잠시 멍하니 서로 쳐다보는데 고즈에 뒤에서 가쓰라기가 모습을 드러냈다.

"아아, 고테가와 형사님 아니십니까?"

"가쓰라기 씨, 왜 이분이 여기에 있죠?"

"으음, 그건…… 죄송하지만 안에서 이야기하시죠."

뒤에 있던 와타세를 돌아보자 턱짓으로 들어가라고 재촉했다. 거실로 들어가 방을 둘러보는데 유난히 세간들이 안정돼 있었다. 자신의 살풍경한 방과 비교해보니 도저히 혼자 사는 남자의 방으로 보이지 않았다. 위화감 없이 행동하는 고즈에를 보면 꽤 오래전부터 살림을 하고 있는 듯했다.

가쓰라기와 고즈에가 나란히 와타세와 고테가와 앞에 앉았다. 고즈에가 고개를 들지 않아서 자연스레 가쓰라기가 먼저 입을 열었다. "실은…… 지난번 사건에서 세 번째 피해자가 우도 마사토 군이었죠?"

마사토라는 이름을 듣자마자 가슴에 통증이 일었다. 아직 초등학생임에도 잔인하게 살해된 가련한 소년. 그의 죽음에 고테가와의 가슴은 갈가리 찢겼다.

"전 신문을 읽고 마사토 군의 장례식에 참석했습니다. 레이코가 같은 범인에게 살해됐으니까 남의 일 같지 않았던 거죠. 그래서 마사토 군 어머니에게 조의를 표하려고 친척들이 있는 방에 갔다가…… 거기서 이 친구를 만났습니다."

"저도 가쓰라기 씨와 같은 경우예요. 그렇게 어린아이가 잔인한 방법으로 살해됐다니. 도저히 가만히 있을 수 없어서 사유리 씨를 만나러 갔어요."

"거기에서 우연히 마주친 겁니다. 서로 상황이 비슷하지 않습니까. 그래서 서로 위로하다 보니 어느새 이렇게……."

가쓰라기는 쑥스러운 듯이 머리를 긁적였다. 그래서 고즈에가 내내 고개를 숙이고 있던 거로구나.

"지금은 동거 비슷하게 살고 있지만 조만간 혼인신고를 하려고 합니다. 그렇지?"

고즈에가 살짝 고개를 끄덕였다.

고테가와는 뭔가 속에 뭐가 얹힌 듯이 그렇습니까, 하고 바보처럼 대답할 수밖에 없었다. 와타세는 아까부터 계속 불쾌한 얼굴이었다.

가쓰라기는 고테가와와 와타세의 반응이 냉담하다고 느꼈는지 허둥지둥 변명을 했다. "저는 잘된 일이라고 생각합니다. 저도, 고즈에 씨도 소중한 사람을 잃고 마치 가슴에 구멍이 뻥 뚫린 느낌이었습니다. 너무 추운데 뚫린 가슴으로 바람이 쌩쌩 빠져나가는 겁니다. 그걸 메워준 사람이 고즈에 씨였어요. 만약 이 친구가 없었다면 저는 제대로 살지 못했을 겁니다. 고테가와 형사님, 그런 생각이 들어요. 사람은 정말 나약한 동물이라서 절대 혼자서는 못 산다고요."

고테가와는 연신 고개를 끄덕이는 고즈에의 모습을 보고 이상하게 마음이 편안해졌다. 지난 사건의 진상은 모두 밝혀졌지만 누구도 구원받을 수 없었다. 살해된 자, 남겨진 자, 그리고 살해한 자. 모두 비극을 짊어지고 응어리를 남겼다. 고테가와 자신도 깊은 인간 불신에 빠졌다. 그런 가운데 이 두 사람은 서로의 빈 공간을 메우고 새롭게 한 걸음 내디디려고 한다. 암담한 절망을 비추는 한 줄기 빛 같았다.

거짓 없이 솔직하게 말했다. "당신들을 탓할 마음은 조금도 없습니다. 이런 말은 위안도 뭣도 안 되지만 당신들이 서로 만나게 됨으로써 떠나신 두 사람, 아니 세 사람인가, 분명 기뻐할 겁니다."

스스로 생각해도 왠지 부끄러웠지만 이런 말 정도는 해도 될 것이다.

그런데 불쾌한 얼굴로 옆에 앉아 있던 상사가 좋은 분위기를 망가뜨렸다. "두 분 분위기 좋으신데 죄송하지만 그저께 16일, 마쓰도에서 발생한 폭발 사건을 아십니까? 집에 있던 대학 교수 몸뚱이가 산산조각이 났고 현장에는 아이가 쓴 것 같은 치졸한 글씨로 적은 범행성명서가 남아 있었습니다."

와타세의 말에 두 사람은 움직임을 딱 멈추더니 믿을 수 없다는 표정으로 입을 반쯤 벌렸다. "형사님, 혹시 개구리가 어쩌고 하는 그겁니까?"

지바현경은 오마에자키 사건을 보도하면서 모방범의 출현 가능성을 우려하여 성명서가 적힌 쪽지는 공표하지 않았다. 하지만 지난 사건에 얽혀 있는 두 사람은 힌트만 줘도 바로 알아챘다.

"그 사건은 이미 해결된 것이……."

가볍게 떨리기 시작하는 고즈에의 어깨를 가쓰라기가 꼭 끌어안았다.

"뉴스에서 대학 교수가 살해됐다는 기사는 봤지만…… 경부님, 살해된 교수 이름이 설마……."

"네, '오'로 시작하는 이름이었습니다. 범인이 누구든 간에 결국

50음순으로 이어졌습니다."

"범인은, 다른 사람인 거죠?"

"그건 아직 수사 중인데. 이봐, 사진 보여드려."

고테가와가 도마 가쓰오의 사진을 내밀었다. "혹시 이 청년을 아십니까?"

하지만 가쓰라기와 고즈에는 서로를 쳐다보더니 고개를 저었다. 지난 사건을 함께 겪었지만 오마에자키는 물론 도마 가쓰오와도 면식이 없었을 테니 자연스러운 반응이었다.

"이 사람이 용의자입니까?"

"아뇨, 사건 당일부터 행방이 묘연해서 찾고 있습니다. 보신 적 있습니까?"

"없습니다."

"15일 밤. 정확히는 16일 새벽 1시경인데 두 분은 어디 계셨습니까?"

"둘 다 자고 있었어요. 그게…… 여기서 같이."

"두 분 말고 증명해줄 사람이 있습니까?"

"설마 저희를 의심하는 겁니까? 사건 유족인 저희를?"

"아주 형식적인 질문입니다. 형식적이니까, 이것을 마쳐야 더 자세한 이야기를 할 수 있습니다."

"저희 둘만 사니까 서로 증명할 수밖에 없습니다. 옆집 사람은 얼굴도 본 적 없고."

"보통은 그렇죠. 그런데 지금도 컴퓨터 소프트웨어 회사에 다니십니까?"

"네, 전과 똑같습니다. 그건 왜?"

"아니, 단순히 확인하는 겁니다. 신경 쓰지 마십시오."

와타세의 질문 취지는 이해가 됐다. 살인에 사용된 화약은 일반인에게는 낯선 물건인데 이걸 입수할 수 있는 환경인지를 확인하는 것이다.

"고즈에 씨는 어떻습니까?"

"저는 본가와 여기서 살림만 하니까……."

정오가 좀 지난 부엌에서 열심히 폭탄을 만드는 고즈에의 모습을 떠올려봤다. 그림이 안 그려졌다. 농담 같았다. 가쓰라기와 고즈에의 시선이 의심과 회의로 물들었다. 하지만 와타세는 전혀 개의치 않았다. 태연했다. 철면피처럼 두꺼운 얼굴이 와타세의 장점인데 고테가와는 아직 흉내도 내지 못했다. 특히 이 사건에 관해서는 아무래도 적극성을 띠기 어려웠다.

"그럼 요즘에 평소와 다른 일은 없었습니까? 누가 미행했다거나 모르는 사람이 말을 걸어왔다거나."

고즈에는 도리질을 한 뒤 호소하는 듯한 얼굴로 와타세에게 말했다.

"저기…… 그 사건이 다시 이어지는 거예요?"

"계속되지 않게 힘쓰는 것이 저희 일입니다. 하지만 시민들도 조심하고 경계해야 합니다. 만약 이상한 일이 있으면 바로 알려주십시오. 아셨습니까? 주저하거나 망설일 필요 없습니다. 아무튼 당장 알려주셔야 합니다."

고즈에의 얼굴이 순식간에 파랗게 질렸다. 그녀의 얼굴색은 와타세와 고테가와가 나올 때까지 바뀌지 않았다.

"반장님, 너무 겁을 준 거 아닙니까?"

자동차에 올라탄 뒤 고테가와는 부드럽게 항의했다. 아무리 항의해도 이 남자는 눈 한 번 깜빡이지 않겠지만 그래도 왠지 애처

로운 아가씨를 필요 이상으로 겁을 준 느낌이었다.

"그런 식으로 부채질하면 또 가쓰라기가 탐정 흉내를 낼지도 모른다고요."

"탐정 흉내를 내든 어떻든 간에 경계는 아무리 많이 해도 지나치지 않아."

"왜죠?"

"아직도 모르겠냐? '오' 다음에는 '가'잖아."

고테가와는 깜짝 놀라 방금 나온 집을 올려다봤다. 고즈에가 불안한지 창문 너머로 이쪽을 바라보고 있었다.

"다음, 출발."

다음, 이라는 말에 머뭇거렸다. 다음은 세 번째 희생자인 마사토의 유족 차례였다. 현재 만날 수 있는 사람은 별거 중인 아버지 우도 신이치지만 여하튼 마음이 무거웠다.

"벌써부터 의욕이 떨어져서 어쩌겠다는 거냐? 마사토의 아버지는 현 밖에 사니까 나중에 방문한다. 다음엔 한노시로 가서 네 번째 희생자 에토 변호사 유족을 만난다."

마치 속을 꿰뚫어본 듯한 말투지만 사실이기 때문에 물어보지도 않았다.

"지난 사건의 피해자 유족이 오마에자키를 증오하기 때문에 도마 가쓰오를 숨겨주고 있다는 가설, 반장님은 정말 믿는 겁니까? 진상을 아는 사람은 저와 반장님, 범인뿐일 텐데요."

"과연 그럴까. 범인 입에서 말이 나올 가능성도 부정할 수 없어. 애당초 지금 시점에서는 이런 가능성을 하나씩 확인할 수밖에. 뭐, 짚이는 게 있긴 있지만."

"그게 뭡니까?"

"복수심."

와타세는 전방을 주시한 채 말했다.

"너도 더할 나위 없이 소중한 것을 빼앗긴 사람의 마음이 어떤지는 잘 알 거야. 방금 전에도 가쓰라기가 말했지? 가슴에 뻥 하고 구멍이 뚫려. 거기에는 으레 분노와 원한이 들어가. 그리고 가슴에 악귀를 키우는 사람은 천천히 복수심에 사로잡히지. 아까 두 사람을 보고 너는 안심했지? 네가 복수심이 무엇인지 뼈저리게 느꼈기 때문이야."

전과 다름없는 치밀한 심리 분석이었다.

"반장님은 두 사람을 의심하는 겁니까?"

"정말 아직도 뭘 모르네. 의심이고 나발이고 아직 그럴 단계가 아니라니까."

"그리고 가쓰라기 자신이 다음 표적이 될 가능성도……."

"전혀 없지는 않지. 이번 사건이 이전 사건과 이어져 있든 말든 기분 더러워지는 쪽지를 남긴 시점에서 50음순 규칙을 이어가겠다고 선언한 거라고. 이름이 '가'로 시작하는 관련자에게 미리 경고했다고 볼 수 있어."

그래서 마지막에 그토록 다짐을 시킨 걸까. 생각해보니 오싹해졌다. 와타세는 그런 사건이 계속 일어나지 않게 힘쓰는 것이 우리 일이라고 분명히 말했다. 요컨대 사건이 계속될 거라고 확신하고 있는 것이다.

어떻게 이런 일이……. 고테가와의 등줄기에 다시 오한이 솟았다. 그토록 으스스한 악의와 공포가 거리 전체를 뒤덮었을 때 길을 걷거나 경찰서에 있어도 오한이 세균처럼 달라붙어서 떨어지지 않았다. 공황에 빠진 사람들의 정신은 병들고, 광기로 물든 거리는 선량한 시민들을 악귀로 만들었다. 세상에는 법으로는 심판할 수 없는 죄가 있다. 이러한 불합리에 분노한 자가 복수에 나섰고 자신도 상상할 수 없는 지옥을 만들었다. 여전히 완치되지 않는 가슴속 상처가 다시 욱신거렸다. 이런 기분은 두 번 다시 느끼고 싶지 않았다.

"주소 말씀해주십시오."

"한노시 1440번지. 사이타마 한노병원 근처."

가속페달을 힘껏 밟았다. 지금 가는 곳은 마지막 희생자의 유족이 사는 집으로 여기서 모든 일이 시작되었다. 정체 모를 두려움을 애써 숨기고 핸들을 쥐었다. 와타세는 생각에 잠겨 있고 지금 고테가와가 할 수 있는 일은 자동차를 운전하는 것뿐이었다. 한노시는 70퍼센트가 산과 들로 이루어져 있다. 따라서 시가지에서 멀어지면 전원과 낮은 산들이 바로 눈에 띈다.

네 번째 희생자 에토 가즈요시 변호사는 병으로 요양을 하고 있었는데 범인에 의해 휠체어에 탄 채로 불에 탔다. 한때는 《변호사회보》에 '인권 보호에 앞장서는 열혈 변호사'라고 소개되었는데 글자 그대로 불에 탄 것이다. 에토의 유족은 올해 성년이 된 아들과 아내뿐이었다. 아들은 규슈에 있는 대학에 다니기 때문에 집을 지키는 사람은 아내 요시에였다. 그녀가 사는 맨션은 개간한 산기슭에 세워져 있어 아래쪽에 펼쳐진 일반 주택을 내려다보고 있었다.

요시에는 와타세와 고테가와를 안으로 들이더니 우선 남편을 죽인 범인이 제대로 심판을 받지 않은 사실을 두고 항의했다. "형법 39조인가요? 책임 능력이 없는 사람은 나쁜 짓을 해도 벌할 수가 없다니. 어떻게 그럴 수 있는 거죠!"

요시에는 울분을 풀 길이 없다는 듯이 항의했다. 정작 와타세와 고테가와가 형법 제39조에 뒤통수를 맞았다는 생각은 하지 않는 듯했다.

"남편은 인권 변호사로 약자들을 옹호하는 정의로운 사람이었어요. 그런 사람을 죽였는데 범인은 죄가 없다니, 게다가 세금으로 극진하게 간호를 해준다는 건 말이 안 돼요."

"자자, 사모님. 당연히 화가 나시겠지만." 와타세가 달래보지만 요시에는 울분을 풀 상대에 굶주렸던 모양이었다. 날카로운 지적이 그칠 줄 몰랐다.

"그뿐만이 아니에요! 남편 친구에게 형사재판이 안 되면 민사소송을 해달라고 부탁했더니 똑같은 이유로 승소 가능성이 없다잖아요."

고테가와도 들은 적이 있었다. 이른바 감독책임 문제였다. 민법 제712조와 제713조에서는 책임 능력이 없는 사람은 치료비나 위자료 등의 손해배상 책임을 지지 않는다고 규정한다. 단, 제714조 1항에 따르면 책임 능력이 없는 자를 감독하는 의무를 진 사람이 배상 책임을 진다. 즉, 범인에게 정신질환이 있고 책임 능력이 없다는 사실이 입증된 시점에서 민법상의 배상 책임은 감독 책임이 있는 친족이 진다는 얘긴데, 개구리 남자 사건에서 범인은 배우자와 별거한 지 오래고 정신질환이 돌발했기 때문에 다음 규정에 해당됐다. 민법 제714조 1항, 감독 의무자로서 해야 할 행위를 전부 이행하고 있다는 사실이 입증되면 책임을 지지 않는다……

다시 말해 형법으로는 심판하지 못하고 민사소송을 해도 한 푼도 배상받을 수 없기 때문에 유족 입장에서는 기가 막힐 일이었다. 고테가와도 그런 유족에게는 동정을 금할 수 없지만, 대상이 에토라면 이야기가 조금 달라졌다. 일단 에토는 생전에 형법 제39조를 방패로 수많은 피고인에게 무죄를 안겨준 인권 변호사였다. 그동안 비장의 수단으로 이용하던 법률이 자신에게도 똑같이 돌아왔기 때문에 자업자득이라고밖에 할 수 없었다. 하지만 해당 유족에게는 통하지 않는 얘기였다. 요시에는 와타세를 상대로 이러쿵저러쿵 10분가량 분노를 쏟아냈다. 물론 죽은 남편의 활동 때문에 똑같이 눈물을 흘린 사람이 있다는 사실은 상상도 못 하고 있을 터였다.

"아무튼 저는 너무너무 화가 나서 어쩔 줄 모르겠어요. 변호사회에 하소연해서 형법 39조를 철폐해달라고 하고 싶어요."

이 말을 에토가 들으면 어떻게 생각할까. 일단 변호사는 법률을 바꾸지 못한다. 변호사가 하는 일은 법률을 왜곡하는 것이다. 고테가와는 점차 화가 치밀었다. 분명 사건의 희생자이긴 해도 재앙의 씨앗을 뿌린 사람은 애당초 에토가 아니던가. 정신감정 의사를 끌어들여서 형법 제39조를 악용하고 죄 많은 사람들이 벌을 받지 않게 했다. 변호사로는 뛰어날지 모르지만 유족과 경찰 입장에서는 피고인 못지않게 비열한 인간이었다. 경찰관으로서 해서는 안 될 생각이지만 에토야말로 살해되어도 할 말이 없는 인간이었다. 그런 인간을 필사적으로 변호하는 요시에가 아주 우스꽝스러워 보였다.

"상당히 의미 있는 일일 수도 있겠군요, 사모님. 그때 사건과 관련해서 모방범으로 보이는 자가 출몰했을 가능성이 있습니다."

"모방범이요?"

"이 사람을 보신 적 있으십니까?"

요시에는 도마 가쓰오의 사진을 보더니 바로 고개를 저었다.

"현재 경찰이 추적하고 있는 주요 용의자이기 때문에 아주 주의하셔야 합니다. 사모님은 혼자 사십니까?"

"네."

"15일 밤부터 16일에도 말입니까?"

"16일……. 네, 내내 혼자 집에 있었어요."

고테가와는 와타세가 이야기를 들으면서 방 구석구석을 날카롭게 훑어보고 있음을 알아챘다.

"아드님은 집에 자주 옵니까?"

"그 나이 때 남자애들은 다 그런가 봐요. 명절 때 잠깐 얼굴을 비칠 뿐이에요."

사실이라면 실내에는 요시에의 물건만 있어야 한다. 고테가와는 와타세를 따라 방을 둘러봤지만, 요시에의 말을 뒷받침하듯 다른 사람과 함께 사는 흔적은 전혀 없었다. 들을 건 다 듣고, 볼 건 다 본 것이다. 와타세는 요시에에게 부디 주의하라는 말을 남기고 집을 나서려고 했다.

요시에가 의외라는 듯이 등 뒤에 한마디 던졌다. "근데 저는 피해자 유족이에요. 왜 제가 위험하다는 거죠? 전혀 이유를 모르겠네요."

너무나 무심해서 분노가 스멀스멀 끓어올랐다.

"과연 그럴까요?"

와타세가 약간 눈을 부릅뜨는 모습이 얼핏 보였지만, 도저히 참을 수 없었다.

"무슨 말이에요?"

"남편분은 변호사로서 틀림없이 우수하셨겠죠?"

"물론이에요."

"법정에서 계속 승소한다는 것은 당연히 그만큼 원한을 사고 있다는 얘깁니다. 정당하든 부당하든 말이지요. 본인이 이미 세상을 떴다면 원한은 아무래도 유족을 향하게 마련이죠."

요시에의 얼굴색이 싹 변했다.

"이 멍청한 놈아. 신변보호를 해줘야 할지도 모를 사람을 겁줘서 어쩌자는 거냐."

차에 타자마자 와타세가 성난 목소리로 질타했다.

"합동수사에서 다른 사람과 팀을 이뤄 조금은 쓸 만해진 줄 알 았더니 도로아미타불이잖아."

"하지만 반장님, 덕분에 에토 부인이 조심성이 많아지면 잘된 일 아닙니까?"

"그걸 변명이라고 하는 거냐. 만약 에토 부인이 도마 가쓰오와 내통하고 있으면 어쩔 거야. 단단히 경계하지 않겠어?"

"그건……."

"지난번 사건의 피해자 유족은 모두 오마에자키를 살해할 동기 가 있어. 남녀노소 할 것 없이 도마 가쓰오를 도구로 이용할 수 있 는 사람이라면 모두 그래."

와타세는 조수석에서 흉악한 얼굴로 노려봤다.

"자기감정을 억제하는 법을 좀 배워. 언제까지나 신입인 줄 알 고……."

고테가와는 얌전히 고개를 움츠렸지만 내심 납득하진 못했다. 다른 사건이라면 몰라도 형법 39조를 들먹이며 가해자의 인권도 보호해야 한다고 외치는 사람은 도저히 옹호할 수 없다. 흉악 범죄 가 발생할 때마다 변호사는 형법 제39조를 꺼내든다. 현장 상황이 나 증거물로 실형을 피할 수 없게 되면 약속이라도 한 것처럼 정 신감정을 요청한다. 검찰이 기소 여부를 살피는 단계에서 실시하 는 감정과 달리 변호인 측이 요청하는 정신감정은 명백히 실형을 피하려는 의도가 있다. 하물며 에토 변호사는 이런 수법으로 이름을 드높이고 고객을 늘린 사내였다. 고테가와가 보기에 변호사라기보다 사기꾼에 가까웠다.

와타세가 갑자기 말했다. "넌 틀렸어."

"네?"

"너만 형법 39조에 의문을 품고 있는 것이 아냐. 심신상실 상태의 범죄자를 벌하느냐 마느냐 하는 논의는 오래전부터 동서양을 막론하고 분분했어. 형법 39조만이 특별히 문제가 되는 게 아냐. 일본 법률이 책임주의를 채용하는 이상, 책임 능력이 있는 자와 그렇지 않은 자를 똑같은 저울에 놓고 논하는 일 자체가 말이 안 돼."

고테가와는 적잖이 기이한 느낌이 들었다. 이 남자 입에서 제39조 옹호론이 나올 줄은 생각지도 못했기 때문이다.

"8세기 초였나, 이미 다이호 율령(大宝律令: 일본 고대의 기본 법전-옮긴이)에는 노인, 아이, 불치병에 걸린 자의 죄는 논하지 않거나 감형에 처한다는 조항이 있어. 심신상실자를 어떻게 다루느냐 하는 문제는 절대 어제 오늘의 일이 아냐. 근대에는 맥노튼 룰이 등장했고."

또 시작이군, 고테가와는 마음의 준비를 했다. 와타세의 강의가 시작되었다.

"맥노튼 룰이요?"

"정치적인 피해망상에 시달리는 다니엘 맥노튼이라는 젊은이가 당시 영국 총리를 암살하려다가 미수에 그쳤어. 그때 수석 판사가 작성한 문장을 맥노튼 룰이라고 하는데, 자신의 행위를 인식하지 못하는 자는 벌할 수 없다는 규칙이야. 이 룰은 미국에서도 채용됐는데 여기에 행동을 통제하는 능력의 결여가 더해질 경우 항변할 수 있는 범위가 더 확대되지."

"39조는 충분히 역사가 있고 논의도 되고 있다, 그래서 문제가 없다는 겁니까?"

"조문 자체는 그렇다는 거지. 여기에 의문을 품는 이유는 실은 시스템이 덜 갖춰졌기 때문이 아닌가 싶어. 그건 너도 생각해봤을 텐데."

고테가와는 핵심을 찔려 할 말을 잃었다. 시스템이 갖춰지지 않았다. 심신상실자가 의료 시설을 나온 뒤에는 완전히 방치되는 현실. 대놓고 말하지는 못하지만 누구나 가슴에 품은 걱정과 두려움. 양식 있다는 사람들도 일부러 언급을 피하는 금기. 하지만 바로 거기에 악랄한 계산이 끼어들기 십상이다.

"흉악 범죄가 일어날 때마다 심신상실자가 해당되는 의료관찰법을 재검토하라는 요구가 나오지. 하지만 완전히 뜯어고치긴 어려워. 너무 민감한 문제거든. 입법부가 우물쭈물하는 사이에 머리 좋은 놈들은 계속 한 단계 앞을 내다봐. 설마 잊은 것은 아니지? 도마 가쓰오는 전에 카너증후군 진단을 받았어. 만약 오마에자키 살해 혐의로 체포되더라도 불기소 처분이 나올 가능성이 커."

설명을 듣는 동안에 배속이 싸늘해졌다.

"그래. 이 녀석은 자칫 개구리 남자를 재현할지도 몰라. 우리는 절대 벌할 수 없는 인간을 쫓고 있는지도⋯⋯."

3

와타세가 다음 행선지로 지정한 곳은 마쓰도시였다.
"마쓰도시? 오마에자키 집 말고 갈 곳이 있습니까?"

"까먹었냐? 같은 시내에 고히루이라는 사위가 살았을 텐데."

그 말을 들으니 생각이 났다. 4년 전 여름, 마쓰도시 주택가에서 살인 사건이 발생했다. 남편 고히루이 다카시가 출근하고 아내 레이카와 어린 딸 미사키는 집에 있었다. 정오가 지났을 무렵, 배관공으로 위장한 당시 17세의 후루사와 후유키가 침입해 레이카를 교살한 뒤 강간하고 울음을 터뜨린 미사키를 쇠파이프로 때려죽였다. 후루사와는 도망치다 체포됐지만 변호사가 요청한 정신감정 결과 범행 시에 정신분열증을 일으켰다는 이유로 형법 제39조가 적용되어 1심 무죄에 이어 고등법원에서도 항소를 기각해 무죄를 얻어냈다. 그때 후루사와를 변호한 사람이 에토 가즈요시 변호사이고 살해된 레이카의 친부가 오마에자키였다.

"아내와 딸이 살해되면 장인과 사위도 남이 돼. 원래 아버지에게 사위는 도둑놈이고 사위 입장에서 장인은 성가신 어른일 뿐이야. 하지만 사건이 사건이니까. 사위 이야기를 안 들을 수가 없어."

본인 가족과도 가깝지 않은 고테가와가 장인과 사위의 관계를 알 리가 없다. 단지 그만큼 잔인한 방법으로 가족이 살해됐다면 두 사람 사이에는 또 다른 관계가 형성될 터였다. 같은 피해자 유족이라는 관계.

고히루이의 집은 오마에자키 집이 있는 시라카와초에서 몇 킬로미터 떨어져 있었다. '엎어지면 코 닿을 거리'라고나 할까. 사위인 고히루이와 사이가 좋든 어떻든 오마에자키 입장에서는 언제든 딸과 손녀를 만날 수 있는 장소였다. 도착한 곳은 한적하고 고요한 주택가였다. 부지가 넉넉해서 가옥이 늘어서 있지만 빼곡한 느낌은 안 들었다.

와타세가 불쑥 중얼거렸다. "거리가 생긴 지 얼마 안 됐군."

"어떻게 아십니까?"

"도로 폭을 봐. 6미터가 넘잖아. 건축기본법에서는 우선 4미터 이상을 도로로 규정하고 있어. 마주 오는 차와 엇갈릴 때 너비가 4미터밖에 안 되면 빠져나가기 쉽지 않으니까 최소 6미터는 필요하다고 본 거야. 그래서 택지를 개발할 때 사전에 폭을 6미터로 지정하고 있어."

도로 폭이 넓은 주택지는 생긴 지 얼마 안 됐다는 얘기다. 그건 그렇고 법률 다음엔 건축기준법 강좌다. 대체 이 양반 머릿속에는 얼마나 많은 지식이 들어 있을까. 처음에야 감탄했지만 자신으로서는 아무리 노력해도 도저히 따라갈 수 없다는 사실을 안 뒤에는 그저 놀라울 뿐이었다.

목적지인 고히루이 집은 금방 찾았다. 벽을 하얗게 칠한 지 얼마 안 된, 슬레이트 지붕이 얹힌 2층 집으로, 대문 틈으로 보이는 마당에는 작은 그네가 매달려 있었다. 살해된 아이의 놀이기구라고 생각하니 가슴이 아팠다.

"반장님, 가족 두 명이 살해되고 남편 혼자 남은 것 아닙니까? 이 시각에 집에 있을까요?"

"있어."

와타세는 여기까지 와서 뭔 소리냐는 표정이었다.

"그래픽디자인 회사에 다녔는데 사건이 발생한 뒤 스무 번이나 되는 공판에 출석하려고 재택근무로 바꿨어. 집이 곧 직장이지."

인터폰을 누르자 과연 고히루이 본인이 응대했다. 잠시 후 현관에서 모습을 드러낸 사람은 큰 키에 성실해 보이는 남자였다.

와타세가 경찰수첩을 내보이며 오마에자키 이름을 꺼냈다. 그러자 고히루이는 바로 응했다.

"들어오시죠."

고히루이는 목소리를 낮춰 말했다. 현관에서 할 얘기가 아니라는 사실을 알고 있다는 투였다. 좋아하지는 않지만 익숙해진 것이다. 안에 들어가자 현관에 전위 화가가 그린 듯한 포스터 액자가 걸려 있어 고히루이의 직업이 디자이너라는 사실을 재차 상기시켰다. 복도에서 거실까지 센스 있는 인테리어들이 갖춰져 있지만 온기는커녕 사람 냄새가 전혀 나지 않았다.

여기서도 질문은 와타세의 임무이고, 고테가와는 옆에서 맞장구를 치는 수밖에 없었다.

"오늘 아침, 마쓰도경찰서에도 가고 현장에도 다녀왔습니다."

"현장에도 말입니까?"

"언제부터 일본은 테러리스트가 횡행하는 나라가 된 겁니까?"

"테러요?"

"형사님에게 물었더니 장인어른을 폭탄으로 날렸다고 들었습니다. 제가 갔을 때도 살점이 벽에 붙어 있었고요. 제정신으로는 도저히 그럴 수 없어요. 테러리스트가 아니라면 말입니다."

고히루이는 끔찍한 광경이 떠올랐는지 구토를 참는 양 입을 막았다. 일반인이라면 지극히 당연한 반응이다.

"그런데 왜 굳이 현장에 가셨습니까?"

"도둑맞은 물건은 없는지 확인하러 갔습니다. 장인어른 집에는 명절 말고는 잘 안 가서 상세한 증언은 하지 못했지만요. 참, 두 분은 사이타마현경 소속이라고 하셨죠? 장인어른 사건에 왜 사이타마현경이?"

말투로 보아 오마에자키가 지난 사건의 관계자라는 사실을 모르는 듯했다.

"전에 경시청과 현경에서는 범죄심리학 관점에서 오마에자키 교수님에게 조언을 많이 들어서요. 저희도 교수님 신세를 졌기 때문에 사이타마에서 달려와 수사에 협력하고 있습니다."

반은 사실이고 나머지 반은 비아냥이었다. 이런 식으로 받아치는지라 이 상사가 말할 때는 마음을 놓을 수가 없었다.

"교수님과는 왕래가 별로 없었습니까?"

"그게, 사이가 나쁘다거나 하진 않았습니다. 보통 사위와 장인 관계죠. 만나면 잡담은 하지만 수시로 드나들지는 않아요. 다 그렇지 않나요?"

"하긴 대부분은 그렇죠. 이런 말 하기는 어렵지만 고히루이 씨의 가족을 덮친 비극을 생각하면 반드시 그렇다고는 할 수 없습니다."

"무슨 말입니까?"

"비극은 종종 동일한 처지에 놓인 사람들을 강하게 묶기 때문입니다. 당신과 교수님은 공히 피해자 유족이죠."

"그건 뭐, 그렇습니다만……."

"재판 관련 보도에서 당신을 많이 봤습니다. 당연히 교수님도 공판의 진행 방식과 1심 판결에는 화를 내셨습니다."

"장인어른을 만나셨습니까?"

"네. 범인은 물론이고 변호사와 형법 39조가 옳다고 한 여론에 몹시 격앙되어 계셨습니다."

"장인어른이 그런 태도를 보이셨다면 형사님을 상당히 신뢰하셨나 보군요."

고히루이는 비꼬듯 웃었다.

"사회적 지위가 있는 분이라서 좀처럼 남 앞에서 감정을 드러내지 않았어요. 비열한 방송사 기자가 마이크를 들이밀었을 때도 담담히 형법 39조의 필요성을 말했을 정도니까. 사실 그런 성인군자 같은 면이 저와는 맞지 않아서 친하게 지내지 못했지만……."

"과거형이군요."

"형사님 말씀대로입니다. 아이러니하게도 레이카와 미사키 사건을 계기로 저는 장인어른과 마음이 통하게 됐습니다. 분명 적이 같았던 탓이죠. 대중 앞에서는 형법 39조를 옹호하는 입장을 유지했지만 사적으로는 피해자 부모입니다. 장인어른과 둘만 있으면 형법 39조의 문제에 대해서 서로 이야기를 나눴습니다."

"39조의 문제요?"

"정신질환자는 극진하게 보호받는 데다 사회 복귀에도 도움을 받습니다. 아주 좋은 일이겠지만 반대의 결과를 낳기도 합니다. 언제였나, 한 남자가 초등학교에 난입하여 아동을 여러 명 살상한 사건이 있었잖습니까? 남자는 이미 정신분열증이라는 진단을 받았는데도 그 어떤 구속도 없이 자유로운 상태였어요. 만약 사법기관이나 의료 기관이 남자를 구속했더라면 그런 비극은 절대 일어나지 않았을 겁니다."

고히루이는 쓰디쓴 표정이었다. 하지만 말투는 담담하고 격하지 않았다. 간혹 와타세를 보는 시선도 지성적인 빛을 띠었다. 자제심이 아주 강하거나 가족의 비극에 얼마간 익숙해진 걸까.

"일단 정신질환 진단을 받으면 일반인이 아니에요. 사람을 죽여도 형법 39조가 존재하는 한 심판할 수 없기 때문입니다."

인권위원회가 들으면 얼굴빛이 바뀔 소리였지만 형법 39조가 얽혀서 범인이 무죄가 된 피해자 유족 입장에서는 이것이 솔직한 심정일 것이다.

"교수님 생각도 같았습니까?"

"드러내놓고 찬성은 안 하셨지만요. 묵묵히 고개를 끄덕이셨습니다. 정말 직함이란 게 뭔지, 아무리 이해가 안 가는 이야기라도 때로는 수긍해야 합니다. 생각해보면 텔레비전 인터뷰에서 멋대로 떠들던 저보다도 당신 심경을 숨겨야 했던 장인어른이 더 괴로우셨을지도 모르겠습니다."

"하지만 고히루이 씨도 괴로웠잖습니까?"

"처음에는 엄청났습니다. 공판 때마다 가해자와 변호사에게 욕설을 퍼붓고 판결이 나오면 법원에도 한바탕 욕설을 퍼부었으니까요. 저의 경우 적은 그들뿐만이 아니었습니다."

"적이 또 있었습니까?"

"이른바 언론, 대중이라는 부류들이죠. 제 얼굴이 텔레비전에 나가면서 비방 중상하는 편지가 날아왔습니다. 피해자인 척하지 마라. 너는 나이 어린 소년을 괴롭혀 즐거운 것뿐이다. 그렇게 뜨고 싶냐, 보상금을 받고 싶냐. 일본 사법제도에 대들어 정의의 편인 척하는 거냐……. 전화번호부에 이름을 올려놨기 때문에 그런 전화가 끊이지 않았어요. 심지어 회사까지 알아내서 전화가 오는 겁니다. 사실 이렇게 재택근무를 하게 된 이유도 재판에 시간을 빼앗겨 일상 업무가 어려워진 탓도 있지만 불편해진 회사 쪽에서 저를 사무실에서 내쫓았기 때문입니다. 아무튼 30분에 한 통꼴로 비난 전화가 걸려왔습니다. 도저히 일할 수 있는 환경이 아니었어요."

고히루이의 말투는 여전히 차분했고, 옆에서 듣던 고테가와는 공감이 가기도 했다. 아무 생각 없이 피해자 유족을 비난하고 중상하는 사람들이 많다. 언제, 어떤 사건이 일어나든 튀어나오는 하이에나다. 편지, 벽보, 전화, 소문, 인터넷, 온갖 수단을 동원해 피해자 측을 야유하고 우롱하며 멸시한다. 슬픔에 빠져 제대로 대응하지 못한다는 사실을 알고는 도마 위로 올리는 것이다. 물론 비난의 칼날은 익명이 조건이다. 자신은 절대 피해를 입지 않는 안전지대에서 집요한 공격을 반복한다.

가끔 고테가와는 생각한다. 정말 잔인한 사람은 실제로 죄를 저지른 범인보다 이러한 익명의 어중이떠중이들이 아닐까. 범죄자는 체포되어 그에 상응하는 벌을 받는다. 그런데 피해자에게 엄청난 심적 고통을 안겨준 이름 모를 비겁자들은 아무런 벌도 받지 않는다. 사실 이쪽이 훨씬 더 악질인지도 모른다. 피해자 유족의 마음은 두 번 난도질당한다. 처음에는 범인, 이어 이름을 숨긴 비겁자들에게. 생각해보면 고히루이의 차분함은 자제력이 강해서가 아니라 완전히 피폐해진 탓이 아닌가 싶었다.

"그런데 혹시 이 사람을 아십니까?"

와타세가 도마 가쓰오의 사진을 내밀었다. 하지만 사진을 들여다보는 고히루이의 얼굴에는 아무런 변화가 없었다.

"글쎄…… 전혀 모르는 사람입니다. 이 사람이 무슨 일을 저질렀습니까?"

"현재, 마쓰도경찰서가 총력을 다해 추적하는 용의자입니다. 만약 이 사람을 보시면 꼭 연락 주십시오."

"이 남자는 장인어른과 어떤 관계입니까?"

"주치의와 환자였습니다."

"환자. 그렇다면 이 사람도 정신질환을?"

"네."

고히루이는 얼굴이 어두워졌다.

"또."

"또라니요?"

"만약 이 사람이 범인이라 해도 현행법으로는 심판하지 못하죠. 레이카와 미사키를 살해한 녀석과 마찬가지로. 어떻게 이런 말도 안 되는 일이 있습니까?"

자조적인 말투에 유난히 가시가 돋쳐 있었다. 그리고 다음에 나온 말에 고테가와는 깜짝 놀랐다.

"정말 죽어야 할 사람은 따로 있는데."

고히루이는 말실수를 했다고 생각했는지 바로 "실례했습니다" 하고 허둥지둥 변명했다.

"적어도 형사님들 앞에서 할 말은 아닌데 말이죠."

"지금 한 말씀은 안 들은 걸로 하겠습니다. 하지만 이미 말이 나온 김에…… 누굴 말씀하시는 겁니까?"

"빤하지 않습니까? 아내와 딸을 죽인 후루사와 후유키죠."

이름을 말하는데도 몹시 냉정했다.

"조금 전에 말씀하신 형법 제39조 때문입니까?"

"아뇨. 형법 제39조는 불합리하다고 생각하지만 후루사와가 살해돼야 한다고 보는 이유는 따로 있습니다. 애시당초 법률로 보호받을 인간이 아니기 때문입니다."

"형법 제39조와 무관하단 말입니까?"

"저는 법정에서 봤습니다."

고히루이가 와타세를 똑바로 쳐다봤다.

"1심에서 판사가 무죄판결을 내렸을 때 녀석은 딱 한 번 방청석에 있는 저를 돌아봤습니다. 마지막이 돼서야 사죄하는 태도를 보이는구나 생각했는데 아니었습니다. 웃었어요. 네, 틀림없는 승자의 미소였습니다. 물론 한순간이었기에 저 말고 알아챈 사람은 없었어요. 분명히 놈은 저와 레이카, 미사키, 그리고 세상을 비웃은 겁니다."

"그럼 고히루이 씨는 후루사와의 정신질환이 연기였다고 생각하시는 거군요."

"저만이 아닙니다. 장인어른이 소년의 정신감정 결과를 가져왔습니다. 본래 피해자 유족은 열람할 수 없지만 다 장인어른의 연줄 덕이었죠. 장인어른은 정신감정에도 일인자였습니다. 장인어른이 감정 결과를 읽은 끝에 내린 결론은 후루사와의 정신질환은 꾀병일 가능성이 있다는 겁니다."

조용히 내뱉은 말이지만 팽팽한 긴장이 감돌았다. 고테가와는 갑자기 갈증을 느꼈다. 아까부터 가습기 소리가 들려왔지만 공기가 건조한 탓은 아니었다. 그런데 구강에서부터 목까지 따끔거렸다. 그래도 와타세는 눈썹 하나 꿈쩍하지 않았다.

"그때 교수님은 어떤 행동을 보이셨습니까?"

"검찰 측에 사정을 설명하고 항소 이유에 덧붙이려고 했습니다. 그런데 해당 분야의 권위자라고 해도 피해자 가족이면 신빙성에 의문이 생긴다며 완곡하게 거절당한 모양입니다. 원래 정신감정에는 감정한 의사의 주관이 들어갑니다. 의사에 따라 결과도 달라지죠. 1심에서 이미 제출된 감정서를 채용한 이상, 다른 의사의 다른 감정서를 제출해도 채택될 리 없다는 분위기였습니다. 장인어른은 요청을 거절당한 뒤 저한테 말했습니다. 하는 수 없다고. 그런데 장인어른이 그토록 분개한 모습은 정말 처음 봤습니다."

"고히루이 씨는 어땠습니까?"

"뭐가 말입니까?"

"교수님처럼 그냥 포기했습니까?"

심술궂은 질문이었다. 하지만 고히루이는 아무 감정이 실리지 않은 대답을 했다. "아내와 딸을 살해한 녀석은 아직 의료 기관에서 보호받고 있습니다. 그래요, 차가운 감옥이 아니라 난방이 잘되는 병실에서 편안히 요양하고 있어요. 제가 낸 세금으로 그 녀석을 부양하고 있는 겁니다. 정말 잔인한 이야기죠. 죄를 저지른 녀석이 살아 있는 한 나는 도저히 포기할 수 없습니다."

완전 유리 눈이다, 라고 고테가와는 생각했다. 분노해야 할 대사, 통곡할 말을 하는데도 눈에서는 아무런 감정도 보이지 않았다. 감정 표출을 극도로 억제하는 사람의 눈이었다.

"누군가를 증오하는 일에서 보람을 찾는 사람도 있어서 그게 꼭 무의미하다고는 안 하겠습니다만…… 그런데 평온해지지는 못 합니다."

"평온이요? 아내와 딸을 잃은 뒤로는 생각지도 못한 말이군요."

이 남자는 자신이 죽을 때 아니면 후루사와 후유키가 편안치 않은 죽음을 맞이했을 때 비로소 평온을 느낄 것이다.

"그런데 고히루이 씨, 좀 전에 현장에 가서서 뭔가 도둑맞은 물건은 없는지 확인하셨다고 했잖습니까?"

"금품은 알 수가 없지만…… 마쓰도경찰서의 형사님과 동행해서 집 안을 한 차례 둘러봤더니 딱 하나 안 보이는 것이 있었습니다. 엄청난 폭발이 일어나서 어딘가로 흩어졌을 가능성도 있지만."

"그게 뭡니까?"

"노트요. B5 크기의 평범한 대학노트입니다."

고히루이가 두 손으로 크기를 그려 보였다.

"컴퓨터와 휴대전화를 사용하는 세상이니 구식이라는 생각이 들지만 장인어른은 노트에 지인들의 연락처와 비망록을 적어놓고 계셨습니다. 장인어른 말로는 중요한 내용도 대부분 거기에 적어놓았답니다. 그래서 노트는 당신의 기억 자체라고 하셨습니다."

"그렇군요. 기억 자체라……."

와타세는 반쯤 눈꺼풀을 내려 뜨고 입꼬리를 내리고 있었다.

개가 불쾌한 냄새를 맡았을 때와 똑같은 얼굴이었다.

고히루이의 집을 나오자마자 고테가와가 물었다. "오마에자키의 노트가 어쨌다는 겁니까?"

"노트에 뭐라고 적혀 있을지 안 궁금하나?"

"지인들 연락처겠죠."

"지인 중에 4년 전 사건의 관계자가 있다면? 범인인 후루사와 후유키, 그를 정신질환자라고 진단한 의사, 그리고 무죄판결을 내린 판사들."

고테가와는 자신도 모르게 브레이크를 밟을 뻔했다.

"반장님, 그건……."

"정신질환이 있는 전 피고인을 수용하는 의료 기관은 많지 않아. 교수 정도라면 그런 정보를 얻기가 별로 어렵지 않았겠지. 감정하는 의사라면 더더욱 그렇고. 어쨌든 교수의 손발이 되어줄 제자들이 썩어날 만큼 많아."

"하지만 오마에자키는 살해됐잖습니까? 그런 게 있어도 아무 의미가 없다고요."

"오마에자키가 살해됐다고 해도 유지가 계승되고 있을 가능성이 있어."

"유지가 계승된다?"

"도마 가쓰오의 속성을 떠올려봐. 암시에 걸려들기 쉽고 타인의 지시도 본인의 의사라고 착각해. 원망과 한탄으로 가득한 인간이 표적의 연락처가 적힌 노트를 손에 넣으면 무슨 생각을 하겠어?"

오마에자키를 살해한 다음에 노트를 발견하고 거기에 적힌 새로운 희생자 목록을 들여다보는 도마 가쓰오, 갑자기 떠오른 개연성 있는 영상을 허둥지둥 지웠다. 지난 사건에서 도마 가쓰오와 고테가와는 개인적인 교류가 있었다. 그 사람이 손에 넣은 목록을 들고 희생자를 찾아 시내를 배회하는 상상만 해도 심히 불쾌했다. 도마 가쓰오가 아니라, 그런 인간을 순진무구하다고 생각했던 자신의 어리석음이 불쾌했던 것이다.

"기분이 안 좋아 보이는데?"

"최악입니다."

"최악은 아니야."

와타세가 낙담한 표정으로 말했다. "네가 상상하는 것보다 훨씬 나쁜, 정말 최악의 가능성도 있어. 노트를 가져간 사람이 도마 가쓰오라면 단지 교수가 원한을 품은 사람이 표적이 될 뿐이야. 물론 그것도 우려할 일이지만 도마 가쓰오가 아닌 다른 사람이 손에 넣었을 경우를 생각해봤나?"

"설마, 그런."

"4년 전 일어난 모자 살인 사건 관계자가 잇따라 살해되면 누구나 피해자 유족을 의심하게 돼. 하지만 전혀 상관없는 사람도 살해되면 수사는 혼란에 빠질 수밖에 없어. 어차피 담당자는 우리가 아니라 마쓰도경찰서 사람들이야. 시체가 쌓일 때마다 용의자는 계속 늘어나고, 수사관이 할 일도 많아지지. 사건이 장기화될수록 수사본부는 점점 지쳐가."

갑자기 등줄기가 오싹해졌다. 그러면 지난 사건을 고스란히 따라가게 되는 것이 아닌가. 와타세의 말을 들으니 한 인물에 대한 의구심이 생겨났다.

"반장님은 고히루이를 의심하는 겁니까?"

"고히루이만 의심하는 게 아냐. 그 남자도 의심하는 거지. 현단계에서 완전 결백한 인간은 아무도 없어."

"하지만 아까 고히루이의 모습을 보니 복수할 의지가 있는 것 같지는 않았습니다만."

"근거는?"

"매우 담담했습니다. 범인에 대한 처우나 사람들이 공격해온 일을 얘기할 때도 감정이 전혀 드러나지 않았습니다. 마치 인형의 눈 같았으니까요."

"인형의 눈이라. 말하는 상대방의 표정을 관찰한 것은 꽤 훌륭하지만 상대를 잘못 골랐어. 그런 인간의 표정에서 감정을 읽기는 어려워."

"그런 인간이라뇨?"

"분개하는 데도 체력이 필요해. 아무리 비참한 꼴을 당해도 수년 동안이나 분노하고 있으면 본인의 정신이 피폐해져. 그래서 증오의 감정이 바닥에 가라앉아서 평소에는 숨어 있어. 일종의 방어본능인데, 어떤 일을 계기로 폭발하게 마련이지."

"이번 사건이 폭발에 해당한다는 겁니까? 하지만 반장님, 거실에는 가족사진이 한 장도 없었습니다. 사진은커녕 가족 냄새도 안 났어요."

"의식적으로 지웠을 수 있어. 자신이 격정에 휩싸이기 십상임을 아는 인간은 자극이 되는 물건을 치워놓으려고 해."

"왜 그렇게까지 고히루이에게 집착하는 겁니까?"

"4년 전, 고히루이가 텔레비전 카메라 앞에서 무슨 말을 했는지 알기 때문이야. 똑똑히 봤거든."

4년 전이라면 고테가와는 파출소 일에 쫓기고 있을 때였다. 뉴스를 상세히 보거나 다른 지방 사건까지 챙길 여유 따위는 없었다.

"네 휴대전화로 지난 뉴스 볼 수 있지? 만약 남아 있다면 한 번 봐. 생각이 달라질 테니."

"차 세워도 되겠습니까?"

와타세는 대답이 없었다. 일단 승낙한다는 표시였다. 고테가와는 자동차를 갓길에 세우고 스마트폰을 꺼냈다. 동영상 사이트를 열고 '마쓰도시 모녀 살인 사건'을 검색창에 입력하자 열 개가 넘는 동영상이 나타났다. 고테가와는 '제1회 공판'을 선택했다. 화면에 고인의 영정을 들고 있는 고히루이의 모습이 보였다. 고히루이 앞에는 취재용 녹음기가 여럿 있었다.

"첫 공판이 끝났는데 고히루이 씨, 지금 심정이 어떻습니까?"

"화가 나 미칠 지경입니다. 변호인은 피고인의 정신감정을 요구했습니다. 즉, 형법 제39조를 적용해 무죄라는 겁니다. 살해 당시에는 정상적인 판단을 하지 못하는 상태였다면서. 어떻게 그런 말도 안 되는 소리를 하는 겁니까! 정상적인 판단을 못 하는 인간이 배관공인 척하고 집으로 들어갑니까? 누가 그런 헛소리를 믿는다는 말입니까? 죄를 피하기 위해서 정신장애가 있는 척하는 겁니다. 비, 비열합니다. 이토록 비열할 수가 없습니다. 그놈은 인간쓰레기입니다."

"고히루이 씨는 피고 측 주장을 믿지 않는군요."

"당연하죠. 정신감정을 꺼내든 에토라는 변호사, 대체 뭐하는 사람입니까? 변호사야 의뢰인을 위해 최선을 다한다 해도 어디까지나 법률과 양심에 의거해야지요. 분명 누가 봐도 우스꽝스러운 논리를 내세우는 사기꾼입니다. 인권을 지킨답시고 새빨간 거짓말을 늘어놓고 있지 않습니까!"

텔레비전 카메라를 향해 감정을 쏟아내는 고히루이는 조금 전에 본 침착한 남자와는 전혀 다른 사람이었다. 불합리에 대한 분노, 진지한 호소가 허위 정신감정에 묻혀버렸다는 분함이 화면에서 넘쳐났다.

"들어보시죠. (삐……) 녀석은 옥중에서 저한테 탄원서를 보내왔습니다. 정신이 온전치 못한데 어떻게 자신이 저지른 짓을 인정하고 감형을 탄원할 수 있습니까! 범인과 변호사 모두 악랄합니다. 인간 축에도 못 듭니다. 하지만 저는 이 나라의 사법제도를 믿습니다. 판사님은 반드시 정의에 따른 판결을 내려주시리라 믿습니다."

"범인과 변호사에 대한 증오심을 꽤 직설적으로 쏟아내는데, 이건 아직 시작에 불과해."

흘러나오는 소리를 듣고 있던 와타세는 화면도 안 보고 덧붙였다. "고히루이의 말대로 피고 측도 처음에는 정상참작을 노렸을 가능성이 있어. 그런데 공판 직전에 전법을 180도 바꿨어. 피고인의 정신감정을 들고 나온 거야. 바로 전까지 고히루이에게 동정을 표하던 여론도 후루사와가 정신질환자라는 보도가 나오자 손바닥 뒤집듯 바뀌었어. 아직 정신감정 의사의 실태가 널리 알려지지 않았고 전문가 판단이라면 무턱대고 믿는 경향도 있지만 그보다 법정에서 후루사와가 보인 행동이 판사에게 강한 영향을 미친 거야. 변호사와 검사 질문에 완전히 엉뚱한 대답을 해서 번번이 심리가 중단됐어."

"고히루이가 보기에는 명연기였겠어요."

"1심 판결 동영상도 봐."

해당 동영상은 갑자기 고히루이의 절규로 시작했다.

"이, 이 판결은 정말 부당해."

고히루이는 영정을 안은 채 오열하고 있었다. 얼굴을 가늘게 떨면서 닭똥 같은 눈물을 흘렸다. 그런 사람에게 기자들이 인정사정 없이 달려들었다.

"레, 레이카와 미사키에게 뭐라고 얘기해야 하지. 이런, 이런 판결이 나오다니……."

"고히루이 씨, 지금 심정을 토대로 한 말씀 해주시죠."

"가해자 소년과 변호사에게 한 말씀."

"물론 항소하실 거죠?"

한 말씀 같은 소리 하고 자빠졌네. 지난 영상이지만 불쾌해졌다. 가족을 잃은 슬픔, 중형을 선고받아 마땅한 범인이 악랄한 방법으로 무죄를 얻어낸 이 불합리를 어떻게 한마디로 표현하라는 걸까. 하물며 상대는 인터뷰에 익숙한 연예인이 아닌 일반인이었다. 그런데 단순명쾌한 대답을 끌어내려는 이유는 안방에 앉아 있는 바보도 이해할 수 있는 말을 원하기 때문이다.

잇따라 쏟아지는 질문을 견디던 고히루이는 이내 고개를 들었다. 분노로 이성을 잃은 얼굴이었다. "너희들은 뭐하는 놈들이냐. 뭐가 좋다고 남, 남의 불행에 희희낙락하냐고. 네놈들은 언제나 그랬어. 내가 흥분하거나 큰 소리를 낼 때만 카메라를 들이댔어. 그렇게 남이 괴로워하는 모습이 재미있냐."

자신을 비추던 카메라맨에게 덤볐는지 화면이 크게 상하로 흔들렸다.

"나, 나는 절대로 범인 (삐……)과 악덕한 변호사를 용서하지 못해. 정의로운 판결이 내려질 때까지 계속 싸운다. 하지만 너희도 용서 못 해. 내 가정, 불쌍한 레이카와 미사키를 이용한 야비한 인간들, 평생 후회하게 해줄 테다."

짐승같이 일그러진 고히루이의 얼굴이 클로즈업되며 영상은 끝났다.

"늘어선 보도진들에게 욕설을 퍼부었을 뿐만 아니라 기자들하고 난투극까지 벌였어. 그런 사람이 불과 수년 사이에 거세된 동물처럼 온순해질까? 아니, 고히루이의 증오와 원한은 마그마가 되어 의식의 밑바닥에 잠겨 있을 뿐이야. 후루사와와 에토는 거짓 정신 감정으로 감옥행을 피했을 뿐만 아니라 마음에 폭탄을 품은 살인자 예비군을 만들었어. 둘 다 무서운 범죄라고."

4

사건 발생 후 이틀이 지났음에도 지바현경은 도마 가쓰오의 소재를 파악하지 못하고 있었다. 마쓰도경찰서의 다테와키가 수시로 연락하지만 진척 상황을 보고한다기보다는 새로운 정보를 얻었는지 확인하는 수준이었다.

조수석에 앉아 있는 와타세가 중얼거렸다. "마쓰도경찰서의 수사본부도 꽤나 애를 태우고 있군그래."

"이제 막 퇴원한, 더구나 판단력은 아이 수준인 인간이 전혀 수사망에 걸리지 않고 있어. 사정을 다 모르는 지바현경 입장에서는 완전 예상 밖인 거지."

와타세의 말을 들으면서 고테가와는 도마 가쓰오의 모습을 떠올렸다. 원래 고개를 숙이고 있는 데다 남들과 눈 맞추기를 극단적으로 두려워했다. 외모도 별 특징이 없다. 사람들 속에 섞이면 찾아내기가 쉽지 않을 것이다.

"야."

"네?"

"빨간 불이잖아."

허둥지둥 브레이크를 밟았다. 자동차는 정지선을 약간 넘어 멈추었다.

"정신이 딴 데 가 있군."

"아닙니다."

그렇게 대답했지만 정신이 딴 데 팔려 있었다는 것은 인정했다. 도마 가쓰오의 행방이며 지금 향하는 곳을 생각하니 마음이 무거웠다. 가고 싶은 마음과 가고 싶지 않은 마음이 반반이었다. 마음이 오락가락한 탓인지 집중이 잘 안 됐다.

와타세가 말한 행선지는 하치오지 의료교도소. 우도 마사토의 어머니 사유리가 수용돼 있는 곳이다. 사유리는 이전 사건에서 체포됐지만 사이타마지검은 피고인의 정신상태가 너무 불안정했기 때문에 기소를 망설였다. 하지만 의사가 '책임능력이 있다'고 판단했기 때문에 기소했다. 그런데 1심에서 사형 판결이 내려진 직후, 사유리의 정신상태가 더 악화되자 급거 하치오지 의료교도소에 입소시켰다. 물론 변호인이 즉시 항소했기 때문에 재판이 남아 있지만, 변호인은 틀림없이 형법 제39조 1항, '심신상실자의 행위는 벌하지 않는다'를 적용해야 한다고 주장할 터다. 따라서 검찰 측도 재판을 계속 밀어붙일지를 두고 곤혹스러운 상황이었다.

사유리는 전에 도마 가쓰오의 보호관찰사로 일했다. 의지할 데 없는 도마 가쓰오는 보호자 같은 존재인 사유리를 전적으로 신뢰했다. 도마 가쓰오가 어디로 잠적했는지를 사유리가 알고 있다고 해도 전혀 이상할 게 없다. 하지만 정신질환으로 입원해 있는 사유리의 증언을 얼마나 믿을 수 있을까.

"입소자를 면회할 수 있습니까?"

"사유리의 경우, 일반인은 면회를 할 수 없지만 수사 관계자와 변호인은 가능해. 물론 교도관 입회하라는 조건이 붙지만."

고야스초로 들어가 얼마 가지 않아 의료교도소 건물이 보였다. 외관은 교도소라기보다는 병원에 가까웠다. 문짝의 격자무늬도 부드러워서 삼엄한 느낌이 전혀 없었다. 여느 교도소처럼 높은 담이 에워싸고 있지만 위압감은 별로 없었다.

"경비가 둘뿐인데요."

"다른 교도소보다 감시는 훨씬 느슨해. 병자를 상대하니까 그렇겠지."

정문 양쪽에 서 있는 경비원에게 신원을 밝히자 문이 열렸다. 주차장에 차를 세웠다. 여기까지 왔음에도 고테가와의 다리는 여전히 무거웠다. 사유리와 얽힌 인연은 결코 가볍지 않았다. 사유리의 모성에 끌리고 그녀의 요리에 입맛을 다신 적도 있었다. 그녀의 손가락이 연주하는 피아노 연주에 마음을 빼앗긴 적도 한두 번이 아니었다. 그렇기에 사유리가 사건에 관여했음이 밝혀졌을 때 큰 충격과 상처를 받았다. 육체적, 정신적으로 재기 불능인 중상을 입었지만, 그래도 강인한 몸을 타고났기 때문에 현장에 복귀할 수 있었다. 그리움과 거부감이 공존했다. 이런 것을 애증이라고 하나 보다. 고테가와로서는 이런 사실을 다 아는 와타세가 쓸데없는 소리를 하지 않아 고마웠다. 사유리를 면회해도 괜찮겠냐? 아직 미련이 있느냐? 이런 괜한 소리는 일절 하지 않았다. 마음을 쓰지 않기에 삼갈 필요도 없고 억지로 분발할 이유도 없었다. 철저히 정보나 찾아내라고 말하는 듯해서 오히려 개운했다.

사람 그림자 하나 없고 널찍했다. 2층짜리 청사는 마치 관공서 같은 분위기였다. 교도소라는 느낌은 조금도 들지 않았다. 안내 데스크에 가서 찾아온 이유를 말하자 사유리는 치료 중이라고 했다.

"치료요? 의사가 약을 투여하고 있다는 겁니까?"

"아뇨. 음악실 쪽에 있는 듯해요. 교도관이 안내해드릴 거예요. 아아, 변호인이 먼저 와 계신 것 같네요. 어떻게 하시겠어요?"

"접견이 끝날 때까지 기다리죠."

변호인이라, 조금 의외였다.

사유리가 돈이 드는 변호사를 고용했을 것 같지는 않았다. 아마 국선변호사일 것이다. 국선변호사가 피고인을 위해 열과 성을 다한다는 말은 들어본 적이 없다. 한데 여기 와 있다면 나름대로 밥값을 하고 있는 셈이다. 사실 의료교도소까지 찾아오는 사람은 보기 드물다.

교도관을 따라서 복도를 걸어갔다. 조용하고 평온한 공기가 흐르고, 세 사람의 발소리만 뚜벅뚜벅 울렸다. 교도소인데 교도관이 눈에 안 띄고, 의료 기관인데 의사나 간호사를 보기 어려웠다. 방문하기 전에 와타세가 하치오지 의료교도소의 실태를 얘기해주었다. 수용 정원이 439명이지만 이미 정원을 초과했다. 필요한 의사의 수는 열일곱이지만 열 명밖에 없었다. 심지어 상근인데도 일주일에 3일만 근무하는 의사도 있었다.

이는 의사 개인의 문제이자 시스템 문제이기도 했다. 하치오지뿐만 아니라 전국의 의료교도소 환경이 다들 열악하다. 의료 시설을 제대로 갖춘 교도소는 적고 건물도 낡았다. 환자가 범죄자라서 의사나 간호사가 들어오고 싶어 하지 않을뿐더러 예산 문제로 필요한 설비나 약품도 충분히 구비하지 못한다. 더구나 급여는 민간의 70퍼센트 수준이라고 한다. 당연히 정신과 이외의 일반 의사에게 매력이 없을 뿐 아니라 필요 이상의 부담감에 짓눌린다. 의료교도소에 필요한 물리치료사, 작업치료사, 심리치료사, 사회복지사 같은 전문가는 정원을 못 채우는 형편이다. 의사를 국가공무원으로 임명하는 방법도 있지만 주 40시간 근무를 강요하는 상황이 되면서는 사직하고 나가면 그만이다.

의학부 학생을 활용하자는 목소리도 들린다. 학자금 대출 제도(간병 분야에 취직하고 싶어 하는 학생을 대상으로 학자금을 빌려주는 제도. 일본 후생노동성에서 실시하고 있다-옮긴이)는 임상수련을 받은 뒤 3년 이상 교정 시설에 근무하면 대출금 전액 또는 일부를 탕감받을 수 있기 때문이다. 하지만 이러한 방안에도 2004년에는 불과 열세 명밖에 지원하지 않았다. 전문가 이상으로 학생들이 이른바 3D 직장을 꺼린다는 의미다. 또 개업의뿐 아니라 의사 면허를 소지한 사람이라면 분야를 가리지 않고 모집하지만 역시 많이 지원하진 않는다. 인원과 설비가 부족하고 건물도 낡아 직원들은 다들 우울하고 활기가 없다. 여기 감도는 고요함은 안식에서 오는 평온이 아니라 지친 자들의 절망일지도 모른다.

"사유리의 용태는 어떻습니까?"

와타세의 물음에 교도관은 미간을 찌푸렸다. "오락가락한다고 할까요……. 상태가 좋을 때는 일상 대화도 나누지만 가끔 사나워지더군요. 그럴 때는 어쩔 수 없이 구속복을 입힙니다."

구속복은 직원들에게 폭력을 행사하지 못하게 하려고 입히지만 또 다른 목적은 자해 방지다. 사유리가 구속복을 입은 모습을 상상하자 가슴이 아팠다. 증오하고도 남을 대상이지만 여전히 애틋한 마음을 버리지 못하고 있다.

"음악실이었죠? 사유리에게 음악요법이 실시되고 있는 겁니까?"

"음악요법을 아십니까? 네, 사유리가 피아노를 칠 때면 비교적 안정을 찾아서요. 약물요법, 정신요법, 레크리에이션요법 등을 실시하는데 사유리는 음악요법이 가장 잘 맞았습니다. 좋은 곡을 잘 연주하니까 다른 환자들한테 방해도 안 되고요."

설명을 들으면서 고테가와는 아이러니한 생각에 사로잡혔다. 사유리는 피아노 교사를 하면서 도마 가쓰오에게 음악요법을 시도했었다. 문외한인 고테가와가 보기에도 분명히 효과가 있었고, 음악요법을 시행하던 사유리와 도마 가쓰오의 행복한 얼굴은 지금도 잊지 못한다. 한데 지금은 사유리에게 음악요법이 실시되고 있다니. 이것이 아이러니가 아니고 무엇일까.

피아노 소리가 점점 가까이에서 들려왔다. 갑자기 고테가와는 전기충격을 받은 느낌이 들었다. 절대 잘못 들을 리 없는 소리였다. 건반을 두들기는 이 소리, 틀림없이 사유리의 연주였다. 모차르트의 곡일까, 유려한 멜로디인데 음 하나하나가 서로 어울리지 않을 정도로 힘찼다.

이윽고 교도관은 발을 멈췄다. "여깁니다."

문을 연 순간, 강렬한 소리가 흘러넘쳤다. 그리우면서도 참혹한 기억이 제멋대로 솟구쳤다.

아아, 이 피아노 연주다. 이 소리는 정서를 어루만지는가 하면 마구 휘젓기도 한다. 방 크기는 다섯 평 정도 될까. 방음 설비는 사치고 중앙에 자리 잡은 피아노도 업라이트로 보급품이었다. 피아노를 중심으로 죄수복을 입은 사유리와 교도관, 그리고 한 남자가 서 있었다.

"어머." 놀라는 목소리와 함께 연주가 중단됐다.

"고테가와 씨잖아? 오랜만이네."

눈부신 웃음을 머금은 얼굴이 예전 사유리 그대로라서 놀라웠다.

하지만 고테가와에게 놀라운 일은 또 있었다. 사유리 옆에 앉아 있던 남자를 보고 자신도 모르게 앗 하고 소리를 지를 뻔했다. 칼귀에 박정해 보이는 얇은 입술.

"다, 당신은 미코시바……."

"이런 예의 없는 사람을 봤나. 존칭은 좀 붙이시지."

불쾌한 듯 이쪽을 노려본 남자는 틀림없는 미코시바 레이지 변호사였다. 설마 여기서 만날 줄이야. 고테가와가 반사적으로 뒤를 돌아봤는데 와타세 역시 불쾌한 표정이었다. 반년쯤 전에 수사했던 사야마시(市)의 사체 유기 사건에서 미코시바는 가장 유력한 용의자였다. 법정 전술에 도가 튼 인물로 특별한 사정이 있는 부유층만을 고객으로 삼는 변호사. 수사 결과 미코시바는 혐의를 벗었지만 재판 과정에서 끔찍한 과거가 낱낱이 드러나 이미지를 구겼다. 14세 때 어린 여아를 살해하고 신체를 토막 내 유치원 현관이나 신사의 새전함(참배할 때 돈을 넣는 함-옮긴이) 위에 놓고 가는 흉악한 행동을 반복했다. 당시 '시체 배달부'라고 불리며 일본 전역을 공포의 도가니로 몰아넣은 소년은 거의 독학으로 법률을 공부하여 변호사라는 직업을 갖게 되었다.

"정말 오랜만이야, 고테가와 씨."

고테가와는 놀랐지만 사유리는 아랑곳하지 않고 천진난만한 미소를 지었다. 아하, 증상이 안정된 상태구나. 그래도 왠지 위험이 느껴져서 다가가기가 망설여졌다.

"오늘은 떠들썩하네. 미코시바 군뿐 아니라 고테가와 씨까지 와주다니."

미코시바 군? 당돌한 '군'이라는 호칭에 반응한 사람은 고테가와뿐만이 아니었다. 당사자인 미코시바도 곤혹스러운지 얼굴을 찌푸리고 있었다.

"항상 혼자라서 이렇게 시끌벅적하면 기뻐."

사유리는 내내 미소 짓고 있었다. 표정만 보면 자신이 저지른 일은 새까맣게 잊어버린 것 같았다.

"사이타마현경에서 무슨 일이신가. 어쨌든 지금은 담당 변호사가 접견 중이야. 기다리게."

이 말에 반응한 사람은 와타세였다. 와타세가 앞으로 나서자 미코시바의 태도가 약간 바뀌었다. 불손한 태도는 여전했지만 못마땅한지 잠시 시선을 피했다.

"이번에는 이 여자 변호인인가? 모르긴 해도 먼저 하겠다고 손들고 나섰겠지."

"맘대로 생각해."

"형법 제39조가 적용된다고 주장할 셈인가?"

"당신에게 우리 전략을 알려줄 의무는 없어. 기다리기 싫으면 당장 이 방에서 나가주지 않겠나."

"얼마든지 기다려줄 수 있어. 딱 하나만 물어보면 되니까."

"설마 개구리 남자 사건을 재수사한다는 소린 아니겠지?"

"도마 가쓰오의 행방을 좇고 있어."

"도마 가쓰오? 그래, 개구리 남자 사건에서 중요한 용의자였지. 그 친구가 어쨌는데?"

"새로운 사건의 용의자야."

"아하, 그래서 도마 가쓰오의 보호관찰사였던 이 여자를 찾아왔구먼. 흠, 유감스럽게도 헛수고를 했어."

"왜지?"

"접견 중이지만 특별히 봐주지. 이 여자한테 직접 물어봐."

와타세가 고테가와의 등을 툭 밀었다. 잘 아는 네가 물어봐라, 라는 뜻이었다.

와타세의 명령이라면 따라야 한다.

"사유리 씨…… 도마 가쓰오, 기억하십니까?"

"도마 가쓰오? 기억하냐고? 당연히 기억하지. 몇 안 되는 내 제자인데."

"지금 도마 가쓰오를 찾고 있습니다. 혹시 그애가 갈 만한 곳을 아십니까?"

"그애가 갈 만한 곳? 고테가와 씨가 이상한 말을 하네. 이 시간이면 사와이 치과에 있잖아."

고개를 갸웃하는데 절대 연기 같지는 않았다. 하지만 사유리도 도마 가쓰오가 체포되어 유치장에 구속되었던 일은 알고 있을 터였다. 이 행동이 연기가 아니라면 사유리의 기억에는 커다란 공백이 있는 셈이었다. 처음부터 방에 있었던 교도관을 쳐다보자, 포기하라는 듯 고개를 저었다. 비교적 안정되어 있다고 해도 이 정도가 한계라는 의미였다.

고테가와는 질문을 바꿨다. "그럼 사와이 치과나 기숙사 말고 갈 만할 데가 있습니까?"

사유리는 간단히 대답했다. "없어. 거기 말고 달리 갈 데는 없어. 세상은 전과자에게 아주 냉혹하거든."

한숨 섞인 말을 들으니 보호관찰사 사유리의 모습이 절로 떠올랐다. 전과가 있는 사람을 동정하는 선량한 사람. 나이에 비해 아이 같고 장난기가 있는 쾌활한 여성. 망상과 집착, 원망, 한탄의 기억 따위는 눈곱만치도 느낄 수 없다. 그렇다면 눈앞에 있는 이 사람은 망가진 인형일까. 너무 안타까워서 가슴이 찢길 것만 같았다.

미코시바가 얼굴을 들이밀더니 목소리를 낮춰 말했다. "질문 끝났나? 더 이상 옛날 사건 얘기 꺼내지 마. 이 여자가 착란 상태에 빠지면 대체 어쩔 셈인가."

"착란?"

"담당 의사한테 아무 얘기 못 들었나? 이 여자의 정신은 여전히 불안정하고 피아노를 칠 때만 그나마 온전해진다고. 섣불리 안 좋은 기억을 불러일으켜서 가느다란 줄까지 끊을 셈인가?"

이 남자의 말에 수긍하고 싶진 않지만 사유리를 괴롭힐 생각은 전혀 없었다. 불만이 있더라도 지금은 얌전히 물러날 때였다.

"고테가와 씨, 그거 물어보려고 왔어?"

"네, 뭐……."

"좀 어색하지 않아?"

"네?"

"기껏 여기까지 왔는데. 전처럼 한 곡 듣고 가."

아아, 그렇구나. 고테가와는 이해가 됐다. 사유리의 기억은 고테가와가 연주를 들으려고 집에 자주 들르던 무렵에 멈춰 있었다.

"아니, 그렇지만……."

"미코시바 군도 아직 괜찮지? 시간."

"아…… 아아, 한 10분 정도는 괜찮겠군."

"10분이라. 그럼 〈열정〉 1악장만 어때?"

베토벤의 피아노 소나타 〈열정〉. 갑작스러운 일이라 놀랐다. 설마 사유리가 연주하는 베토벤을 다시 듣게 될 줄은 전혀 몰랐다.

순간 와타세의 눈치를 살폈는데 화가 난 것 같지는 않았다. 미코시바는 왠지 부끄럼을 타는 눈으로 사유리를 보고 있었다. 경찰뿐 아니라 검사도 안하무인이라는 미코시바에게는 전혀 어울리지 않는 태도였다.

"우연치고는 재미있어. 두 사람 모두 베토벤 피아노 소나타를 아주 좋아하잖아."

자신도 모르게 미코시바와 고테가와는 서로 쳐다봤다.

연주는 허를 찌르듯 시작했다. 처음에는 듣는 사람의 정신을 파괴하는 음울한 멜로디를 내뿜었다. 그동안 시디나 휴대용 플레이어로 수없이 들었는데 으뜸음을 듣는 순간 고테가와의 온몸은 사유리의 손끝에 사로잡혔다. 서서히 살며시 다가오는 듯한 한 소절로 곡의 비극성을 제시했다. F단조의 으뜸화음에 숨듯이 오르내리는 펼침음이 엉겨 곡조를 불안하게 이끌었다. 사유리의 좌우 손가락은 2옥타브 떨어진 유니존을 연주하면서 펼침화음을 변주했다. 느닷없이 튀어 오르는 어두운 소리. 〈운명〉 교향곡으로 유명해진 모티프가 저음역에서 정체를 드러냈다. 고테가와의 귀가 움찔했다. 느닷없이 사유리의 광기의 편린을 본 것 같았기 때문이다. 갑자기 밝게 변조되는 듯하더니 오래가지는 않았다. 반주는 더 음울한 멜로디를 이어가고 곡의 분위기를 제약했다. 이어서 내림마장조의 동음연타가 어두운 감정을 떨치고 춤을 추게 했다.

고테가와는 귀를 기울이면서 닥쳐오는 불안감에 떨었다. 분명 조율도 제대로 안 돼 있을 것이다. 간혹 저음부가 수상한 불협화음에 흐릿해지면서 불안감을 연출하는 데 한몫하고 있었다. 사유리의 또 다른 특성인 광기를 직접 본 고테가와로서는 그냥 보아 넘길 수 없는 실재감이 있었다. 결코 피아노가 그려내는 환상이 아니었다. 이 불안감, 위험한 감정은 틀림없이 연주자의 가슴속에 자리 잡은 원한이었다. 일단 소리가 끊기고 안녕이 찾아왔다. 하지만 이 역시 한순간의 환상이었다. 바로 E장조로 변조되어 다시 어두운 정념과 절망을 뒤섞여 달리기 시작했다.

전개부에 들어서도 질척한 음계는 잠시도 평온을 허용하지 않았다. 불신과 불안, 회의를 내포한 채 듣는 자의 마음속을 후볐다. 주제에 이른 선율은 이미 망상과 집착에 사로잡힌 괴물이 되었다. 원래 이 소나타는 펼침화음에 심상치 않은 집착이 숨어 있었다. 동기를 유지해서 통일감을 도모하고, 또 동기를 분산하고 확대해서 곡을 유기적으로 변용시키려 했다. 사유리의 연주에서도 잘 드러났다. 단, 이런 효과가 나타나는 방식이 이질적이었다. 사유리의 연주는 유기적으로 확대되면서도 집념과 광기가 한없이 전염되는 듯한 불안을 숨기고 있었다.

다른 사람들은 이 연주를 어떻게 듣고 있을까. 궁금해져 옆에 있는 미코시바를 훔쳐봤다. 미코시바 역시 감정의 격동을 견디고 있는 듯했다. 입술을 굳게 다물고 마음속에서 키우는 짐승을 필사적으로 억누르고 있는 얼굴이었다. 그에게도 이 '열정'은 안식과는 거리가 먼 모양이었다. 연주되는 소리에는 연주자의 모든 것이 드러난다. 고테가와는 클래식도 피아노도 잘 모르지만 베토벤의 3대 소나타만은 모두 흥얼거릴 수 있을 정도로 들었다. 그래서 '연주되는 소리에는 연주자의 모든 것이 드러난다'는 말이 무슨 뜻인지 어렴풋이나마 이해했다. 사유리는 역시 정신이 병들어 있었다. 설령 사건 기억이 비어 있더라도 의식 깊숙한 곳에서는 짐승이 발톱을 갈고 있었다. 영혼 깊은 데서 미친 악귀가 숨죽이고 있다. 분명 미코시바도 이를 감지하고 불안을 느끼고 있었다.

재현부에 들어서자 타건(打鍵)은 더욱 거세졌다. 사유리는 건반에 증오를 내려치듯 선율을 거칠게 새겼다. 주제가 기교적으로 변조되는 한편, 선율은 끊임없이 신음하고 주변을 끌어들이며 거센 파도처럼 덮쳤다. 그런가 싶으면 부침을 반복하면서 침울한 색채에 휘감긴 채 기어갔다.

종결부가 되자 면밀한 펼침화음이 수놓이고 저음역에서 주제가 반복됐다. 내림라장조, F단조로 어지럽게 변조하는 가운데 재촉하듯 절박한 음이 가슴을 휘저었다. 그 사이에 슬쩍슬쩍 안녕이 고개를 내밀지만 금방 다시 절망이 뒤덮었다.

대체 이건 뭔가. 귀에 익은 〈열정〉에는 애절함과 슬픔이 있지만 사유리의 연주에는 그런 정념이 털끝만치도 없었다. 같은 리듬, 같은 멜로디인데 전혀 다른 곡으로 변모했다. 파도처럼 밀려오는 소리에 저항할 방법도 없고 숨을 데도 없었다. 고테가와는 온몸에 절망의 비를 흠뻑 맞으며 공포에 떨었다.

희망에 대한 거절.

타인에 대한 거절.

평온에 대한 거절.

불과 10분도 안 되는 악장에 이렇게까지 광기가 응축될 수 있을까. 단 한 대의 피아노에 이렇게까지 원망과 한탄이 담길 수 있을까. 〈운명〉 교향곡과 유사한 주제가 반복되는 가운데 음량이 줄어들었다. 코다에 진입하기 전의 도움닫기였다. 고테가와의 심장 고동은 사유리의 연주에 공감하고 이제는 최약음과 함께 나락에 가라앉아 있었다. 호흡은 얕아지고 시야도 몹시 좁아졌다.

느닷없이 음이 튀어 올랐다. 흉포하고 무자비한 음이 잇따라 서로 겹쳤다. 고테가와는 이제 꼼짝도 할 수 없었다. 열기를 띠며 선율이 흩날렸다. 사유리의 두 손이 거칠게 건반을 두들겨댔다. 멜로디가 고테가와의 영혼을 꽉 움켜쥐고 농락했다. 이윽고 음량이 차츰 줄어들고 선율은 잠자듯 조용해졌다. 마지막 한 음이 희미하게 사라지자 고테가와는 어깨를 툭 떨구었다. 단지 연주를 듣기만 했는데도 전속력으로 100미터를 달린 듯한 피로감이 덮쳐왔다.

문득 옆을 보았는데 미코시바도 천장을 올려다보며 깊은 한숨을 내쉬고 있었다. 미코시바의 접견 시간이 끝나자, 와타세와 고테가와도 방을 나왔다. 더 이상 버텨봤자 사유리에게 의미 있는 정보를 끌어낼 수 없다고 판단했기 때문이다.

사유리의 피아노 연주에 농락당한 고테가와는 부끄러움을 얼버무리고 싶은 마음에 미코시바에게 질문을 던졌다. "왜 당신이 사유리 씨 변호인이지?"

"누구를 변호하든 내 맘 아닌가."

"사유리 씨한테는 당신을 고용할 여유가 없을 텐데. 본인을 알릴 목적일 테지만 이 사건이 무죄로 판명되면 평판이 더 나빠질걸."

미코시바는 잠시 고테가와를 노려본 뒤 와타세를 보았다. 그러고는 흥 하고 콧방귀를 뀌었다.

"어차피 조사하면 금방 알게 되겠지. 나와 이 여자는 오래전부터 알고 지낸 사이야."

그제야 납득이 갔다. 미코시바와 사유리는 간토의료소년원에 수용됐었다. 시기도 겹쳤다. 즉, 두 사람은 소년원 동기였다.

"변호인 겸 신원인수인이야. 그러니까 한 번 더 말해두지. 의뢰인에게 필요 이상의 접촉은 삼가주게. 치료에 방해가 될뿐더러 상태가 더 악화될 수 있어."

"필요 없으면 경찰이 뭐하러 접촉하겠어."

와타세가 혼잣말처럼 중얼거린다. "하지만 도마 가쓰오가 여자에게 접촉할 수도 있어. 어차피 녀석에게는 이 사유리라는 여자가 하나뿐인 가족이나 마찬가지니까."

"경비망을 뚫고 여기까지 온다고? 말도 안 되는 소리. 도주 중인 용의자가 제 발로 교도소에 침입한다는 거야?"

"보통 사람은 예상도 못 할 행동을 해. 그래서 아직 잡지를 못하고 있고. 만약 두 사람이 재회라도 해봐. 경찰을 면회할 때보다 더 심하게 상황이 악화될 수도 있어."

미코시바가 입을 다물었다. 상대를 협박하는 일은 와타세 쪽이 한수 위인 모양이었다.

"당신이 이해타산 없이 여자를 변호한다는 말은 믿어주지. 그러니까 협력해. 만약 도마 가쓰오가 접근하는 낌새가 조금이라도 보이면 바로 알려주게."

난폭한 방식으로 협력을 요청했지만 미코시바에게 거절 의사는 없어 보였다.

"의뢰인에게 도움이 된다면 그렇게 하지."

그렇게 대답하자마자 미코시바는 등을 돌려 복도 너머로 사라졌다.

"정말이지, 교활한 놈이야."

와타세는 내뱉듯 말했지만 고테가와도 한소리 하고 싶어서 견딜 수가 없었다. 교활한 건 바로 당신이잖아.

*

감염증 환자가 아닌 이상 환자가 퇴실한 뒤의 청소는 간호사가 한다.

히사카 교코는 환자가 사용한 리넨 제품을 전용 바구니에 넣고 휴지통을 비운 뒤 병실을 소독하기 시작했다. 청소하면서 얼마 전에 퇴원한 미키모토 노인을 떠올렸다. 항상 백발을 단정하게 손질하며 멋을 잊지 않는 고상한 노인이었다. 교코가 점적주사를 놓으러 갈 때마다 반갑게 웃어주었다. 어릴 때 할아버지를 따랐던 교코는 노인의 웃음이 격려가 됐다.

조호쿠대학 부속병원의 병실은 항상 빈자리가 없었다. 그래서 미키모토 같은 고령자는 장기 입원이 좀처럼 허용되지 않았다. 치매와 십이지장궤양을 앓고 있었지만 회복 단계에서 퇴원할 수 있어서 다행이었다. 모두 주치의였던 오마에자키 덕분이었다.

아아, 오마에자키 교수님. 교코는 갑자기 생각이 나서 또 오열할 뻔했다. 명예교수라는 자리에 있으면서도 그처럼 대인관계가 좋은 교수님은 없었다. 간호사든 환자든 간에 항상 자상하게 대해주었다. 미키모토를 비롯해 오마에자키를 따르는 환자가 많았다. 깊은 지성과 자비심을 갖춘 인격자였다. 그런데 잔인하게 살해되다니. 교코는 무의식중에 입술을 깨물었다. 보도에 따르면 가장 유력한 용의자는 오마에자키의 환자였던 사람이다. 정말 참혹한 일이다. 치료해준 은혜를 잊고 주치의를 살해하다니 그건 인간이 할 짓이 아니었다.

"설령 범죄자라도 치료하는 입장에서는 그저 환자일 뿐이라네."

오마에자키가 입버릇처럼 한 말이었다. 하지만 오마에자키를 살해한 범인이 환자로 들어온다면 교코는 그를 단순한 환자로 대할 자신이 없었다.

2
녹이다

1

11월 20일 오전 3시 15분, 구마가야시 미이즈가하라. 이 일대는
자위대 기지를 중심으로 크고 작은 공장이 늘어서 있다. 지금은 거
의 모든 공장의 불이 꺼져 있지만, 외곽에 위치한 한 건물에서는
희미한 불빛이 흘러나오고 있었다. 주변에 세워진 경찰 차량으로
보아 저곳이 분명 현장인 '야시마 프린트'일 터였다. 강력계 소속
인 나메이는 졸린 눈을 비비며 서둘러 현장으로 향했다. 구마가야
경찰서로 신고가 들어온 것은 한 시간 전이었다. 신고가 한밤중에
들어온 거야 특별한 일이 아니지만, 신고한 사람의 목소리가 신경
쓰였다.

"병원, 늦었어, 죽었어……."

경찰 상황실 요원의 말로는 신고한 사람의 목소리가 더듬거리
면서 떨고 있었다고 한다.

전문가도 아닌 일반인이 보고 병원에 가봐야 늦었다고 말하다

니, 대체 어떤 상황일까. 아무래도 신고한 사람이 외국인 노동자인지 담당자가 자세한 상황을 물었지만 무슨 말인지 알아들을 수가 없었다고 한다. 왠지 말로 표현할 수 없는 불안이 느껴졌다.

공장 옆에 차를 세우고 빙 둘러쳐진 노란색 테이프 밑을 통과했다. 이미 감식반이 일을 마쳤는지 안쪽에서 줄지어 나왔다. 나메이는 그중 한 사람에게 말을 걸었다.

"왜 이렇게 빨리 끝났어? 신고가 들어온 지 한 시간밖에 안 지났는데."

그러자 감식반원 표정이 어두워졌다.

"별로 일을 할 수 있는 현장이 아닙니다, 경부님." 이 한마디를 남기고 서둘러 떠났다.

불안감에 더해 으스스함이 느껴졌다. 공장 안으로 들어가자 경찰이 한 남자를 붙들고 상황을 알아보는 중이었다. 경찰은 나메이를 보자 허둥지둥 경례를 했다.

"이분은?"

"공장의 반바 주임입니다."

소개를 받은 반바는 떡방아처럼 연신 고개를 주억거렸다. 작은 눈과 구부정한 자세가 몹시 소심한 인상을 줬다.

"정말 수고가 많으십니다."

"무슨 사고입니까? 상황실 직원 말을 들어서는 정확한 상황을 모르겠는데."

"바, 발견한 사람은 심야 근무를 하는 직원이었습니다."

"심야 근무?"

"요즘 주문이 많아져서 공장을 24시간 돌리고 있었습니다."

반바의 이야기는 다음과 같았다.

'야시마 프린트'는 프린트 회로기판을 제조하는 공장이다. 작년부터 해외 주문이 급증해서 24시간 근무 체제로 바꿨는데, 저녁 9시부터 아침 8시까지 근무하는 사람은 대부분 외국인이고 이번 사고를 발견한 사람도 이란인이라고 했다.

"하지만 죽은 사람은 일본인…… 같습니다."

"같다?"

"목격한 동료 말로는 분명히 사토라고 합니다. 사토 나오히사라고 하는데 올 가을부터 계약직 사원으로 일하고 있었답니다. 단지 저기, 뭐라고 해야 하나, 제가 봐도 본인이라고 확신할 수 없어서……."

"반바 주임님이 사토 본인인지 확신할 수 없다고요?"

"지금 이 상태로는 좀……."

말하면서 반바는 계속 얼굴을 찌푸렸다.

회로기판에 먼지 같은 미립자가 들러붙지 않게 하려고 그랬는지 공장 출입구는 이중문으로 되어 있었다. 원래는 첫 번째 문을 연 뒤에 방진 작업복으로 갈아입는 모양이었다.

두 번째 문을 연 순간, 약품 냄새가 코를 찔렀다. 알코올과 철, 그리고 타는 냄새.

"뭘 태우는 중입니까? 타는 냄새가 나는데요."

"황산 냄새입니다. 회로기판에 황산동을 사용하기 때문에 늘 고농도 황산을 갖추고 있거든요……. 아아, 저기입니다."

반바가 가리킨 방향에는 키 큰 검시관이 하릴없이 서 있었다. 검시관 눈앞에는 허리 높이의 탱크가 놓여 있었다.

"어이, 나메이 씨가 왔군."

나메이는 검시관이 힘없이 웃는 모습을 보고 우려한 대로임을 눈치챘다.

"망자는 여기 있어."

검시관은 턱으로 탱크를 가리켰다. 직경 3미터 정도 되는 탱크를 옅은 황색 액체가 덮고 있고, 중앙에는 기이한 것이 가라앉아 있었다. 처음에는 기이한 물체로만 보였다. 마치 성인 남성이 욕조에 몸을 담그고 있는 듯했지만 성한 부분은 목부터 위뿐으로 수면 아래에 흔들리는 몸은 갈비뼈가 드러나 있었다. 갈비뼈 밑에는 장기가 있어야 하는데 용액에 녹아 그 원형이 망가진 상태였다. 사지도 절반 이상이 용해되어 대퇴골이 드러나 있었다.

갑자기 아주 이상한 냄새가 풍겼다. 고기 타는 냄새와 약제 냄새가 서로 뒤섞여 형용할 수 없는 자극적인 냄새를 내뿜었다. 자세히 보면 온전하다고 생각한 목 윗부분도 용액이 닿는 부위부터 피부가 녹기 시작해서 지방과 조직이 실처럼 펼쳐져 있었다. 작업복을 입고 있었겠지만 속옷도 모두 용해되어 수면에는 천 조각이 약간 떠 있을 뿐이었다.

나메이는 한동안 할 말을 잃었다. 그래서 다행이었다. 주변으로 퍼지는 고깃덩이 녹는 냄새를 맡으면 분명 구토를 했을 것이다. 나메이는 허둥지둥 손수건으로 입과 코를 막았다.

"검시관님, 이건……."

"보시다시피. 실수로 강한 황산이 담긴 탱크 안에 떨어진 모양이야."

검시관은 발밑을 가리켰다. 바닥에는 미끄럼방지 고무가 깔려 있었다.

"원래는 미끄러질 일이 없겠지만 망자는 마스크를 안 쓰고 있었나 보더군. 감식반이 작업대 위에서 마스크를 발견했어."

작업 중 사정이 생겨 잠시 마스크를 벗은 걸까. 실제로 그랬다면 현장의 위험성을 가볍게 보고 있었던 것이다.

"알코올 약품 냄새를 계속 맡는 사이에 의식을 잃은 것 같아. 심야 작업이 이어져서 수면 부족이었을 가능성도 있고. 그래서 몸의 중심을 잃고 황산이 가득 담긴 탱크 안으로 미끄러졌다. 그런 상황 아닐까 싶은데."

"본인임을 특정할 수 있겠습니까?"

"일단 두부는 남아 있으니까. 아아, 이제 여기서 꺼내줘. 이대로 두면 너무 불쌍하잖아."

검시관은 주변에 있던 감식반원과 경찰관에게 말을 건넸다. 하지만 아무도 탱크로 다가가려고 하지 않았다. 당연했다. 아무리 일이라고는 해도 절반이 녹은 시체를 들어 올려야 하니, 끔찍한 노릇이었다. 비닐 시트는 황산에 녹기 때문에 시체는 고무 시트를 벗긴 콘크리트에 놓았다. 임시변통이라도 해도 망자에 대한 예의가 아니지만 어쩔 수 없었다.

"반바 주임님, 잠시만요."

탱크에서 저만치 떨어져 있던 반바가 흠칫 어깨를 떨었다.

"이쪽에 오셔서 피해자가 사토 씨인지 다시 확인해주십시오."

반바가 싫어하는 이유도 지금은 이해가 됐다. 인체 모형을 만들다 만 듯한 형상을 몇 번이나 보고 싶은 사람은 없다. 그래도 반바는 조심조심 다가와서 시신의 얼굴을 들여다보았다.

"저기…… 얼굴도 좀 짓물렀습니다만…… 아마…… 네에, 아마 사토가 틀림없는 것 같습니다."

"사토 씨는 가족과 같이 살았습니까?"

"아뇨, 아파트에서 혼자 살았을 겁니다. 하지만 지바 쪽에 부모님이 계시다는 말을 들은 적이 있습니다."

"본가 연락처는 아십니까?"

"네. 채용 서류에 긴급연락처가 있을 겁니다."

하긴 이것은 긴급 상황이지. 나메이는 배배 꼬아 생각했다.

"이런 망자는 곤란한데."

검시관이 중얼거렸다. "목부터 아래는 거의 녹았으니까 외상이 있었는지도 알 수 없어."

"타살일 개연성도 있다는 겁니까?"

"감식반 말로는 탱크 주변에 다툰 흔적은 없어. 하지만 현재 상황으로는 사건, 사고 어느 쪽이라고 단정하기 어려워."

이렇게 시체를 눈앞에서 보면 검시관 일도 고역이라는 생각이 들었다. 검시조서를 작성해야 하는데 이 상태로는 기입할 수 있는 항목이 별로 없었다.

"이란인 동료가 신고했었죠? 그분은 어디 있습니까?"

반바가 죄송하다는 듯 입을 열었다. "일단 휴게실에서 쉬라고 했는데, 여하튼 일본에 온 지 얼마 안 돼서."

즉, 통역이 필요하다는 얘기군. 경찰서에는 페르시아어를 할 줄 아는 사람도 있지만 불러내려면 8시가 넘는다. 그때까지는 더듬더듬 영어로 얘기할 수밖에 없었다.

"단지 하디……. 아아, 신고한 이란 사람 이름인데요, 그 친구에게 물어도 들을 얘기가 별로 없을 겁니다."

"왜죠?"

"심야 작업에서는 한 구역에 한 사람이 근무합니다. 하디는 여길 지나가다가 탱크에 있는 사토를 발견한 것 같더군요. 황산 용액이 가득한 걸 알고 있으니까 서둘러 경찰에 신고했죠. 제가 소식을 들고 달려왔을 때는 하디도 거의 공황 상태였습니다."

황산이 가득 담긴 탱크가 있는 구역에서 작업 인원이 한 명뿐이라면 안전관리에 문제가 있다. 하지만 추궁은 나중에나 할 일이다. 반바의 말에 따르면 피해자가 탱크에 빠졌을 때 목격자는 없었다. 더구나 중요한 물증인 시체는 목 아래 부위가 거의 녹아버렸다. 어디 사는지를 알면 가택수사를 통해 모발 따위를 채취해 이 시체가 사토 본인인지를 알 수 있다. 문제는 이것이 사고냐, 사건이냐 하는 점이다. 초동수사에서 오판을 해버리면 나중에 수습하기 곤란해진다.

"저기, 전 이제 가봐도 될까요?"

반바의 물음에 나메이는 귀를 의심했다. 검시관도 대놓고 비난하는 표정을 지었다.

"주임님은 현장 책임자 아닙니까?"

"네, 뭐."

책임감이 없는 건가, 아니면 시체가 있는 이 상황을 견딜 수 없는 걸까. 관리책임자라는 사람의 언동에 갑자기 화가 났다.

"피해자의 연락처는 물론이고 취업할 때의 상황이나 직장의 인간관계를 좀 알아봐야 해서요, 좀 더 시간을 내주셔야겠습니다."

"저기, 하지만 말이죠. 사토는 계약직 사원이고 거의 심야 근무를 해서 저도 잘 모르거든요. 저는 오후 7시까지 근무해서 사토와는 딱 교대하고 나가는 편이라."

기가 막혔다. 사토 나오히사라는 인물이 이 회사에서 어떤 취급을 받았는지 어렴풋이 알 수 있었다.

"범죄 수사 가능성도 있어서요, 부디 협조 부탁드립니다."

"범죄 수사."

반바의 표정이 갑자기 바뀌었다.

"타살 가능성도 있다는 뜻이군요?"

"아직 초동수사 단계라서 모든 가능성을 열어두고 있습니다. 그런데 타살 가능성이 있다는 게 어때서요?"

"그럼 다행이라는 생각이 좀 들어서요."

"왜죠?"

"그건 역시, 생각해보시죠. 사고라면……."

반바는 말을 하려다가 허둥지둥 입을 다물었다. 하지만 무슨 말을 하려고 했는지 쉽게 짐작이 갔다. 사고로 판명되면 현장의 안전 관리가 문제 되고 취업자의 상태에도 관심이 쏠린다. 하지만 살인 사건, 혹은 자살이라면 회사는 책임을 벗을 수 있다. 빌어먹을. 직원의 죽음보다 회사 체면이 더 중요한 것이다. 갑자기 반바를 취조실에서 신문하고 싶은 마음이 들었지만 곧바로 직업윤리가 작동했다.

"어디 차분히 얘기할 데 있나요. 반바 주임님과 동료들에게 물어야 할 것이 있어서요. 아아, 마땅한 장소가 없으면 경찰서까지 와주셔도 됩니다만."

반바는 고개를 설레설레 저었다. 관계자들과 면담을 한 결과 '야시마 프린트'의 노동 조건은 나메이의 예상보다 훨씬 더 열악하다는 사실이 드러났다. 해외 브랜드의 휴대전화 수요가 늘어나자 이 회사의 수주량이 급증했다. 하지만 최근에 나타난 엔고 현상으로 양산을 해야 이익을 확보할 수 있었다. 그래서 적은 임금으로 고용할 수 있는 계약직 사원과 외국인 노동자를 채용하기 시작했다. 이들이 약자임을 악용해 상식을 벗어난 중노동을 강요하고 있었던 것이다.

처음에 반바는 자세한 이야기를 하지 않으려 했지만, 다른 계약직 사원과 외국인 노동자들의 이야기를 듣는 사이에 모든 전말이 밝혀졌다. 나메이가 계산해보자 심야 근무의 시급은 놀랍게도 평균 450엔에 불과했다. 더구나 한 구역에서 가용 인원을 극도로 줄였고 황산 탱크 같은 위험한 설비도 곳곳에 배치돼 있었다. 시급이 낮으면 장시간 일해야 하기에 저절로 피로가 쌓이지만, 심야 근무는 교대자도 없기 때문에 충분히 쉬지도 못한다. 실로 3D 직장의 전형이라 할 만했다. 그렇다고 직원들이 노동 환경 개선을 요구하지도 못한다. 노동조합도 없고 직원의 목소리에 귀 기울여야 하는 현장 감독은 회사에 대한 충성심과 직원의 처우 개선을 저울질한 다음 망설임 없이 전자를 택한다.

공장의 실태를 알고 나니 사토가 왜 마스크를 안 쓰고 있었는지도 이해됐다. 작업장은 알코올 계열의 화학약품 냄새가 진동하기 때문에 직원은 의무적으로 마스크를 착용해야 한다. 하지만 프린트 가공 단계에서 방출되는 열로 작업장은 항상 온도가 높고 습기가 많다. 땀을 닦거나 가려운 데를 긁으려면 마스크를 벗어야 하고 바쁠 때는 다시 쓰는 것을 잊어버리기도 한다. 실제로 사토처럼 마스크를 벗은 사실을 잊고 계속 작업하다가 가벼운 중독 증상을 일으킨 사람도 있었다. 사토가 한순간 의식을 잃고 발이 미끄러져 황산 탱크에 빠졌다는 검시관의 추측을 뒷받침하는 증언이었다.

나메이는 시체를 발견하고 신고한 하디도 만났다. 페르시아어에 능숙한 형사가 통역을 했는데 하디는 선량해 보이는 젊은이로 수사에 협조하고 싶다는 뜻을 내비쳤다. 그럼에도 하디에게 얻은 정보는 아주 적었다.

"사토 씨의 시체를 발견했을 때의 상황을 말씀해주십시오."

"나는 휴식을 취하려고 했습니다. 내 작업장에서 휴게실로 가려면 사토 씨가 있던 구역을 지나야 합니다. 그래서 탱크에 빠진 사토 씨를 발견했습니다."

"그래서 곧바로 경찰에 신고하신 거군요."

"반바 주임님은 벌써 퇴근하고 없었습니다. 사고가 생기면 110번(일본의 경찰 신고 전화-옮긴이)으로 연락하게 돼 있습니다."

"사토 씨를 발견했을 때는 이미 늦었던 거군요."

"목부터 아래, 없었습니다. 살아 있지 않다는 것……, 바로 알았습니다."

"사토 씨와 안면이 있었군요."

"사토 씨는 외국인인 우리에게 편하게 말을 걸어주었습니다. 일본어도 자주 가르쳐줬습니다."

"사토 씨는 어떤 사람이었습니까? 직장에서 사토 씨와 문제가 있는 사람은 없었습니까?"

그러자 하디는 갑자기 입을 다물었다.

"왜 그러십니까?"

"저기…… 그걸 꼭 말해야 합니까?"

"하디 씨에게 불리한 증언이라면 강요하지 않겠습니다. 하지만 하디 씨의 증언에 따라 사토 씨가 억울하게 죽었다는 사실이 드러나면 작으나마 보상이 되지 않겠습니까?"

하디의 고백을 유도하는 게 아니라 열악한 노동환경을 감수해야만 했던 사토와 동료들에 대한 동정심에서 자연스레 나온 말이었다.

"하디 씨, 당신들 외국인들은 멀리 일본에 와서 열심히 일하고 있습니다. 나름대로 사정이 있겠죠. 노동에 대한 생각도 분명히 모두 다를 겁니다. 하지만 사토 씨도 당신들과 같은 처지에서 일하고 있었어요. 사토 씨 같은 사람들을 대신해서 말해주면 일종의 이별 선물이 될 수도 있지 않겠습니까?"

나메이의 말이 얼마나 정확히 전달되었는지는 모르지만, 하디의 표정은 또렷이 바뀌었다.

"사토 씨는 회사 방침에 부정적이었습니다. 반바 주임에게 항의도 했고, 인터넷에 회사의 부당한 처우를 고발하고 있다는 이야기를 들은 적이 있습니다."

"확실합니까?"

"잘은 모르겠습니다. 반바 주임님은 항의를 받고 곤란한 모습이었고, 인터넷에 회사에서 생긴 일은 쓰지 말라고 설득하는 듯했습니다."

하디는 잠시 입을 다물었다가 그리워하듯 말을 이었다.

"사토 씨는 아주 자상했습니다. 반바 주임님에게 항의했는데, 사실은 우리 외국인 노동자의 처우를 개선해달라고 요구했습니다. 휴식 시간이 짧다, 구역에서 일하는 사람 수가 적다고 했습니다. 우리는 일본어를 잘 못해서 우리의 불만을 대신 말해준 겁니다."

이것이 하디가 사토의 참변을 목격하고 바로 경찰에 신고한 이유 중 하나였다. 하디는 회사를 믿지 않았다.

정오가 지났을 무렵 검시조서가 올라왔다. 나메이가 예상한 대로 칸이 다 비어 있었다.

사망 원인, 불명.

사망 종류, 불명.

전신 소견, 두부만 기재.

외인사 추가 사항, 불명.

검시관이 투덜거렸듯 여하튼 별 내용이 없었다. 검시관은 부검을 할 필요가 있다고 판단해 대학 법의학교실에 이를 요청했다. 하지만 '사인은 쇼크사로 추측된다'는 소견을 들었을 뿐, 타살을 뒷받침할 근거 따윈 없었다.

결국 검시관은 사고사든 타살이든 단정할 수 없다고 결론지었다. 감식반의 감정 결과도 마찬가지였다. 황신 탱크 주변에 사람이 다툰 흔적은 없고, 사토와 공장 관계자를 제외한 사람들의 유류물은 발견하지 못했다. 공장을 출입하려면 몸을 보호하는 작업복을 입고 탈모를 방지하는 모자도 써야 하기에 애시당초 유류품이 나올 가능성도 적었다. 바꿔 말하면 제3자가 작업장에 침입했다고 해도 체액이나 모발은 남아 있기 어려웠다. 공장의 엄격한 매뉴얼이 사태 파악에 걸림돌이 된 양상이다.

나메이는 제3자가 작업장에 침입했을 가능성이 있다는 생각이 들어 이 점도 물었다. 하지만 반바가 아니라 하디에게 물었다. 반바는 회사에 득이 안 되는 말이라면 절대 하지 않을 것 같았기 때문이다.

"관계자가 아니어도 공장 안에 들어갈 수 있습니까?"

"그야 간단하죠."

하디는 일도 아니란 듯이 대답했다.

"하지만 작업장에 들어가려면 이중문을 통과해야 하잖습니까?"

"이중문은 작업장에 먼지가 들어가는 것을 막는 역할을 합니다. 공장 관계자인지 아닌지를 선별하는 데 쓰이지는 않아요."

그러고 보면 나메이 일동이 출동했을 때도 출입자 인식 시스템은 보이지 않았다. 전원을 끈 게 아니라 처음부터 있지도 않았던 것이다.

"휴대전화의 회로기판이죠? 기업 비밀은 없습니까?"

"나는 잘 모르지만 작업장에 사람들의 출입을 제한하는 장소는 전혀 없습니다."

"황산 탱크는 항상 뚜껑이 열려 있습니까?"

"아뇨. 탱크 뚜껑은 황산동을 만들 때만 엽니다. 항상 열려 있지는 않습니다."

"뚜껑을 열쇠로 잠급니까?"

"아뇨, 열쇠 같은 것은 없습니다."

증언을 모을수록 공장이 얼마나 엉망으로 운영되고 있는지가 드러났다. 가혹한 장시간 노동이 자행되고 황산을 비롯한 위험물이 허술하게 관리되는 와중에 터질 일이 터졌다고 해도 과언이 아니었다.

나메이는 모든 직원을 면담한 뒤 반바를 불렀다.

"직원 전원이 공통된 증언을 하고 있습니다. 위험물 관리를 비롯해 여러 시스템이 꽤나 허술한 상태 같군요."

증언을 모두 청취한 다음에 하는 말이니 부정하거나 시치미를 떼기는 어렵다. 반바는 머뭇거리더니 띄엄띄엄 내부 사정을 털어놓기 시작했다.

"모두 수주를 위한 기업의 노력입니다."

"기업의 노력?"

"다시 말해 비용 삭감입니다. 로트 단위의 경비를 최대한 줄여야 업계의 타사와 인건비가 압도적으로 낮은 중국 기업에 일을 빼앗기지 않죠. 해외에서 들어오는 일을 잡으려면 비용을 삭감하는 수밖에 없습니다."

"그래서 임금이 낮은 노동자를 고용하고 관리를 소홀히 하게 됐다는 겁니까?"

"고용한 외국인 중에는 일본어를 잘 못하는 사람이 많아 관리 시스템이 복잡해지면 작업 속도가 떨어질 우려가 있거든요. 누구나 간단히 더 많은 제품을 생산할 수 있도록 복잡한 공정을 뺀 겁니다."

"하지만 프린트 회로기판 정보는 기업 비밀 아닙니까? 기밀 정보가 있는데 작업장에 아무나 들어갈 수 있다니⋯⋯."

"회로기판 따위가 무슨 기밀 정보라고요. 해외로 나가는 부품을 만드는 게 사실 최첨단 기술도 아니라서 보안은 신경 쓸 필요가 없습니다."

"그렇다면 위험물 관리는 어떻습니까? 황산 탱크 뚜껑에는 열쇠가 없었다고 하던데요? 독극물단속법에는 '보관 장소는 열쇠가 있는 튼튼한 곳'이라고 규정되어 있을 텐데요."

"아뇨. 제11조의 취급 규정을 위반하진 않았습니다. 일단 탱크 자체가 보관 장소가 아니라 작업 공정에 필요한 설비니까요."

그렇게 도망가시겠다? 분명 정기 현장 점검에 대응하는 매뉴얼이 있고, 위법을 피할 정도의 시스템은 갖추고 있을 것이다. 안전에 투자해야 할 자금을 죄다 생산라인에 투입하고 있는 것이다.

만약 이번 일이 사고사로 판명되면 유족은 힘들고 번거로운 소송에 발을 들이게 된다. 그렇게 생각하면 마음이 무거워졌다. 위법 사실이 명확히 드러나지 않으면 소송은 시간과 돈이 많은 사람이 유리해진다. 개인이 기업을 상대로 벌이는 싸움은 애시당초 승패가 결정돼 있다. 거듭되는 재판과 증거 수집, 적지 않은 변호사 비용. 소송이 길어지면 원고는 지치고 투쟁심도 사그라든다. 그러면 피고 측이 적당한 시기를 봐서 가능한 한 적은 합의금을 제시하는 것이다.

하지만 일찌감치 사건의 흐름이 보이고 사토의 유족을 동정하기 시작했을 때 나메이는 깜짝 놀랄 보고를 받았다. 오후 3시가 지났을 무렵 통제선 내부를 경비하던 경찰의 보고였다. 공장 현관, 즉 작업장에서 떨어져 있어서 감식반이 아직 작업에 착수하지 않은 장소에서 이상한 쪽지가 발견됐다는 것이다. 초동 수사 단계에서 타살 가능성이 분명히 드러나지 않았고 심야 시간대에 적은 인원이 출동하다 보니 발견이 늦어진 모양이었다. 연락해온 경찰의 말투 때문에 신경이 쓰였다. 보고하는 사람 특유의 딱딱한 말투에 섞인 불안감과 두려움. 정체 모를 뭔가가 형사의 직감에 작용해 나메이는 일단 현장에 급히 출동했다.

공장에 도착하자 보고했던 경찰이 맞이했다.

"이상한 쪽지라니?"

"네, 공장 출입문 안쪽에서 발견했습니다."

처음에 출동했을 때 문은 열려 있었다. 조명도 어두워서 분명 못 봤을 것이다.

"이겁니다."

경찰이 비닐봉지에 넣어둔 쪽지를 내밀었다. 쪽지에는 이렇게 쓰여 있었다.

오늘 과학 수업에서 황산이 나왔다. 뭐든지 녹인다고 했다. 그래서 개구리를 넣어봤다. 연기가 나고 개구리는 눈 깜짝할 사이에 녹았다. 이번에는 '사'부터 시작해야지.

몹시 치졸한 글씨와 문장. 나메이는 당혹스러워하는 경찰의 심정이 이제야 이해됐다. 개구리 남자. 작년 이맘때 한노시 일대를 공포의 도가니로 몰아넣은 연쇄 살인범. 사이타마현경 관할 지역에서 그를 모르는 사람은 없었다. 살인을 저지를 때마다 현장에 남기는 특이한 범행성명서도.

나메이도 본부에서 보낸 복사본 범행성명서를 몇 번이고 살펴보았다. 그래서 글씨의 특징을 기억했다. 이 문장과 글씨는 복사본과 아주 흡사했다. 천천히 등줄기에 전율이 흘렀다. 나메이는 구마가야경찰서로 돌아가서 감식반에 필적 감정을 의뢰했다. 설마 하는 의심과 틀림없다는 확신이 교차했다. 만약 성명서를 쓴 자가 개구리 남자라면 사건은 또 다른 양상을 띤다. 이 경우 구마가야경찰서 홀로 감당할 사건도 아니다. 지난 개구리 남자 사건에서는 사이타마현경 수사1과가 열심히 수사를 했는데도 네 명이 희생됐고 한노경찰서가 습격당했다.

연쇄 살인 사건의 피해자는 50음순으로 '아'부터 시작됐다. 그런데 새로 발견된 성명서는 한 문장으로 끝났다. '이번에는 '사'부터 시작해야지.' '사'행부터 다시 연쇄 살인을 저지르겠다는 뜻일까. 정체 모를 무언가가 공포를 불러일으키며 나메이를 붙들었다.

그날 밤 늦게 필적 감정 결과가 전해졌다. 제출된 쪽지에 적힌 글자는 '작년 한노시 사건에서 사용된 성명서 글자와 필적이 거의 일치.'

나메이는 안도라고도 절망이라고도 할 수 없는 한숨을 내뱉은 뒤에 쪽지를 가지고 형사과장에게 향했다. 이것은 나, 그리고 구마가야경찰서가 감당할 수 있는 사건이 아니었다.

2

"이 자식, '가'행을 건너뛰었어."

와타세는 구마가야경찰서의 보고를 받자마자 소리쳤다. 고테가와는 그의 탁한 목소리를 들으면서 와타세의 책상에 놓인 컴퓨터 화면을 들여다봤다. 데이터로 송신된 치졸한 범행성명서와 필적 감정 결과. 화면만 봐도 등골이 오싹하고 오한이 생겼다. 필적 감정 결과 이 범행성명서도 도마 가쓰오의 작품임이 확실해졌다. 틀림없이 개구리 남자는 지금도 살아서 사냥감을 찾아 헤매고 있었다.

"왜 행을 건너뛰었을까요?"

와타세는 눈을 번득이며 노려보았다. "넌 어떻게 생각하는데? 멍청하게 아무 생각도 없이 물은 건 아니겠지?"

시험당하고 있었다. 이전 사건에서는 돌발 사건이 발생할 때마다 끌려 다녔고 오로지 직감에 따라 움직이다 부상을 당했다. 그후 얼마나 성장했는지 이 상사는 확인하려고 하는 것이다.

"리스트에 빠져 있던 것 아닙니까?"

"계속 말해봐."

"이전 개구리 남자는 50음순 리스트를 준비해 희생자를 골랐습니다. 이름과 주소를 다 외우고 있었고요. 순서대로라면 이번 희생자는 '가'로 시작해야 합니다. 그런데 갑자기 '사'행으로 건너뛴 데는 뭔가 이유가 있을 겁니다. '가'행 리스트가 통째로 빠져 있지 않았을까요?"

범인은 리스트에서 희생자를 골랐다. 물론 살해된 오마에자키도 거기에 들어 있었다. 와타세는 한쪽 눈썹을 치켜 올렸다. 미심쩍다는 표정인데 자기 생각하고는 다르다는 걸까?

"이번 사건이 발생한 장소는 피해자가 근무하는 공장이야. 리스트에는 이름과 집 주소만 적혀 있는데 어떻게 근무지를 찾아낸 거지?"

"집에서 습격하려고 했는데 기회를 놓쳐 공장까지 미행했거나 공장 근처 기숙사에서 살지 않았을까요?"

"살해된 사토 나오히사의 주소는 공장에서 꽤 떨어진 아파트야. 미행할 경우 거리가 상당히 멀어. 도마 가쓰오가 그런 미행을 할 수 있을 거라고 생각하나?"

도마 가쓰오는 용모가 눈에 잘 안 띄어서 미행하기는 좋지만 상황 변화에는 잘 대응하지 못한다.

"무리인 것 같습니다." 고테가와는 자신의 의견을 거둘 수밖에 없었다.

"하지만 사와이 치과의 진료기록카드는 다시 확인할 필요가 있다고 생각합니다."

당연한 제안이라고 생각했다. 하지만 와타세의 반응은 예상 밖으로 더뎠다.

"무슨 문제라도 있습니까?"

"범인이 같은 리스트를 가지고 행동한다면 얘기는 아주 간단해. 단지 목표가 '사'행으로 옮겨갔을 뿐이라면 다음은 당연히 '시'가 되니까 같은 리스트에서 '시'로 시작하는 대상자 집을 감시하면 범인을 잡을 수도 있어."

와타세는 못마땅한 느낌을 실어 말했다.

"그런데 '아'행에서 '사'행으로 넘어갔다. 집 주소에서 근무지로 옮겨갔다. 이 두 가지를 생각하면 또 다른 가능성에 생각이 미치게 돼."

"뭡니까? 또 다른 가능성이."

"범인이 다른 리스트를 손에 넣었을 수도 있다."

"다른 리스트요?"

"생각해봐. 50음순으로 된 리스트야 세상에 널렸어. 요는 범인이 손에 넣을 수 있느냐 하는 것이지."

50음순으로 된 리스트. 고테가와가 바로 떠올린 것은 전화번호부였다. 주소도 적혀 있고 공중전화 부스에 가면 누구나 열람할 수 있다. 단 이번 사건은 구마가야 시내에서 발생하고 있다. 이 시의 지리를 잘 모르는 사람이 전화번호부를 이용할 리는 없을 것이다. 그러다 고테가와는 또 다른 우려에 생각이 미쳤다. 어지간히 당황한 표정을 드러냈나 보다. 와타세는 그것 역시 이미 다 생각하고 있던 일인 듯 머리를 흔들었다.

"이제 알아챈 모양이군. 이번 사건은 처음에 지바현 마쓰도시에서, 이번엔 구마가야시에서 일어났어. 이전 사건처럼 한 도시에 국한된 게 아니야."

"그건…… 개구리 남자가 표적을 확대했다는 겁니까?"

"지금 단계에서는 판단이 안 돼. 하지만 범인이 뭘 노리든, 언론이 무시하고 넘어가 줄지 의문이야."

아차, 싶었다. 아직 언론은 마쓰도시와 구마가야시의 사건이 개구리 남자의 소행이라는 것을 모르고 있었다. 하지만 그들이 그 사실을 알아내 보도한다면 사람들은 어떻게 반응할까. 이전 사건에서는 한 도시 전체가 공황 상태에 빠졌다. 다음 희생자는 자신이 아닐까 싶어 겁을 먹은 시민들이 우범자 명단을 내놓으라며 경찰서에 몰려들었다. 와중에 고테가와 자신도 부상을 당한 쓰라린 경험이 있다. 그런 수라장이 재현되는 걸까. 더구나 더 넓은 범위에 걸쳐서.

최악의 가능성을 생각하며 몸을 떨고 있는데 구리수 과장이 모습을 나타냈다. 줄지어 앉은 수사관들이 무슨 일인가 하고 지켜보는 가운데 와타세에게 다가왔다. 화가 난 표정인데 와타세에게 일을 맡길 심산이었다. 뻔했다. 최근 고테가와도 알게 됐는데 구리수는 와타세를 몹시 싫어했다. 아니, 싫어한다기보다는 거북해했다. 와타세는 상사인 구리수에게 자기 생각을 솔직히 말하고 함부로 행동하며 본부가 세운 수사 방침을 정면으로 들이받았다. 와타세의 주장이 옳은 적이 많아 지휘하는 구리수의 체면이 엉망이 되곤 했다. 구리수 입장에서는 눈엣가시 같은 존재로 거추장스럽지만 와타세가 이끄는 반은 현경본부에서 가장 높은 검거율을 자랑하고 있기 때문에 무시할 수도 없었다. 그래서 일을 줄 때는 으레 화가 난 표정이 되었다.

"구마가야시 사건에서도 개구리 남자의 범행성명서가 발견됐다."

"네네, 그렇다네요."

와타세는 구리수의 생각을 읽었는지 대답이 무례했다.

"우리와 지바현경의 합동수사본부가 세워지는데, 사토나카 본부장님은 이전 개구리 남자 사건에서 수사에 참여한 와타세 반이 참여하도록 지시하셨다."

고테가와도 타당한 판단이라고 생각했다.

"수사본부는 우리 쪽에 세우기로 했다. 지금 첫 회의를 시작한다. 와타세 반은 전원 출석하도록."

대회의장에는 평소보다 배나 많은 수사관들이 모여 있었다. 절반은 모르는 얼굴들로 지바현경 형사들임을 알 수 있었다. 뒷줄에는 마쓰도경찰서 소속 다테와키의 모습도 보였다. 단상에는 사토

나카 본부장과 구리수 과장 이외에 야기시마 관리관, 지바현경 소속 미스미 본부장이 앉아 있고 말석에는 당연하다는 듯이 와타세가 떡하니 자리 잡고 있었다.

"이 자료를 보기 바란다."

앞에 준비된 스크린에 영상이 비쳤다. 언급한 자료는 오마에자키 집에 남겨진 범행성명서와 구마가야시의 사건현장에 있던 범행성명서를 필적 감정한 결과였다.

"보시다시피 두 글을 쓴 자는 동일인임이 판명됐다. 한노시에서 범행을 반복한 개구리 남자가 부활했다고 봐도 무관하다."

다 알고 있는 사실이었지만 관리관이 직접 선언하자 새삼 불안감을 느껴졌다.

"이번 두 번째 피해자는 사토 나오히사, 32세. '아시마 프린트'의 계약직 사원으로 철야 작업을 하던 중 공장에 설치된 황산 탱크에 빠졌다."

두 번째 화면은 현장 사진이었다. 직경 3미터 정도의 탱크 안에 사람 한 명이 목만 남기고 물에 잠겨 있었다. 멀리서 보면 욕조에 몸을 담그고 있는 듯한데 고농도 황산에 옷과 조직 대부분이 용해돼 있었다. 감식반의 근접 촬영 영상은 보기에도 끔찍했다. 황산에 녹아서 섬유 덩어리처럼 보이는 조직, 마찬가지로 용해되어 극단적으로 가늘어진 뼈, 이상한 색으로 얼룩진 수면. 압권은 피해자의 두부를 정면에서 찍은 사진이었다. 이미 생기를 잃은 얼굴 밑으로 목 부위가 엷은 연기를 피우면서 용해돼 있었다. 혈관, 살점, 지방이 분해되어 퍼져가는 과정이 100인치 스크린에 크게 비쳤다. 이상한 냄새가 풍길 것 같은 화면 앞에 줄지어 앉은 사람들은 일제히 얼굴을 찌푸렸다. 얼마나 많은 수사관들이 식욕을 잃게 될까.

"피해자가 거주하던 미카지리의 아파트는 공장에서 약 5킬로미터 정도 떨어져 있다. 본인은 자전거로 출퇴근한 것 같다. 관할 경찰서는 감식반과 같이 피해자의 집에 가서 채취된 유류품과 DNA를 대조한 결과, 피해자가 사토 나오히사 본인이라는 사실을 확인했고 오늘 이른 아침, 지바 시내에서 부모님이 출두하여 본인임을 확인했다."

갑자기 경찰서에 불려온 부모님의 마음을 생각하면 견딜 수 없었다. 더구나 평범한 시신이 아니었다. 목 아래는 거의 용해된 변사체를 본 부모님은 무슨 생각을 했을까.

"용의자는 도마 가쓰오, 20세. 사이타마 시내의 의료 시설을 퇴원한 이후 전혀 행방을 파악하지 못하고 있다."

화면이 바뀌고 도마 가쓰오의 얼굴 사진이 크게 비쳤다.

"이자가 도마 가쓰오다. 정신장애를 앓고 있지만 눈에 안 띄는 용모 탓에 현재까지 수사망에 걸리지 않고 있다."

특유의 표정 없는 얼굴이 더욱 공포감을 불러일으켰다. 특징이 없는 얼굴이기에 웃으면 약간 애교가 느껴지지만 지금은 죄상이 오버랩되어 흉악범으로만 보였다.

"주의할 점은 이자의 행동 범위다. 이번에는 한노시에 그치지 않고 지바현 마쓰도시, 그리고 구마가야시로 확대됐다. 범행 현장이 자칫 수도권 전역, 아니 전국으로 확대될 가능성이 있다."

수사관들이 조용히 수런거렸다. 고테가와는 지난번 사건이 떠올라 공황에 휩싸였다. 이름 말고는 아무런 규칙도 없이 순서대로 살해되는 사람들. 이로 인한 공포가 전국에 확산되면 얼마나 큰 사회적 불안을 불러일으킬까.

"이전 개구리 남자 사건에서는 공포감으로 한노 시민들이 공황 상태에 빠졌다. 이번엔 모방범의 소행이라고 해도 똑같은 불안감이 생겨난다. 이를 방치하면 곧 경찰 기능이 마비됨을 의미한다. 알겠나? 우리는 앞으로 한 구의 시체도 나오게 해서는 안 된다. 치졸한 범행성명서, 50음순의 살인. 무릇 장난처럼 보이지만 이건 명백히 경찰에 대한 도전이다. 범인 검거에 모든 경찰의 위신이 달려 있음을 명심하기 바란다."

전에 없이 비장한 말에 수사관들은 자세를 바로잡았다.

"용의자 도마 가쓰오의 신병을 빨리 확보해야 한다. 도마 가쓰오는 운전면허가 없기 때문에 이동수단은 보도나 대중교통으로 제한된다. 수사관들을 중심으로 지바와 사이타마의 주요 전철역에 인원을 배치하고 별동대는 사토 나오히사의 아파트에서 '야시마 프린트'에 이르기까지 철저히 탐문수사를 해서 피의자의 목격 정보를 수집해 본부에 보고한다."

즉, 지바와 사이타마 두 현경이 롤러 작전(롤러로 칠하듯 빈틈없이 철저히 수사하는 방식-옮긴이)을 편다는 것이다. 특정된 용의자가 도보와 전철로만 이동한다면 분명 효과적인 방법이다. 그런데 조금 이해가 안 되는 대목이 있다. 야기시마 관리관의 지시는 적확하다. 아마 누가 수사를 지휘해도 똑같은 지시를 내릴 것이다. 하지만 이는 도마 가쓰오를 평범한 범죄자로 봤을 때의 이야기다. 도마 가쓰오에게 일반적인 이치, 일반적인 논리가 어디까지 통용될까. 예전에 고테가와는 도마 가쓰오와 한 차례 붙은 적이 있었다. 전혀 감정을 표출하지 않은 상태에서 폭력 기계로 변화한 도마 가쓰오. 이쪽이 아무리 비명을 지르고 피를 흘려도 눈썹 하나 까딱하지 않았다. 지금도 그날의 공포가 뇌리에 되살아난다.

"마지막으로…… 여기 앉은 와타세 반장은 도마 가쓰오를 체포한 적이 있다. 반장, 도마 가쓰오에 대해 유의할 사항이 있으면 말해주게."

반쯤 뜬 눈으로 이야기를 듣던 와타세가 천천히 상체를 일으켜 수사관들을 노려보듯 둘러보았다.

"일껏 관리관님이 발언할 기회를 주셨지만 할 말은 없습니다."

순간 야기시마가 불쾌한 표정을 지었다.

"왜냐하면 괜한 선입관을 갖지 않기를 바라기 때문입니다. 피의자가 정신장애를 앓고 있다느니, 이동 수단은 제한돼 있다느니 하는 상식이 사건 해결에 도움이 된다고 단언할 수 없습니다. 이상."

야기시마는 무뚝뚝하게 이야기를 마친 와타세에게 할 말이 있는 듯했지만 한 번 노려볼 뿐이었다.

"그럼 다들 분투하기 바란다. 이상. 해산."

수사관들은 모두 일어나서 자신의 임무를 확인한 뒤 흩어졌다. 단상에서 일어난 와타세는 높으신 분들에게는 눈길도 주지 않고 고테가와에게 다가왔다.

"가자."

와타세는 말하기가 무섭게 손에 든 재킷을 입으며 걸음을 옮겼다. 재킷을 입었으니 외출이고 행선지는 당연히 구마가야시다.

"사와이 치과의 진료기록카드는 나중에 확인한다. 우선 현장으로 간다."

"하지만 시신이든 뭐든 눈에 띄는 것은 구마가야경찰서에서 실컷 훑고 갔지 않습니까."

"그래도 냄새 정도는 남아 있을 것 아냐."

"냄새요?"

"개구리 남자 냄새. 이걸 구별할 수 있는 인간은 몇 안 돼. 너도 그중 한 명이고."

역시 타당한 판단이다. 고테가와는 순순히 와타세 뒤를 따랐다. 두 사람이 향한 곳은 미카지리에 있는 사토의 아파트였다. 사건이 발생한 지 얼마 안 된 데다 연쇄 살인 가능성이 있기 때문인지 방 문 앞에는 '출입 금지'라고 적힌 테이프가 둘러쳐졌고 제복을 입은 경찰이 한 명 배치돼 있다. 방 하나에 부엌 딸린 집인데, 좁고 길어서 도저히 편히 지낼 수 있을 것 같지 않았다. 그런데 아파트 외장을 비롯해 벽이나 천장은 별로 낡지 않았다.

"이상한 방이네요. 건물 자체는 새 집처럼 보이는데 왜 이렇게 좁습니까?"

"새 집이라 좁은 거야."

와타세는 뭐가 마음에 안 드는지 여기서도 기분이 나빠 보였다.

"이 아파트 주민들은 대부분이 임시직 노동자나 외국인 노동자야. 우편함에 가타카나(주로 외래어, 의성어, 의태어 등을 표기하는데 사용되는 가나문자의 일종-옮긴이)로 된 이름이 많았잖아."

그건 또 어느 틈에 봐두었을까.

"외국인은 이름으로 알지만 임시직 노동자는 어떻게 압니까?"

"자리 잡고 살 가능성이 적으니까 문패도 달지 않고 우편함에 이름도 안 적어둬. 이 아파트 자체가 그런 사람들을 대상으로 만들어졌고."

와타세의 설명은 이러했다. 임시직이나 외국인 노동자는 집세에 돈을 들일 수 없기 때문에 부엌이 딸린 방 하나짜리 집도 쉽게 빌리지 않는다. 그래서 눈치 빠른 회사가 부엌과 식당, 방 하나의 배치를 절반으로 줄인 매물을 아주 저렴한 집세로 내놨더니 저소득층의 필요와 맞아떨어져 입주자가 몰려들었다. 즉, 침대와 옷 수납

장, 그리고 선반 하나 정도 놓으면 그만인 층을 개척한 것이다.

사토도 그중 한 사람이었다. 그나마 오락거리는 컴퓨터와 작은 책장에 늘어놓은 만화책 정도로 다른 일상용품이나 옷장을 봐도 운동기구나 카탈로그 따위는 전혀 없었다.

"조금만 팔을 뻗으면 원하는 물건을 가질 수 있는 사람들은 카탈로그를 봐. 하지만 아무리 애를 써도 살 수 없는 사람들에겐 그림의 떡이지."

벽에는 미소녀 애니메이션 포스터가 붙어 있었다. 3차원보다 2차원 쪽에 흥미가 있는 걸까. 옷장에는 양복이 한 벌. 그마저도 두 벌에 만 엔 정도 하는 싸구려 같고, 나머지는 대량생산되는 셔츠와 스웨터뿐이다.

인터넷 검색 기록은 이미 감식반에서 분석을 마쳤다. 애니메이션과 야한 사이트, 그리고 포털 게시판을 주로 이용했는데, 특히 게시판에서는 익명으로 '야시마 프린트'의 노동환경을 고발하고 있었다. 공장 주임 반바의 실명도 언급하고 있어서 사토가 온오프라인에 걸쳐 항의 활동을 이어갔음을 알 수 있었다. 방에 남겨진 물품을 보니 세상에 항의의 목소리를 드높이면서도 전혀 응답받지 못한 청년의 모습이 떠올랐다. 같은 처지에 놓인 동세대 사람들이 전국에 수만, 수십만 명이나 있었다. 사토는 그런 사람들 중 한 명에 불과했다.

"책장을 뒤졌지만 졸업생 명부나 직원 명부 같은 것은 없었어. 다른 사람과 같이 찍은 사진도 없고. 만화책뿐이야. 이런 방에 살 정도니 통장 잔고도 네 자리나 다섯 자리를 왔다 갔다 할 테고. 정말 재미없는 피해자군."

말을 함부로 하는 것 같지만 고테가와는 무슨 뜻인지 이해했다.

죽이고 싶다거나 살해될지도 모른다 싶을 정도로 가까운 인간관계가 보이지 않고 다른 사람의 표적이 될 만한 자산도 없다. 무일푼 신세라면 울적한 감정이 폭발해 충동 살인을 저지를 가능성도 있지만 적어도 피해자가 될 확률은 적다. 동기의 부재. 피해자로 선택된 이유는 그저 '사'행으로 시작되는 이름이기 때문. 그제야 와타세가 기분이 안 좋은 이유가 이해됐다. 개구리 남자는 오로지 이름에 흥미를 보일 뿐이다. 전에 일으킨 연쇄 살인과 똑같고 불특정 다수의 시민들을 공포로 빠뜨리는 데 충분한 조건이기 때문이다.

한편 이해관계가 얽힌 사람들을 밝혀내고 알리바이를 캐는 일은 빠뜨릴 수 없기 때문에 살인이 반복될 때마다 수사관들의 손이 부족해진다. 일반적인 연쇄 살인에서는 살인이 진행되면서 용의자가 좁혀지지만 개구리 남자의 경우는 공연히 수사 범위만 확대되기 때문에 양상은 반대가 된다. 이번에 사이타마현경과 지바현경이 합동수사본부를 세웠지만 수사 인원이 늘어났다고 해서 범인이 빨리 체포되리라는 생각은 전혀 안 들었다. 게다가 피해자가 다른 지방에서 나와도 달라질 것은 없고 상명하복 관행이 몸에 밴 경찰 조직이라 수사본부가 엉뚱한 데로 빠질 가능성도 있었다.

두 사람은 한 시간에 걸쳐 방을 뒤졌지만 별 소득이 없었다. 바닥에 어질러진 물건을 차버리지나 않을까 싶을 정도로 와타세 얼굴이 흉포해졌다. 그때 휴대전화 벨소리가 울렸다.

"나다. 뭐? 방금 도착하셨다고? 그럼 우리가 갈 때까지 기다려달라고 해."

통화를 마친 와타세는 기분이 조금 누그러진 듯했다.

"구마가야경찰서에 사토 부모님이 시신을 가지러 오셨다. 간다."

와타세는 말을 마치자마자 몸을 돌려 현관으로 갔다.

부모님에게 피해자의 사생활을 물어보고 직장 이외의 교우관계도 알아봤다. 신참 주제에 다른 소리를 할 생각은 털끝만치도 없지만, 완전히 변한 아들을 마주한 부모님이 이성을 잃는 모습을 상상하면 역시 내키지 않았다.

구마가야경찰서에 도착하자 바로 담당자 나메이가 나왔다. 직장이라도 잃은 남자처럼 의기소침해 보이는데 말투에서 유족을 생각하는 마음이 느껴졌다.

"와타세 경부님, 유족들 면담하러 오셨습니까?"

"바로 할 수 있습니까?"

"그건…… 지금은 무리일 겁니다. 아버님과 어머님 모두 반쯤 정신이 나간 상태라서요."

부검을 마친 의사들은 절개한 부분을 정성스레 봉합하고 출혈 부위를 깨끗이 닦는다. 그래서 유족과 대면할 때는 발견 당시보다 시신의 상태가 나아 보인다. 하지만 사토의 시신은 봉합하거나 씻는다고 수습될 형편이 아니었다. 목 아래는 거의 완전히 용해됐고 뼈도 아주 조금밖에 남아 있지 않았다. 그렇게 된 자식을 보고도 멀쩡할 수 있는 부모는 별로 없다.

"실례지만 경부님, 이전 개구리 남자 사건을 담당하셨다고 들었습니다."

"그렇습니다만?"

"현경 내의 사건이라서 저도 대강은 알고 있지만, 그…… 인간이라는 존재가 이토록 잔혹해질 수 있을까요?"

나메이는 혐오감을 감추려고도 하지 않았다.

"경부님 정도는 아니지만 저도 흉악 사건 피해자 시신을 많이 봤습니다. 그런데, 그런데 이번에는 상궤를 한참 벗어났습니다. 시체 손상은 원한 때문에, 해체는 이상 심리로 인해, 혹은 운반하려고 그랬다면 납득이 가지만 이건 도저히 이해가 되지 않습니다. 두부만 남겨놓고 나머지는 용해시키다니……. 완전히 인간을 장난감으로 보고 있어요."

"내가 알기로 인간이라는 존재는 지구상에서 가장 잔혹한 생물이에요. 그중에서도 개구리 남자라는 존재는 인격이 다를 겁니다. 치졸한 범행성명서를 아주 뛰어난 퍼포먼스라고 말하는 사람들도 있지만, 말 그대로 시체를 가지고 놀기 때문에 연출 효과만 노렸다고도 할 수 없습니다. 이번에도 마찬가지고요."

와타세의 대답에 나메이는 노골적으로 얼굴을 찌푸렸다. "잔인한 이야기군요."

"이제야 시작된 일이 아닙니다. 벌써 25년이나 이 일을 하고 있지만 오래전에도 사람들은 잔혹한 짓을 했습니다."

"아무튼 부모님이 시체안치실에서 나오면 이쪽으로 모시고 오겠습니다."

나메이의 말대로 별실에서 대기하고 있는데 부모님이 방으로 들어왔다. 아버지 사토 나오키는 차분한 척했지만 시선이 멍했다. 어머니 도미에는 실컷 운 탓에 눈이 빨갛게 부어 있었다. 아직 진정이 덜 되었는지 나오키에게 매달려서 뭐라고 중얼거리고 있었다. 자리에 앉힌 뒤 면담을 하는데, 두 사람은 춥지도 않은데 몸을 벌벌 떨었다.

"대체 어떻게 된 겁니까……?"

나오키는 슬픔과 분노로 폭발할 듯했다.

"나오히사가 뭘 어쨌다는 겁니까? 그런 식으로 살해될 이유가 있습니까? 너, 너무합니다."

"그것을 알고 싶어서 모셨습니다."

와타세는 냉철하게 받아넘겼다. 상대가 흥분한 경우에는 이렇게 대해야 한다.

"부디 진정하고 들어주십시오. 살해 방식을 보면 어떤 이유가 있습니다. 이걸 알아내면 범인을 특정하는 데 큰 도움이 됩니다. 무슨 뜻인지 아시겠습니까?"

나오키는 고개를 저었다.

"다시 말해 동기를 알아야 합니다. 예를 들면 금전 탈취가 목적이라면 그냥 죽이면 그만입니다. 그런데 원한이 크면 시체를 훼손합니다."

"우리 아들이 그 모양이 될 정도로 원한을 샀다는 겁니까?"

"또 하나. 구역질이 나실 수도 있는데, 세상에는 예사롭지 않은 행위를 하여 자신을 비범한 존재로 각인시키고 싶어 하는 인간도 있습니다."

"아들은…… 약자를 위해 목소리를 내는 아이였습니다. 권세 있는 사람은 거북해할지도 모르지만 절대 원한을 살 애는 아니었습니다."

나오키는 쏘듯이 와타세를 쳐다봤다.

"어릴 때는 학급위원이 된 적도 있었습니다. 옛날부터 남들을 잘 보살피고 반에서 괴롭힘을 당하는 아이가 있으면 감싸줬던 모양입니다."

부모의 말을 들으면서 고테가와는 고개를 끄덕였다. 원래 그런 성격이라면 노동 환경을 개선해달라며 목소리를 높일 만도 했다.

"실례를 무릅쓰고 묻겠습니다. 나오히사 씨는 현재의 직장에 불만이 있었던 것 같은데 알고 계셨습니까?"

"아아, 그건…… 당연한지도 모릅니다. 무엇보다 계약직 사원입니다. 좋아서 들어간 회사는 아니었습니다."

"전에는 어디에?"

"아들은 구직에 실패했습니다. 대학은 원하던 학교에 갔는데 불운하게도 졸업할 무렵은 한창 취직하기 어려운 시절이었습니다. 취직 시험을 몇 번이나 봤지만 다 떨어졌고…… 부모에게 걱정을 끼치고 싶지 않았나 봅니다. 한마디 의논도 없이 인력파견 회사에 등록했습니다."

고테가와도 아는 이야기였다. 2000년을 전후해 금융위기가 닥치고 경기가 눈에 띄게 악화되었다. 이른바 취직빙하기가 도래하면서 프리터족(아르바이트나 파트타임 노동으로 생활을 유지하는 사람들-옮긴이)이나 니트족(일하지 않고 일할 의지도 없는 청년 무직자-옮긴이), 계약직 사원이 눈에 띄게 늘어났다.

"처음에는 정직원이 되려고 열심히 한 것 같은데…… 서른을 넘길 무렵부터는 초조해졌는지 지금 다니는 회사의 문제점을 이야기하며 불만을 쏟아냈습니다."

"취, 취직이 안 된 것은 운이 나빴던 거예요. 나오히사는 아무 잘못이 없어요. 그, 그애는 정말 착하고 남을 위할 줄 아는 아이였어요!" 그동안 아무 말 없던 도미에가 갑자기 입을 열었다. 진술이라기보다 호소에 가까웠다.

"착하고 남들보다 먼저 욕심내는 일이 없었어요. 분명히 취직에는 그런 성격이 불리하게 작용했을 거예요. 그래도 나쁜 마음을 안품고 항상 열심이었어요. 야시마 프린트에 불만을 제기했지만 자신이 아니라 다른 직원들의 대우 때문이었으니까요. 그애는 남을 먼저 생각하는 버릇이 있어서 항상 손해를 봤어요. 그래서 요령 좋은 사람들은 깔봤을 수도 있어요. 남의 원한을 사다니, 그런 일은 절대 있을 수 없어요!"

도미에는 얼굴을 감싸며 오열했다. 아무래도 동료와 부모님이 본 피해자의 인상은 일치하는 듯했다. 역시 개구리 남자는 사토 나오히사라는 이름에 흥미를 보인 것인가. 하지만 와타세는 확인하는 일을 게을리하지 않았다.

"이중에 낯익은 얼굴이 있습니까?"

와타세는 사진 여덟 장을 꺼냈다. 다섯 장은 사건과 관계없는 사람의 사진이지만 나머지 세 장에는 오마에자키 교수, 사유리, 도마 가쓰오가 등장했다. 하지만 나오키와 도미에는 하나같이 고개를 저을 뿐이었다.

3

고테가와는 사토의 부모에게 시신 인수 절차를 설명해주고 혼자 한노시로 향했다. 목적지는 사와이 치과. 이전 사건에서 범인이 희생자를 점찍기 위해 사용한 진료기록카드가 거기에 있었다. 고테가와는 진료기록카드에 사토의 이름이 있는지 확인할 셈이었다. 토요일 오후인데 사와이 치과 주차장은 한산했다. 전에는 환자들이 몰고 온 승용차로 가득 찼었는데 좀 의외였다. 접수대로 가자 낯익은 직원이 앉아 있었다.

"어머, 고테가와 씨."

미인은 아니지만 동글동글하고 커다란 눈이 인상적인 직원이었다. 유니폼에 달린 명찰을 보고 '아가리에'라는 성을 확인했다. 아마 이름은 유즈키일 것이다. 그녀는 고테가와가 부상을 입은 채 병원에 도착했을 때 응급처치를 해준 은인이었다.

"와, 놀라워요. 그렇게 많이 다쳤었는데 이제 상처 자국도 없어요. 고테가와 씨는 정말 튼튼한가 봐요. 대체 몸이 어떻게 생긴 걸까요."

사실 병원에 뛰어든 다음에 입은 부상이 훨씬 중했다. 특히 왼쪽 다리는 손상이 심각해서 의사는 전치 한 달이라고 진단했다. 지금도 후유증이 남아 걸을 때 왼다리를 조금 절었다. 그래도 현장에 복귀해서 사람을 거칠게 다루는 상사 밑에서 일하고 있기 때문에 분명 몸은 튼튼한 모양이었다.

"의외인데요."

"뭐가요?"

"얼굴을 본 순간, 소금이라도 뿌릴 줄 알았는데."

"왜요?"

"전 도마 가쓰오를 체포한 형사니까요."

"아아……."

유즈키는 거북한지 가볍게 한숨을 내쉬었다.

"하긴 도마 가쓰오를 체포했을 때는 다음에 만나면 소금이 아니라 소독약을 뿌려주려고 했는데……. 고테가와 씨도 그애한테 호되게 당했잖아요. 둘 다 벌 받은 셈치고 봐줄게요."

둘 다 벌 받았다니, 이건 심히 불공평한 처사지만 일단 그냥 넘어가자.

"오늘은 무슨 일이신데요? 사랑니라도 아프세요? 아니면 늘 그렇듯이 수사하러?"

"죄송합니다. 형사질 하러 왔습니다. 진료기록카드를 또 보고 싶어서요."

"또요?"

유즈키는 손을 허리에 대며 입술을 귀엽게 삐죽였다.

"저번에 진료기록카드 보여드렸을 때도 나중에 원장님께 엄청 혼났다고요. 아무리 경찰이라도 뭐든 네네 하고 가볍게 보여주지 말라고. 저, 그때도 가볍게 보여드린 것이 아니라 고테가와 씨가 멋대로 보관실에……."

"그때 일은 사과드립니다."

고테가와는 재빨리 고개를 숙였다. 상대가 화를 내기 전에 사과하라. 와타세가 가르쳐준 방법이었다. 다만 그 상사 양반이 성심성의껏 사과하는 모습은 한 번도 본 적이 없지만.

"이번에는 이렇게 다 준비했습니다."

고테가와는 윗주머니에서 A4 크기의 서류를 꺼냈다. 수사관계사항조회서. 원래 확실히 특정된 용의자의 정보를 수집할 때 사용하지만 이번에는 희생자를 특정하려고 사용한다.

유즈키는 서류를 받아 스윽 훑었다. "기다려주세요. 원장님께 허락받고 올게요." 이렇게 말하고 복도 너머로 사라졌다.

고테가와는 대기실 의자에 앉아서 주위를 둘러봤다. 주차장이 텅 비었기 때문에 어렴풋이 짐작했지만 외래환자는 손에 꼽을 수 있을 정도였다. 직원들도 전보다 눈에 띄게 줄었다. 갑자기 도마 가쓰오의 모습이 뇌리에 되살아났다. 그날 의료폐기물 봉지를 들고 있던 도마 가쓰오는 끈이 풀린 신발을 신고 여기서 넘어졌었다. 보다 못한 고테가와가 어질러진 폐기물을 치운 뒤 근처 신발 가게에서 새 신발을 사줬다. 새 신발이 생긴 도마 가쓰오는 활짝 미소를 지었다. 그렇다. 마치 산타클로스한테 직접 선물을 받은 아이 같았다. 고테가와는 그의 미소에 위안을 얻었다. 잔혹한 사건이 이어지는 가운데 도마 가쓰오의 순수함에 구원을 받은 느낌이었다. 하지만 결국 환상에 불과했다. 서로 마음이 통했다고 생각했지만 며칠 후에 도마 가쓰오에게 호된 보복을 당한 것이다. 이 일로 고테가와는 더더욱 인간을 불신하게 됐다. 형사는 사건을 하나씩 경험하면서 사람 보는 눈을 키운다. 수사하는 사건이 형사의 사람됨을 형성한다. 와타세한테 그렇게 배웠다. 그렇다면 개구리 남자 사건은 대체 자신에게 무엇을 주고 무엇을 빼앗았을까.

이런저런 생각을 하는데 이윽고 유즈키가 돌아왔다.

"원장님이 허락하셨어요. 제가 동행할 테니 따라오세요."

"감시자 역할입니까?"

"그게 조건인가 봐요."

경찰이 정식으로 의뢰했지만 역시 지난번 일로 응어리가 남은 모양이었다. 조건부 승낙은 자잘한 앙갚음일 것이다.

"그럼 부탁드립니다." 얌전히 말하고 유즈키 뒤를 따랐다.

"아까 접수대 앞에서 두리번거리셨죠?" 유즈키는 의외로 눈치가 빨랐다.

"환자와 직원이 모두 줄었다고 생각하고 계셨죠?"

"사건 영향입니까?"

"그렇죠. 아무래도 직원이 연쇄 살인 사건을 저질렀는데, 더구나 병원 진료기록카드가 희생자를 고르는 데 이용됐다는 것을 알면 당연히 환자들 발길이 떨어지겠죠. 환자가 줄어드니 직원들도 줄게 되는 거고요."

도마 가쓰오와 사와이 치과의 관계, 또 진료기록카드 악용은 도마 가쓰오가 체포된 직후에 주간지가 보도한 바 있다. 그후 도마 가쓰오의 혐의는 일단 풀렸지만 범인으로 도마 가쓰오를 지목한 주간지가 다시 정정보도를 냈다는 말은 들은 적이 없다.

"마침내 세간의 관심이 식고 환자들이 돌아왔다고 생각했는데 또 개구리 남자가 나타났잖아요. 이후 환자들이 다시 줄었어요."

갑자기 유즈키는 비난하는 듯한 눈으로 고테가와를 쳐다봤다.

"뉴스를 보니 또 도마 가쓰오가 의심받는 것 같던데, 진짜예요?"

실제로 가장 중요한 용의자지만 그렇다고 얘기할 수는 없다. 유즈키는 이쪽 표정을 읽었는지 어깨를 한 번 움츠렸다.

"그런 질문에 어떻게 대답을 하시겠어요. 미안해요."

"저야말로…… 그후 도마 가쓰오가 여기에 온 적 있습니까?"

"한 번 있었어요."

화를 억누른 듯한 목소리였다.

"지난번 사건으로 도마 가쓰오가 체포됐을 때 원장님이 바로 잘랐어요. 그애는 계속 입원해 있었잖아요."

"네."

"기숙사에도 소지품이 거의 없었으니까 도마 가쓰오 본인이 아니라도 바로 짐을 꾸릴 수 있었거든요. 그애가 병원에서 나와 여기 왔을 때 사와이 원장님이 직접 짐을 돌려줬어요……. 그게 마지막이었어요."

"도마 가쓰오는 어땠습니까?"

"원래 감정표현을 잘 못 하는 아이라 짐을 돌려받았을 때도 담담했어요. 하지만 분명히 슬펐을 거예요."

"그런데 다른 사람이 체포됐고 그애는 무죄임이 밝혀졌잖습니까. 왜 자른 겁니까?"

도마 가쓰오를 체포한 자신이 할 말은 아니지만 절로 이렇게 물어보게 되었다.

유즈키의 시선에는 고테가와를 비난하는 감정이 실려 있었다.

"혐의가 풀려도 한 번 죄인 취급을 받으면 사람들은 잊지 않아요. 특히 도마 가쓰오는 남들과 용모가 다르니까 더욱 그렇죠."

마치 전과자 취급이다.

"완전 편견이지만 누구에게 항의도 못 해요. 실제 환자들도 줄었으니까 사와이 원장님이 한시라도 빨리 도마 가쓰오를 자르고 싶어 하시는 것도 이해되고……."

한번 생긴 편견은 떨치기 어렵다. 상대는 불특정 다수라서 하나하나 설득할 수도 없다. 편견은 논리가 아니라 감정의 산물이라 충분히 설명했다고 해서 뒤집히지도 않는다. 가장 성가신 것은 편견을 받은 사람이 반드시 청렴결백하지는 않는다는 사실이 밝혀지면 편견이 더 강해진다는 점이다.

"이전 사건에서 일단 의심을 받았잖아요. 무죄가 증명돼도 또 도마 가쓰오의 이름이 거론되면 누구나 아아 역시 그렇구나 하고 생각하죠."

고테가와는 부정할 수 없었다. 도마 가쓰오의 숨겨진 악의를 엿봤기 때문에 더욱 그러했다. 사실 사이타마현경과 지바현경이 총력을 기울여 도마 가쓰오의 행방을 좇고 있었다. 이제는 편견으로만 치부할 단계가 아니었다.

"도마 가쓰오의 짐은 뭐가 있었습니까?"

"갈아입을 옷 조금 하고 필기구. 방에 있던 물건은 대부분 병원 비품이고 다른 소지품은 거의 없었어요. 모조리 쑤셔 넣어도 보통 크기의 배낭에 전부 들어갈 정도였으니까요."

"노트는 있었습니까?"

"전에 가지고 있던 노트는 경찰이 압수했잖아요. 그것뿐이에요."

압수한 소지품은 도마 가쓰오가 퇴원할 때 모두 돌려줬다고 했다. 압수한 노트를 수사본부가 샅샅이 살폈지만 특별히 범죄와 관련된 기술은 없었다고 했다. 그렇다고 도마 가쓰오의 혐의가 줄어들지는 않는다. 도마 가쓰오는 한 번 본 이름이나 주소를 망막에 찍어내듯 기억하는 특기가 있다. 수사본부는, 노트 따위가 없어도 도마 가쓰오가 피해자의 주소를 아주 쉽게 파악할 수 있다는 데 의견을 모았다.

이윽고 두 사람은 병원 내 약국 앞에 도착했다. 진료기록카드 보관실은 옆에 있었다.

"들어오세요."

유즈키의 뒤를 따라 안으로 들어갔다. 그을린 듯한 캐비닛 색깔은 그대로였다. 서둘러 '사'행 파일을 넘겼다. 사토 성이 세 명 있지만 모두 나오히사와는 성만 같은 다른 사람이었다. 역시 도마 가쓰오는 오마에자키가 작성한 리스트를 바탕으로 범행을 반복하고 있는 걸까. 안도와 실망을 동시에 느꼈다. 만약을 위해 머리글자가 '사'부터 '소'('사'행은 '사시스세소'-옮긴이')까지인 환자를 휴대전화 단말기로 찍어두었다. 가능성은 적어졌지만 다음 희생자 후보가 될지도 모르는 일이다.

"단서가 될 것 같아요?"

"아직 모르겠습니다. 단서가 된다고 생각하면 저보다 먼저 눈치 빠른 형사들이 몰려올 겁니다."

"겸손이에요? 제가 보기에는 고테가와 씨, 아주 능력 있어 보이는데요."

"과대평가십니다."

예의상 하는 말도 비하도 아닌, 진심이었다. 그후 몇몇 사건을 담당했다. 그때마다 인간의 어둠을 엿보고 절망과 희망을 번갈아 맛보았다. 그동안 사람 보는 눈이 생겼는지, 형사의 안목이 날카롭게 연마되었는지 자문해도 바로 답이 안 나왔다. 지난 개구리 남자 사건에서 고테가와의 고정관념은 산산이 부서졌다. 지금은 무엇을 근거로 사람을 믿어야 하는지조차 모르겠다. 그런 형사가 어떻게 유능할 수 있을까. 단지 조금이라도 가능성이 있는 장소에 머리를 들이밀고 있을 뿐이다.

"이왕 폐를 끼친 김에 도마 가쓰오 방도 보여주실 수 있습니까?"

"엣. 하지만 도마 가쓰오 물건은 전혀 없는데요."

"새로 들어온 사람이 없으면 부탁합니다."

유즈키는 의아해했지만 고개를 끄덕였다. 둘이서 병원을 나와 옆에 있는 작은 아파트로 향했다. 지금도 기억이 선명했다. 도마 가쓰오 방은 2층 왼쪽 끝이었다. 열쇠를 따고 들어갔다. 전에는 커튼이 완전히 닫히고 형광등도 수명이 거의 다 됐기 때문에 아주 어두웠지만 지금은 마치 다른 방이 된 듯했다. 커튼은 모두 떼어내고 창문을 통해 햇빛이 방 전체를 환히 비추고 있었다. 천장이나 벽의 얼룩이 드러나서 지은 지 오래됐음을 알 수 있었다. 세 평밖에 안 되는 방에 오도카니 놓여 있던 도마 가쓰오가 애용하던 책상도 없어져서 갑갑하게 느껴질 원룸이 유달리 넓어 보였다. 그래도 싸구려 장판이 깔린 바닥에는 희미하게 핏자국이 남아 있었다. 닦아도 다 지워지지 않은 것이다. 흔적을 아예 없앨 수도 있으련만 장판을 교체할 돈은 없었던 듯하다.

핏자국은 분명히 고테가와가 남긴 것이었다. 도마 가쓰오의 신병이 확보됐을 때 고테가와는 이 방에서 죽기 직전의 상태로 신음하고 있었다. 남겨진 핏자국을 보고 있으려니 그때 받은 격통이 갑자기 되살아났다. 뼈가 다시 붙고 피부가 새로 돋아나도 몸 깊은 곳에 뿌리내린 통증은 자꾸만 재생되었다. 통증을 떠올릴 때마다 마음이 욱신거렸다. 믿었던 사람에게 배신당한 통증. 믿었던 일이 환상임을 알게 됐을 때 느끼는 허무. 그리고 무엇보다 공포. 경찰 수첩은 물론이고 수갑도 소용없는 압도적인 폭력. 반복되는 주먹질과 발길질에 반격하지 못하고 덮쳐오는 공포에 그저 자신의 의식이 멀어지기만을 바랐다.

"괜찮아요? 얼굴이 새파래요."

옆에 있던 유즈키의 말에 고테가와는 가까스로 정신을 차렸다.

도마 가쓰오가 체포된 직후, 이 방은 한노경찰서 수사관들이 샅샅이 수색했다. 유즈키의 말에 따르면 전문 업체가 청소를 했으니 여기에 물적 증거는 없었다. 오직 절망과 공포의 잔재만 있을 뿐이었다.

다음 일요일, 고테가와가 수사본부로 들어가자 와타세가 누구를 한 대 칠 것 같은 표정으로 신문을 노려보고 있었다. 항상 벌레 씹은 얼굴을 하고 있지만 오늘 아침은 흉포한 분위기를 풍겼다. 뒤에서 신문을 들여다보고는 왜 기분이 안 좋은지 알았다. 《사이타마 일보》조간 제1면은 이러했다.

개구리 남자의 귀환

20일 구마가야시 미이즈가하라의 프린트 공장에서 발생한 사건이, 16일에 마쓰도시 시라카와초에서 발생한 폭발 사건과 어떤 관련이 있는지 조사하던 사이타마현경과 지바현경의 합동수사본부는 양쪽 현장에서 중요한 단서인 쪽지를 발견했다. 쪽지에는 치졸한 글씨와 문장으로 된 범행성명서가 적혀 있었고, 합동수사본부는…….

두드러지게 강조한 제목이며 요약문을 읽는데 미간에 주름이 잡히고, 빌어먹을 하고 욕이 절로 나왔다. 《사이타마일보》의 특종이었다. 오마에자키 집과 프린트 공장에서 쪽지가 발견된 사실은 아직 기자회견장에서도 공표하지 않았다. 뿐만 아니라 두 현경이 합동수사본부를 설치한 사실도 언론에는 알리지 않았다. 이유는 단 하나, 개구리 남자의 존재를 공식적으로 밝히고 싶지 않았기 때문이다. 하지만 프린트 공장 사망 사건이 발생한 지 3일밖에 안 됐는데 벌써 보도가 되었다. 틀림없이 정보가 유출됐거나 《사이타마일보》에 아주 냄새를 잘 맡는 기자가 있는 것이다. 순간 떠올리고 싶지 않은 기자의 히죽거리는 얼굴이 생각났다.

"반장님, 이건……."

"'쥐새끼'가 쓴 거야. 기사를 읽으면 일목요연해. 이 끈적거리면서 선정적인 문장은 놈의 낙관 같은 거니까."

《사이타마일보》 사회부 기자 오노우에 젠지, 통칭 '쥐새끼.' 어떤 장소에도 잠입하고 어떤 곳에서도 기삿거리를 물고 오는 베테랑이다. 지난 개구리 남자 사건에서는 이자가 쓴 기사 때문에 시민들이 불안감에 떨었고 심지어 공황 상태에 빠졌었다.

"망할 놈의 자식, 확신범이야. 자기가 하는 일이 어떤 파장을 불러올지 알면서 이런 기사를 썼어."

와타세는 분하다는 듯 신문을 책상에 집어던졌다. 고테가와는 신문을 집어서 기사를 마저 읽었다. 끈적거리고 선정적인 문장이라는 와타세의 지적은 과연 맞는 말로, 확증은 없지만 두 사건이 새로운 개구리 남자 사건임을 암시하고 있었다.

　작년 말에 발생한 한노시 연쇄 살인에서는 피해자가 50
　음순의 '아'행부터 표적이 됐다. 이번 범행성명서에서는
　'사'행부터라는 점을 시사하고 있고⋯⋯.

다음에는 이름이 '시'로 시작되는 사람이 표적이다. 완곡어법이 더 무섭다. 에둘러 독자들을 협박하는 것이나 마찬가지니까. 고테가와는 새삼 개구리 남자의 본질을 엿본 느낌이었다. 개구리 남자가 무서운 이유는 본인의 잔인함도 한몫하지만 사건과 직접 관계가 없는 세상과 언론을 끌어들여 공포를 증폭시키기 때문이다.
　"이제 전국지가 뒤좇아 기사를 쓸 테고. 내일 조간은 경사스럽게도 개구리 남자 부활제 특종이 실리겠군."
　"또 한노시 같은 일이 일어날까요?"
　"그때는 아직 지역이 한정돼 있었으니까 공황 상태가 돼도 진정할 수 있었어. 어차피 찻잔 속 폭풍이니까. 그런데 말이야, 이번 개구리 남자의 행동 범위는 한노시만이 아니라 사이타마와 지바의 두 현, 아니 더 확대될 가능성이 있다고 이놈의 신문이 폭로했어."
　와타세는 아직 분이 안 풀리는 모양이었다. 이대로 신문을 건네면 찢거나 침이라도 뱉을 기세였다.
　"하지만 반장님, 범위가 확대되는 만큼 자신이 표적이 될 거라는 공포가 줄어들지 않습니까? 똑같이 '시'로 시작하는 이름이라도 사이타마와 지바로 확대되면 몇 배는 더 많을 테니까요."

"너는 그 꼴을 당하고도 아직 공포의 정체를 모르냐?"

와타세가 고테가와를 노려봤다.

"공포라는 놈은 미지와 무방비에서 나와. 무엇이 습격해오는지 정체를 몰라서 무서운 거야. 정체가 밝혀져도 방어할 방법이 없으면 무서워. 분명 표적이 될 확률은 반으로 줄지만 그렇다고 평정을 되찾을 수 있을까? 이건 또 다른 얘기야."

"왜죠?"

"확률은 논리지만 공포는 감정이니까. 개구리 남자의 기사를 읽고 텔레비전에서 희생자의 참상을 본 다음에 어둠 속에 내던져졌다고 생각해봐. 어지간히 낙천적인 사람이 아닌 바에야 다들 경계하게 돼. 절박한 감정을 이겨낼 정도로 냉철한 논리를 갖춘 사람은 극소수야."

그렇다. 고테가와는 침을 꿀꺽 삼켰다. 경찰서를 습격한 폭도들의 영상이 되살아났다. 순간 온몸에서 통증의 기억이 깨어났다. 그때 구타를 당했던 감각은 쉽사리 잊히지 않았다. 공포에 사로잡히고 신변 위협에 떠는 사람은 순식간에 자제심을 잃는다. 자기방어는 모든 동물의 본능이기 때문이다. 인간도 예외는 아니다.

와타세가 내뱉듯 말했다. "전염병 같은 거야. 누군가 전염병에 걸려봐. 언론에 보도는 됐는데, 감염 경로가 밝혀지지 않고 치료 방법도 모르면 일단 외출을 자제하게 돼. 공포는 점점 확산되지만 그렇다고 줄지도 않아."

무슨 말인지 이해가 됐다. 여기에는 성별이나 자산의 많고 적음, 아름다움과 추함, 평소의 행실, 사는 곳, 신체적 특징, 건강한 사람과 그렇지 않은 사람의 구별도 없다. 단지 이름만으로 자신이 희생자 리스트에 포함된다는 사실을 알면 모든 사람이 부조리에 당황하고 불합리에 분노하며 구원이 없다는 사실에 전율한다. 더구나 도망칠 데도 없다. 외국으로 가면 안심이 되겠지만 살인마가 안겨 주는 공포 때문에 비행기 표를 구하는 사람이 과연 몇이나 될까.

《사이타마일보》뿐만 아니라 신문과 주간지는 독자들을 불안하게 만들어야 의미가 있어. 안전하니 침착하라고 호소하기는커녕 공포를 확산시키는 데 한몫을 한다고."

"보도를 자제하라는 요청은 아무래도 무리일까요?"

"범인이 노리는 사람은 단 몇 명에 불과해. 하지만 사건이 확대됨으로써 잠재 피해자가 증가하고 우리가 쫓는 용의자도 늘어나."

와타세는 마침내 입을 다물었다. 기분이 나쁜 탓도 있지만 틀림없이 걱정과 두려움 때문이었다. 작년 개구리 남자 사건이 재현되는 상황이었다. 수사본부가 범인을 특정하지 못하고 우왕좌왕하는 동안에도 범행은 거듭되고, 언론 보도는 과열되고, 시민들은 경찰을 불신하게 된다. 와타세는 불안을 전염병이라고 말했다. 시민들 사이에 감염된 공포는 이윽고 사회 불안을 야기한다. 그렇게 되면 경찰은 범인만 쫓아서는 안 된다. 다음 희생자는 자신일 수 있다며 보호를 요청하는 자, 반대로 자신이 범인이라며 나서는 자, 경찰의 무능함을 규탄하는 자……. 이처럼 잡다한 일에 대처할 수 있는 쪽은 경찰뿐이다. 결과적으로 수사력이 분산돼 기능이 정체되고 일이 제대로 진행되지 않는다. 그러면 범행은 되풀이되고 사회불안이 커진다. 실로 악순환이다.

전염병은 증상 자체보다 감염되는 속도와 범위 때문에 두려움을 안긴다. 설령 사망에 이르는 질병이어도 나는 괜찮다는 확신이 있는 사람은 태평할 수 있다. 그런데 자신도 감염될 위험이 있음을 아는 순간 당황하고, 피난처를 찾고, 앞다투어 퇴로로 몰려들어 백신에 달려든다. 중요한 사실이 하나 더 있다. 이번 사건의 경우 병원체 자체가 이동할 수 있다. 실제로 도마 가쓰오는 오마에자키의 집까지 전철을 이용한 것으로 추정되었다. 바꿔 말하면 교통망이 미치는 한 도마 가쓰오의 행동 범위는 끝없이 확대된다. 고테가와는 등줄기가 싸늘해졌다. 작년 사건은 한노 시내로 한정됐기에 그나마 다행이었다. 그런데 사이타마와 지바의 두 현, 아니, 자칫 수도권 전역으로 확대되면 대체 어떻게 될까.

와타세의 예언대로 이튿날 신문은 모두 1면에 개구리 남자의 부활을 들고 나왔다.

'되살아나는 악몽'

'모방범인가, 연쇄 살인마의 귀환인가'

'피해자가 확대되나'

아침 와이드 쇼에서는 사건 이야기가 계속됐다. 패널로 나온 한물간 예능인, 어떻게 먹고 사는지 모를 평론가와 방송국 피디가 정신없이 허둥거리며 어디선가 찾아온 듯한 범죄심리학자, 이미 일선에서 물러난 지 오래된 퇴물 검사. 온갖 어중이떠중이들이 누구나 생각할 수 있는 내용을 아주 심각하게 늘어놓는 꼴이라니, 너무나 추악할 뿐이었다.

"지난 사건에서 일단 의심받은 용의자가 석방된 다음 방치됐다는 거잖아요. 그 사람이 범인일 가능성이 있는 거죠?"

"물론 경찰이 행방을 뒤쫓고 있지만 아직 용의자로 단정하지는 않은 모양입니다."

"지난 사건은 한노 시내에서만 일어났지만 이번에는 수도권 전역으로 퍼질지도 모르잖아요. 해당되는 이름을 가진 사람은 마음 놓고 외출도 못 하겠어요."

"아니, 외출을 안 해도 마찬가지입니다. 왜냐하면 첫 번째 사건에서 피해자가 된 오마에자키 교수님은 집에서 희생됐으니까요."

"어머, 세상에나. 그렇다면 방법이 전혀 없는 거예요?"

"극단적으로 말하면 홋카이도나 오키나와, 아니면 차라리 외국으로 도망치기라도 해야죠. 그냥 앉아 있으면 안심할 수 없으니까요. 경찰이 한시라도 빨리 범인을 체포해주면 이런 걱정은 안 해도 되는데."

"상당히 어렵지 않을까요. 왜냐하면 이번에 용의자로 지목된 인물은 특정 인간을 표적으로 삼고 있지 않잖아요. 주소와 나이, 사회적 지위도 아무 관계가 없고 단지 이름만이 중요할 뿐이죠. 그렇다고 해서 이름이 '시'로 시작하는 사람은 수만 명이나 되니까 수사하는 입장에서도 범위를 좁힐 수가 없어요. 더구나 제가 입수한 정보에 따르면 범인은 이동을 반복하고 있어요. 그렇게 일정한 거주지가 없는 사람을 수색하기는 사실 아주 어렵거든요. 지금은 옛날과 달라서 인터넷 카페나 간이 숙박업소처럼 신분을 증명하지 않아도 몸을 숨길 수 있는 곳이 많으니까요."

"저기, 제 생각에는요. 여러분, 분명히 말씀은 안 하시지만 지금 경찰이 뒤쫓는 사람은 정신장애가 있는 사람이잖아요. 저요, 전에 사회복지 일을 해서 정신과에 입원한 사람에게 이야기를 들은 적이 있어요. 환자분이 수첩을 보여주면서 아, 그건 정신장애인보건복지수첩이라고 하는데, 자기들은 이걸 가지고 있어서 나쁜 짓을 해도 범죄가 안 된다며 아주 당당하게 말하지 뭐예요."

"그건 정신장애인의 인권에 관련된 문제니까 이 자리에서는 말씀 안 하시는 편이 좋겠습니다."

"아뇨, 이런 자리니까 말해야죠. 전에 오사카에서 한 남자가 초등학교에 난입해서 아이들을 여럿 살상한 사건이 있었잖아요. 범인은 정신병원에서 퇴원한 남자였어요. 만약 그 남자를 계속 병원에서 붙들고 있었다면 죄 없는 아이들이 살해되지 않았을 거예요."

"아니, 그것에 대해서는 촉법정신장애인의 재범을 방지하기 위해 국회에서도 몇 번 논의한 바 있습니다. 한데 그런 사람들을 계속 관리한다면 사실상 보안관찰이 돼서 헌법조문에 규정된 기본권을 침범한다고 볼 수 있어요."

"기본권은 살해된 아이들을 포함해서 아무 죄 없는 우리 일반 시민들에게도 당연히 보장돼야 하는 것 아닙니까? 이미 죄를 범하거나 범행 우려가 있는 사람의 인권과 우리 시민의 인권을 똑같이 취급한다니, 납득이 갑니까?"

대담 프로에서는 무책임한 언동이 눈에 띄었다. 사회자가 잊지 않고 사과하긴 했지만, 그런 발언을 할 사람을 군이 출연시켰다는 점에서 프로그램의 제작 의도가 엿보였다. 인권 문제가 얽혀 있어 공공연히 논의할 수 없는 문제라 시청자의 이목을 끌기 수월하다. 이도저도 아닌 이야기로는 시청률을 올리지 못한다. 한편 문제가 되는 발언에는 방송윤리위원회의 무거운 처분이 따른다. 그래서 경계선에 아슬아슬하게 걸친 내용을 방송에 내보낸 것이다.

다른 보도 프로그램, 신문기사의 논조는 정신장애인의 문제를 교묘하게 회피하고 있었다. 《사이타마일보》가 특종을 올린 시점에서 언론은 경찰이 뒤쫓는 용의자가 도마 가쓰오라는 사실을 파악한 듯했지만 절대 이를 언급하려 들지 않았다. 촉법정신장애인이란, 범죄를 저질렀지만 형사 책임을 묻지 못하는 정신장애인을 가리킨다. 형법 제39조에 의거해 무죄 혹은 감형 판결을 받은 자뿐만 아니라 심신상실 판정을 받아 불기소된 피의자도 여기에 포함

된다. 언론은 이 촉법정신장애인 문제를 다룰 때 몹시 예민했다. 흉악 범죄를 예방하기 위해 필요한 조치를 취하는 것은 사회정의에 해당한다. 한편 모든 인간을 평등하게 대하며 차별하지 않는 것은 인간의 기본권이자 평등권에 해당한다. 촉법정신장애인을 어떻게 대하느냐 하는 것은 바로 사회정의와 평등권의 문제이다. 최근이 문제가 자주 불거지는 이유는 촉법정신장애인의 재범률이 높아졌기 때문이다.

패널의 지적이 아니라도 이 문제는 국회에서 여러 차례 논의됐다. 그런데 관련 법안이 제출되지도 않고 계속 상황을 지켜보기만 하는 까닭은 인권 문제와 균형을 맞추기 어렵기 때문이다. 또 촉법정신장애인의 범죄에 예민한 시민들 입장에서는 이러한 입법부의 우유부단한 태도가 짜증스럽기만 하다. 인터넷 세계에서는 이런 경향이 더 뚜렷하다. 익명 게시판은 말할 것도 없이 개인 블로그, SNS에서도 촉법정신장애인을 격리하라는 여론이 두드러진다. 고테가와는 슬쩍 봤을 뿐이지만 이름을 드러내지 않은 채로 '위험한 인물을 격리하라', '형법 제39조 폐지' 같은 히스테릭한 주장을 반복하는 이들이 있었다. 이런 히스테릭한 주장에도 얼마간 정당성이 내포돼 있어 우려를 낳는다. 불특정 다수의 안전을 희생하면서까지 범죄자 내지 우범자의 인권을 보호해주어야 하는가, 이런 의문을 품는 사람이 많다. 자신뿐만이 아니라 가족이나 보호할 사람이 있다면 더욱더 그런 생각이 든다. 미온적인 입법부와 인권 문제를 정면으로 다루기를 두려워하는 언론, 자꾸만 초조해지는 시민. 마치 폭탄을 끌어안은 듯한 위험이 감도는 가운데 도마 가쓰오의 행방은 여전히 묘연했다.

4

와타세가 고테가와를 운전기사로 삼아 향한 곳은 우라와구 다카사고였다. 사이타마지방법원, 사이타마구치지소 인근 도로변 건물의 돌출 간판에는 변호사 사무실 명패가 죽 걸려 있었다. 어느 도시나 법원 근처에는 변호사 사무실이 몰려 있다. 어시장 근처에 초밥집이 있는 것과 같은 이치인데 빼곡히 늘어선 모습이 나름 장관이었다.

"도마 가쓰오에게 붙은 사람은 시미즈 유키야라는 변호사야."

"처음 들어보는 이름인데요."

"에토 변호사가 죽은 후 인권 변호사의 대표 주자를 노렸지만 아직 신분은 고용 변호사야. 잘 안 풀리는 모양이야."

변호사 사무실이 가득 들어찬 건물 4층으로 올라갔다. 가시야마 법률사무소. 여기서 일하는 변호사로 시미즈 유키야의 이름도 있었다. 안내 데스크에 찾아온 이유를 말하고 5분쯤 기다리자 이윽고 시미즈 변호사가 모습을 드러냈다.

"기다리게 해서 죄송합니다. 변호사 시미즈입니다."

나이는 30대 초반, 왜소한 체격인데 상대를 깔보는 태도가 몸에 뱄는지 자연스레 턱이 하늘을 향하고 있었다. 왠지 눈에 욕심이 있어 보이는데 야심가라기보다 좀스러운 인간이란 느낌이었다. 하지만 조직폭력배 보스 뺨칠 정도로 험악한 와타세의 인상을 보자마자 시미즈 변호사는 목을 움츠렸다.

"도마 가쓰오 건으로 오셨다고요? 그런데 저는 딱히 드릴 말씀이 없습니다."

뭐가 마음에 안 드는지 처음부터 삐딱하게 말했다.

"어라, 도마 가쓰오의 신원인수인은 시미즈 변호사님 아니셨습니까?"

"하지만 도마 가쓰오는 현재 행방불명으로 연락이 안 되는 상황이라서요. 지금 계약이 유효한지도 의문입니다."

"그런데 사임서는 아직 안 내셨습니다만."

"본인이 없으면 사임서도 못 냅니다. 사임을 알리는 내용증명을 제출하면 이쪽의 성의는 전해지겠죠."

성의 같은 소리 하네. 듣기가 불쾌해졌다. 현재 도마 가쓰오의 주소는 정해져 있지 않았다. 최근 주소인 사와이 치과 기숙사에 등기로 내용증명을 보내도 수취인 부재로 보관 기한만 흐를 뿐이다. 보관 기한이 지나서 반송되면 다시 보낸다. 두 번째로 반송되면 이번에는 보통우편으로 보낸다. 상대가 개봉하든 말든 절차상으로는 상대에게 사임 의사를 전한 셈이다. 요컨대 도마 가쓰오 본인의 의사를 확인할 것도 없이 빨리 손을 떼고 싶은 것이다. 고테가와의 생각을 아는지 모르는지, 와타세의 말투도 야유조였다.

"이전 사건이 해결된 후에 변호사님이 기자회견에서 이렇게 말씀하지 않으셨습니까? 이는 경찰의 중대한 인권침해이며 반드시 의뢰인과 함께 현경본부의 사죄와 손해배상을 받아내겠다고."

"기자회견에서 한 말은 거짓도 과장도 아닙니다. 개구리 남자 사건에서는 분명히 도마 가쓰오가 피해자이고, 저는 그의 권리를 지키기 위해 이 한몸 희생할 수 있다고 생각했습니다. 그런데 정작 중요한 본인이 어디에 있는지도 모르는데 제가 뭘 할 수 있겠습니까?"

자신의 잘못은 전혀 없다는 말투에 영 신경이 거슬렸다. 아무리 경찰과 변호사가 평소 사이가 안 좋다 해도 당사자들 앞에서 할 말은 아니었다. 에둘러 말할 줄 모르는 고테가와가 이렇게 생각한다면 다른 사람들도 마찬가지다. 이런 양반이 인권 변호사의 대표 주자라니, 야릇한 동정심이 생길 지경이다. 냉철하게 인간을 관찰하는 와타세라면 더 혹독한 평가를 내릴 것이다. 아니나 다를까, 험악한 얼굴에 경멸의 빛이 섞여 있었다.

"여쭙고 싶은 것은 도마 가쓰오의 근황입니다. 도마 가쓰오의 병이 얼마나 호전되었는지, 또 퇴원한 뒤에 뭘 하려고 했는지 물어보고 싶어서요. 근래에 면회를 가셨던 변호사님이라면 아시지 않을까 싶습니다만."

사실 고테가와는 퇴원 직전에 도마 가쓰오가 어떤 상태였는지, 의료 시설에 문의했었다. 하지만 '환자의 사생활 보호 때문에 알려 드릴 수 없습니다'라는 무뚝뚝한 대답이 돌아올 뿐이었다. 이제 돌아가는 사정을 물어볼 수 있는 사람은 담당 변호사인 시미즈 변호사밖에 없었다.

하지만 시미즈는 버럭 화를 내며 말했다. "그런 질문에 넙죽 대답할 거라고 생각합니까? 변호사는 의뢰인의 사생활을 보호할 의무가 있습니다."

"방금 전에 변호사 선임 계약이 위태로워졌다고 말씀하셨잖습니까?"

"맞습니다. 하지만 본인 의사를 확인하지 못하는 이상, 변호인의 입장은 바뀌지 않습니다."

시미즈는 할 말을 단번에 쏟아내고 있지만 표정은 다른 얘기를 하고 있었다. 적어도 변호사인 자신이 경찰 따위에게 정보를 주는 일은 있을 수 없다는 식이었다. 자기 지위와 신분에 기대어 타인을 깔보는 사람보다 더 우스꽝스럽고 어리석은 작자도 없다. 시미즈 변호사가 바로 그런 인간이었다. 하지만 이런 인간을 다루는 데 달통한 사람이 와타세라는 인간이다.

"그렇군요. 어쨌거나 현단계에서 변호사님이 도마 가쓰오의 변호인이라는 사실은 변함이 없군요."

"그렇습니다."

"한데 지바현경과 사이타마현경이 연쇄 살인 사건의 가장 중요한 용의자로 도마 가쓰오를 추적하고 있다는 것도 아시겠죠."

와타세는 자세는 물론이고 표정 하나 바꾸지 않았다. 단지 말 빠르기를 조정했을 뿐이었다. 그런데 시미즈 변호사가 느닷없이 허둥거렸다.

"물론 압니다. 신문과 텔레비전에서 떠들고 있으니까요."

"시미즈 변호사님이 가장 중요한 용의자와 밀접한 관계를 이어가며 최근 정보를 가지고 계시다면 도마 가쓰오를 숨겨주고 있다고 봐도 무리가 아닙니다. 형사가 아니라도 생각할 수 있는 일이죠."

"아닌 밤중에 홍두깨도 아니고 갑자기 무슨 말씀입니까?"

시미즈 변호사는 자리에서 일어나려고 했다.

"제가 범인을 숨겨주고 있기라도 한다는 겁니까?"

와타세는 범인이라는 말은 꺼내지도 않았다. 그런데 자기 멋대로 범인 운운하는 이 남자가 도마 가쓰오를 어떻게 보고 있는지가 훤히 드러났다. 더불어 무너지기 쉬운 허세도 드러났다.

"어디까지나 가능성을 제시했을 뿐입니다. 경찰은 항상 가능성을 떠올리거나 배제하는 법이니까요. 단, 대리인의 권리에 대해 말할 것도 없이 의뢰인과 변호사는 견고한 유대관계를 맺고 있습니다. 지바와 사이타마현경에서 발생한 두 건의 살인사건에 관련된 인물이니까요. 대리인인 시미즈 변호사님이 세상 사람들한테 매정하게 집중포화를 맞는다 해도 운명공동체로서 어쩔 수 없는 일이 겠죠."

"집중포화요?"

《사이타마일보》를 비롯한 지방지와 텔레비전 방송국은 아직도 개구리 남자 사건의 악몽을 기억하고 있습니다. 꺼림칙한 예전 사건이 되풀이되려고 합니다. 용의자의 방패막이가 되려는 사람에게는 분명 유형무형의 돌팔매나 화살이 날아오죠. 지금껏 흉악범을 변호하는 사람들을 심하게 괴롭히는 어중이떠중이가 끊이지 않았지만, 거참 변호사라는 직업도 재수 없는 장사군요. 아 참, 그리고……."

와타세가 한쪽 입 끝을 끌어올리니 원래 흉악한 얼굴이 더욱더 위협적으로 변했다.

"이 사무소의 대표인 가시야마 변호사님은 참으로 강직하신 분이시군요. 그런 시미즈 변호사님을 또 제 한몸 바쳐 지키려 하시고."

대표 변호사 이름이 나온 순간, 시미즈 변호사는 얼굴빛이 싹 변했다. 오만과 허세의 가면이 벗겨지고 금세 소심한 직장인의 얼굴이 나타났다. 당연히 그럴 만했다. 어차피 고용 변호사 신분이다. 오너의 심기를 거스르면 쫓겨나기 십상이다.

"제 설명이 부족했던 모양입니다."

시미즈 변호사의 말투가 확 달라졌다.

"변호사가 의뢰인과 위임 관계를 유지하는 것은 종이 한 장이 아니라 상호 신뢰 관계입니다. 따라서 어느 한쪽이 상대를 신용하지 못하게 된 순간 위임 관계는 종료됩니다. 사임신고서 제출, 사임 통지는 어디까지나 절차에 불과합니다."

이 남자는 방금 전에 한 말과 완전히 반대되는 말을 하고 있었다. 고테가와는 정말 어이가 없었다. 아무리 변호사가 말로 먹고사는 직업이라고 해도 이래서는 사기꾼이나 다를 게 없지 않은가.

와타세는 상대의 방어가 느슨해진 틈을 결코 놓치지 않았다.

"그럼 변호사님과 도마 가쓰오 사이에 체결한 계약은 유명무실하다고 봐도 되겠군요."

"유명무실. 맞아요, 딱 맞는 말입니다."

"그렇다면 일반 시민이라는 입장에서 알려주셨으면 합니다. 변호사님이 최근 도마 가쓰오를 면회하신 것은 언제입니까?"

"올 7월 중순입니다."

도마 가쓰오가 10월 말에 퇴원했으니까 대강 3개월 반 동안 면회를 안 했다는 얘기다.

시미즈 변호사는 와타세의 무언의 항의를 알아챘는지 변명처럼 말을 이었다. "두 분은 도마 가쓰오의 병상을 아시죠? 이렇게 말하면 어떨지 모르겠지만 도마 가쓰오와 의사소통하기는 몹시 힘들었습니다. 내가 하는 말을 올바로 이해하고 있다는 생각이 안 듭니다. 다리의 총상은 순조롭게 회복했지만 정신장애도 함께 호전되는 것은 아니니까요. 그래서 주치의 선생님과 상담한 끝에 한동안 도마 가쓰오가 진정될 때까지 상황을 지켜보기로 했습니다. 그래서 면담이 뜸했던 거고요."

사람에 따라서는 어쩔 수 없었다고 볼지도 모르겠다. 그런데 눈썹이 찌푸려질 정도로 돌변하는 모습을 보니 그냥 귀찮아서 면담을 미루고 있었다는 생각밖에 안 들었다.

"하지만 퇴원 날은 왜 만나러 가지 않으셨습니까?"

"그것이…… 도마 가쓰오의 퇴원은 예정보다 이틀 정도 빨랐습니다. 물론 병원 측에서 신원인수인인 저한테 연락은 했지만 뭔가 착오가 있어서 퇴원 날에는 마중을 못 갔습니다. 일에 혼선이 생겼음을 알아챘을 때는 이미 퇴원한 뒤로……."

고테가와는 이 변명도 의심이 갔다. 사건이 종결된 지 거의 1년, 대중의 관심이 적어진 무렵인 데다 도마 가쓰오의 인권침해를 세상에 알린다 한들 얼마나 이점이 있을까. 정말로 인권침해와 싸우는 변호사라면 몰라도 자기 이름 알리려고 사건을 선택하는 변호사에게 도마 가쓰오는 이미 유통기한이 지난 식재료와 같았다.

분명 와타세도 같은 생각을 했을 것이다. 태도가 더 불손해졌다.

"그럼 변호사님, 도마 가쓰오를 마지막으로 만났을 때 인상은 어땠습니까?"

"인상이랄 것도 없고, 처음 만났을 때부터 전혀 바뀐 게 없습니다. 흉포하지는 않지만 제가 무슨 말을 해도 반응이 없고 가끔 하는 말이라고 해봐야 이런 거였습니다. '변호사님은 약았다.' '내가 개구리 남자다.' 이런 헛소리뿐이었으니까."

고테가와의 가슴이 욱신거렸다. 내가 개구리 남자다……. 도마 가쓰오는 입원해서도 계속 그렇게 주장했구나. 영혼을 지배당하고 농락당하고 마음대로 이용당하고 있는데도 속박에서 풀려나지 못했구나.

"확인차 다시 한 번 묻습니다. 7월에 면회한 뒤 도마 가쓰오를 한 번도 안 만났습니까?"

"네, 확실합니다."

"도마 가쓰오가 갈 만한 곳을 아십니까?"

"그걸 알면 제가 진즉에 만나러 갔겠지요."

와타세는 시미즈 변호사를 한 번 노려보더니 나른한 듯 일어났다. 아무래도 거짓말하고 있지는 않다고 판단한 듯했다.

"도움이 안 돼서 죄송하군요."

생각해주는 척하는 말투가 신경에 거슬렸다. 그래서 말해버렸다. "변호사님은 도마 가쓰오와 최대한 안 만나는 쪽이 좋을 것 같군요."

"뭐라고요?"

"신문에도 나왔잖습니까? 개구리 남자의 놀이는 '사'행으로 시작됐습니다. 그래서 '사'로 시작하는 이름을 가진 사람들이 희생됐었죠. 다음은 '시' 차례거든요, 시미즈 변호사님."

와타세가 한쪽 눈썹을 흠칫 끌어올렸지만 질타하는 기색은 없었다. 갑자기 시미즈 변호사의 눈빛이 흔들렸다.

피융.

갑자기 불어온 차가운 북풍에 헤이 씨는 절로 몸을 떨었다. 11월도 하순이 되자 급격히 공기가 차가워졌다. 아라카와강을 건너는 바람이 뼛속까지 스며들었다. 구입한 지 5년이 된 오리털 재킷은 군데군데 구멍이 뚫려 있었다. 오늘은 잘 때 옷 하나를 더 입어야 할 듯했다.

사이타마시의 아라카와 종합운동공원은 규모가 커서 구석에 100명 정도를 수용하는 텐트촌이 있어도 이용하는 사람들에게 방해되지 않았다. 어쩔 수 없이 미관을 해치긴 해도 헤이 씨 같은 사람들에게 이곳은 생활 터전이었다. 미관이 어쩌니 저쩌니 하는 말을 들어도 떠날 수 없었다. 항간에는 새 정권이 들어서서 다소 경기가 좋아졌다고 하지만, 헤이 씨 같은 사람들의 생활은 날이 갈수록 어려워질 뿐이었다. 매일 빈 깡통을 줍고 있지만 판매가는 점점 낮아졌다. 이유를 물으면 엔고 때문이라는 소리가 돌아왔다. 왜 엔고가 되면 값이 떨어지는지 묻고 싶었지만, 너무 시끄럽게 굴면 다른 데로 가라는 말이 나올까 봐 감히 물어보지 못했다.

축구장을 힐끗 쳐다봤다. 이제 막 시합을 끝낸 초등학생들이 나가는 중이었다. 그중 한 아이가 아들과 많이 닮아 보였다. 잠시 쳐다보는데 녀석과 눈이 마주쳤다. 남자아이는 오물을 보는 듯한 눈으로 쏘아보더니 바로 뛰어갔다. 하는 수 없지. 나름의 미래가 있는 아이에게 자신의 모습은 길가의 배설물과 마찬가지로, 눈이 마주치기만 해도 더럽다는 생각이 들 것이다. 어릴 때는 모두 그렇지 않은가. 자신이 인생의 패배자가 될지도 모른다는 상상을 누가 하랴. 자신에게는 평온하고 향기로운 인생이 약속돼 있다고 믿어 의심치 않는다. 불현듯 진짜 아들 얼굴이 뇌리를 스쳤다. 아들이라고 해도 이미 서른을 넘겼다. 결혼하여 어쩌면 아이가 있을 수도 있다. 마지막으로 얘기를 나눈 것이 5년 전이던가, 아니면 6년 전이던가.

고향으로 돌아가면 낡은 집에 아직 아내도 살고 있을 터였다. 후쿠자와 유키치(福沢諭吉, 일본 1만 엔짜리 지폐에 새겨진 인물-옮긴이)가 한 장만 있으면 당장에라도 돌아갈 수 있다. 그래도 돌아가지 않는 이유는 실제 거리보다 마음이 더 멀어졌고, 집 문턱이 높게 느껴지기 때문이었다. 생활비를 안 보낸 지 도대체 얼마나 오랜 세월이 흘렀던가. 이제 와서 뻔뻔하게 얼굴을 들이밀 수는 없는 노릇이었다. 애당초 그런 쓸쓸한 시골에 돌아가도 지금보다 생활이 나아진다는 보장은 없었다. 이웃 사람들이 보낼 모욕과 조소의 눈길도 견딜 수 없었다. 차라리 무관심한 도시인과 섞여 흥청거리는 거리에 있는 것이 도리어 마음이 편했다.

찬바람에 몸을 움츠리자 관절이 삐걱거렸다. 60대 중반이 지나면 바람만 불어도 몸이 힘든 걸까, 아니면 영양 부족 때문일까. 분명 둘 다일 것이다. 노숙자의 천적은 굶주림과 추위다. 여름 더위로 죽는 노숙자는 없지만 맹추위나 영양실조로 목숨을 잃는 사람은 얼마든지 있다. 생존 본능이 따뜻한 침대와 영양 만점의 식사를 원한다. 사실 사이타마시의 자립지원센터나 순회상담원에게 부탁하면 등 따시고 배부를 수도 있다. 하지만 아직 관공서의 신세를 질 생각은 없었다. 최악의 경우에는 매달릴 수도 있지만 아직 때가 아니었다. 남들의 눈이 두렵다기보다 자기책임이라는 말을 잊은 적은 없기 때문이다. 지금 이 생활을 선택한 사람은 자신이었다. 그런데 태연히 남의 신세를 지는 일에는 거부감이 생겼다. 헤이 씨뿐만이 아니었다. 이 텐트촌에는 그렇게 고집 센 사람들이 많았다.

헤이 씨는 자신의 텐트로 걸어갔다. 고작 텐트 하나라고 우습게 봐서는 안 된다. 골판지 상자로 삼중 벽을 만들고 파란 시트로 감싸고 있기 때문에 바람도 어느 정도 견딜 수 있다. 물론 틈새로 뱀처럼 숨어 들어오는 냉기는 차단하지 못하지만 침낭에 폭 싸여 있으면 그럭저럭 밤은 지낼 수 있다. 오늘 밤은 오랜만에 냄비 우동이라도 먹어볼까. 유통기한이 2주 정도 지난 냉동식품이 남아 있을 터였다. 겨울이라 좋은 점은 냉장고가 없어도 곤란하지 않다는 것이다.

텐트로 들어가 아마존 상호가 찍힌 빈 상자 위에 휴대용 가스레인지를 올려놓았다. 이 상자는 견고해서 제법 무거운 무게도 견딘다. 받침대 대용으로 아주 좋다. 공원에서는 가스뿐만 아니라 생활에 필요한 전기도 사용할 수 있다. 그렇다고 공원 시설에 전원 코드를 꽂아 훔쳐 쓰는 것은 아니다. 헤이 씨 같은 사람들을 대상으로 장사하는 업자에게 태양광 패널을 구입하여 낮에 충전해둔 전지에서 전력을 공급받고 있다. 단, 충전량이 적기 때문에 장시간 난방을 하지는 못한다.

헤이 씨는 가스레인지 스위치를 돌렸다. 폭 하는 소리와 함께 불이 붙자 두 손을 올렸다. 이내 훌훌 타는 불로 얼어붙었던 피부가 녹기 시작했다. 텐트 출입구는 열려 있었다. 가스레인지 받침대는 만약의 사태에 대비해 밖에 두었다. 원래 공원에서 불을 피우는 것은 금지돼 있지만 어쩔 수 없었다. 공원을 순찰하는 경찰들도 현장을 발견하면 경고는 하지만 웬만하면 못 본 척해줬다.

가스를 아끼려고 약불로 알루미늄 용기의 물을 끓이는데 불쑥 시야를 가로지르는 그림자가 나타났다. 그 남자였다. 키나 살집은 적당하지만 구부정하게 걷기 때문에 실제보다 작아 보였다. 항상 점퍼에 달린 모자를 푹 뒤집어쓰고 있기 때문에 인상도 나이도 몰랐다. 남자는 약 2주 전부터 이 공원을 근거지로 삼고 있었다. 점퍼는 군데군데 해지고 청바지도 진흙투성이, 운동화도 낡아서 완전히 색이 바랬다. 신참이 분명하지만 아직 편하게 이야기를 나누는 사람은 없는 듯했다. 등이 구부정해서 아주 가여워 보였다.

"이봐요, 형씨. 거기, 모자 쓴 사람."

말이 나온 것은 오랜만에 동정심을 느꼈기 때문이다. 인간이라는 존재는 쓸쓸할 때는 착해질 수 있는 모양이다.

남자는 천천히 걸음을 멈췄다.

"괜찮으면 이쪽으로 오지그래? 마침 가스레인지 불이 따뜻해졌는데."

남자는 고개만 이쪽으로 돌릴 뿐 여전히 가만히 서 있었다. 신참 중에는 이런 사람들이 많다. 헤이 씨도 그런 기억이 있다. 상심해서 여기로 흘러왔는데 주변 사람들이 어쩐지 무서워 보여서 누

가 말을 걸어도 위축되었다. 타고난 오지랖에 불이 붙었다. 여기에
자리 잡은 사람들은 지난 시절을 입에 담지 않는다. 지나간 영화를
즐겁게 떠벌리기도 하지만 이런 사람은 소수다. 옛날을 그리워하
는 것은 부스럼 딱지를 떼어내는 행위나 다름없다. 묻고 싶지도 않
고 물어주기를 바라지도 않는다. 그래서 옆에 텐트를 친 사람들끼
리도 일상적인 대화만 나눈다. 타인에게 너무 나가가지 않는다. 텐
트 생활의 불문율이다. 그래도 예외는 있다. 수렁에 빠지려는 타인
에게 손을 내미는 것은 사람이 지닌 몇 안 되는 미덕 중 하나다.

"그런 데 서 있지 말고."

헤이 씨는 남자에게 다가가 팔을 잡았다. 남자는 경계심으로 몸
이 뻣뻣해졌다.

"아무것도 안 뺏어 먹어. 어차피 냄비 데우려고 불 피우는 거야.
혼자 따뜻해지든 둘이 따뜻해지든 똑같으니까. 자, 이리 오슈."

저항은 딱 한순간이었다. 팔을 억지로 잡아당기자 남자는 얌전
히 헤이 씨를 따라왔다.

"자, 여기서 쬐어요."

가스레인지를 사이에 두고, 맞은편 자리를 권했다. 남자는 당황
하며 자리에 앉아 두 손을 앞으로 치켜들었다. 손에는 검은 장갑을
끼고 있었다. 입고 있는 옷은 후줄근한데 장갑은 묘하게 새것이었
다. 누구한테 얻은 걸까. 여전히 모자를 깊이 눌러쓰고 이쪽을 똑
바로 보지 않았다. 그래, 괜찮다. 똑바로 보지 않으려고 하는 이유
는 경계심 때문일 것이다. 억지로 서로 쳐다보면 뭐하나.

"요즘 갑자기 추워졌어. 특히 아침저녁이 그래. 그서께 아침에는
잔디 위에 서리가 내렸던데, 봤수?"

질문을 던졌지만 남자는 반응이 없었다.

"지구온난화라고 하던데, 계속 이랬으면 좋겠어. 동장군이 몰려오면 휴대용 가스레인지나 태양광 패널만으로는 겨울을 나기 힘들거든. 공원에서 먹고 자는 사람들 중에는 너무 추워지면 지원센터에 매달려 숙박하는 사람도 있지만 말이야. 그렇게 한번 신세를 져버리면 직원이 자립지원과정이나 직업훈련센터에 들어가라면서 귀찮게 굴어. 아무래도 망설여지지."

남자에게 하는 말이 거짓은 아니었다. 실제로 직원들의 권유를 받은 적도 있었다. 헤이 씨의 형편 때문에 거절했지만 굳이 이런 이야기를 한 이유는 넌지시 이 남자에게 구제 조치를 알려주고 싶었기 때문이다.

"형씨는 시청 직원들이 말을 걸어온 적 없수?"

그런데 남자는 고개를 숙인 채 무슨 이야기를 해도 반응이 없었다. 절박해 보이지도 않았다. 오랜 노숙 생활이 몸에 익었거나 이미 삶에 체념했거나, 둘 중 하나이다.

"뭐, 지원센터 신세를 져도 나처럼 나이 든 인간한테는 제대로 된 일이 안 들어와. 센터에서도 어쩔 줄 몰라 하니까 일루 돌아오는 거지. 그래도 시청 양반들은 예산을 다 집행했으니 죄책감은 없어. 별거 아냐. 자립지원센터가 존재하는 이유를 우리가 입증하기 위해 단기간 보살핌을 받는 것뿐이지. 생각해보면 대체 뭐하자는 짓인지."

남자는 두 손을 가스레인지에 치켜든 자세로 꼼짝 않고 있었다. 가끔 고개를 살짝 끄덕이는데, 이쪽 이야기를 아예 무시하는 것은 아닌 모양이었다.

"자립해라, 지원해주마, 분명 고마운 말이긴 한데 이런 생활을 하는 사람들 중에는 고맙긴 한데 민폐라고 생각하는 사람도 있다고. 주는 것을 받을 생각은 없고, 그렇다고 맞설 생각도 없어. 그냥 좀 내버려둬, 간섭하지 마, 이런 마음인 거지. 공원이니 하천 부지를 무단으로 사용하고 있을 뿐인데도 꽤나 켕기니까 더 이상 죄책감이 안 들게 했으면 좋겠어. 뭐니 뭐니 해도 시설을 관리하는 쪽은 관공서니까 대놓고 방치해둘 수는 없겠지만 세상에는 내버려두는 편이 좋은 것도 제법 많아. 그걸 머리 한구석에 좀 넣어두란 말이지."

헤이 씨가 보기에 텐트촌에서 지내는 대부분의 사람들은 그냥 이대로 내버려두길 바란다. 아니라면 옛날 옛적에 자립지원센터에 울며 매달렸을 것이다.

"형씨 참 말이 없네. 혹시 말을 못 하나?"

그러자 남자는 고개를 설레설레 저었다.

"……잘은 ……못 해."

우물거리는 소리였지만 분명히 그렇게 들렸다.

아하, 말하는 것도 내키지 않는다는 거로군. 이런 사람들도 여기서는 흔하다. 사람과 사람의 교류를 끊으려면 입을 열지 않는 것이 가장 좋기 때문이다. 말을 잘 못하는 사람에게 대화를 강요하자면 힘이 든다. 헤이 씨는 상대의 맞장구만 확인할 수 있으면 된다고 생각했다. 이윽고 냄비 우동이 끓기 시작했다. 가스레인지 불을 끄고 뚜껑을 열자 김이 모락모락 올라왔다.

"괜찮으면 좀 먹고 가지그래?"

남지는 다시 가볍게 고개를 끄덕였다. 헤이 씨는 텐트 안에서 젓가락과 종이접시를 가져와서 뜨끈뜨끈한 우동을 나누어 담았다.

"자, 여기."

우동을 담은 접시를 내밀자 남자는 조심스럽게 팔을 뻗었다. 그리고 가볍게 머리를 숙이고 후루룩 소리를 내며 먹기 시작했다. 말은 안 해도 마주 앉아서 같은 음식을 먹고 있다는 사실만으로 가슴속에 작은 불이 켜졌다. 냄비의 영험이라고나 할까. 그러고 보면 이렇게 누군가와 마주 앉아 밥을 먹은 것도 실로 오랜만이었다. 세상은 여러모로 살기 힘들고 차갑지만 이렇게 다른 사람과 어울림으로써 온기를 얻을 수도 있다. 이 남자를 초대하기를 잘했다. 남자는 묵묵히 젓가락을 움직였다. 게걸스럽게 먹지 않는 걸 보니 심하게 굶주리진 않았던 모양이다. 헤이 씨도 한입 먹어봤다. 찰기는 없지만 그래도 매끄럽게 목으로 넘어가니 몸 안이 따뜻해지는 느낌이 들었다.

"간사이 사람들은 간토의 우동이 별로라고 하던데 웬걸 제법 괜찮은데. 형씨, 간사이 사람인가?"

역시 대답이 없었다. 하지만 헤이 씨는 기분 상하지 않고 대화를 이어갔다. 말이라는 것은 참 이상하다. 상대방이 답하지 않아도 뜻이 전달되기만 하면 마음이 놓인다.

"맛은 그렇다 치고 이 계절에는 역시 냄비 요리지. 차가운 음식을 몸에 넣으면 체온이 점점 내려가. 그게 의외로 성가시단 말이야. 몸속이 차가워지면 잠들기 어려워. 형씨는 잘 때 추위를 막을거라도 있나? 생사가 걸린 문제니까 그걸 꼭 갖춰둬야 한다고."

솔직히 같은 텐트촌에 사는 사람이 죽든 말든 알 바 아니다. 하지만 이런 얘기까지 하고 있으면 어색하면서도 친근감이 생긴다.

"그리고 말이지, 때가 되면 자신이 죽은 뒤도 생각해야 돼. 꼭 신분을 증명할 만할 물건을 하나쯤 가지고 있는 편이 좋아. 주검으로 발견됐을 때 신원을 알면 친척들에게 연락이 가니까. 그런데 호적을 팔아서 이름도 버렸으면 좀 난감하지. 발견된 장소를 담당하는 관공서 복지과에서 화장을 하고 가족이 인수받으러 올 때까지 계속 보관할 거야. 아마 4년인가? 보관 기간이 지나면 그제야 공동묘지에 매장돼. 비참한 이야기지. 신원불명이면 변변히 성불도 못 한다니까."

남자는 빈 접시를 얌전히 내려놓았다. 헤이 씨는 그런 행동에 호감을 느꼈다.

"이제 만난 사람한테 본명을 묻지는 않겠지만 이것도 다 인연인데, 얼굴 보면 인사 정도는 하자고. 난 여기서 헤이 씨로 통해. 형씨는 뭐라고 불리나?"

별로 대답을 기대한 질문은 아니었다. 예상대로 남자는 묵묵부답이었다.

3
치
다

1

11월 29일 오전 10시, JR간다역. 마키노 아키히토는 야간 근무자에게 인수인계를 받은 뒤 1, 2번 승강장으로 뛰어올라갔다. 승강장에 다가가자 전철의 주행 소음이 커졌다. 먼지로 텁텁한 열기가 적어지고 차가운 바깥 공기가 코로 들어왔다. 북적대는 출근 시간이 지나 승강장 감시는 조금 수월해졌다. 역무원은 정산 업무를 비롯해 하는 일이 많지만 승강장 근무는 서 있기만 하기에 상대적으로 힘이 덜 든다. 다만 사정이 생겨 전철이 늦어지면 이유를 모르는 승객이 항의를 해대서 그런 때는 난감하다.

출근 시간은 지났지만 승강장은 나름 북적였다. 1번 승강장의 게이힌토호쿠선은 이 시간부터 15시 30분경까지는 간다역을 통과하다 보니 도쿄 방면으로 가는 승객은 모두 옆에 있는 2번 승강장의 야마노테선을 타기 때문이다. 마키노는 하품을 참으면서 2번 승강장 끝을 지켜봤다. 지금부터 한 시간 반 동안 전철의 발착을 감시해야 했다. 눈으로 선로를 바라보면서 머릿속으로는 조금 전 조례에서 상사인 다키가와가 한 말을 반추했다.

"마키노, 어제 3번 홈에 있던 토사물, 잘 안 닦였던데. 정직원이 말이야, 그래가지고 되겠어? 파견직 사원한테 모범이 안 되잖아."

빌어먹을 인간, 다음 인사발령 때 다른 역으로 안 가나. 역사 업무는 단순 작업이다. 편하다면 편하지만 직원 중에 마음이 안 맞는 사람이 섞여 있으면 스트레스를 받는다. 마키노에게는 그런 사람이 바로 다키가와였다. 승강장 근무를 마치면 그 인간과 팀을 이뤄 자동정산기 보수 작업을 해야 한다. 아, 그 고통스러운 시간을 어떻게 보낼까. 성실하게 업무 이야기만 할까, 아니면 야한 이야기 따위로 적당히 넘길까, 차라리 최소한의 대답만 해서 철저히 무시할까…….

멍하니 생각에 잠겨 있는데 후방에서 게이힌토호쿠선의 급행전철이 미끄러져 들어오나 싶더니 이윽고 비명 소리가 들려왔다. 여자의 새된 소리. 하지만 통과하는 전철의 소음 때문에 분명히 들리진 않았다. 비명과 동시에 무언가 찢기는 소리가 나서 돌아보자 코트 차림의 젊은 여자가 쿵 하고 주저앉은 참이었다.

"무슨 일이십니까?"

서둘러 달려가자 여자는 이가 덜덜거리는지 입을 뻐끔거렸다.

"바, 방금 선로에 사람이 뛰어들어서……."

주변을 둘러보자 직장인으로 보이는 한 남자도 얼굴이 새파랗게 질려 서 있었다. 일 났구나. 바로 떠오른 감정은 자살한 사람에 대한 동정심이나 두려움이 아니었다. 나중에 선로에서 살점을 회수해야 하는 역겨움이었다. 착각일 수 있지만 코를 찌르는 비릿한 피 냄새를 맡은 것 같았다. 다른 역무원이 눌렀는지 곧이어 비상벨

소리가 울려 퍼졌다.

"업무 연락. 1번 승강장, 사상사고 발생. 1번 승강장, 사상사고 발생."

"승객 여러분께 안내 말씀 드립니다. 방금 1번 승강장에서 사상사고가 일어났습니다. 이로 인해 게이힌토호쿠선은 잠시 운행이 지연되겠습니다……."

통과한 전철 쪽에도 지령이 갔는지, 선로 너머에서 경적 소리가 들렸다. 짧게 여러 번, 길게 한 번. 한 번 들으면 쉽게 잊을 수 없는 비상 경적이었다. 이 소리가 울리면 전철은 선로에 정지해야 한다.

마키노는 거의 척수반사라도 일어난 양 선로를 내려다보고는 바로 후회했다. 급행전철이 사람을 치어서 절단을 냈다. 너무 섬뜩했다. 수백 톤의 쇳덩어리가 시속 80킬로미터가 넘는 속도로 통과한다. 자동차라면 차체는 휴지처럼 납작해지고 찌부러지며 날카롭게 찢긴다. 살아 있는 사람의 몸이라면 어떻게 될까. 선로 위에는 인간이었던 물체의 단편이 여기저기 흩어졌고 핏줄기가 몇 미터에 걸쳐 붉은 선을 그리고 있었다. 옷 조각에 섞여 침목과 도상에는 빨간색과 검은색, 노란색 물체가 끈끈하게 얽혀 참혹한 모습을 연출하고 있었다. 검은색은 사람 머리카락, 노란색은 장 속에 쌓여 있던 분변, 아니면 지방일까. 순간 숨 막힐 듯한 악취가 코를 찔렀다. 동물성 단백질 특유의 비릿한 내음에 분뇨와 위액을 섞은 듯한 냄새였다. 으윽. 뒤에서 누군가가 구토를 했다. 2번 승강장에 서 있던 승객의 시선이 일제히 집중되었다. 갈 길이 바쁜 사람은 아쉬운 표정을 지을 뿐이고 그렇지 않은 사람은 이쪽으로 다가와 선로를 내려다봤다.

"여러분, 노란 선 뒤로 물러서주십시오."

마키노는 사상사고 처리 매뉴얼을 기억의 서랍에서 끄집어냈다. 먼저 할 일은 목격자 확보였다. 곧 경찰이 도착할 것이다. 수사관에게 진술해야 하기 때문에 사정을 설명해 역무실까지 데리고 가야 했다. 자살이냐, 아니냐로 사고 복구 속도는 크게 달라진다. 자살이면 선로 내에 흩어진 승객을 '회수'만 하면 되지만 타살 가능성이 있다고 판단되면 경찰이 수사에 나서 꼬박 하루, 해당 노선은 운행이 정지된다. 그러면 환불, 대체 수송편 안내, 운전 정리 같은 업무가 꼬리를 이어 당번, 비번 할 것 없이 역무원은 24시간 대응 태세에 돌입해야 한다.

주변 승객들에게 확인하자 사람이 선로에 뛰어든 것을 목격한 사람은 비명을 지른 여자와 낯빛이 바뀌어 있던 직장인, 둘뿐이었다. 마키노는 두 사람을 데리고 역무실로 돌아갔다. 이제 자신이 할 일은 다 했다고 생각한 순간, 역무원을 배치하던 다키가와가 이쪽을 돌아봤다.

"너, 뭐 하냐?"

"목격자 확보를……."

"그건 보면 알고. 곧 간다경찰서에서 경찰이 도착할 테니 넌 선로로 내려가."

선로로 내려가. 즉, 살점 회수 작업을 하라는 의미였다.

"빨리 해. 신입도 아닌데 이럴 때야말로 1분 1초를 다투는 걸 아직도 모르냐!"

그럼에도 자신은 선로로 내려갈 생각이 없는 모양이었다. 제기랄. 마키노는 속으로 욕을 퍼부으면서 회수용 바가지와 집게를 들고 역무실에서 나왔다. 직원 전용 통로를 지나 승강장 옆에서 선로로 나가자 조금 전의 악취가 한층 더 강해졌다. 마스크를 써도

배 속에서 이물감이 올라왔다. 승강장에서는 제복을 입은 경찰이 역무원과 함께 승객들을 안내하고 있었다. 선로에서는 사복경찰과 감식반원으로 보이는 수사관들이 이미 현장검증을 하고 있었다. 현장검증이 끝날 때까지 승강장 아래쪽으로는 다가갈 수 없었다. 마키노를 비롯한 직원들은 승강장 끝에서부터 선로를 따라 잔류물을 주웠다. 이건 최악의 업무였다. 너무 역겹고 불쾌해서 오물 처리에 비할 바가 아니었다. 치여서 절단된 시체를 은어로 '마구로 (참치-옮긴이)'라고 부르는데 실물을 직접 보면 '아하' 하고 납득이 갔다. 구체적으로 말하면 붉은 살이 마구 갈려 으깨진 것이 장기 일부와 함께 어질러져 있었다. 여기에 흩어진 것은 동물의 고기 조각이 아니라 조금 전까지 자신과 똑같이 숨을 쉬던 인간이었다. 이런 생각을 할 때마다 등줄기가 오싹해졌다.

전철의 속도가 빠를수록 찢긴 살점은 광범위하게 흩어진다. 이번에는 급행전철에 치였기 때문에 100미터 이상 행군할 각오를 해야 했다. 집게로 침목과 도상에 달라붙은 살점과 조직, 옷 조각을 집어 서로 다른 바구니에 던져 넣었다. 이미 유족에게 보여줄 수 있는 상태는 아니지만 이 일을 하는 목적은 따로 있었다.

공포와 역겨움에 익숙해지면 그다음에는 분노의 감정이 끓어오른다. 왜 하필 내가 근무하는 역에서 뛰어든 거냐? 자살이라면 역무원과 다른 승객에게 피해가 가지 않는 데서 해라. 단순 사고라면 저세상에서 반성해라. 추락 사고의 80퍼센트는 만취해서 휘청거리다가 아니면 휴대전화를 보다가 일어난다. 그런 상태에서 승강장을 위태롭게 걸으면 위험하다는 것 정도는 유치원생도 알 텐데. 특히 '스마트폰을 보며 걷다가' 발생하는 사고가 매년 추락 원인의 상위 순위를 차지한다는 사실을 공표해 주의를 환기하고 싶다. 하지만 이동통신사의 막대한 광고료를 감안하면 관계자는 입이 절로 무거워질 것이다. 선로 위에서도 돈이 사람 목숨보다 중하다는 소린데, 막대한 광고료에서 월급이 나오는 사람 입장에서는 쉽게 입 밖에 낼 수 없을 것이다.

구토를 참으면서 엉거주춤한 자세로 계속 이물질을 줍기는 힘들었다. 몇 미터 걷다가 쉬고 다시 작업을 시작했다. 마키노가 그럭저럭 작업을 종료한 것은 오후 2시가 조금 지났을 무렵이었다. 역무실로 돌아가자 이미 진술이 끝났는지 목격자 두 사람의 모습은 전혀 보이지 않았다.

"젊은 아가씨였어."

다카가와는 수고했다는 말 한 마디 없이 얘기를 이어나갔다.

"소지품 중에 신분증이 남아 있었나 봐. 이름은 시호미 준, 스물다섯, 직장인이래."

"현장검증은 끝났습니까?"

"그래, 목격자는 있었지만 둘 다 피해자가 선로에 떨어지는 순간을 봤을 뿐이야. 뒤에서 밀었다는 증언은 없었어. 구내의 CCTV를 봐도 승객들로 혼잡할 때 일어난 사고고, 더구나 피해자 키가 작아서 정작 중요한 장면은 사람들 속에 가려졌어."

"그럼 수사가 계속됩니까?"

"아니, 경찰은 타살 가능성이 없다고 보고 있어. 이대로 끝내려나 봐."

"엣."

"선로에서 휴대전화 단말기와 이어폰 잔해를 습득했어. 그게 무슨 뜻인지 알잖아."

"음악을 들으면서 눈은 스마트폰 화면을 보고 있었다……."

"흔한 이야기지. 시각, 청각 모두 차단됐으면 전철이 승강장에 들어와도 몰라. 다리가 좀 휘청거리거나 사람들한테 밀리면 선로에 그대로 꼬꾸라져. 그런 사례야 많으니까. 담당 형사도 고개를 끄덕이며 돌아갔어."

역시 그랬구나. 젠장, 개고생만 하게 만들고.

"그건 그렇고 빨리 옷 갈아입고 와."

다키가와는 대놓고 얼굴을 찌푸렸다.

"마구로 냄새가 배었어. 아아, 냄새." 부하 직원에게 하기 싫은 일을 시켜놓고 저 인간은 진짜. 욕이 목까지 올라왔지만 가까스로 삼켰다.

"마구로 정리하면 보고서도 써둬라."

"그것도 제가 합니까?"

"목격자와 가장 가까이 있던 직원은 너잖아. 너 말고 대체 누가 쓰냐?"

마키노는 대답하기도 귀찮아서 말없이 역무실을 나왔다. 그날 게이힌토호쿠선은 여섯 시간이 지나서 운행을 재개했지만 마키노와 동료들은 계속 남은 일을 처리해야 했다. 일단 대체 수송 안내를 중단한 뒤 발권 업무를 정상으로 돌렸다. 엉킨 실을 풀듯이 정지 구간에 멈춰 있던 차량을 우선 입고시키고 승무원을 신속히 교체했다. 운행시간표를 수정하는 작업은 컴퓨터로 하지만 이 역시 사람 힘이 필요하다. 덕분에 간다역 직원들은 제대로 쉬지도 못한 채 밤을 새워 복구 작업을 하게 됐다. 이튿날 오전 4시 45분, 마키노는 졸린 눈을 비비면서 역무실을 나왔다. 이제 두 시간만 더 일하면 겨우 쉴 수 있었다. 첫 차를 타려는 사람은 몇 안 됐다. 어제의 혼잡한 상황이 마치 거짓말 같았다. 바쁘기만 하다면 그래도 괜찮았다. 다른 교통편을 이용하라고 하면 벌컥 화부터 내는 사람들이 있었다. 역무원이 전철을 멈춘 것도 아닌데 멱살을 잡고 난폭한 행동을 하는 작자들도 있었다. 정말 어이없는 일이었다.

첫 차가 들어오기 전에 미리 확인을 해야 했다. 우선 동쪽 개찰구를 살폈다. 이상 없음, 이라고 생각한 순간 구내 기둥에서 기묘한 것을 발견했다. 안내판을 달아놓는 장소인데 아래쪽에 벽보 같은 것이 붙어 있었다. 사고나 재해로 운행이 변경될 때는 구내 안내방송 이외에 벽보로 알리기도 하지만 이런 벽보는 한 번도 보지 못했다. 간다역은 수시로 안내문 게시 장소나 내용을 바꾸기 때문에 이용객들 평판이 대단히 나쁘다. 역무원 입장에서도 이해가 갈 정도다. 더구나 어제는 하루 종일 몹시 혼잡해서 그런 벽보가 있는지 아무도 알아차리지 못했다. 마키노는 둥근 기둥에 다가가서 자세를 낮췄다. 벽보에는 초등학교 저학년이 쓴 듯한 글씨로 뭐라고 적혀 있었다.

전철은 굉장하다. 뭐든지 납작하게 만든다. 그래서 개구
리를 선로에 떨어뜨려봤다. 뼈도, 살도, 껍질도, 전부
납작해졌다. 주워 모으는 일이 큰일이다.

이와 비슷한 글을 불과 몇 주 전에 뉴스에서 봤다. "개구리 남자……." 마키노는 중얼거리는 동시에 털썩 주저앉았다.

*

와타세와 고테가와는 JR간다역에서 개구리 남자의 범행성명서

가 발견됐다는 보고를 받고 간다경찰서로 향했다. 이번에는 도쿄구나. 고테가와는 핸들을 쥐면서 속으로 욕설을 퍼부었다. 이제 범인은 활동 범위를 수도권 전역으로 확대했다. 언론이 이를 보도하는 순간 엄청난 소동이 벌어질 터였다. 마쓰도시와 구마가야시에서 사건이 일어났을 때 언론은 특정 지역에 국한된 사고로 취급했더랬다. 그런데 마침내 도쿄를 끌어들였다. 개구리 남자는 표적을 이름으로 고른다. 이번에는 '시'로 시작하는 시호미 준이라는 여성이 살해된 모양이다. 다음은 당연히 '스'다. 잠재 피해자가 1,300만 명 늘어나면 개인이 느끼는 공포가 적어지느냐 하면 절대 그렇지 않다. 재앙의 범위가 확대될수록 위협을 느끼는 사람도 많아진다. 요컨대 자연재해와 같다. 문득 조수석을 훔쳐봤다. 이동 중인 와타세는 반쯤 뜬 눈으로 전방을 바라보고 있을 때가 많았다. 본인은 말없이 생각에 잠겨 있다지만 인상이 극단적으로 흉포하기 때문에 무언가 흉계를 꾸미고 있는 듯했다.

"뭔가 묻고 싶은 말이 있는 것 같은데."

처음 보는 사람에게는 시비 거는 소리로 들렸다.

"혹시 모방범일까요?"

"근거는?"

"그게…… 그냥요."

"네 희망사항일 뿐이야."

맞는 말이었다.

"모방범은 모방범대로 갑갑한 데가 있지만 대부분 금방 잡히는 덜 떨어진 녀석들이라서 별로 심각하지 않아. 하지만 진짜 범인이 활동 범위를 넓혔다면 더 성가시지. 롤러 작전은 못 써. 낯선 데서는 범인이 어디로 어떻게 이동할지 대책을 세우기가 어려워져. 합동수사를 하면 간다경찰서뿐 아니라 경시청 수사관도 동원하겠지만 사냥개 늘린다고 사냥감을 쉽게 잡을 수 있는 것도 아니야."

"하지만 경시청 검거율은 평균 80퍼센트를 넘지 않습니까?"

"이 사건이 나머지 20퍼센트에 속하지 않으리란 보장은 전혀 없어. 80퍼센트라는 수치도 수사 책임자의 역량에 따라 상당한 차이가 있으니까."

고테가와 자신은 경시청 합동수사에 참여한 경험이 없었지만 형사부 수사1과에는 열세 명의 관리관이 있다는 것은 알고 있었다. 와타세의 말을 빌리면 열세 명 중에도 유능한 사람과 무능한 월급도둑이 있었다.

"문제가 되는 관리관이라도 있습니까?"

"관리관보다 네가 더 문제다."

와타세는 이 말에도 불쾌감을 실었다. 말투로 알 수 있었다. 역시 수사를 방해하는 관리관이 있었다. 와타세의 반이 현경 제일의 검거율을 자랑하는 이유는 수사1과장이나 관리관의 지시와는 별개로 와타세가 지휘하기 때문이었다. 경찰수첩을 물고 태어난 듯한 이 남자는 오랜 경험과 동물적인 감각, 그리고 범죄 수사에는 불필요하다는 생각마저 드는 방대한 지식을 동원해 범인을 추격한다. 인정하지 않는 사람도 많지만 틀림없이 우수한 형사였다. 하지만 우수하지 않은 그의 상사는 그를 다루는 데 있어 종종 실수를 저질렀다.

사이타마현경에 지바현경, 그리고 경시청이 합세해 세 지역에 걸쳐 수사력이 총동원되고 있는데 무엇보다 상호 협력이 중요하다. 하지만 각자 생각이 다르고 능력이 다르니 잘될지는 모를 일이었다. 이제 뛰어들 현장에서 와타세가 불협화음을 낼지, 아니면 의외의 시너지를 끌어낼지 전혀 알 수 없었다. 간다경찰서에 도착해 찾아온 이유를 밝히자 곧바로 형사실로 안내되었다. 개구리 남자의 악명과 와타세의 이름은 여기에도 알려졌는지 경찰서 내의 긴장감이 고테가와에게도 전해졌다.

"이제야 납셨군."

두 사람을 맞이한 사람은 경시청 수사1과의 기리시마였다. 나이는 와타세와 동년배, 키도 비슷하지만 가면처럼 표정이 안 보이는 얼굴을 하고 있었다.

"당신이 담당이었어? 기리시마 씨."

"관리관 지명이니까. 내가 현장을 고르는 게 아니야. 선택할 권리가 있으면 누가 와타세 경부님과 맞서 싸우려고 하겠어."

"담당 관리관이 누군데?"

"쓰루자키 관리관."

내뱉는 듯한 말투와 와타세의 찡그린 얼굴로 보아 쓰루자키 뭐시기의 평판을 알 수 있었다.

"그 사람이 담당이라면 당신도 재수 옴 붙었군."

"그대로 관리관에게 전해주지. 제법 젊어 보이는데 옆에 있는 친구는 키우는 사람인가? 그렇다면 젊은 친구도 곤욕스럽겠구먼."

"사이타마현경 수사1과 고테가와라고 합니다."

고테가와가 가볍게 인사를 하자 기리시마는 표정 없이 한 손을 하늘하늘 흔들었다.

"주의하는 편이 좋아. 이 경부님을 따라가려고 해도 평범한 형사면 금세 숨이 찰 테니. 뒤처진다면 그나마 나은 편이고, 자칫 질질 끌려 다니다 크게 다친다고."

두 사람은 아는 사이 같지만 아무래도 죽이 안 맞는 모양이었다. 서로 거리를 두고 절대 필요 이상 가까워지려 하지 않는 느낌이었다.

"다른 경찰서 신입 걱정할 시간이 있으면 빨리 상황이나 말해봐. 역에 남겨져 있던 범행성명서는 분명히 개구리 남자가 작성한 것인가?"

자, 하고 기리시마는 종이 한 장을 내밀었다. 특징 있는 글씨, 천진난만한 듯하나 실제로는 그런 느낌을 찾아볼 수 없는 문체. 틀림없이 녀석이 쓴 글이었다.

"필적 감정은?"

"아직 하는 중인데 당신 생각은 어때? 개구리 남자와 막역한 사이 같은데?"

"이런 기분 나쁜 글씨는 자주 볼 수 없지. 현장 어디에 떨어져 있었는데?"

"떨어져 있던 게 아니야. 개찰구 근처 기둥에 붙어 있었어. 네 귀퉁이를 테이프로 붙여놨더군."

"눈에 띄는 곳인데, 목격자는?"

"사상사고가 발생한 시간이 오전 10시경이었어. 사고 영향으로 게이힌토호쿠선이 멈추고 환승이니 대체편이니 해서 구내는 혼잡했고. 붙어 있던 곳도 무릎 아래쪽이었으니까. 오늘 아침에 당직 역무원이 발견하기까지 아무도 몰랐던 모양이야. 사람들 많은 데서 쭈그려 앉았으면 붙이는 순간을 목격한 사람도 적을 거야."

"구내라면 CCTV도 설치돼 있잖아."

"공교롭게도 CCTV는 개찰구 방향에 고정돼 있었고 기둥은 마침 사각지대야."

"승강장에서 떠밀려 떨어진 순간 정도는 찍혀 있을 거 아냐."

"그것도 없어. 전철이 들어왔을 때 승강장은 사람들로 넘쳐나서 키 작은 피해자는 가려져 있었어. 피해자가 선로로 떨어지는 것을 목격한 승객이 둘 있지만 결정적인 순간은 보지 못했어."

"피해자 신원은?"

"아주 평범한 회사원. 신바시에 있는 출판사에서 근무했어."

"가족은?"

"도쿄에서 혼자 살았어. 고향은 도치키. 어제 연락했고."

"마쓰도시의 오마에자키 교수, 구마가야시의 사토 나오히사와 무슨 관련이 있는지는 이미 조사했나?"

"그걸 이제부터 음미해보자는 거지. 첫 번째 수사팀 회의에서."

"이쪽은 이미 회의 따위는 질릴 정도로 하고 있어."

"이보게, 이번에는 그쪽이 정보를 제공할 차례 아닌가?"

"두 사건에 관해서는 수사 자료를 정리해서 보냈을 텐데."

"정리하지 않은 자료가 아직 당신 머릿속에 있잖아. 그걸 말해보라는 거야."

"당신이 안다고 해서 도움이 되겠나."

"뭐?"

"이 머릿속에 있는 것은 망상과 잡학뿐일세. 명실공히 경시청 제1과 반장님한테는 아무짝에도 필요 없는 부스러기지."

두 사람은 감정이 격해지는 일도 없고 서로 멱살을 잡지도 않았다. 하지만 옆에서 듣고 있으니 견디기 힘들 정도의 적대감이 느껴졌다.

"융통성 없는 관리관이라면 세 피해자들의 공통점을 찾으라고 말하겠지만 괜히 수사관들을 우왕좌왕하게 만들 뿐이야."

"무슨 말이지?"

"개구리 남자의 판단 기준은 오직 이름이야. 시호미 준. 이 여자의 이름이 '시'로 시작해서 표적이 된 거야."

"그런 말도 안 되는 소리를 믿으라고?"

"드러난 증거를 보면 타당한 해석이야."

"이봐, 개구리 남자는 정말 정신이상자인가?"

"중요한 것은 범인이 어떻게 피해자 이름이 시호미 준이라는 것을 알았냐는 거야."

기리시마는 의표를 찔린 듯 눈을 깜빡였다.

"혼자 사는 젊은 여자라면 전화번호부에 이름을 올렸을 리 없어. 선거에 입후보한 사람처럼 이름이 들어간 어깨띠를 두르고 있는 것도 아니고."

다시 말해 여자가 시호미 준이라는 사실을 알게 된 인간이 범인이라는 논리였다.

"나라면 세 사람의 공통점을 찾기보다 그것부터 조사할 거야."

익명에 숨어 못된 짓을 하는 사람도 있지만 실제 생활에서 본명이 알려질 기회는 의외로 많지 않았다. 고테가와의 경우도 자기 이름을 아는 사람은 동급생과 본가의 이웃, 직장 관계자 정도였다. 와타세가 지적한 대로 피해 여성의 이름을 아는 사람에게 주의를 기울이는 게 절대 엉뚱한 짓은 아니었다.

마음에 안 드는 사람이라도 타당한 의견까지 부정하는 남자는 아닌 모양이었다. 기리시마는 납득했다는 얼굴로 가볍게 고개를 끄덕였다.

"한 가지 단서로 보고해보지."

"그리고 언론 대책 말인데."

"또 뭐?"

"지난번 사이타마현경은 언론 때문에 혹독한 꼴을 당했어. 일단 들어봐. 기자협회에 압력을 가하든, 기자들에게 개별적으로 부탁하든 알아서 하는데, 공연히 시민들의 공포를 부추겨서는 안 돼. 공황 상태를 조장하면 그만큼 수사는 늦어져. 수사력이 쓸데없이 낭비된다고."

고테가와는 지난 일을 떠올렸다. 당시 표적이 될 만한 이름을 가진 정치인이나 힘 있는 사람들이 경찰에 신변보호를 요청해왔다. 그래서 경찰력이 부족해 시민들이 공황 상태에 빠졌을 때 적절히 대응하지 못했다. 씁쓸한 일이었다.

"상상이 잘 안 가겠지만, 기리시마 씨. 개구리 남자는 사람들의 공포심이 만들어내는 괴물이야."

"괴물이라고?"

"신출귀몰하는 묻지마 살인범이라고 하면 이해하기 쉬우려나. 보통은 큰길에서 칼을 휘두르는 멍청한 놈이 있으면 모두 도망쳐. 상대가 보이니까. 그런데 흉악범이 보이지 않으면 어떨 것 같아? 어둠 속에서 칼을 든 정신이상자가 소리도 없이 살며시 다가오는 거야. 다 큰 어른이라고 해도 냉정을 잃고 허둥대는 게 당연하다는 생각 안 들어? 개구리 남자의 본심은 어떻든 간에 50음순에 따라 표적이 된다는 터무니없는 이유로 공포는 배가 돼. '시' 다음은 '스.' 도내에만 이름이 '스'로 시작하는 사람이 대체 몇 명이야? 스즈키, 스토, 스기야마, 스가야, 스미야…… 매우 많지. 특히 스즈키는 몇십만 명이나 있을 거야. 해당되는 시민들이 모두 공황 상태에 빠진다고는 생각 안 해. 그런데 1퍼센트의 시민이라도 냉정을 잃으면 순식간에 사회는 불안감에 휩싸여."

"여긴 일본이라고. 사회질서가 가장 잘 지켜지는 나라야. 그렇게 쉽게 폭동인지 공황인지가 일어나겠어? 일단 국민성이 그렇지가 않아."

"사회질서가 유지되는 이유는 치안 당국을 신뢰하기 때문이야. 아무리 기다려도 경찰이 연쇄 살인범 한 명 체포하지 못한다면 믿음이 흔들려. 그리고 국민성이라고 했나? 국민이 모두 제정신이 아닌 양 전혀 승산이 없는 전쟁에 돌입한 게 불과 70년 전 이야기야. 거품경제도 마찬가지고. 너도나도 땅과 주식만큼은 영원히 가격이 오를 거라고 아무 근거도 없이 믿었어. 당신이 말하는 만큼 이 나라의 인간들은 냉정하지도 현명하지도 않아."

기리시마도 그 말에 공감하는지 입술 끝을 내릴 뿐 군이 반론하지 않았다.

"여전히 말재주가 좋군. 원한다면 수사팀 회의 상석에서 관리관을 상대로 한바탕 연설을 해도 되는데."

"안 들으려는 사람에게까지 열변을 토할 정도로 젊지가 않아."

"아무튼 경시청과 손잡은 합동수사야. 미안하지만 사이타마현경은 후방 지원을 부탁함세."

"나 또한 부탁하지, 좀 봐주시게." 와타세는 점잖게 거절했다. "합동수사본부 방침에 거스를 생각은 없지만 우리는 독자적으로 움직일 테니."

"너무 본인 검거율을 자신하지 말라구. 쓰루자키 관리관은 튀는 행동에 관용을 베푸는 인간이 아니야."

"바로 옆에서 범행성명서가 나와 의욕을 보이는 것은 이해되지만 우리도 개구리 남자를 처음 상대하는 게 아니니까. 범인은 관리관이 이해할 수 있을 정도로 단순한 상대가 아니야."

"범인을 상당히 과대평가하는군."

"벌써 피해자가 세 명이나 나왔어. 과대평가가 아니야. 당신들이 얕보고 있는 거지."

아주 잠깐 기리시마에게 표정 같은 것이 떠올랐지만 금방 사라졌다. 평소 감정을 드러내지 않으려고 애쓰는지 아니면 천성인지 쉽게 판단이 서지 않았다.

"콧김이 세도 괜찮지만 이쪽으로 내쉬지는 말게. 냄새가 나서 못 견디겠으니."

2

시호미 준의 부모님은 도치기시에 살았지만 딸의 시신을 인수하기 위해 간다경찰서에 와 있었다. 경시청의 기리시마를 만난 직후 고테가와는 즉시 간다경찰서로 가라는 와타세의 지시를 받았다. 아무런 예고도 없이 관할 경찰서에 얼굴을 들이밀면 어떤 취급을 받을지 대충 짐작이 가지만 와타세는 전혀 개의치 않는 듯했다. 간다경찰서에 도착하자 아니나 다를까 담당 수사관은 떨떠름한 표정을 지었지만 와타세의 횡포를 이길 수 있는 사람은 없었다. 몇 마디 나누자 마지못해 시호미 부부가 대기하는 별실로 안내해 주었다.

"왜 우리 준이 이런 취급을 받아야 하는 거죠?"

어머니 시호미 나쓰코 씨는 입을 열자마자 와타세에게 덤벼들었다.

"전철에 뛰어들었다는 연락을 받고 도치기에서 달려왔더니, 이번에는 개구리 남자라는 뭔지 모를 엽기 살인범에게 살해됐다는 말을 들었어요. 대체 언제 우리 딸애를 돌려주실 거예요?"

와타세는 간다서 담당자를 험악하게 노려봤지만 그는 거북한지 시선을 피할 뿐이었다.

"아니, 시신을 보라고요. 조금이라도 빨리 화장을 해주고 싶은 부모 마음을 이해할 순 없나요? 일반 시민이 이렇게까지 경찰 수사에 협조할 의무가 있는 거예요?"

"여보, 나쓰코, 그만해."

흥분한 나쓰코의 어깨를 뒤에서 아버지 스구루가 감싸안으며 말했다.

"살해됐다면 반드시 범인을 잡아주길 바랍시다. 형사님들도 그놈을 잡으려고 열심히 하고 있는 거잖소. 우리도 조금만 더 참아봅시다."

"하지만 그렇게 두다니, 우리 준이 너무 가여워서……."

비극적인 장면이었다. 불편하긴 해도 나쓰코의 마음을 모를 리 없었다. 열차 사고와 추락 사고의 시신만큼 처참한 것은 없었다. 시신이라기보다는 고기 조각에 불과했기 때문이다. 원래 형태를 짐작조차 할 수 없을 지경이니까. 이번 사건에서도 부검을 통해 사고사로 판단되었으면 간다역에서 바로 시신을 부모에게 인도했을 터였다. 그런데 돌연 타살 가능성이 드러났기 때문에 시신은 법의학교실로 보내졌다. 한시라도 빨리 딸을 편하게 보내주고 싶은 나쓰코 입장에서는 참을 수 없는 일이었다.

"저희가 잘 처리하겠습니다."

와타세가 말했지만 인상이 흉포해서 그런지 나쓰코에게서는 안도하는 빛이 보이지 않았다.

"따님의 시신은 바로 돌려드릴 수 있을 겁니다. 부검도 형식적인 거니까요."

와타세이기에 가능한 궤변이었다. 분명 타살 가능성이 있을 경
우 부검은 꼭 거치는 과정이지만 시호미 준의 시신은 이미 절단
나서 해부하고 말 것도 없었다. 법의학교실에서는 혈액에 약물이
섞여 있는지를 확인할 뿐이었다. 따라서 시신을 빨리 돌려받을 수
있다고 내다본 것이다. 인상은 흉악하지만 와타세의 말에는 상당
한 설득력이 있었다. 남편이 달래자 나쓰코도 간신히 냉정을 찾은
모습이었다.

"간다경찰서 형사가 같은 질문을 했을 수도 있지만, 대답해주셨
으면 합니다. 일단, 이 사진을 봐주십시오. 이 두 사람의 얼굴을 아
십니까?"

와타세는 나쓰코와 스구루의 눈앞에 오마에자키와 사토 나오히
사, 이미 희생된 두 사람의 사진을 내놓았다. 나쓰코와 스구루는
사진을 들여다봤지만 이내 서로 처다본 뒤 고개를 가로저었다.

"도쿄 근교에서 준 씨가 사는 곳을 아는 사람은 얼마나 됩니까?"

"도쿄 근교에서요……? 준한테 듣기로는 그 쪽에 사는 고등학
교, 대학교 동창 몇 사람을 아는 것 같았는데, 저는 몇 명인지 모르
겠어요. 당신은요?"

"글쎄, 면목 없지만 나는 녀석과 그런 이야기를 하지 않았으니
까……."

"근데 형사님, 왜 그런 걸 묻는 거예요?"

"범인은 아무나 죽인 게 아니라 분명히 준 씨를 노렸어요. 최소
한 준 씨의 개인정보는 알고 있었다는 얘깁니다."

"준이 묻지마 살인을 당한 게 아니라는 말씀이세요?"

나쓰코의 얼굴은 다시 두려움으로 물들었다.

"누군가가, 우리 애가 준이라는 것을 알고 뒤에서 밀었다는 거예요? 말도 안 돼! 준은 남의 원한을 살 아이가 아니에요."

또 낯익은 광경이 되풀이되는구나. 진절머리가 나려고 했지만 와타세가 나쓰코를 제지했다.

"따님이 표적이 된 이유는 사람 됨됨이 때문이 아니라 이름 탓입니다."

"에에?"

"아직 수사 중이기 때문에 자세히 말씀드릴 수는 없지만 준 씨의 용모, 평소 행실, 교우관계와는 전혀 상관없이 편집광에게 희생자로 선택된 겁니다. 그런 의미에서 묻지마 살인이라고 해도 틀린 말은 아니겠군요."

나쓰코는 남편과 또다시 눈을 맞추더니 이번에는 분노가 담긴 눈으로 쏘아보았다.

"그럼 더더욱 납득이 안 돼요. 너무 불합리하잖아요!"

"살인이라는 것은 말이죠, 어머님."

와타세는 한층 목소리를 낮췄다.

"살해당한 본인과 가족에게 대체로 불합리한 것입니다. 뭐랄까, 의미 있는 죽음은 그리 흔치가 않아요."

부부가 아는 대로 도쿄 근교에 사는 지인들 이름을 적어달라고 부탁했다. 이렇게 피해자 부모의 진술은 끝났다. 이대로 수사본부로 돌아가기엔 좀 그렇다고 생각했는데 역시 와타세의 행동에는 빈틈이 없었다. 별실을 나와 한숨 돌리는 수사관을 다시 불러 세운 것이다.

"그런데 목격자 진술은 끝났습니까?"

"네, 피해자 근처에서 전철을 기다리던 주부와 직장인, 두 명입니다."

"피해자가 추락할 때 어떤 상태였습니까?"

"사건이 발생했을 때 게이힌토호쿠선 열차는 통과만 했습니다. 그래서 도쿄 방면으로 가는 승객은 반대편 야마노테선 승강장에서 기다렸죠. 피해자는 맨 뒷줄에 서 있었고 전철이 게이힌토호쿠선을 통과하기 직전, 선로에 등을 돌린 상태로 쓰러져 있었습니다. 단 목격자 두 사람도 짧은 비명을 듣고 시선을 돌렸을 때는 피해자가 공중에 떠 있었다고 증언했고 떠밀린 순간은 못 봤습니다."

"맨 뒷줄에 선 사람이 승강장 끝에 닿을 정도로 혼잡했다?"

"해당 시간대에는 그렇게 되죠. 그래서 처음에는 단순 사고로만 보였습니다."

수사관 목소리는 변명하듯 울렸다. 하지만 와타세는 흥하고 콧방귀를 뀔 뿐 개의치 않았다.

"다음은 피해자의 직장 동료들인데, 당연히 부르셨겠죠?"

"그건, 다른 담당자가……."

"그쪽 진술도 들었으면 좋겠는데. 아니, 다시 부르기 어려우면 이쪽에서 가지."

횡포를 부리는 데다 거리낌이 없었다. 분명 이런 사람은 어떤 조직의 누구라도 싫어하겠지만 그래도 살아남아 뛰어난 능력을 발휘하는 인간도 있다. 와타세처럼.

시호미 준의 직장은 신바시에 있는 후가출판사다. 사건을 알고 있는지 안내데스크에 찾아온 이유를 말하자 바로 응접실로 안내됐다. 아주 공손한 태도로 응대하는 여성은 직속 상사 야지마 가즈에라고 했다.

"저기, 시호미 씨에 대해서는 간다경찰서 형사님께 다 말씀드렸습니다만……."

"부서가 좀 달라서요. 질문 사항이 좀 중복될 수도 있지만 너그러이 양해 바랍니다."

너그러운 양해고 뭐고 간에 와타세의 얼굴을 본 순간 야지마는 무서워서 벌벌 떨고 있었다.

"귀사는 음악 잡지사라고 들었습니다만."

"네, 악보나 전문서 등을 취급하고 있습니다."

"그러면 직원분들도 병아리 음악가였던 사람들이 많겠군요."

"다 그렇진 않아도 그런 사람이 많긴 해요. 시호미 씨도 마찬가지고요."

"오호, 시호미 씨도 그랬습니까?"

"시호미 씨는 도내의 음대를 나왔어요. 아시겠지만 음대를 졸업한 사람이 모두 음악가가 되는 것은 아니에요. 음악가가 되려면 뛰어난 재능과 축복받은 환경, 또 운과 연줄이 받쳐줘야 합니다."

문득 고테가와는 사유리를 떠올렸다. 그녀는 뛰어난 재능이며 연줄을 갖추었지만 염원하던 콘서트 피아니스트는 되지 못했다. 환경이 받쳐주지 않았고 운도 없었다. 음악의 신은 상당히 심술궂다. 왜 반짝이는 재능만 가지고, 자신에게 충성을 다하는 사람을 축복해주지 않는 걸까.

"시호미 씨도 뭔가 부족했던 걸까요?"

"뭔가가 아니라 전부였죠. 음악에 대한 열정만은 누구 못지않게 강했지만 열정이야 다들 있으니까요. 시호미 씨의 경우, 출판이긴 해도 음악과 연관된 직업을 가질 수 있었으니 그래도 낫다고 볼 수 있죠. 이렇게 말하는 저도 나고야에서 음대를 나왔지만 동기 중에서 음악가가 된 친구는 다섯 명뿐이에요. 일반 기업에 취업만 해도 행복한 부류죠."

"그럼 시호미 씨는 운이 좋은 편이었다?"

"음대 출신임을 감안하면 그렇습니다. 단 시호미 씨 생각도 그랬는지는 모르죠."

"일에 불만이라도 있었습니까?"

"입 밖으로 내는 일은 없었어요."

다시 말해 불만스러운 행동을 보였다는 얘기였다. 분명히 밝히지 않는 이유는 사자에 대한 배려일까, 아니면 개인적인 느낌이기 때문일까.

"업무 이외에 다른 고민이 있는 것 같지는 않았습니까?"

"스물다섯 아가씨니까 전혀 고민이 없지는 않았을 거예요."

"질문을 바꿔보죠. 자살을 생각할 정도로 심각한 고민이 있었을까요?"

"그런 건 없었을 거예요. 그렇게 심각한 고민이라면 아무리 그래도 주변 사람들이 알아챘겠죠."

상대는 약간 화가 난 듯했다. 아마 부하 직원의 심리 정도는 파악하고 있다는 자신감에 근거한 반응이었다. 이 양반은 아주 심보가 고약한 남자였다. 틀림없이 야지마가 어떤 반응을 보일지 예측하고 던진 질문이었다.

"아하, 그렇다면 사적인 고민. 예를 들면 교우관계도 막다른 지경에 몰렸다거나 하는 상태는 아니었다는 의미입니까?"

"특별히 사귀는 사람이 있다는 말은 못 들었어요."

"본인은 신경 쓰지 않고 있더라도 누군가의 원한을 사는 경우도 있죠."

"시호미 씨는 그것도 짚이는 데가 없어요."

"누구에게나 상냥하고 허물없이 사귀었다?"

"아뇨, 사적인 일은 밝히지 않고 타인이 관여하게 두지도 않았어요. 일과 사생활에 선을 긋는 사람이었으니까요. 그래서 시호미 씨에게 각별히 호의를 갖는 사람은 없었지만, 그렇다고 멀리하는 사람도 없었어요."

"그렇다면 시호미 씨의 집을 알거나 어떻게 출퇴근을 하는지 아는 사람은 있습니까?"

"주소지는 개인 정보라서 인사과에서나 관리하고 있을 겁니다. 출퇴근에 필요한 정기권을 신청하는데 그건 총무과가 파악하고 있을 테고요. 시호미 씨가 누구하고 같이 퇴근하는 것을 본 적은 없어요."

"혹시 나중에라도 직원 명부 같은 것을 볼 수 있을까요?"

"인사과에 물어볼게요."

이후 직원 명부는 수사본부에 보내주기로 했다.

출판사를 나온 뒤 고테가와는 와타세에게 물었다. "개인정보가 어떻게 보관되고 있는지 넌지시 물으셨는데, 경시청의 기리시마 씨에게 한 말을 확인하신 겁니까? '중요한 것은 여자 이름이 시호미 준이라는 걸 범인이 어떻게 알았냐는 거야.'"

와타세가 한 말을 똑같이 되풀이하자 험악한 눈초리가 화살처럼 날아왔다.

"그런 기억력이 있으면 됐다 다른 데 써라."

"반장님은 회사 기록에서 피해자 정보가 유출됐다고 생각하시는 겁니까?"

"어디까지나 가능성 중 하나야."

"하지만 개인정보를 훔치려면 회사 호스트 컴퓨터에 접속해야 합니다. 사토의 경우에도 마찬가지고요. 하지만 컴퓨터에 접속하는 행위 자체가 도마 가쓰오하고는 어울리지가 않습니다."

"꼭 도마 가쓰오 본인이 키를 두들길 필요는 없어. 도마 가쓰오도 독해할 수 있는 리스트가 있으면 충분해."

"공범자, 혹은 정보제공자가 있다는 말입니까?"

"그것도 가능성 중 하나."

여전히 이 남자가 무슨 생각을 하는지 모르겠다. 분명히 공범이 있을 가능성이 적지 않다는 생각이 들었다. 틀림없었다. 도마 가쓰오의 자아는 일반인보다 약하다. 지식과 경험이 충분하다면 도마 가쓰오를 조종하기는 별로 어렵지 않다. 제발 그랬으면 싶다. 도마 가쓰오가 살인의 쾌락을 즐기고 있다는 생각은 하고 싶지 않다. 고테가와는 왠지 안타까워 가슴에 통증을 느끼면서 핸들을 쥐었다. 서로 마음이 안 맞는 사람들은 옆에서 봐도 알 수 있다. 마침 와타세와 기리시마가 그런 식이었다.

"무슨 생각을 하는지 모를 녀석과 한 팀이 되면 정말 짜증난단 말이지."

와타세가 하는 소린데 나는 이 말을 그대로 돌려주고 싶었다. 이 깐깐한 상사가 기분이 나쁜 이유는 아니나 다를까 경시청과 정보를 공유하기 어렵기 때문이었다. 그들은 앞서 일어난 두 사건의 수사 자료를 모조리 가져가면서 시호미 준의 자료는 이쪽에서 청구하지 않으면 제대로 제공하지 않는다. 이런 사태를 예측한 와타세가 경시청의 다른 경로로 자료를 받고 있어서 다행이지만 이렇게 서로 협조가 안 되면 수사관을 늘려도 의미가 없었다. 특히 협조가 안 된다는 사실은 합동수사회의에서 드러났다. 미리 정해두기라도 한 것처럼 경시청 수사관들이 앞줄에 자리 잡고 현경 형사들은 뒤에 배치되었다. 현장 책임자인 와타세도 단상에 자리 잡았지만 관리관이 바로 옆에 있어도 여전히 무뚝뚝한 표정이었다.

"11월 29일, 간다역에서 시호미 준이 살해된 사건은 '개구리 남자'라는 범인이 남긴 범행성명서가 발견돼 세 번째 연쇄 살인 사건으로 판명됐다. 감정 결과, 기존 두 사건과 필적이 일치했기 때문이다."

쓰루자키 관리관은 목소리를 조금 높였다.

"'개구리 남자'는 지난달 말까지 의료 시설에 수용되어 있던 도마 가쓰오라는 사실이 이미 판명됐다. 하지만 현재까지 도마 가쓰오의 행적을 파악하지 못했다. 첫 번째 사건이 마쓰도시에서, 두 번째 사건이 구마가야시에서 일어났다. 이자는 현의 경계를 넘어서 범행을 저지르고 있기 때문에 긴급 배치가 늦어졌고 결국 도쿄도민에게까지 심려를 끼쳤다."

이 말에 고테가와는 당장 거부감이 생겼다. 마치 지바현경과 사이타마현경이 실책을 했다는 말투였다. 순간 현경 수사관들의 표정이 눈에 띄게 굳어졌다.

"도마 가쓰오라는 남자는 지적장애인으로 글을 읽지 못한다. 히라가나나 겨우 아는 정도인데도 현의 경계를 넘어 살인을 저지르고 있다. 놈을 이대로 방치하면 법치국가의 불명예다. 여러 수사관은 각별히 경각심을 갖고 수사에 임해주기를 바란다."

고테가와는 이런 논리에도 수긍이 가지 않았다. 장애가 있기 때문에 범행은 어렵다느니, 행동 범위가 좁다느니 하는데 이 역시 편견이다. 도마 가쓰오의 읽기 능력보다는 살상 능력을 경계해야 한다. 글을 못 읽는다고 상대를 얕보다가는 이쪽 목이 날아가기 십상이다.

"그리고 당장은 믿기 어렵겠지만 범인은 50음순으로 희생자를 선택하고 있다고 한다. 구마가야시의 사토 나오히사에 이어서 도쿄도의 시호미 준이 당했다. 즉, 다음 희생자는 이름이 '스'로 시작하는 사람이라는 얘기다. 이 대목은 사이타마현경의 와타세 경부가 설명해줄 것이다."

와타세는 한쪽 눈썹을 치켜올렸다.

"단지 50음순에 따라 희생자를 찾아 헤맨다. '개구리 남자'는 이렇게 어처구니없는 편집광인가?"

"편집광이든 아니든 간에 현재는 실직한 상태입니다. 마쓰도의 오마에자키 교수를 비롯한 희생자 세 사람은 아무런 공통점이 없습니다. 나이, 성별, 출신지, 거주지, 직업, 학력, 교우관계, 취미 등 일치하는 점이 전혀 보이지 않습니다. 연결선은 50음순 하나뿐이니까."

"거기에 무슨 의미가 있다는 건가?"

범인에게 직접 물어봐, 라고 말해주고 싶었다. 와타세도 같은 생각을 했는지 "정보가 너무 부족합니다" 하고 말을 흐릴 뿐이었다.

"흠, 원래 정신이상자의 발상이다. 일반적인 논리로 범죄 동기를 유추해봤자 아무 소용이 없겠군. 아무튼 중요한 점은 다음 범죄를 예방하고 한시라도 빨리 체포하는 것이다."

"그럼 수도권에 사는, 이름이 '스'로 시작하는 사람 전원에게 주의를 환기시킬까요?"

와타세의 비아냥거리는 듯한 제안에 기리시마가 대거리를 했다.

"그랬다간 불필요한 공황 사태를 유발할 우려가 있어. 사이타마현경도 된통 당하지 않았었나?"

"그래, 당했지. 그래서 언론사한테는 '개구리 남자'가 관련돼 있다는 사실을 숨기고 있어. 한데 기자협회 사람들은 막을 수 있어도 일부 지방지나 주간지는 해당이 안 돼. 냄새를 잘 맡는 기자는 인원이 많은 수사본부와 피해자 이름에서 실마리를 찾을 수도 있고. 애들 장난질 같은 범행성명서를 본 사람이 실수로 흘릴 가능성도 있어."

기리시마는 무표정한 얼굴로 고개를 돌렸다. 와타세의 말을 경고로 받았는지 공감으로 받았는지는 알 수 없었다.

기리시마보다 뚜렷한 반응을 보인 사람은 쓰루자키로 상당히 초조한 모양이었다.

"괜히 시민들 불안을 부추길 수는 없고, 이름이 '스'로 시작하는 사람을 모두 감시하기란 불가능하다. 우리가 할 일은 한시라도 빨리 검거하는 것, 그것뿐이다."

어라, 하고 고테가와는 생각했다. 말투는 단호하지만 구체적인 방안도 지시도 없이 하나 마나 한 소리나 해대는 무능한 사람이다. 관리관에도 여러 가지 유형이 있겠지만 자신의 무능을 드러내듯 그저 정직하기만 한 사람은 없을 것이다. 분명 쓰루자키는 뭔가를 숨기고 있었다. 단상에 있는 두 사람, 기리시마는 여전히 무표정하고 와타세는 불만이 가득한 모습으로 얼굴을 돌리고 있었다. 이 행동은 전에도 몇 번 본 적이 있었다. 하나를 듣고 열을 알아서 상대의 언행에 흥미를 잃은 태도였다.

마쓰도경찰서 수사관이 일어나서 대답했다. "그럼 용의자 도마 가쓰오에 대해서 말씀드리겠습니다. 도마 가쓰오는 일곱 살에 아버지와 사별했습니다. 열네 살 때 이웃에 사는 어린 여자아이를 감금해 폭행한 다음 교살했습니다. 현행범으로 체포됐지만 카너증후군이라는 진단이 나와 불기소 조치 입원. 당시 유일한 육친이었던 어머니 도마 히나코는 실종된 상태였습니다. 3년 뒤 담당 의사가 재범 가능성이 없다고 진단하자 가정법원이 보호관찰을 결정했습니다. 그 뒤 사유리라는 보호관찰사가 부모 대신 돌본 듯한데 현재 사유리도 하치오지 의료교도소에 수용되어 있기 때문에 도마 가쓰오의 친척이라고 할 만한 사람은 전혀 없습니다."

고테가와는 보고를 들으면서 으스스한 한기를 느꼈다. 도마 가쓰오가 체포될 때 실종됐다면 어머니는 아들을 버린 것이다. 지적장애가 있다고 해도 어머니를 잃은 아이가 느낄 절망은 매한가지다. 아마도 그런 상황이라 도마 가쓰오가 사유리를 더 잘 따랐을 것이다.

"의료 기관이라고 해도 하치오지도 교도소니까 외부에서 쉽게 침입할 수는 없다. 현재 도마 가쓰오가 갈 만한 데는 없다는 얘기군. 어머니의 행방은 어떻게 됐나?"

"주민등록상에는 이동 흔적이 없습니다. 계속 조사하고 있지만 주소불명입니다."

"보호관찰 무렵에 알게 된 지인들은 어떤가?"

"한노시의 사와이 치과에 근무했습니다만 특별히 친한 동료는 없었던 모양입니다. 휴일은 내내 기숙사에 틀어박혀 있었다고 하고요."

젠장, 쓰루자키가 내뱉었다. 초조하고 곤혹스러울 테지만 이런 심경을 부하들에게 고스란히 드러내다니, 이 남자의 그릇이 어느 정도인지 알 수 있겠다. 결국 도마 가쓰오가 어떻게 생활했는지를 샅샅이 파악해 둘 만한 장소에 전부 수사관을 배치하고 현경에서는 탐문수사를 계속한다는 뻔한 결론을 내고 회의는 끝났다. 와타세는 어깨가 자못 뻐근하다는 몸짓으로 고개를 돌리면서 단상에서 내려왔다. 비난하듯 기리시마가 흘끗 쳐다봤지만 엮이기 싫은지 바로 자리를 떴다.

"괜찮은 겁니까, 반장님?"

"뭐가?"

"경시청의 관리관 상대로 잘난 척해도 괜찮은 건가 해서요. 듣는 저는 기분 좋았지만 나중에 성가시지 않겠습니까?"

"내 걱정을 해주는 거냐?"

"그런 건 아니……."

"내버려둬. 그런 남자는 머지않아 경험도 없이 공명심에 쫓겨서 자멸하게 돼 있으니까."

"관리관 있잖아요, 뭔가 숨기고 있는 것 아닙니까? 몹시 초조해 보이던데."

와타세는 조금 의외라는 얼굴을 했다.

"너도 알아챌 정도라니, 그 양반은 이제 끝이군."

역시 뭔가 있는 모양이었다.

"태엽이 감겼거든. 아랫사람에게 고압적으로 구는 인간은 대부분 상부에서 조이면 여유가 없어지지."

"태엽이요?"

"경시청의 높으신 분이 직접 압박을 가하겠지만 배후엔 법무성이 있어. 이대로 도마 가쓰오의 범행이 계속되면 전에 구속하지 않고 입원과 보호관찰을 결정한 법무성에 비난이 집중될 게 뻔해. 재범이 예견되는 위험 인물을 어떻게 들판에 풀어놓는 짓을 하냐고. 뭐 뻔한 항의인데, 이 때문에 사건을 조기에 해결하라고 엄명을 내린 모양이야."

모양이야, 라고 하는 걸 보니 와타세가 어디선가 정보를 가져온 듯했다. 늘 그렇듯이 참 제멋대로였다. 전과자나 의료교도소에 있던 환자가 또 범죄를 저지른다? 이건 아무도 예상할 수 없는 일이었다. 한편 전과자들의 원활한 사회 복귀를 주장하면서 같은 입으로 그들의 재범을 맹렬히 비난하는 것은 상호 모순이 아닐까?

"솔직히 교도소나 의료교도소 시설이 제대로 갖춰져 있었다면 도마 가쓰오도 그렇게 쉽사리 퇴원하진 못했을걸."

"무슨 말입니까?"

"침대, 의사, 직원, 죄다 열악하고 부족해."

와타세는 분개하듯 말했다.

"얼마 전 사유리 면회 갔잖아. 하치오지 의료교도소 안을 살펴보고 나서 어땠어?"

"규모에 비해 직원이 적은 것 같았습니다."

"하치오지 의료교도소뿐만이 아니야. 전국에 있는 의료교도소네 곳 모두 예산과 일손이 부족해. 잘 알려지지는 않았지만 의료교도소 급여는 일반 병원보다 낮고 일단 환자들 종류가 일반인들과 크게 달라. 시설도 대학병원에 훨씬 못 미치고. 당연히 취업을 희망하는 사람은 적고 막상 실상을 접한 사람은 이직을 생각하게 마련이지."

어쩔 수 없는 일이었다. 이름은 의료교도소라도 근무하는 의사나 간호사는 의료인이지 경찰이 아니다. 당연히 신변의 위험을 느낄 수 있었다.

"그런 데로 39조에 엮인 환자며 병든 재소자들을 계속 보내. 또하나, 성가시게도 정신장애는 대부분 증상이 호전됐다고 해도 완치가 아니라 누그러진 상태야. 재발 가능성이 제로가 아니라고."

정신장애가 있는 전과자는 평생 의료교도소에 수용하면 재범을 방지할 수 있다. 이것이 편견에 휩싸인 채 멋대로 신중론을 펴는 사람들의 논거였다.

"너무한 이야기지만…… 무서워하는 사람도 많으니까요."

"실제로 다시 범죄를 저지른 사례가 있기 때문에 인권을 중시하는 사람도 소극적으로 나와. 하지만 핵심은 윤리나 감정이 아니라 돈 문제라고. 환자를 계속 수용하면 어느 의료교도소도 넘쳐흐를 수밖에 없어. 그래서 어지간한 중증 환자가 아니면 오래 수용하질 않아."

"증상이 상당히 호전되지 않았다 해도 어쩔 수 없이 출소시켜야 한다. 그래서 범죄를 반복하고 세상이 떠들썩해진다……."

의료교도소가 제 기능을 다하지 못할 뿐 아니라 전과자의 재범을 조장하고 있다? 이게 현실이라면 정말 아이러니한 이야기였다.

"알겠냐? 법무성 입장에서는 어린 여자아이를 살해한 전력이 있는 걸 빤히 알면서도 보호관찰 처분을 내려 풀어준 도마 가쓰오가 또 연쇄 살인을 저지르며 날뛰고 있으니 얼마나 곤란하겠어. 수사본부의 책임자에게 마구 태엽을 감고 싶어질 만하지."

개구리 남자, 즉 도마 가쓰오는 법무성 및 사법 시스템의 오점이 집약돼 있는 사례라는 얘기였다. 불현듯 가슴속에 암울한 감정이 자리 잡았다. 도마 가쓰오가 아니라 눈에 보이지 않는 권력이나 시스템에 대한 불신으로 생긴 감정이었다.

"기분이 안 좋아 보이는데?"

"적어도 상쾌하지는 않습니다."

"그런 기분이 더 나빠질 얘기를 해주지. 이건 소문인데, 법무성이 사건이 빨리 해결되기를 바라는 데에는 또 다른 사정이 있어."

"또 있다고요?"

"자기 기관의 실수는 다른 기관의 가점 요인이 돼. 그쪽 세계에서는 틈만 있으면 낙하산을 내려 보내려고 혈안이 돼 있어, 알지? 만약 의료교도소나 갱생 보호 시설이 제 기능을 발휘하지 못한다는 사실이 밝혀지면 법무성은 역부족이라면서 다른 쪽에서 서로 뺏으려고 달려들걸."

"설마, 그런……."

"왜? 말도 안 되는 이야기 같나? 그쪽 무리들은 한번 손에 넣은 이권은 절대 놓지 않으려 하지. 한데 감독관청이 변경된 예는 얼마든지 있어. 말해두는데 놈들의 영역 의식과 패권주의는 경찰하고는 비교도 안 돼."

조금 전에 싹튼 불신이 분노로 바뀌었다. 더 이상 희생자가 나오면 안 된다며 발바닥이 닳게 뛰어다니는 현장 수사관들 눈에는 그저 밥그릇 싸움으로만 보였다.

"한심하게도 경찰 상층부도 마구 휘둘리고 있어. 머리를 흔들면 땡그랑하고 소리가 날 것 같은 관리관이 딱 맞춤 견본이지. 그런 인간이 지휘하는 군대는 자주 엉뚱한 데를 공격해버려. 총질도 잘못하고 쓸데없이 전사자만 늘리는 거지."

와타세는 그렇게 내뱉자마자 대회의장을 나섰다. 아, 그렇다. 와타세가 합동수사본부와 거리를 두려는 이유가 있는 것이다. 고테가와는 뒤를 따르면서 한바탕 욕을 하고 싶어졌다. 적은 개구리 남자뿐만이 아니었다. 무능한 경찰 간부들도 커다란 장애물이었다.

3

마쓰도시 도키와다이라 8가. 신케이세이선을 끼고 남쪽에는 맨

175

션, 북쪽에는 단독주택이 늘어선 고요한 주택가지만 오늘은 사정이 달랐다. 8가 모퉁이에 있는 집 앞에 적지 않은 보도진이 떼 지어 모여 있었기 때문이다. 업자가 분양을 위해 지은 주택이라 이웃집과 구조는 똑같았다. 그래도 분양한 지 거의 30여 년이 지나 완전히 퇴색해서 본디 색을 알 수가 없었다. 문패에는 '후루사와'라고 적혀 있지만 눈썰미가 있는 사람이라면 집에 비해 문패가 새것이라는 사실을 알아챌 것이다. 보도진은 문패를 감싸듯이 무리를 이루고 있었다. 사이타마일보의 오노우에 젠지는 집단에서 조금 떨어진 데서 후루사와 집의 동향을 주시하고 있었다. 저렇게 언론이 현관 앞에서 진을 치고 있으면 나올 사람도 안 나온다. 그보다 한 걸음 물러난 곳에서 주택 2층의 움직임에 주의를 기울이는 편이 나았다.

의료교도소에 입원해 있던 후루사와 후유키가 머잖아 퇴원한다는 소식이 언론에 전해진 것은 어젯밤이었다. 본부에서 정식으로 발표하지 않았을 경우, 정보는 대부분 경찰 간부 혹은 관계자에게서 흘러나온다. 단, 사건의 피고인이었다고 해도 정신장애인이라면 또 이야기가 달라진다. 자칫 인권침해라는 비판을 받을 수 있기 때문에 보통은 경찰 관계자의 입도 보다 무거워진다. 그럼에도 후루사와의 퇴원 정보가 밖으로 샌 이유는 후루사와가 순수한 정신장애인이 아니라고 믿는 사람이 관련돼 있기 때문이다.

4년 전 재판이 아직도 선명히 기억났다. 법정에서 펼친 후루사와 피고인과 에토 변호사의 빤한 삼류 연극은 지금 떠올려도 웃음이 나왔다. 형법 제39조를 적용하려고 법정에서 주고받은 진술과 신문은 도무지 말이 안 되는 수준이었다. 감정한 의사는 후루사와를 정신분열증으로 진단하고 법원도 이를 받아들였다. 나중에 에토 변호사와 정신감정을 한 의사가 오랜 지인이라는 사실이 밝혀 졌지만 그때는 이미 검찰도 항소를 포기하고 판결이 확정된 뒤였 다. 세심하게도 에토 변호사는 후루사와 피고인의 정신장애가 유 아기의 학대에서 기인한 것으로 보인다는 의견을 제시했다. 이런 식이었다. '피고인은 어릴 때 부모님에게서 방해물 취급을 받으며 개 목줄로 묶여 있었던 적이 있다.' '피고인은 한 번도 부모님에게 서 사랑한다는 말을 들은 기억이 없다.' '지금은 완치되었지만 피 고인의 신체에는 무수한 폭행 자국이 있었다' 등등.

물론 판사들이 변호인의 추론을 받아들이지는 않았지만 학대받 았다는 사실은 판결에 상당한 영향을 미쳤을 것이다. 그런데 알고 보니 이 또한 거짓말이었다. 후루사와는 평범한 직장인 가정에서 자랐고 더구나 외아들이었기 때문에 부모로부터 충분한 애정을 받았다. 후루사와가 반사회적 경향을 띤 것은 중학교를 졸업한 뒤 이고, 그것도 학업을 소홀히 하고 제 발로 나쁜 친구들을 사귄 결 과였다. 하지만 에토가 이렇게 하면 무죄가 나온다고 설득하자 후 루사와의 부모도 이 삼류 연극에 동의했다. 이는 모두 판결이 확정 된 뒤에 밝혀졌지만 여론에는 거의 영향을 미치지 않았다.

쇠뿔도 단김에 뽑는다는 말대로 현재 진행 중인 사건이 아니면 언론과 대중은 반응을 보이지 않는다. 사건이 잠잠해진 다음 새로 운 사실이 밝혀져도 흥미를 보이지 않는다. 이미 관심이 다른 사건 으로 옮겨갔기 때문이다. 이런 변덕을 안타까워하는 저널리스트도 있지만 오노우에의 견해는 조금 달랐다. 오노우에는 피고인과 변 호인의 책략, 검찰과 법원의 경솔한 판단, 그리고 대중의 유치함도 똑같은 비중을 차지한다고 생각했다. 변호인은 피고인의 인권을 소리 높여 외치고, 검찰과 법원은 진실보다 자신의 위신을 과시하는 데 몰두하며, 대중은 사건의 시시비비보다 선정성에 기울고 간단히 결론을 내리려 했다. 누구나 자신이야말로 정의의 화신이라며 사명감에 불타고 상대를 깔볼 생각만 했다. 오노우에는 취재를 통해 인간들의 어리석음을 폭로하는 일이 즐거워 견딜 수 없었다. 결국 인간은 바보와 그보다 더 심한 바보, 두 부류밖에 없다. 오노우에가 더 심한 바보에 대한 기사를 쓰면 그걸 읽은 흔한 바보의 자존감은 더 높아진다. 또한 오노우에 자신은 본인을 이해하는 바보라고 평한다. 오노우에가 항상 한 걸음 물러나 사건을 바라보는 이유는 특종에 코가 꿰어 희롱당하는 언론을 객관화하고 싶기 때문이었다. 후루사와 집에 모여든 보도진의 생각 따위는 비웃음거리에 불과했다.

죄 없는 모녀를 참살하고도 전혀 벌을 받지 않은 인간이 사회에 돌아온다. 살육의 냄새를 병원 소독약 냄새로 지우고 살인마의 얼굴은 평범한 이웃이라는 가면에 숨긴 채 돌아온다. 상상만 해도 끔찍했다. 이웃에 산다면 당장 이사를 간다 해도 전혀 이상하지 않았다. 평범한 일상생활에 갑자기 야수가 뛰어드는 셈이었다. 언론은 이런 공포를 가정에 전달하려고 했다. 평소에 저 높은 데서 인권을 부르짖는 자들이 이제 정신장애인의 위험성을 알리려고 했다. 오노우에는 이런 언론의 지조 없는 모습이 좋았다. 공기(公器)라는 이름 속에 숨은 가십도 좋고 언론의 사명이라는 깃발을 들고 남의 집에 흙발로 들어가는 무신경함도 아주 마음에 들었다. 물고기는 맑은 물에 살지 못한다. 언론계가 이 정도로 때가 묻었기에 자신과 같은 사람도 몸담고 있는 것이다.

후루사와가 언제 퇴원하는지 정확한 날짜는 알려지지 않았다. 기자들은 본인이 모습을 드러낼 때까지 여기서 버틸 셈이었다. 잠시 상황을 지켜보는데 움직임이 있었다. 길 건너에서 경찰차 한 대가 나타났다. 후루사와를 태우고 있다고 지레짐작한 기자들이 집 앞에 멈춘 경찰차에 어지러이 모여들었다. 하지만 기자들의 기대를 저버리고 안에서 나온 사람은 제복을 입은 경찰 두 명뿐이었다. 분명 후루사와의 부모님이나 이웃 주민이 불렀을 것이다. 당장 기자들과 작은 시비가 붙었다.

"저기요, 여기에 모여 있거나 촬영 기자재를 놓으면 이웃에 폐가 됩니다."

"저희한테는 취재의 자유가 보장돼 있어요."

"이웃에 폐를 끼쳐도 된다는 얘기는 아니죠. 더구나 여러분은 도로 사용 허가도 안 받았잖습니까?"

"취재하는 데 일일이 어떻게 허가를 받아요?"

"맞아요. 사건이 언제, 어디서 일어날 줄 알고."

"하지만 여러분들이 지금 통행을 방해하고 있습니다."

"길이야 돌아서 가면 되는 거잖아요."

기자들 중에서 성미가 급한 사람이 경찰에게 덤볐다.

오노우에는 멀리서 바라보며 생각했다. 경찰을 부른 사람은 후루사와의 부모님일까, 아니면 이웃 사람일까. 이웃이라면 어지간히 시끄럽지 않으면 경찰까지 부르지는 않는다. 일단 소문 좋아하는 이웃 사람이 이렇게 흥미진진한 이벤트를 일부러 망가뜨리는 짓을 할 리가 없다. 그렇게 보면 신고한 사람은 부모일 것이다. 바꿔 말해 집 앞에 기자들이 모여 있으면 달갑지 않기 때문이다. 다시 말해 후루사와의 퇴원이 얼마 안 남았다는 얘기였다.

오노우에는 일단 회사 차에 올라타 후루사와의 집을 관찰했다. 자신을 포함해 '언론 인종'은 모두 하이에나라고 자인하지만 하이에나 중에도 우수한 개체와 그렇지 않은 개체가 존재한다. 오노우에가 우수한지는 둘째치고 집 앞에서 경찰과 떠들어대는 무리들은 틀림없이 우수하지 않은 쪽이었다. 덧붙여 오노우에는 개구리 남자 사건을 잘 안다는 이점이 있었다. 언뜻 보니 녀석들은 대개 지방 신문과 주간지 기자 들이었기 때문에 한노시에서 벌어진 사건을 잘 모를 것이다. 사이타마현 내에서 취재를 해온 오노우에가 마쓰도까지 온 이유도 여기에 있었다.

후루사와야말로 오마에자키 교수의 원수였다. 교수는 가장 사랑하는 딸과 손녀를 비참하게 잃었는데 후루사와는 형법 제39조 덕에 보기 좋게 형벌을 피했다. 교수 입장에서는 아무리 증오해도 모자란 상대였다. 교수 본인도 11월 16일에 살해됐다. 범인은 새로운 개구리 남자이고, 이후에도 두 건의 연쇄 살인을 저질렀다. 이번에는 후루사와가 퇴원한다. 두 사람은 직접 관련돼 있진 않았다. 후루사와를 개구리 남자의 사냥감이라고 가정해도 그의 이름은 한참 뒤 순번이다. 그런데 전혀 관계가 없다는 생각은 안 들었다. 피해자가 50음순에 따라 살해되고 있다는 사실만 생각하면 후루사와와 개구리 남자 사건은 별 관련이 없었다. 그런데 사건 기자의 촉이 후루사와의 동향에서 눈을 떼지 말라고 명령하고 있었다. 구마가야시의 사건을 개구리 남자와 연결해 첫 보도를 내보낸 오노우에 입장에서는 이를 거스를 이유가 없었다.

프린트 공장 사건과 관련해서 수사본부는 범행성명서에 대한 정보를 감추고 있었다. 당시 관계자들을 취재하면서 냄새를 맡았기에 오노우에는 자신의 촉이 그리 빗나가지 않았다는 사실을 알고 있었다. 사실 자신의 기사를 읽고 가장 화가 난 사람은 사이타마현경의 와타세일 것이다. 그걸 생각하면 절로 미소가 지어졌다.

와타세 입장에서는 개구리 남자가 관련돼 있다는 사실을 가능한 한 숨기고 싶었겠지만 자신은 만만한 상대가 아니었다. 범인이 극장형 범행을 기도한다면 거기에 응하는 것이 자신의 임무였다. 솔직히 오노우에는 와타세라는 남자가 싫지는 않았다. 지난 시대의 유물 같은 차림새, 용모에 어울리지 않는 영리함도 마음에 들었다. 오노우에가 아는 한, 현역 경찰 중에 가장 우수한 축에 들었다. 하지만 가장 공감하는 것은 그의 능력이 아니라 청개구리 같은 사람됨이었다. 아마 와타세만큼 사법 정의나 경찰 권력을 믿지 않는 사람은 없을 것이다. 그것이 오노우에와 와타세의 가장 큰 공통점이었다. 그래서 와타세가 개구리 남자에게 어떻게 맞서는지 보고 싶었다. 사법 정의와 대중의 선의를 털끝만치도 믿지 않는 남자가 악의로 가득한 극장형 범행과 어떻게 맞설지 높은 데서 바라보고 싶었다.

잠시 후루사와 집을 쳐다보는데 기자들도 결국 경찰에 맞설 수는 없다고 생각했는지 잇따라 자리를 떴다. 이 역시 오노우에가 추측한 대로였다. 마침내 집 앞에서 사람들 모습이 사라졌다. 이제 뭔가 움직임이 있으면 요행이지만 없어도 상관없었다. 기다리는 일에도, 기삿거리 출현을 알아채는 일에도 자신 있었다. 한 시간이 조금 못 됐을까. 아무 일이 없기에 슬슬 돌아가려고 했을 때 후루사와 집 앞에 홀연히 사람이 나타났다. 낡은 청바지를 입고 끝이 들린 운동화를 신고 있었다. 점퍼에 달린 모자를 써서 얼굴은 보이지 않고 몹시 구부정해서 키도 알 수 없었다. 옷차림이 영락없는 노숙자였다. 노숙자에게 영역이 있다는 생각은 안 들지만 그래도 이런 주택가에 나타나는 것은 드문 일이었다. 오노우에는 쌍안경을 꺼내 들고 노숙자에게 초점을 맞췄다. 노숙자는 무슨 생각이 들었는지 후루사와 집 앞에서 멈춰 서서 주변을 두리번거렸다. 그리고 오가는 사람이 없다는 것을 확인하더니 주머니에서 나무젓가락을 꺼내 우편함 속에 집어넣었다. 대체 뭘 하는 걸까? 오노우에는 유심히 봤다. 천천히 꺼낸 나무젓가락 끝에는 우편물이 집혀 있었다. 노숙자는 우편물을 점퍼 안쪽에 쓱 집어넣더니 시치미를 떼고 왔던 길로 돌아갔다. 우편물만 훔치는 도둑이 있다는 얘기는 들은 적이 없었다. 일단 근처에는 후루사와 집보다 유복해 보이는 집이 얼마든지 있었다. 단순 도둑이라면 후루사와 집만 노릴 이유가 없다.

갑자기 흥미가 생긴 오노우에는 자동차에서 내려 노숙자를 미행했다. 형사처럼 미행은 못 하지만 상대가 눈치 못 채게 하는 방법 정도는 터득하고 있었다. 노숙자의 발걸음은 아주 느렸다. 이곳 지리를 잘 모르는지 아니면 다리가 성치 않은지 한 걸음 한 걸음이 아주 느렸다. 베이지색 점퍼는 의외로 눈에 띄지 않았다. 느릿한 움직임도 어우러져 노숙자는 주변 풍경에 잘 녹아들었다. 큰길로 나와서 직진하자 이내 신축 맨션들이 보였다. 부지 내에는 작은 공원이 있었고, 노숙자는 훌쩍 공원 안으로 들어갔다. 공원 구석에 놓인 벤치에 앉았다. 그리고 품에서 조금 전에 슬쩍한 우편물은 꺼내 내용을 살펴보기 시작했다. 원래 찾는 우편물이 따로 있는지 전단지나 청구서는 제대로 보지도 않고 휴지통으로 내던졌다. 대여섯 통 정도 살펴봤을까. 눈길을 끄는 것이 없었는지 우편물을 모두 휴지통에 집어넣었다. 하지만 별로 낙심한 것 같지도 않았다. 노숙자는 벤치에서 일어났다.

평범한 노숙자가 아니라는 것은 일련의 행동에서 분명해졌다. 이제 상대의 정체와 목적만 알면 되었다. 오노우에는 미행을 계속

했다. 공원에서 나간 노숙자는 역 방향으로 가지 않고 방금 온 길로 돌아갔다. 이 역시 당연했다. 노숙자가 전철을 이용한다는 말은 들은 적이 없었다. 큰길에서 골목으로 들어가고 몇 번 모퉁이를 돌았다. 역시 지리를 잘 모르는지 모퉁이를 돌 때마다 왠지 머뭇거리는 듯했다. 그러다 어른 한 명이 간신히 빠져나갈 정도의 뒷길로 들어갔다. 오노우에도 놓칠세라 뒤를 쫓았다. 하지만 다음 모퉁이를 돈 순간 어안이 벙벙해졌다. 눈앞은 담벼락으로 막혀 있고 더구나 노숙자의 모습은 갑자기 사라져버렸다. 어떻게 이런 일이. 오노우에는 당황하여 담벼락으로 달려가려고 했다. 순간, 후두부에 가해지는 둔중한 충격에 휩싸였다. 오노우에는 의식이 끊겼다.

*

간다경찰서를 나온 순간, 와타세와 고테가와는 기다리고 있던 기자들에게 둘러싸였다. 와타세를 노리고 있던 모양이었다. 당장 여기자 한 명이 녹음기를 내밀었다.

"사이타마현경의 와타세 경부님되시죠? 《애프터눈 재팬》의 아사쿠라라고 합니다. 간다역에서 살인 사건이 발생했다는데 사실입니까?"

갑자기 돌직구네. 보아 하니 아사쿠라는 아직 20대 언저리의 여기자로, 야심과 호기심에 찬 두 눈을 번뜩이고 있었다. 고테가와는 상사의 얼굴을 엿봤지만 와타세는 여전히 불쾌한 표정으로 질문에 답하려고 하지 않았다. 대부분의 기자는 이 정도로 포기하지만 이 여기자는 달랐다.

"이미 개구리 남자라는 정신이상자의 범행이라는 소문이 있습니다만."

고테가와는 도저히 흘려 넘길 수 없어 아사쿠라 앞으로 나섰다.

"어디 사는 누가 흘리는 소문인지 말해줄 수 있습니까?"

"그건, 그…… 인터넷에서요."

".요즘 기자들은 인터넷 정보나 쫓아다니나 보죠? 참 속 편해 좋겠어. 어차피 게시판에 익명으로 올리는 무책임한 가짜뉴스겠지. 기자들은 그런 걸 진지하게 받아들여요?"

"하지만 자신이 개구리 남자의 범행성명서를 역사 내에서 발견했다는 트윗도 있어요."

이 말에는 와타세도 반응해서 아사쿠라에게 살벌한 시선을 보냈다. 개구리 남자의 범행성명서에 대해서는 관계자 전원에게 입막음을 시키고 있었다. 그래도 정보가 샌다면 틀림없이 관계자 중 누군가 자랑스럽게 퍼뜨리고 있다는 얘기였다. 아마도 역무원 마키노일 것이다. 고테가와는 분해서 이를 갈았다. 아무리 수사본부에서 단속을 해도 어디선가 정보가 새고 이걸 민감하게 잡아내는 사람이 있었다. 와타세의 예감이 보기 좋게 적중한 것이다.

"우선, 왜 사이타마현경의 형사님이 간다경찰서에서 나오시는 겁니까? 이거야말로 간다역 사건이 마쓰도나 구마가야 사건과 관련 있다는 증거 아닙니까?"

아사쿠라의 지적은 타당했지만 그렇다고 굳이 인정할 이유도 없었다.

"증거는 무슨. 아무 근거 없는 소문을 무책임하게 퍼뜨리는 것이 기자가 할 일입니까?"

"만약 뜬소문이 아니라면요? 경찰은 시민들에게 닥치고 있는 위험을 은폐한 셈이 됩니다만."

원래 고테가와는 언론이란 인종들의 집요함이 싫었지만 아사쿠라의 추궁은 더 싫었다.

"저도 다 조사하고 하는 말이에요. 작년 한노시에서 발생한 연쇄살인 사건을 담당한 사람은 와타세 경부님이시잖아요. 이번 사건도 연장선상에 있는 거죠?"

아사쿠라는 이쪽이 어떤 얼굴을 하고 어떤 대답을 하던 간에 멋대로 녹음기를 내밀었다. 질문에 답하는 것이 질문 받은 사람의 의무라고 확신하는 듯한 태도가 정말 혐오감을 불러일으켰다. 너희한테는 틀림없이 달콤한 꿀 같은 뉴스겠지. 거실에서 할 일 없이 노닥거리는 사람들, 컴퓨터나 휴대전화 단말기를 들여다보는 호기심 많은 사람들한테도 최고의 흥밋거리일 것이다. 그런데 50음순의 이름에 해당하는 희생자 후보들은 새로운 시체가 나올 때까지 잠 못 드는 밤을 보낼 것이다. 눈에 보이지 않는 거대한 러시안 룰렛에서 누군가 실탄이 장전된 총의 방아쇠를 당길 때까지 극한의 공포를 맛볼 것이다. 고테가와는 더할 나위 없이 속이 뒤집어졌다. 이러면 한노시 사건과 다를 바가 없지 않은가. 앞에 들이민 녹음기를 매몰차게 뿌리쳤다.

"수사 중인 사건이라서."

"수사 중이니까 묻는 겁니다. 이미 해결된 사건에 관심 갖는 사람은 없다고요."

고테가와의 자제심이 슬슬 한계에 달할 무렵, 무시로 일관하던 와타세가 아사쿠라에게 몸을 돌렸다.

"기자 아가씨, 아까 조사했다고 했지? 사건 관계자를 만나서 이야기를 들었다는 얘긴가?"

"아뇨, 그것은 당시의 기록을 열람해서……."

"신문이나 잡지에 실린 내용이 전부라고 생각하지 않는 편이 좋을 거요. 그게 100퍼센트 진실이라고는 생각하지 않는 편이 좋아. 당신들도 그렇게 생각하지 않나?"

아사쿠라를 제외한 여러 기자들이 그런 경험이 있는지 겸연쩍은 얼굴을 했다.

"낯짝을 보아하니 지바나 사이타마에서 출장 온 사람들도 있는 것 같은데. 이왕지사 《사이타마일보》에 물어보면 어떻겠나. 칭찬하고 싶진 않지만 그쪽 기사가 가장 가십에 가깝고 가장 선정적이고 가장 정확했어."

그러자 아사쿠라 옆에서 파인더를 들여다보던 남자가 갑자기 카메라에서 눈을 뗐다.

"《사이타마일보》의 오노우에 씨를 말하는 건가요? 그렇다면 물어볼 수가 없죠."

"'쥐새끼'가 어쨌는데? 어디 출장이라도 갔나?"

"그게, 어제 누군가에게 습격당해서 병원에 실려갔어요."

와타세는 한쪽 눈썹을 추켜세웠다.

"습격을 당해?"

"네. 취재 중이었는지 어쨌는지, 주택가 한가운데서 그것도 대낮에 당한 모양이에요. 의식이 아직 안 돌아왔다던가."

"범인은?"

"아직 안 잡혔어요."

"습격당한 곳은?"

"마쓰도시의 도키와다이라, 였을 거예요."

와타세는 도키와다이라라는 말을 듣자마자 모여든 보도진을 헤치고 걸음을 서둘렀다.

"마쓰도경찰서로 간다."

"반장님, 갑자기 왜 그러십니까?"

"도키와다이라에는 후루사와의 집이 있어."

"후루사와…… 아아, 오마에자키 교수님 딸과 손녀를 죽인 범인 말이죠."

"'쥐새끼'는 취재할 때 집요하긴 하지만 절대 자신을 드러내는 짓은 안 해. 녀석이 습격당했다는 것은 상당히 위험한 데까지 파고들었다는 뜻이야."

대낮에, 그것도 주택가에서 습격당했다. 분명 단순 강도 사건일 가능성은 적었다. 두 사람은 차를 타고 마쓰도경찰서로 급히 달려갔다. 마쓰도경찰서에 도착하자 다테와키가 마중 나왔다. 마침 오노우에 습격 사건을 담당하고 있다고 했다.

"그건 그렇고 습격당한 기자가 와타세 경부님과 절친한지는 몰랐습니다."

"절친하다기보다는 지독한 악연이죠. 피해 상황은 어떻습니까?"

"후두부를 벽돌 조각으로 강타당한 것 같습니다. 시티를 찍어보니 두개골이 함몰 골절되었고 뼛조각이 뇌의 일부를 압박하고 있습니다. 병원에서는 수술로 뼛조각을 제거했다는데 의식이 아직 안 돌아오고 있어요. 그런데 만약 본인이 의식을 되찾았다고 해도 단서는 별로 없을 겁니다."

다테와키는 포기하라는 듯 고개를 저었다. "다툰 흔적은 없고 갑자기 뒤에서 공격했습니다. 아마 돌아볼 틈도 없었을 겁니다. 물론 감식반이 현장과 흉기로 쓰인 벽돌 조각에서 증거를 채취하려고 애쓰고 있지만 만족스럽지 않습니다."

"현장은 도키와다이라였죠?"

"네, 여기입니다."

다테와키는 수사 자료에서 주변 지도를 보여줬다. 현장은 큰길에서 세 번째 골목으로 들어간 곳으로 도로 폭이 아주 좁았다.

"지도상으로는 전에 도로였고 지금은 주인이 없는 땅 같군요."

"네, 분양할 때 인근의 땅 주인과 협상이 잘 안 됐나 봅니다. 이 주변에는 종종 있습니다. 사고를 당한 곳은 막다른 골목 바로 앞이고. 여기를 보시죠."

다테와키가 가리킨 곳은 막다른 골목 바로 앞에 있는 좁은 길이었다.

"피해자가 후두부를 얻어맞은 상황을 보면 쫓기다가 당한 게 아니에요. 아마 피해자는 범인을 추적하다가 막다른 골목에 들어갔고, 이 옆길에 숨어 있던 범인이 뒤에서 내리쳤다……. 아마 그랬을 겁니다."

"목격자는 있습니까?"

"이렇게 좁은 길이 벽돌담에 둘러싸였으니 사각지대입니다. 단지 피해자가 습격당하기 직전에 8가 노상에 세워놓은 회사 취재 차량은 목격됐습니다."

다테와키의 손가락이 도로의 한 곳을 가리켰다. 후루사와의 집을 볼 수 있는 지점이었다.

"취재 대상은 후루사와였겠군요."

"틀림없습니다. 하지만 집에 몰려간 기자 말로는 현관 앞에는 없었답니다."

"일단 한 걸음 떨어진 데서 전체를 바라보는 게 녀석의 방식이죠. 습격 현장 말고 다른 장소에서 목격한 사람은요?"

"있습니다. 근처 주부가 큰길을 걷던 피해자를 봤더군요. 역시 피해자는 누군가를 미행하고 있었던 모양입니다."

"대체 누구를 미행하고 있었던 거야……."

"그 점에 대해서는 좀 걸리는 정보가 있습니다."

다테와키가 다른 자료를 넘겼다.

"동시간대, 역시 8가에서 역 방향으로 가는 수상한 인물이 목격됐습니다. 수상하다고 해도 근처에서는 못 보던 사람이라는 정도지만."

"어떤 사람입니까?"

"모자가 달린 지저분한 점퍼에 다 낡은 청바지를 입었고 발끝이 들린 운동화를 신었습니다. 말하자면 노숙자죠. 모자를 깊숙이 쓰고 있던 탓에 인상은 알 수 없었던 모양입니다. 그리고 이 노숙자와 피해자 사이에 시비가 붙었다는 정보도 없어서 관련이 있는지도 불명확합니다."

"인상을 모른다면 키나 체격은 어땠습니까?"

"구부정한 모습이기도 하고 입고 있는 옷도 헐렁해서 체격은 잘 모릅니다. 단지 걸음이 아주 느렸다고 합니다. 하긴 멀쩡하게 걷는 노숙자도 드물지만."

과연 노숙자는 오노우에가 습격당한 일과 어떤 연관이 있을까. 슬쩍 와타세의 표정을 엿봤지만 평소처럼 그저 불쾌한 얼굴이었다.

"기자들이 후루사와 집 앞에 모였잖아요. 퇴원이 얼마 안 남았다고 관계자가 흘렸기 때문인데…… 이것도 습격 사건과 관련이 있다고 보십니까?"

"관련이 없다면 습격범은 대담한 녀석이란 얘기죠. 기자들이 근처에 우글거리는데 대낮에 당당하게 사람을 내리쳤으니까요. 적어도 계획적인 범행일 리는 없습니다."

와타세가 이제 들을 얘기는 다 들었는지 머리를 숙이자 다테와키가 이렇게 덧붙였다.

"뭣하면 피해자의 용태를 보시겠습니까? 피해자가 실려간 병원이 바로 저기거든요."

다테와키의 말대로 병원은 길의 대각선 맞은편에 있었다. 와타세는 간다는 말도 없이 병원으로 향했다. 고테가와도 굳이 참견하지 않았다. 접수처에서 와타세가 신원을 밝히며 찾아온 뜻을 밝히자 순순히 병실로 안내했다. 이미 마쓰도경찰서의 형사가 여러 번 다녀갔기 때문이다. 오노우에의 병실은 집중치료실이 아니라 일반 병동이었다. 절대 안정을 기해야 하지만 그렇게까지 배려할 필요는 없어졌다는 뜻일까. 담당 의사와 함께 병실에 들어가자 침대 위에 오노우에가 누워 있었다. 머리에 붕대를 감고 꼼짝도 하지 않았다.

의사의 말투는 아주 사무적이었다. "수술은 잘됐지만 아직 의식은 돌아오지 않고 있습니다. 두개골이 함몰되어 뇌를 압박했을 가능성이 있습니다. 우측 후두부 손상으로 뇌척수막이 파손됐기 때문에 세균이 두개골 내부로 침입했을 가능성도 있지만 지금으로선 경과를 지켜봐야 합니다."

"세균이 침입했으면 어떻게 됩니까?"

"감염증을 일으켜 뇌에 중대한 손상을 줍니다."

와타세는 흠, 하고 콧방귀를 뀌었다.

"여기 실려오기까지 무슨 말이라도 했습니까?"

"이뇨. 현장에 쓰러진 것을 발견한 이후 지금까지 한 번도 의식을 회복하지 못했으니까요. 이미 마쓰도경찰서의 형사님께도 말씀드렸습니다."

"외상에 대한 선생님 의견은 어떻습니까? 예를 들면 가해진 힘에서 어느 정도 범인의 신체 정보를 가늠할 수 있다거나."

"손상 부위는 후두부지만 환자 키가 작아서요. 범인의 키를 유추하기는 곤란할 겁니다. 그리고 흉기는 어른 주먹보다 조금 큰 벽돌 조각이라고 들었습니다. 완력이 별로 필요 없는 크기라서 범인의 성별도 판단 못 합니다."

여기서도 모른다는 얘기뿐이었다.

"감사합니다."

와타세는 가볍게 인사를 하더니 발길을 돌렸다. 고테가와가 뒤를 따르려는데 의사가 말을 걸었다.

"당신들하며, 마쓰도경찰서 형사님들 모두 냉정하시군요. 범인을 특정할 정보만 원할 뿐 환자에게는 말 한 마디 안 건네시고."

의사의 비난 섞인 말에 와타세가 돌아봤다.

"힘내라는 말이라도 하라고요? 선생님, 공교롭게도 이 남자한테는 그런 배려 따위 필요 없습니다. 이 남자는 응원 따위는 하지 않아도 반드시 깨어날 겁니다. 내기해도 좋아요."

"무슨 근거라도 있습니까?"

"이 정도로 남의 미움을 받는 인간은 쉽게 죽지 않습니다. 저와 마찬가지로요."

4

12월로 들어서자 창밖 경치가 조금 달라졌다. 병실에서 보이는 이름 모를 나무는 잎사귀를 모두 떨어뜨리고 모세혈관 같은 모습을 드러냈다. 사유리의 행동반경은 아주 좁았다. 하루에 한 번, 자기 방과 음악실을 오갈 뿐이었다. 그래도 이동하는 만큼 눈에 들어오는 경치는 많아졌다. 자기 방에서 나가지도 못하는 환자에 비하면 사유리는 축복받은 편이었다. 전에는 온종일 구속복을 입고 있었지만 난동을 멈추고 피아노 연주에 집중했더니 자유를 빼앗기는 일은 없어졌다. 체포되어 구치소에 있던 무렵부터 건반과 멀어졌다. 사유리처럼 피아노 교사를 하던 연주자는 하루라도 쉬면 원래 상태로 돌아가기까지 일주일 이상 소요된다. 이 교도소에 수감된 뒤 하루도 빠짐없이 피아노를 마주하지만 그래도 완전한 상태로 돌아가려면 아직 멀었다. 본래는 피아노가 있는 방에서 자고 일어나고 싶지만 교도소 규칙상 안 된다며 거절당했다.

바람에 창문이 덜컹거렸다. 대체 바깥 공기는 어떤 냄새일까. 어떤 감촉일까. 공기조절기로 관리되는 의료교도소 내부는 항상 녹슨 철 같은 냄새가 났다. 감촉도 걸쭉했다. 갑자기 사유리를 부르는 소리가 들렸다. 병실에는 사유리밖에 없었다. 그래도 분명히 목소리가 들렸다. 아주 그리운 목소리가 자신을 불렀다. 자욱한 안개 속에서 자신의 이름을 부르고 있었다. 누구의 목소리일까. 기억을 뒤적여보지만 영상이 좀처럼 나타나지 않았다. 필사적으로 생각하는데 침입자가 나타났다.

"사유리 씨, 약 드실 시간이에요." 담당 간호사였다. 이름이 유리카와라고 했나. 무슨 말이라도 해야 하는데.

"오늘은 날씨가 좋네."

가끔 햇살이 비치지만 하늘엔 구름이 좀 끼어 있었다. 하지만 적당한 화제가 달리 떠오르지 않았다. 격자가 끼워진 터라 창문에서 보이는 시야는 좁지만 조금 더 넓기를 바란다면 그건 욕심일 것이다. 격자는 입소자의 탈주를 막기도 하지만 더 중요하게는 추락을 막는 장치니까.

유리카와는 창밖을 힐끔 본 뒤 당혹스러운 표정을 보였지만 한 순간이었다.

"네, 그렇네요."

의료교도소의 간호사 중 80퍼센트는 유리카와처럼 여성이다. 이 점은 일반 병원도 마찬가지겠지만, 이곳의 간호사는 여러 지역 교도관 중에서 간호조무사 자격증을 딴 사람을 모집해 배치한다. 그런 까닭인지 간호복을 입고 있어도 교도관과 똑같은 냄새가 난다. 다만 대우가 나쁜 탓인지 의료교도소는 항상 일손이 부족한 모양이다. 교도소 측은 일반 병원에 지원을 요청하고 있지만 역시 보통 병원과는 환자를 대하는 방식이 다른 탓인지 여기에 와도 오래 견디지 못했다.

"조금 추워진 것 같아요."

"그래요? 병동 에어컨 설정을 바꾸진 않았는데…… 다시 확인해볼게요."

사유리가 위험한 환자로 간주될 때는 유리카와 혼자 오는 일이 없었다. 진찰을 받을 때는 언제나 또 다른 교도관이 감시했고 의료에 관한 일 이외에는 아무 얘기도 하려 들지 않았다. 병원이기 전에 역시 여기는 교도소였다. 환경이 바뀐 것은 음악요법이 시작된 다음부터였다.

오랫동안 건반에서 멀어져 있었다고는 해도 연주로 생계를 꾸렸기 때문에 청중을 꼼짝 못 하게 할 수 있는 실력은 됐다. 실제로 고테가와와 미코시바는 연주를 들으면서 몸을 옴쭉도 하지 않았다. 사유리가 엮어내는 멜로디는 입소자뿐 아니라 의사나 교도관 같은 직원들에게도 효과가 있었는지 점차 대우가 나아졌다. 최근에는 피아노 앞에 있을 때 이외에는 꿔다 놓은 보릿자루처럼 있기 때문에 이렇게 진찰을 받을 때도 교도관이 감시하진 않았다. 만성적인 일손 부족이 문제라 교도관의 배치조차 효율성을 고려할 필요가 생긴 듯했다. 어쨌든 진찰하는 동안 고맙게도 유리카와와 단둘이 있을 수 있었다. 무뚝뚝한 교도관이 옆에 있으면 진정하기도 어렵다.

"저, 유리카와 씨."

"네."

유리카와는 아주 자연스럽게 대답하는데 이 역시 최근 들어 생긴 일이었다. 처음에는 이름을 부르면 의아한 얼굴을 했다. 나중에 물어보자 교도관 시절부터 간수님이나 선생님으로 불렸기 때문에 익숙하지 않았다고 한다.

"항상 주사 놓는 건 무슨 약이야?"

"마음이 차분해지는 약이에요."

정신안정제라면 그렇게 말하면 될 텐데 규정이라도 있는지 유리카와는 얼버무렸다.

"그 약을 주사하면 왠지 머리가 멍해져서 싫은데."

"약을 좋아하는 사람은 별로 없답니다."

"안 맞으면 안 돼?"

"낫고 싶으면 선생님과 제 지시를 따라주세요."

"다 나으면 밖에 내보내줄 거야?"

주사를 준비하던 손이 멈추었다.

"그건 제가 아니라 또 다른 사람이 결정하는 거라서. 제가 판단할 일이 아닙니다."

유리카와는 난처해했지만 이 역시 한순간뿐이었다.

난처한 이유는 알았다. 사유리는 굳이 언급하지 않고 말을 계속 이어갔다.

"밖에 나가고 싶어."

"산책이요? 하지만 여기서는 좀 어려울 거예요."

"퇴원하고 싶다고."

"바깥 생활은 아직 무리예요, 사유리 씨. 곤란하게 너무 그러지 마세요."

사유리는 정면에서 유리카와를 응시했다. 이렇게 쳐다보면 그녀의 눈동자가 흔들린다는 것을 알았다.

"퇴원해도……."

"퇴원해도, 뭐?"

"아뇨, 아무것도 아니에요. 하지만 여기도 그렇게 나쁘지 않을 텐데요. 그보다 여기 직원들, 다른 환자분들도 사유리 씨의 피아노 연주를 좋아해요. 아, 물론 저도 그렇고요."

말투가 싹 변했다. 연주를 칭찬하면 사유리의 기분이 좋아진다는 사실을 아는 것이다.

"얼마 전 변호사 선생님이 접견하러 오셨을 때 연주하던 곡. 다른 때보다 곡이 격렬해서 불안해하는 사람도 있었지만, 저는 아주 좋았어요. 그거 무슨 곡이에요?"

"베토벤의 피아노 소나타 〈열정〉."

"〈열정〉. 아아, 저는 클래식도 모르고 피아노 연주도 모르지만 분명히 열정이 전해지는 곡이네요. 뭐랄까, 마음 깊숙한 곳이 흔들리는 느낌. 평소에는 더 조용하고 황홀해지는 곡을 치는데 왜 그날은 〈열정〉이었어요?"

"신청곡. 와 있던 사람들 중에 두 명이 베토벤을 좋아했으니까."

"즉석에서 신청곡을 칠 수 있다니 대단해요. 항상 눈앞에 악보가 있는 것은 아니잖아요."

"암보라고 해서 전부 머리와 손가락으로 외우는 거야. 보면대에 악보를 올려놓긴 하지만 만약의 사태를 대비하는 거고. 연주하면서 페이지를 넘기는 사람도 있지만 나는 거의 안 봐."

"역시 대단해요! 하지만 머리로 외운다는 말은 알겠는데 손가락으로 외운다는 말은 무슨 뜻이에요?"

"뜻이랄 게 뭐 있나. 머리로는 다른 생각을 해도 손가락이 알아서 악보대로 쳐주는 거지."

"그렇게 긴 곡을요?"

"유리카와 씨도 주사 놓는 방법이나 맥을 짚는 방법을 일일이 생각 안 하잖아. 똑같은 거야."

"전혀요, 절대 같지 않아요."

유리카와는 당황한 듯 고개와 손을 저었다.

"왜냐하면 간호조무사 자격을 취득해서 일을 익히기까지는 수년밖에 안 걸리지만 돈을 받을 정도로 연주를 하려면 아무리 짧아도 10년 이상, 그것도 구구단을 외우기 전부터 시작해야 한다고 들었어요. 그리고 의료 행위는 숙달되면 할 수 있지만 음악 같은 예술은 역시 재능의 영역 아닌가요?"

"그건 유리카와 씨 생각이고. 이건 재능 축에도 못 들어. 굳이 말하면 흥얼거리는 노래를 가지고 있느냐, 아니냐지."

"흥얼거리는 노래?"

"유리카와 씨, 노래 좋아해?"

"노 뮤직, 노 라이프인데, 출퇴근할 때는 항상 아이팟으로 뭘 듣고 있긴 해요……."

"좋아하는 음악의 멜로디를 떠올리면 몸을 움직이고 싶어지잖아. 그걸 손끝으로 움직이는 것뿐이야. 한번 해볼까?"

"엣."

"피아노를 처음 쳐보는 애한테 연주 요령을 가르치는 방법이 있어. 그애가 연주에 적성이 있는지 아닌지를 알 수 있지. 먼저 두 손을 내밀어봐."

교사 말투 때문인지 유리카와는 시키는 대로 침대 끝에 앉아서 두 손을 내밀었다. 사유리는 거기에 자신의 손을 얹었다.

"유리카와 씨가 좋아하는 노래를 흥얼거리는 것처럼 손가락을 움직여봐."

유리카와는 시키는 대로 열 손가락을 더듬더듬 위아래로 움직였다.

잠시 움직임을 손바닥으로 느낀 사유리가 천천히 고개를 흔들었다.

"아직 긴장하나 봐, 잠깐만."

사유리는 침대에서 일어나더니 천천히 유리카와의 등 뒤로 돌아가서 간호사의 손 위에 자신의 손을 얹었다.

"이러면 내가 앞에 없으니까 긴장이 덜 될 거야. 자, 다시 해봐."

유리카와는 다시 손가락을 움직였다.

"이번에는 눈을 감고. 음악과 자신이 하나가 되는 이미지를 그리면서."

어깨 너머로 들여다보자 유리카와는 순순히 눈을 감고 있었다.

지금이다.

사유리는 뒤에서 오른팔로 목을 감았다. 순식간에 일어난 일이라 상대는 소리를 지를 틈도 없었다. 사유리는 체중을 실어서 유리카와를 바닥으로 끌어내렸다.

"으윽."

즉시 왼손으로 상대방 입을 막았다. 교도관이라서 무술이야 좀 하겠지만 바닥에 쓰러져 뒤에서 습격당하면 어찌할 방법이 없다. 저항해도 두 팔이 뒤로 돌아가지 않는다. 허우적거리며 소용없는 짓을 하는 동안에도 사유리의 팔은 계속 경동맥을 조였다. 1분, 2분. 유리카와의 움직임이 점점 느릿해졌다. 마침내 상대가 움직임을 멈췄다. 만약의 상황에 대비해야 한다. 사유리는 조이는 힘을 늦추지 않았다. 강한 타건이 장점이 됐을 때부터 팔 힘에는 자신이 있었다. 이윽고 팔에서 힘을 빼자 유리카와는 인형처럼 무너져 내렸다. 죽었는지 살았는지는 상관없었다. 한동안 움직이지 않으면 문제없었다. 또 어디선가 자신을 부르는 소리가 들렸다.

가야 해…….

사유리는 유리카와의 간호사복을 벗겨 자신이 입었다. 유리카와를 완전히 알몸으로 벗겨 침대 밑에 밀어 넣고 스타킹으로 손목을 침대 다리에 묶었다. 그러고 나서 잠옷 끝을 말아 입안에 집어넣었다. 죽었으면 그걸로 오케이. 만일 의식을 되찾았다 해도 이러면 바로 도움을 요청할 수 없다. 옷을 갈아입고 무심코 주머니에 손을 집어넣자 손끝에 뭔가 닿았다. 보관함 열쇠 같았다. 병실에서 나와 시치미를 떼고 복도를 걸어갔다. 유리카와한테 들은 대로 임시 고용된 간호사가 섞인 탓인지 간호사복만 입고 있어도 아무도 사유리에게 주의를 기울이지 않았다. 잠시 걸어가는데 젊은 교도관이 맞은편에서 걸어왔다.

사유리는 죄송합니다, 라고 말하면서 먼저 다가갔다. "어제부터 임시직으로 일하고 있는데 길을 잃어서요……. 탈의실이 어느 쪽이죠?"

교도관은 친절하게 장소를 가르쳐주었다. 교도관 설명대로 복도를 돌자 바로 탈의실이 보였다. 주머니에서 열쇠를 꺼냈다. 열쇠에는 친절하게도 번호가 적혀 있었기 때문에 보관함 위치도 알 수 있었다. 보관함 안에는 유리카와의 사복 이외에 핸드백도 들어 있었다. 가방을 뒤지자 파우치에 스마트폰이 있고 지갑에는 전철 정기권도 있었다. 당장 사복으로 갈아입었다. 간호사복을 입었을 때도 느꼈지만 아무래도 유리카와는 자신보다 몸집이 작아 단추를 잠그자마자 갑갑해졌다. 어쩔 수 없었다. 밖에 나가서 옷을 새로 사 입으면 되었다. 대체 이게 얼마만의 화장일까. 사유리는 파우치에서 립스틱과 아이섀도를 꺼내 얼굴에 발랐다. 약간 진한 느낌의 화장. 인상이 완전히 변했다.

사유리는 콤팩트에 비친 얼굴에 만족하며 보관함 문을 닫고 탈의실을 나왔다. 벽에 안내 표시가 있어 현관이 어딘지는 알았다. 사복으로 갈아입은 사유리는 이제 누구의 주목도 받지 않았다. 현관문을 연 순간 날카로운 공기가 살을 찔렀다. 이 통증이 의외로 기분 좋았다. 선생님……. 또 자신을 부르는 목소리. 사유리는 목소리에 이끌리듯 의료교도소 정문을 나섰다.

*

"하치오지 의료교도소는 대체 뭘 하고 있었던 거야!"

고테가와는 사유리가 하치오지 의료교도소를 탈주했다는 연락을 받자마자 주변에 화풀이를 했다. 당연히 개구리 남자 수사를 시작한 뒤 고테가와는 와타세에게만 붙어 있었기 때문에 화풀이 상대는 하나뿐이었다. 현장에 직행하는 지금도 고테가와의 불만은 좀처럼 멈출 줄 몰랐다.

"아무리 의료 시설이라고 해도 교도소 아닙니까? 교도소에서 수감자가 탈주하다니 직무 태만도 정도가 있지. 일손 부족이 무슨 이유가 됩니까? 직원이 게으름 피우고 있다는 증거지."

처음 소식을 들었을 때는 자신도 모르게 근처에 있던 의자를 발로 걷어찼다. 사유리의 간호를 담당하는 사람은 교도관이라는 말을 듣고 막 안심했을 때 일어난 일이었다.

"교도관이면 체포술 정도는 터득했을 텐데 일반인, 그것도 여자한테 당하다니. 완전히 웃음거리 아닙니까?"

지난번 병실을 찾아갔을 때는 자신과 변호인 뭐시기에게 그리운 피아노 연주를 들려주었다. 체포된 이후의 기억은 모두 떨쳐버렸는지 아주 차분했다. 그랬는데 설마 간호사를 습격하고 변장하여 탈주할 줄이야. 아무리 생각해도 돌발 행동 같지 않았다. 사전에 계획된 작전이다. 그렇다면 자신들에게 보여준 행동은 연기였을까. 보여주기 위한 피아노 연주였을까.

"도대체가, 상태가 누그러졌다고 해서 감시를 소홀히 한다는 게 말이 되냐고요. 환자이기 전에 범죄자라고. 개인실에도 전자 장비를 설치하거나 빠짐없이 경비원을 세웠어야지."

사유리에 대한 애증이 남아 있어서 탈주한 본인보다 교도관에게 창끝이 향했다.

"법무성도 예산 절감이 능사가 아니잖습니까. 공무원 월급 챙기는 것보다 행형 시설을 확충하는 데 돈을 써야지."

와타세와 함께 방문했을 때 경비원들이 적다는 사실에 놀랐지만 이런 일이 생길 줄은 몰랐다. 그들이 불쾌해하더라도 경계를 엄중히 하라고 단단히 주의를 줄 걸 그랬다.

"급여가 적어서 구직자가 안 모이면 급여를 올려주면 되잖아. 경비 시스템이 노후됐으면 최신식 방범 설비를 도입하면 되고. 세금은 왜 걷는 거냐고."

조수석에서 잠시 팔짱을 끼고 있던 와타세가 한마디 던졌다.

"고테가와."

"왜 그러십니까?"

"시끄러워."

하치오지 의료교도소에 도착할 때까지 고테가와는 한 마디도 하지 못했다. 현장은 몹시 어수선했다. 그동안 고테가와가 본 어떤 현장보다 경찰들로 넘쳤고 살기가 어려 있었다. 겹겹이 둘러싼 보도진과 구경꾼들은 통제선에 가로막혀 아무도 들어갈 수 없었다. 카메라로 건물도 못 찍게 했다. 기자들은 불만의 목소리를 높였지만 경찰들은 들은 척도 않았다. 와타세와 고테가와 눈앞에서 경찰과 기자가 한창 실랑이를 벌이고 있었다.

"뭐 어때, 사진 한 장만 찍읍시다!"

"여긴 행형 시설입니다. 촬영은 수사본부 허가를 받은 다음 가능합니다."

"이 나라는 언론의 자유가 있다고! 이건 국가권력의 횡포야!"

"네네, 그래요. 항의는 공보실을 통해 하세요. 저희는 명령을 따를 뿐이라서요."

"흉악범이 탈주했다면서요? 상세한 정보를 공개해서 범죄를 예방하는 것이 당신들 할 일 아니오?"

안으로 들어가면 좀 조용할 줄 알았는데 병동도 경찰과 감식반 사람들로 북적였다. 점퍼를 보니 하치오지경찰서 형사뿐 아니라 경시청 수사관들까지 섞여 있는 듯했다. 평범한 수사현장이 아니었다. 표정에 전혀 여유가 없고 다들 뭔가에 쫓기는지 바쁘게 이리저리 돌아다니고 있었다.

"반장님, 이건⋯⋯."

"교도소라는 이름이 붙은 시설에서 재소자가 탈옥했어. 현시점에서 하치오지경찰서와 경시청 체면은 완선히 구겨지고 발등에 불 떨어진 거지. 다들 완전히 초조해졌어. 게다가 바깥세상으로 돌아간 사유리가 또다시 사건을 일으켜 봐. 사나운 짐승을 들판에 풀어줬다는 책임을 지고 몇 명이나 목이 날아갈 것 같아? 그래서 완전히 벌벌 떨고 있는 거지."

그렇구나. 고테가와는 뺨이라도 맞은 듯 정신이 번쩍 들었다. 멜로디를 자신의 언어로 삼고 듣는 자의 마음을 휘젓는 탈주한 피아니스트는 정신장애가 있는 살인자일 뿐이다.

"하지만 반장님, 이렇게 초조해하는 하치오지경찰서나 경시청 형사들 속에 끼어들면 방해물 취급이나 당하지 않겠습니까?"

"무슨 소리야."

와타세는 이제 와서 뭔 소리냐는 말투였다.

"방해물 취급이 아니라 엄연한 방해물이지. 우리는 개구리 남자 사건을 맡고 있지만 하치오지경찰서는 사유리 탈주 사건을 수사해야 하니까. 완전 개망신을 당한 터에 다른 경찰서 형사가 발을 들여놓는데 태연할 인간은 많지 않지."

"그럼⋯⋯."

언제나 그렇듯이 독고다이로 갑니까, 하는 말은 허둥지둥 집어삼켰다.

"아니, 형식은 갖춰야지."

경찰을 한 명 붙잡아서 물어보자 현장에서 진두지휘를 하는 사람은 하치오지경찰서 강력계를 통솔하는 경부라고 했다. 현장에 얼굴을 내미는 경부는 와타세 정도라고 생각했는데 의외였다. 이건 경부까지 현장에 끄집어내는 중대 사안이라는 의미였다.

가미야 경부는 바로 알아볼 수 있었다. 사유리가 있던 병실에서 부하들에게 호통을 치고 있는 남자였다.

"사이타마현경 수사1과?"

가미야는 수상쩍은 표정으로 와타세 일행을 봤다. 와타세가 사정을 설명했지만 날카로운 시선은 좀처럼 거두지 않았다. 과연 인사치레로도 태도가 의연하다는 말은 해줄 수 없었다.

"당신들 관할 사건이 아니잖아."

"설명한 대로 사유리는 이쪽 사건 관계자입니다."

"그렇다고 용의자도 아니잖아. 외부와 접촉이 없었으니까 참고인이 될 리도 없고."

"아직까지는."

"뭣이?"

"밖으로 나간 사유리가 개구리 남자와 접촉하지 않으리란 보장이 없습니다. 그렇게 됐을 경우 우리 쪽 정보가 어떤 가치가 있을지 상상이 안 되시나 보군요."

형식을 갖추긴 개뿔. 옆에 있던 고테가와는 그냥 내버려두기로 했다. 이런 협상에서 와타세를 이길 자는 없다. 아니나 다를까 가미야는 바로 달려들었다.

"다른 현경의 개입은 위에서 용납하지 않을 텐데."

"개입이 아닙니다. 정보 교환이죠. 말해두는데 이 젊은 친구는 이전 사건에서 내내 사유리를 감시해왔어요. 그렇기 때문에 수사

자료에 없는 것까지 숙지하고 있고."

순간 고테가와를 보는 가미야의 눈이 바뀌었다. 반장님, 나를 협상 도구로 쓰는 겁니까…….

"덧붙이면, 이 친구는 전에 이미 습격당한 경험이 있습니다. 탈주한 여자에 대한 경험치만은 높다고 할 수 있죠. 그런데 당신들이 제공할 수 있는 것은 여기서 감식반이 채취한 증거와 탐문으로 얻은 정보밖에 없습니다. 그것도 당사자의 행선지를 특정할 만한 유력 증거물이 아니고. 자, 정보를 교환하면 과연 누가 득을 보겠습니까?"

가미야의 마음속에서 공리주의와 허영심이 싸우는 듯했다. 그걸 놓칠 와타세가 아니었다.

"이대로 방치하면 여자는 분명히 재난을 초래합니다. 백보 양보해서 아무 사건도 일으키지 않는다 해도 정신이상자인 재소자를 잡고도 다시 놓쳤어요. 오늘 중에 신병을 확보해도 책임 추궁은 피할 수 없습니다. 하루 늦으면 한 명, 이틀 늦으면 두 명, 책임질 사람이 나오죠. 현장을 지휘하는 입장에서 지금 이 순간이 가장 중요하지 않을까요."

옆에서 듣던 고테가와는 여느 때처럼 기가 막혔다. 이 남자는 용의자뿐 아니라 같은 경찰 식구도 태연히 협박했다.

가미야가 항복하는 데는 10초도 걸리지 않았다.

"이야기가 끝나면 나가줄 겁니까?"

"안 그래도 그럴 참입니다."

가미야는 일단 결심하면 행동이 빠른 남자였다.

"사유리에게 습격당한 간호사는 별실에 있습니다."

따라오란 듯이 가미야가 앞장섰다.

"의식은 회복했습니까?"

"경동맥도 그렇지만 기관도 압박을 받아서 조금만 지체했으면 위험했던 모양입니다. 본인의 증언에 따르면 피아노 치는 방법을 알려준다며 등 뒤로 갔다가 갑자기 목을 조였다고 합니다. 신체가 밀착된 상태에서 조였기 때문에 저항할 방법이 없었고요. 사유리는 간호사한테서 옷을 빼앗고 간호사 흉내를 내며 병동을 빠져나간 뒤 라커룸에서 사복으로 갈아입고 당당히 정문으로 나갔습니다."

"회진할 때는 교도관이 동석하는 게 규정 아닙니까?"

"간호사나 교도관이 턱없이 부족해서 사유리처럼 손이 안 가는 입소자한테는 경비가 허술했던 모양입니다."

"손이 안 간다, 흠."

자신도 모르게 고테가와는 비아냥거렸다. 이에 가미야가 힘없이 반응했다.

"하치오지경찰서 사람들도 모두 당신들처럼 생각하고 있습니다. 와타세 경부님 말씀대로 사건이 어떻게 정리되든 소장 이하, 처우부장, 의료부장의 책임은 면할 수 없을 겁니다."

"꼭 그렇지만은 않습니다."

와타세의 말에 가미야가 한쪽 눈썹을 끌어올렸다.

"무슨 뜻입니까?"

"사유리는 1심 판결을 받은 직후부터 상태가 이상해져서 여기에 수용됐습니다. 하지만 심신상실 판정이 내려지지 않았으면 더 경계가 엄중한 고스게 구치소 같은 데 수용됐겠죠."

"와타세 경부님…… 혹시 경부님은 사유리가 꾀병을 앓았다고 생각하는 겁니까?"

"물론 정말 심신상실이었지만 음악요법이 효과가 있어 일시적으로 누그러졌을 수도 있습니다. 단 탈주한 여자는 우리의 생각 이상으로 교활할 가능성이 있음을 간과해선 안 됩니다."

"의료교도소 송치는 정신과 의사의 진단에 따른 겁니다."

"같은 환자라도 의사에 따라 견해가 다릅니다. 정신과는 그런 분야죠. 또 의사가 환자보다 현명하다는 것은 단순한 믿음에 불과합니다. 도망친 상대를 평범한 정신병 환자로 보지 않는 편이 좋습니다. 뭔가 애매한 캐릭터에다 치유 효과가 있는 피아노 연주를 하면서 천진난만한 인상을 주지만 사유리는 지난 사건에서 네 사람을 살해했다는 사실을 잊으면 안 됩니다."

가미야에게 하는 말이 고테가와에게도 꽂혔다. 아니, 사실은 자신에게 하는 경고였다. 사유리가 사이코패스 킬러라는 사실을 잊지 마라. 그렇다. 그건 알고 있다.

별실에 누워 있는 사람은 유리카와라는 간호사였다. 완전히 회복된 모습으로 침대에서 일어나 앉아 있었다.

유리카와는 면목 없다는 태도로 어깨를 떨궜다. "정말 어리석었습니다. 피아노 치는 방법을 알려준다면서 권유하는 방식이 너무 자연스러워 그만 등을 내보이고…… 아니, 이건 변명입니다. 결국은 제가 방심한 탓입니다."

"도둑맞은 가방 안에는 뭐가 들어 있었습니까?"

"화장품 파우치와 지갑, 정기권, 그리고 스마트폰입니다."

가미야가 변명하듯 끼어들었다.

"현재 정기권에 등록된 정보로 이용 내역을 알아보고 있습니다."

IC칩이 내장된 정기권이라면 이용 내역을 모두 알아낼 수 있다. 승하차한 장소와 시간을 보면 사용자 위치를 추정할 수 있다. 물론 정기권을 사용했을 때의 얘기다.

"지갑에 현금은 얼마나?"

"아마 2만 엔 좀 넘을 겁니다."

"그렇다면 택시로 이동할 수도 있겠군요."

"JR하치오지역과 게이오카타쿠라역은 물론 주요 간선도로에서 검문을 하고 있습니다. 택시 회사에도 알렸고요. 물 샐 틈 없이 인력을 배치하고 있습니다."

"그런데 우리를 포함한 인근 경찰서에는 사건 발생 이후 네 시간이나 지나 소식이 전해졌습니다."

"부끄럽게도, 관할 경찰서인 하치오지경찰서에도 마찬가지였습니다."

가미야는 자조적으로 웃었다.

"하치오지 의료교도소가 통보를 늦춘 겁니다. 이유는 말 안 해도 아시겠죠?"

불상사 숨기기. 교도소에 근무하는 직원들을 총동원해서 수색했지만 더는 방법이 없어 하치오지경찰서에 알린 것이다. 빌어먹을. 혀를 차는 고테가와를 가미야와 유리카와가 비난하는 눈으로 바라봤지만 입 밖에 내지는 않았다.

"긴급 배치를 해도 네 시간이 지나면 별 효과가 없을 겁니다. 네 시간이면 고베 근처까지 갈 수 있죠. 발권기에서 표를 샀다면 추적할 방법도 없고."

가미야와 유리카와는 이미 짐작하고 있는지 말없이 입술을 깨물었다.

그날 오후, 사유리가 탈주했다는 뉴스가 마침내 전해지자 하치오지 시내를 중심으로 불안감이 널리 퍼졌다. 유치원과 초등학교는 서둘러 아이들을 하교시키고 특히 어린 아동들에게는 경찰이 따라붙었다. 석간신문과 방송 뉴스에서는 사유리의 얼굴 사진을 내보냈다. 평소에는 가해자, 특히 정신장애를 앓는 형사 피고인을 다루는 데 신중한 언론도 시민들의 주의를 당부하면서 사건을 적극적으로 알리고 있었다. 경찰에 대한 불신과 항의가 심해지고, 책임을 추궁하는 목소리가 불길처럼 번져갔다. 하지만 사유리의 행방은 묘연했다.

4
파쇄하다

1

12월 3일. 진료를 마친 스에마쓰 겐조는 숙직하는 동료에게 인사를 하고 병원을 나섰다. 시각은 밤 10시 30분. 역 앞인데도 벌써 가게들은 문을 닫고 거리를 오가는 사람들도 뜸했다. 주차장만 유난히 눈에 띄는 역 앞쪽은 재개발 실패의 표본으로, 흥청거리고 화려한 것을 좋아하는 스에마쓰로서는 안타까울 뿐이었다. 수중에 돈만 있다면, 눈치 빠른 누군가 출자해준다면, 사람들이 많이 오가는 곳에 개업을 할 텐데. 길을 걸을 때마다 원망과 한탄처럼 반복하는 주문이지만 아직껏 그 바람을 이루지 못하고 있었다.

앞으로는 틀림없이 몸의 병보다 마음의 병이 늘어날 것이다. 다소 타산적인 생각으로 정신과 의사가 됐지만 스에마쓰가 떠올릴 법한 생각은 다른 의사도 한다. 실제로 심료내과(신체뿐만이 아니라 심리나 사회 환경을 포함해 전인적으로 치료하는 임상 분야-옮긴이)에 통원하는 환자는 늘었지만 어느새 정신과 의사도 매년 증가해 경쟁이 치열해졌고 스에마쓰가 유명해지기는 어려워졌다. 대체 어디서부터 계산이 잘못된 걸까. 이리저리 생각해봤지만 애당초 자신에게 인망이 없다는 사실은 외면하고 있었기 때문에 정확한 판단을 할 리가 없었다. 몇 차례 언론의 주목을 받은 일을 계속 내세우기 때문에 겸허하지도 성실하지도 않은 사람을 아무도 동정할 리가 없지만 자신이 고립된 것은 주변 사람들이 이해헤주지 않는 탓이라 믿고 있었다.

밤 11시경이 되면 선술집은 문을 열지만 직장인이나 학생들과 섞여 싸구려 술을 들이켜기에는 자존심이 허락하지 않았다. 이제는 별 재미도 없지만 혼자 방에서 브랜디 잔이나 기울여볼까. 빌어먹을, 또 욕설을 내뱉고 싶었다. 이게 아니었다. 자신이 그리던 미래는 도내에 자신의 이름을 내건 병원을 차리고 아름다운 아내를 맞아 발코니가 넓은 고급 맨션에 사는 것인데, 현실은 여전히 독신 월급쟁이 의사였다. 더구나 외진 시골에서 불만을 토로하고 있었다. 언론의 주목을 받을 때는 자신에게 운이 돌아왔다고 생각했다. 죽 늘어선 카메라, 자신을 향한 마이크 들은 미래를 보장해주는 증표였다. 하지만 행운을 거머쥐었다는 것은 착각이었고, 스에마쓰를 향하던 스포트라이트는 다른 대상을 비추기 시작했다. 운명의 여신은 스에마쓰를 향해 미소 짓지 않았다.

빌어먹을, 하고 또 욕설을 내뱉었다. 내 탓이 아니야. 절대 내 능력이 부족했기 때문이 아니다. 에토가 공을 독점하려고 했기 때문이다. 법정에서 기껏 스에마쓰가 열연을 했는데 그 인간이 변론에 나서더니 전부 가로채버렸다. 결국 에토는 평소의 행실이 나빴는지, 아니면 남의 원한을 샀는지, 몹시 잔인한 방법으로 살해됐다. 정말 꼴좋다. 그래서 아주 조금 속이 후련해졌다. 하는 수 없다. 오늘 밤도 그자의 사망 기사를 안주 삼아서 술이나 마셔볼까. 그런 생각을 하며 큰길에서 골목으로 들어갔다. 그러자 점차 불빛이 약해지고 주차장도 많아져 사람 그림자가 완전히 끊겼다. 아니다. 10미터 정도 앞쪽, 길 가장자리에 놓인 돌에 구부정하게 앉은 사람 그림자가 하나 보였다.

처음에는 흠칫 놀랐지만 모습으로 보아 아무래도 노숙자 같았다. 점퍼에 달린 모자로 얼굴을 가리고 구깃구깃한 청바지를 입고 발끝이 들린 운동화를 신었다. 옆에는 빈 깡통을 가득 실은 작은 손수레까지 놓여 있었다. 노숙자야 신기할 것도 없지만 항상 자신이 다니는 길에서 보자니 불쾌하기 짝이 없었다. 내일부터 다른 길로 다닐까. 빠르게 지나치려고 했을 때 이변이 생겼다. 노숙자의 상체가 흐트러지더니 길 위로 쓰러졌던 것이다. 그뿐이 아니었다. 노숙자의 오른손이 갑자기 스에마쓰의 바지자락을 붙잡았기에 본의 아니게 걸음을 멈출 수밖에 없었다.

"어이, 이봐요."

붙잡힌 다리를 빼봤지만 노숙자는 붙든 손을 놓지 않았다.

"놓으라니까."

순간 발로 차버리고 지나칠까도 생각했지만 약간의 직업의식이 발동했다. 만약 노숙자가 길에서 쓰러졌는데 다시 살아났을 경우, 자신을 버려두고 가버린 사람을 기억한다면 어떻게 될까. 자칫 경찰이 수사를 해서 노숙자를 버리고 간, 심히 경멸했던 사람이 현역 의사라는 사실을 알면 세상은 어떤 반응을 보일까. 당연히 모두들 선량한 얼굴로 스에마쓰를 비난할 것이다. 상태가 안 좋으면 의사로서 최소한의 응급처치를 하고 구급차를 부르면 되었다. 그러면 자신의 역할은 끝난다. 스에마쓰는 순식간에 이런저런 저울질을 한 뒤 노숙자 쪽으로 몸을 수그렸다. 노숙자 특유의 걸레 썩은 듯한 냄새가 코를 찔렀다. 괜찮아요?, 하고 말을 걸려던 순간 갑자기 노숙자가 스에마쓰의 등 뒤로 돌아갔다. 무슨 일이 일어났는지 판단도 하지 못한 상태에서 스에마쓰의 반응이 늦어졌다. 다음 순간 후두부에 충격이 왔다. 콧속이 이상해지고 숨이 멈추었다. 시야와 사고가 급속히 오그라들었다. 머지않아 의식이 흐릿해졌다.

멀리서 소리가 들렸다. 무미건조하고 거친 기계 소리였다. 천천히 눈을 뜨자 머리 위에 별이 반짝이는 밤하늘이 있었다. 콧구멍에는 풀의 훈김과 기계에 쓰는 기름 냄새가 스며들었다. 순간 스에마쓰는 후두부의 통증이 되살아나 비명을 지를 뻔했다. 하지만 우물거리는 소리만 나왔다. 입안에 이물감이 있었다. 혀끝으로 더듬어보자 콘크리트처럼 깔깔한 헝겊의 질감이 느껴졌다. 녹 맛과 비슷했다. 당장이라도 몽롱해지려는 의식을 필사적으로 이어가자, 점차 뺨에서 바람의 감촉이 느껴졌다. 역시 실외인 모양이었다. 온몸이 덜커덩거리며 울리는 것은 자신이 어디론가 운반되고 있기 때문이었다. 지면의 상황이 직접 전해지기 때문에 분명히 타기에 편안한 것은 아니다. 조금 고개를 움직이자 비닐봉지에 담긴 빈 깡통이 보였다. 천천히 되살아나는 기억 속에 작은 손수레가 있었다. 그렇다, 손수레에 실려 가고 있었다.

몸을 힘껏 비틀어봤지만 생각처럼 움직이지 않았다. 아무래도 뭔가에 몸이 감겨 있는 듯했다. 마디마디에서 저항감이 느껴지는데 분명히 밧줄 따위로 구속되어 있기 때문이었다. 재킷과 신발도 벗겨져 있었다. 통증을 견디면서 간신히 고개를 들자 시야 가장자리에 손수레를 끄는 사람의 머리가 보였다. 어디로 데려가는 거냐? 뭘 하려는 거냐? 큰 소리로 물으려고 했지만 재갈 때문에 전혀 목소리가 나오지 않았다. 목을 조금만 흔들어도 극심한 통증이 밀려왔다. 느껴지는 바람으로 외부라는 점과 풀의 훈김으로 들판이라는 점은 추측했지만 정보는 그뿐이었다. 정신을 잃은 뒤 시간이 얼마나 지났는지도 모르겠다. 후두부의 충격은 분명 구타 때문이었다. 맨손이든, 도구든 간에 강도를 조절하는 느낌은 없었다. 게다가 짐짝을 운반하듯 거칠게 다루는 태도에서 배려 따위는 눈곱만치도 느껴지지 않았다.

새삼 오싹해졌다. 무슨 짓을 당할지는 분명치 않지만 무사히 돌아가지 못하리라는 짐작은 갔다. 당장 스에마쓰는 무슨 말로 목숨을 구걸할지 생각했다. 돈이 목적이라면 지갑을 통째로 줘버리자. 상대가 단지 기분이 안 좋은 거라면 얌전히 얻어맞자. 저항하지 말고 걷어차이기도 하자. 대신 죽이지만 말아달라고 하자. 이 바람을 들어준다면 알몸으로 무릎을 꿇어도 좋다. 아무튼 뭐든지 하자. 상대방이 기분 상하지 않도록 자진해서 신발 바닥을 핥아도 좋다.

다시 목소리를 내려고 했지만 헛된 일이었다. 침이 고인 탓에 미각이 되살아나고 입에 물린 헝겊 맛이 더 잘 느껴졌다. 녹 맛에 섞인 것은 틀림없이 오래된 땀의 짠맛이었다. 반사적으로 구역질이 났지만 역류한 위장 내용물이 코를 막으면 질식하기 때문에 허둥지둥 목구멍쯤에서 멈췄다. 식도에서부터 산미가 느껴져 눈물이 흘러나왔다. 갑자기 공포감이 일었다. 상대방의 의도를 전혀 알 수가 없었다. 애당초 왜 이런 꼴을 당하는 걸까. 선택된 걸까, 아니면 무작위일까. 불안감으로 공포감은 더욱 커졌다. 만약 입안에 재갈이 물려 있지 않았다면 이가 서로 부딪혀 딱딱딱 소리를 내고 있었을 것이다. 이마와 겨드랑이 밑에서 불쾌한 땀이 마구

뿜어져 나오고 있었다.

얼마 안 있어 갑자기 진동이 사라졌다. 손수레가 멈춘 것이다. 곧바로 노숙자의 팔이 뻗칠 것이라고 각오했지만 아니었다. 스에마쓰는 잠시 방치됐다. 다시 고개를 들어봤지만 손수레 벽에 막혀서 주변 상황을 엿볼 수 없었다. 뭔가 절그럭거리면서 쇠사슬이 스치는 소리만 들렸다. 삐걱거리는 문소리가 난 뒤, 쿵쿵거리는 발소리가 다가왔다. 순간 발끝이 들려진 운동화를 떠올리니 온몸이 경직됐다. 하지만 손수레는 다시 움직이기 시작했다. 스에마쓰를 태운 손수레는 지붕이 있는 건물로 들어갔다. 건물이라고 해도 여전히 바람이 느껴지기에 벽이 있다는 생각은 안 들었다. 풀냄새도 그대로였다.

여긴 어디지? 대체 뭐 하는 곳이지? 공포심과 초조감이 뒤섞여 오감이 흐리멍덩한데 비교적 정상을 유지하는 후각이 톱밥 냄새를 식별했다. 제재소? 아니면 건축 자재를 모아두는 곳? 잠시 나아가다가 다시 손수레가 멈추었다. 멈추지 마, 하고 말해봤다. 이동하는 동안은 생존이 보장되니까. 하지만 멈추면 처형될지도 모른다. 극도의 공포로 배 속이 싸늘해졌다. 공포는 사람 몸에서 온도를 빼앗는다는 사실을 새삼 깨달았다. 팽팽하게 당겨진 실처럼 신경을 곤두세우고 있는데 붕 하는 낮은 소리가 울렸다. 덩치가 큰 기계가 가동을 시작하는 소음이었다. 다음에 들려온 소리는 더 으스스했다. 사나운 육식동물의 신음소리와도 비슷한, 느긋하고 낮은 작동음. 그리고 삐걱거리면서 이동하는 컨베이어벨트 소리. 무슨 기계지? 날 어쩌려고? 몸을 잔뜩 움츠리고 있는데 아주 완만한 동작으로 움직이는 노숙자가 보였다. 스에마쓰는 이 대목에서 목숨을 구걸하기로 했다. 하지만 입에 물린 재갈 때문에 전혀 목소리가 나오지 않았다. 눈물만 흐를 뿐이었다. 적어도 의사 표시라도 하자는 생각에 몸을 비틀었지만 역시 잘 안 됐다. 노숙자는 스에마쓰의 발버둥 따위는 전혀 개의치 않고 그의 몸을 어깨에 둘러멨다. 손수레에서 들려나오자 자신이 어디에 있는지 알 수 있었다. 폐자재가 쌓여 있고 콘크리트 바닥에 톱밥이 널려 있었다. 역시 제재소 같았다. 단 작업장이라기보다는 자재를 보관하는 장소인지 기둥 몇 개가 지붕을 떠받치고 있고 벽은 없었다.

기계 소리는 노숙자가 향하는 곳에서 나오고 있었다. 기계 모양을 직접 본 순간, 스에마쓰는 눈이 휘둥그레졌다. 하늘을 향해 여덟 팔(八)자가 뒤집힌 모양으로 크게 벌어진 투입구가 있었다. 배출구에서부터 뻗어 있는 긴 벨트가 삐걱거리면서 흘러갔다. 더 다가가자 투입구 중심이 또렷이 보였다. 좌우에서 회전축이 천천히 돌면서 사이에 끼워진 물건을 산산이 분쇄하는 구조였다. 조금 전에 들은 육식동물의 신음소리는 회전축이 돌아가는 소리였다.

순간적으로 노숙자의 의도를 간파하자 스에마쓰의 머리는 격렬하게 아우성쳤다. 그만해. 분비를 담당하는 신경이 망가졌는지 공포만 느끼는데도 눈물과 콧물이 쉴 새 없이 흘러나왔다. 아무리 저항해도 노숙자는 전혀 개의치 않고 한 걸음씩 파쇄기로 다가갔다. 안기도 불편한데 굳이 머리를 앞에 둔 이유는 이 지옥의 가마를 직접 보여주고 싶었기 때문이라는 생각밖에 안 들었다.

그만! 바람은 공허했다. 노숙자는 스에마쓰의 몸을 180도 회전시켜 발가락부터 파쇄기 속에 내던졌다. 느릿한 움직임이지만 두 회전축은 절대 먹잇감을 놓치지 않았다. 스에마쓰의 왼쪽 다리를 꽉 붙잡고 축 안으로 끌어들였다. 우둑. 양말째 새끼발가락이 으깨져 스에마쓰는 소리 없는 비명을 질렀다. 우두둑 우두둑. 철강으로 된 이와 엄니가 말절골(손, 발가락의 끝마디 뼈-옮긴이), 중절골, 기절골의 순서로 살과 뼈를 으깼다. 뇌가 처리하지 못할 정도의 격통이 밀려오고 스에마쓰는 의식을 잃기 직전까지 갔다. 하지만 용케 실신은 안 했다. 회전축은 착실하게 발끝을 삼키고 이윽고 즐기듯 발허리 뼈, 그리고 발목뼈까지 으깨기 시작했다. 우둑우둑 우두둑 우두두둑.

얇은 피부가 찢기고 살이 뭉개지고 뼈가 으스러지는 것이 통각과 절망으로 변환되어 뇌로 전달됐다. 빨리 기절하길 애원했지만 뇌에 전달되는 신호에 상한이라도 있는지 오감은 끊기면서도 유지되었다. 제발. 이제 죽여줘. 얼굴에 핏방울이 튀었다. 끈적한 점착성의 감촉. 눈으로 들어갔는지 우측 시야가 붉은 반점으로 물들었다. 마침내 왼쪽 발목부터 잘근잘근 씹히고 파쇄기는 드디어 종아리뼈와 정강이뼈를 으스러뜨리기 시작했다. 우둑우둑 우두둑 우두두두둑. 죽여줘 죽여줘 지금 당장 제발 죽여줘 죽여줘. 스에마쓰의 소리 없는 절규는 그후로도 몇 분 동안 이어졌다.

2

12월 4일 오전 5시 48분, 사건을 접수받은 고테가와는 조수석에 앉은 와타세와 함께 현장으로 향했다. 장소는 사이타마시 이와쓰키구 이와쓰키오아자, 모토아라카와강 인근의 제재소였다. '개구리 남자가 엮인 것 같은' 시체가 발견됐다는 신고가 들어와 와타세 반에 비상이 떨어진 것은 새벽 4시 13분. 고테가와는 한창 자는데 잠을 깨웠다며 불평했지만, 피해자 이름이 '스'로 시작된다는 말을 들은 순간, 졸음이 싹 달아났다.

"아마 이름이 스에마쓰였죠? 한데 그것만으로 개구리 남자 범행이라고 단정지어도 될까요?"

"범행성명서가 현장에 남아 있었나 봐."

와타세가 반쯤 뜬 눈으로 답했다. 옆에서 보기에는 반쯤 자는 것 같지만 오랫동안 알고 지낸 고테가와가 보기에는 충동을 열심히 억누르고 있는 상태였다. 아직 상황 파악을 못 했지만 와타세가 먼저 입을 열지 않는 이상, 물어도 소용없었다. 고테가와는 입을 다물고 운전에 전념했다. 현장에서는 아직 날도 밝지 않았는데 관할 경찰서인 이와쓰키경찰서의 수사관들이 이미 도착해 있었다. 제재소라고 하지만 공장 같은 건물은 100미터나 떨어져 있고, 빈터에는 함석 지붕을 얹은 건물이 있을 뿐이었다.

관할 경찰서 형사들의 움직임이 묘하게 느릿했다. 아무리 이른 아침이라고 해도 무리지어 이야기만 나눌 뿐 기민함은 조금도 없었다. 그래도 와타세는 투덜거리지 않고 그들 쪽으로 다가갔다. 순간 풀의 훈김에 섞여 이상한 냄새가 콧속으로 들어왔다. 톱밥과 피, 그리고 고기 냄새. 고테가와는 붉은 피로 물든 살해 현장을 목격할 각오를 다졌다.

현장을 지휘하던 사람은 강력계의 사기야마라는 남자로 몹시 긴장한 얼굴이었다.

"와타세 경부님. 시신을 보시겠습니까?"

빤한 것을 묻는다고 생각했다.

"검시가 벌써 끝났습니까?"

"일단은…… 하지만 그 시신은 좀."

"일단 봐야 뭘 해도 할 것 아닙니까?"

"아침을 못 드시게 될 텐데요."

사기야마는 마지못한 표정으로 파란 시트를 젖히며 와타세와 고테가와에게 말을 건넸다. 처음 보는 고테가와도 이 기계가 폐자 재를 분쇄하는 장치라는 것은 알았다. 그런데 여덟 팔 자가 뒤집힌 모양의 투입구를 본 순간 아무 생각도 할 수 없었다. 안에 있는 남 자는 상체만 드러내고 있었다. 명치 부근부터 아래는 회전축에 말 려들어가서 보이진 않지만 틀림없이 결딴나 있었다. 남은 상체는 조금 더러운 천으로 묶여 있었던 듯한데 이 천도 거의 풀려서 시 체의 파쇄 면을 드러내고 있었다. 회전축을 중심으로 살점과 내장 이 투입구에 사방팔방으로 튀어 있었다. 피는 말할 것도 없이 피해 자 얼굴에도 튀어 있었다. 내용물뿐만 아니라 살점이 탄 듯한 냄새 에 분변 냄새가 더해져서 자극적인 냄새를 풍겼다.

고테가와는 맹렬한 냄새에 절로 고개를 돌렸지만 그쪽에 펼쳐 진 광경은 더 처참했다. 정지된 컨베이어벨트에 육체의 파편이 길 게 이어져 있었다. 옷이며 피부, 살점, 그리고 지방. 뼈도 완전히 산 산조각 나서 무시무시하게 으깨진 상태로 흘러가고 있었다. 갑자 기 음산한 소리가 들렸다. 톡 톡, 규칙적으로 시간을 새기는 물방 울 소리. 주의를 기울여 소리의 정체를 알아냈다. 벨트 양 끝에서 엄청난 양의 피와 체액이 서로 뒤섞여 떨어지고 있었다. 아무리 그 렇더라도 와타세 앞에서 시선을 돌릴 수가 없어 버티고 있었더니 위 속에서 무언가 역류해왔다. 고테가와는 구토하기 직전 목구멍 에서 억눌렀다.

"처음 발견하고 신고한 사람은 제재소 주인입니다."

사기야마는 고테가와가 허둥거리는 모습을 흘낏 보고 말을 꺼 냈다.

"보시다시피 공장과 집은 떨어져 있습니다. 오전 4시경에 파쇄기 소리에 잠에서 깨어 달려왔다가 시체를 발견했다고 합니다."

와타세는 꼼짝하지 않고 서서 사기야마의 이야기를 들으면서도 시신을 향한 눈길을 거두지 않았다. 꼼짝도 하지 않았다. 가끔 이 남자는 감각의 일부가 마비되지 않았나 싶었다.

"검시관 판단은 어떻습니까? 사후 출혈치고는 양이 많은데."

"절단면에 생활반응이 있었던 모양입니다. 이 남자는 살아 있는 상태에서 파쇄된 겁니다."

와타세의 미간 주름이 한층 깊어졌다. 아니, 분명히 고테가와 자신도 얼굴을 찌푸리고 있겠지만 표정근이 반응하기 전에 마음이 먼저 거부반응을 보였다. 상당히 둔감한 사람이라 해도 살아 있는 상태로 발끝부터 천천히 으스러지는 것이 얼마나 큰 공포와 절망을 안겨줄지 상상할 수도 없었다.

"살아 있었다면 살려달라고 소리칠 수도 있었을 텐데요?"

"지금은 제거했지만 처음 발견됐을 때는 입 속에 마른걸레가 들어 있었어요. 조금 전까지 벨트에 있던 잔해를 분류했는데 분명 몸을 구속하는 데 사용한 것으로 보이는 밧줄도 수거했습니다."

처참한 잔해 속에서 밧줄 조각을 수거하는 수사관들을 생각하면 동정을 금할 수 없었다.

"또 있습니까?"

"일단 이게 있습니다. 파쇄기 밑에 놓여 있었습니다."

사기야마는 비닐봉지에 든 종이 한 장을 내밀었다.

얼마나 해야 개구리는 죽을까.

발끝부터 천천히 온몸을

부숴보면 알 수 있을까. 실험

해보자. 작은 절구방망이로 열심히

으깨는 거야. 살아 있는 것이 점점

물감처럼 돼간다. 이것으로

그림을 그려볼까.

이제는 아주 익숙해진 글씨와 글이지만, 이번이 정말 최악이었
다. 문맥으로 추측건대 컨베이어벨트에 펼쳐진 피범벅의 만다라
형상은 개구리 남자의 예술작품이었다.

"저속 회전축이군, 이건."

와타세가 불쑥 중얼거리자 사기야마가 무슨 말이냐고 되물었다.

"이건 2축 파쇄기 중에서도 회전축이 강한 기종입니다. 일반적
인 목재분쇄기는 깨끗이 절단하지만 이것은 고철이 들어 있는 폐
자재를 처리하는 기계라서 주로 접거나 잡아 찢는 일을 하죠. 그런
일은 고속 회전보다 저속 회전이 더 알맞아요."

언제나 그렇듯이 잡학을 늘어놓았다. 익숙한 고테가와는 고개만
끄덕였지만 사기야마는 깜짝 놀란 눈으로 와타세를 쳐다봤다.

"저속이지만 양축으로부터 도망칠 수가 없습니다. 보세요. 양축
모두 날이 나선 모양 아닙니까?"

"네에."

"나선 모양이라서 한번 빨려 들어가면 빠져나올 수가 없습니다.
설령 피해자의 양손이 자유롭다고 해도 스스로 다리를 절단하지
않는 이상 나올 방법이 없죠. 그리고 저속 회전이라서 파쇄력의 강
도와 반비례해서 작동음은 낮습니다. 안채가 저 정도로 떨어져 있
으면 알아채지 못했을 겁니다."

"알아채지 못했을 거라니 무슨 말입니까?"

"이 파쇄기로 사람 한 명 갈아버리는 데 5분도 안 걸리죠. 그렇지 않아도 배가 으스러진 시점에서 이미 사망했을 겁니다. 범인은 그걸 확인한 다음 전원을 끄고 유유히 부지에서 빠져나간 겁니다. 진입로는 저 철망으로 된 문 쪽이죠?"

"네, 열쇠 대신에 철사로만 묶어뒀습니다. 마치 침입해달라고 하는 식이네요."

"파쇄기 말고는 훔쳐갈 물건도 없습니다. 이 파쇄기는 일반인도 전원 스위치와 시동 버튼은 알아볼 수 있는 구조입니다. 이래저래 범인에게 알맞았던 거죠."

"와타세 경부님, 범인이 피해자의 사망을 확인한 뒤 스위치를 껐다고 하셨잖습니까? 수고스럽게 왜 그랬을까요? 군이 파쇄기를 끌 필요 없이 그냥 자리를 뜨면 되지 않았을까요?"

"거기 쓰여 있는 대로입니다. '얼마나 해야 개구리는 죽을까.'"

실험이라고 부르며 반 장난으로 사람을 산 채로 갈아 으깼다……. 고테가와는 이번에야말로 견디지 못하고 밖으로 뛰쳐나갔다. 풀밭을 빠져나가 강이 보이는 곳에서 거하게 토했다. 지독한 냄새와 완전히 으깨진 시체 때문에 토한 것이 아니었다. 마치 사람을 장난감처럼 다루는 지독한 악의에 생리가 뒤집혔던 것이다. 부끄러운 마음으로 돌아오자 관할 경찰서 수사관과 눈이 마주쳤다. 동정하는 듯한 시선이었다. 자기도 똑같이 토했기 때문일까. 와타세와 사기야마는 아직도 이야기를 나누고 있었다.

"피해자 웃옷과 신발, 그리고 가방은 부지 밖에 방치되어 있던 손수레에서 발견됐습니다. 피해자는 '구루미자와 병원'에서 일하는 의사, 스에마쓰 겐조, 35세. '구루미자와 병원'은 히가시이와쓰

쿠역 앞에 있는 종합병원으로 여기서 10킬로미터 정도 떨어져 있습니다."

"10킬로미터. 손수레를 끌고 걸으면 세 시간 정도 걸리겠군요."

"역시 손수레로 운반했다고 생각하십니까?"

"일련의 사건에는 노숙자의 그림자가 언뜻 내비치고 있거든요. 노숙자 모습을 하고 있으면 밤중에 손수레를 끌어도 아무도 이상하게 생각 안 합니다. 빈 깡통 더미 밑에 사람 한 명쯤 숨기는 일이야 우습죠."

"복장으로 보아 병원에서 퇴근하던 길에 습격당했을 가능성이 큽니다. 범인이 미리 손수레를 준비해뒀다면 대상을 기다리고 있었다고 봐야겠군요."

사기야마가 돌연 목소리를 낮췄다. "와타세 경부님은 아까 본 범행성명서가 진짜라고 생각하십니까?"

"십중팔구 틀림없을 겁니다."

어라, 하고 고테가와는 생각했다. 거칠어 보이면서 신중한 와타세가 꽤나 과감하게 발언했기 때문이다.

"역시 피해자 이름이 '스'로 시작하기 때문입니까?"

"아뇨, 이미 스에마쓰 씨는 개구리 남자 사건에 간접적으로 관련돼 있거든요. 4년 전, 마쓰도에서 모녀 살해 사건이 일어났어요. 당시 17세의 후루사와 후유키라는 사람이 체포됐지만 에토 변호사가 요청한 정신감정 결과, 범행 당시 정신분열증이 있었다고 판단되어 형법 제39조가 적용됐습니다. 그때 정신감정을 담당한 사람이 이전부터 에토 변호사와 알고 지내던 스에마쓰 겐조입니다."

고테가와는 바짝 긴장했다.

"이번에 마쓰도시에서 오마에자키 교수님 집이 폭파된 사건이 발단이 됐지만, 교수님은 스에마쓰와 관련된 데이터를 대학노트에 남겨뒀을 가능성이 높습니다. 범인이 집을 폭파했을 때 대학노트를 가져갔을 가능성도 높고요. 개구리 남자가 찾아 헤맬 대상이 '사'행으로 옮겨갔을 때 스에마쓰는 아주 좋은 사냥감이 됐을 겁니다. 피해자 본인이 자각했는지는 모르겠지만."

사기야마의 낯빛이 확 바뀌었지만 와타세는 아랑곳하지 않고 말을 이었다.

"유류품인 손수레를 볼 수 있습니까?"

와타세와 고테가와는 부지의 구석진 데로 안내되었다. 깡통을 쌓아놓은 손수레는 상당히 오래돼서 대형 쓰레기로 내놓을 만도 한데 바퀴 주변이나 손잡이를 손질해 사용하고 있는 듯했다.

"이것은 파쇄기와 같이 감식반으로 가져가겠습니다. 혹시 경부님이 뭔가 봐두실 부분이 있습니까?"

파쇄기도 같이 반출한다고 해서 놀랐지만 생각해보면 시체가 회전축에 휘감겨진 상태라서 억지로 떼어낼 수도 없었다. 벨트로 배출된 살점 이외에도 파쇄기 내부에 잔류물이 있을 터였다. 정신이 아찔해질 이야기지만 장치를 분해해서 살점과 지방분도 제거해야 했다. 상상만으로도 침울해지는 작업이었다. 주인 입장에서는 부품을 전부 씻어내도 다시는 근처에 두고 싶을 리가 없었다. 와타세는 잠시 손수레를 관찰하더니 이내 싫증난 듯 시선을 홱 돌렸다.

"특별히 없습니다. 바퀴 홈에 남은 흙으로 원래 있던 장소를 추측할 수는 있겠군요. 아마 노숙자들이 모인 곳일 겁니다."

"유감스럽게도 새로운 지문은 채취하지 못한 듯합니다."

"그럴 겁니다. 날이 이렇게 추우니 누구라도 장갑을 낄 테니까요. 훔친 물건이니까 당연히 범인의 잔류물이 채취될 가능성은 낮을 겁니다."

와타세가 마치 남의 일처럼 대답해버리자 사기야마는 당혹스러움을 감추지 못하는 모습이었다. 당연했다. 범인과 연결돼 있을 가능성을 잇달아 배제해버리니 과학수사를 전적으로 신뢰하는 입장에서는 당혹스러울 터였다.

"가자."

와타세는 흥미를 잃었는지 승용차를 세워둔 곳으로 걸어갔다.

"다 끝났습니까?"

"끝나고 말고 할 게 뭐 있어? 현경본부에서 급히 달려온 형사가 그런 추태를 보였어. 필요한 질문만 하고 도망치듯이 가버려야지."

얼굴에서 불이 나는 듯했다.

"그 정도 손상에 아직도 익숙해지지 못했나?"

"시체에는 이럭저럭 견뎠잖습니까."

"흠, 도마 가쓰오의 심리와 악의에 질려버렸다는 얘기군."

"그건 사람이 할 짓이 아닙니다."

"이제 와서 무슨 잠꼬대 같은 소리야."

와타세는 고테가와를 보려고도 하지 않았다.

"사람이니까 그런 짓을 하는 거야."

스에마쓰의 시신은 우라와대학 법의학교실에서 부검했지만 새로 드러난 사실은 많지 않았다. 기껏해야 혈당치가 높고 체내에서 수면제나 유사 약물이 전혀 검출되지 않았다는 정도였다. 사인도 출혈 과다로 인한 쇼크사로 추정되었다. 산 채로 갈아 으깨졌다는 사실이 입증되었을 뿐이다. 부검을 한 미쓰자키 교수의 말을 빌리면 '해부할 부위도 없고 의학적 재미도 없는 시시한 집도'였던 모양이었다.

예상대로 손수레에서는 신원을 알 수 없는 지문과 모발이 산더미처럼 채취됐지만 감식반의 보고로는 분류하고 분석하는 데 상당한 시간이 걸린다고 했다. 스에마쓰를 결박하는 데 사용된 천과 밧줄, 걸레에서는 하나같이 마타리의 꽃가루가 채취됐다. 마타리는 다년초로 개화 시기는 8월부터 10월, 시신 발견 장소와 가까운 모토아라카와강 부지에 많이 번식하는 잡초다. 이로써 밖에 방치돼 있던 손수레를 이용한 거라는 견해가 우세해졌다.

수레바퀴 홈에서 채취한 흙을 분석한 결과도 마찬가지였다. 우선 잿빛을 띤다는 점에서 습윤한 장소이고, 마타리의 꽃가루가 아주 조금 포함됐다는 점에서 천이나 밧줄과 마찬가지로 모토아라카와강 부근에서 손수레가 사용됐을 가능성이 높았다. 말로는 그냥 모토아라카와강 부근이라지만 엄청나게 넓어서 장소를 특정하기에는 시간이 필요하다고 했다. 또 현장에 남아 있던 개구리 남자의 범행성명서의 필적 감정을 한 결과 이전 범행 현장에 남아 있던 필적과 일치했다.

4일 이른 아침, 피해자의 직장인 '구루미자와 병원'에 진술을 들으러 간 사람은 와타세와 고테가와였다. 찾아온 이유를 말하자 접수처 여성은 순식간에 얼굴빛이 바뀌더니 당장 원장에게 전해주었다. 허둥거리기는 구루미자와 원장도 마찬가지였다. 백발을 뒤로 넘긴 당당한 풍채를 자랑하는 남자였지만 응접실로 들어올 때에는 완전히 당황한 모습이었다.

"스에마쓰 겐조 씨는 오늘 아침 타살 시체로 발견됐습니다."

이럴 때 와타세가 말을 꺼내는 방법은 대단하다고밖에 할 수 없었다. 전해도 되는 정보만 주고 상대가 생각할 여지를 주지 않았다. 아니나 다를까, 구루미자와는 혼이 빠진 듯 소파에 털썩 주저앉아버렸다.

"방금 타살이라고 하셨나요? 확정된 겁니까?"

"그렇습니다. 적어도 사고나 자살 가능성은 아주 낮습니다. 단도직입적으로 묻습니다만, 병원에서 스에마쓰 씨의 인간관계는 어땠습니까?"

"스에마쓰 선생에게 원한을 품은 사람이 이 병원에 있었냐는 겁니까?"

"어떻게 받아들이셔도 상관없습니다. 아니면 보기 드문 인격자로 모든 사람들의 신망을 받고 있었습니까?"

"이미 죽은 사람인데 명예를 실추시키고 싶지는 않습니다."

이 말과 함께 구루미자와는 얼굴을 찌푸렸다. 무심코 본심이 드러나버린 꼴이었다.

"피해자에 대한 정확한 정보 제공은 명예를 실추시키는 것이 아닙니다. 덕분에 수사가 진전되면 추모하는 의미도 있습니다."

"그쪽 형편에 상당히 유리한 변명처럼 들리는군요."

"변명은 대개 어느 한쪽에 유리한 법이죠. 저희 경찰에게 유리하면 공익이라고 하지만요."

"스에마쓰 선생에게 원한을 품은 직원은 없었습니다. 질투 받을 일도 없었고."

"덧붙이면 부러움을 살 일도 없다. 아무것도 없는 사람을 질투하는 사람은 없으니까."

"무슨 말씀이신지……?"

"스에마쓰 선생은 4년 전, 한 재판에서 주목을 받은 적이 있었습니다."

구루미자와의 눈썹이 살짝 올라갔다.

"온 일본이 주목한 재판이었으니까 스에마쓰 선생 자신도 상당한 홍보 효과를 누렸을 겁니다. 이름이 알려지고 환자가 늘어나면 개업도 할 수 있고요. 그럼에도 스에마쓰 선생은 계속 이곳에서 의사로 일했습니다. 욕심이 없는지, 기회를 잡는 재능이 없는지, 아니면 충분한 투자금을 모을 정도의 신망이 없었는지."

말을 함부로 하는 것 같았지만 와타세에게 이는 리트머스 시험지와도 같았다. 어떤 반응을 보이느냐에 따라 상대가 화제의 주인공에게 어떤 감정을 품고 있는지를 순식간에 파악할 수 있다.

"형사님 말씀을 들어보면 월급쟁이 의사는 어떤 일이 있어도 독립해야 할 것 같군요."

"호오, 스에마쓰 선생은 자기 처지에 만족하고 있었다는 겁니까? 예전에 스에마쓰 선생의 인터뷰 기사를 본 적이 있는데, 이 병원 이름은 전혀 언급하지 않았습니다. 굳이 말하자면 자기주장이 강하고 실리를 챙기고 싶어 하는 마음이 명백히 드러났죠. 어쩌면 이 병원을 넘겨받을 생각이었던 걸까요."

구루미자와는 불쾌한 듯 입술을 일그러뜨렸다.

"내 병원을 넘겨받는다? 흠, 난 딸도 없고 설령 있다고 해도 스에마쓰 선생한테는 절대 맡기지 않았을 겁니다."

"스에마쓰 선생에게는 뭐가 부족했습니까?"

"방금 형사님이 지적한 모든 것이죠."

죽은 사람에 대한 배려는 이미 잊어버렸다.

"인술이라는 말은 지금도 건재합니다. 공리주의, 배금주의에 빠진 사람을 존경하고 신뢰하는 사람은 없습니다."

"스에마쓰 선생을 두고 하는 말입니까?"

"특별히 스에마쓰 선생을 가리킨 것은 아닙니다. 그냥 일반론이죠."

"하지만 스에마쓰 선생은 존경도 신뢰도 얻지 못했다. 즉, 원한을 살 가치도 없었다는 겁니까?"

"의사도 여러 종류가 있다는 겁니다."

"개업할 마음이 없었다면 틀림없이 근무 태도는 성실했겠군요."

구루미자와는 불쾌한지 여전히 입을 일그러뜨리고 있었다.

"성실하게 근무했다면 심료내과도 통원 환자가 좀 더 많았을 겁니다."

"그렇다면 성실하지 않았다?"

"정신과에는 정신과 특유의 문제가 있습니다. 신체의 질병이나 외상과 달리 완치가 없으니까요."

"그렇죠. 관해라고 하더군요."

호오, 하고 구루미자와는 감탄한 얼굴을 했다.

"증상이 완화되어 일상생활에 지장이 없더라도 재발 가능성이 있기 때문에 병원과 집을 오갈 때는 물론이고 이후에도 돌봄이 필요한 분야라고 들었습니다."

"형사님께서 이해해주시니 고맙군요. 그렇습니다. 심료내과는 진찰에 끝이 없습니다. 그런데 스에마쓰 선생의 진료는 다소 난폭하다고 해야 하나, 변덕스러운 면이 있어서 환자가 붙어 있지 못하고 다른 의사에게 가버리는 일이 많았습니다."

옆에서 듣는 고테가와도 구루미자와의 불만이 잘 이해되었다. 다른 의료 분야도 마찬가지지만 특히 정신과 치료에서는 의사와 환자 간의 신뢰가 중요하다. 환자가 믿지 않는다면 주치의는 실격이다.

"정작 본인은 더 많은 환자를 받을 수 있게 된다고 큰소리쳤지만, 그건 의사로서 올바른 사고방식이 아닙니다. 병원이 파친코나 찻집도 아니고."

"서로 대립하고 계셨던 겁니까?"

"대립이라고 할 정도는 아닙니다. 단순한 의견 차이죠."

그럴 것이다. 병원장과 일개 고용 의사는 입장이 다르고 영향력도 다르다. 대등하게 맞서는 구도가 성립될 리 없다. 그런데 다음 순간, 와타세는 전혀 다른 생각을 했었다는 사실에 놀랐다.

"그렇군요. 그렇다면 병원 내에 스에마쓰 선생에게 원한을 품은 사람이 없다고 해도 예전 환자 중에는 있을지도 모르겠군요."

이 말이 구루미자와에게는 아주 의외였던지 깜짝 놀란 빛을 보였다.

"형사님, 설마 통원 환자의 진료기록카드를 원하시는 겁니까?"

격앙된 감정을 간신히 억누르고 있는 모습이지만 그렇다고 기가 꺾일 와타세가 아니었다. 태연히 소파에 몸을 맡긴 채 얼굴색 하나 안 바꿨다.

"저희한테 그런 명령을 내릴 권한은 없습니다. 단 구루미자와 원장님, 머지않아 신문이나 텔레비전에 보도되겠지만 스에마쓰 선생은 입에 담기도 어려운 방법으로 살해됐습니다. 흔히들 범인의 정신 상태를 의심하게 되는 살해 방법이죠. 세상 사람들은 함부로 말하는 법이니까요. 확고한 증거가 없어도 스에마쓰 선생이 심료내과를 담당하고 있었다는 사실만으로 통원 환자들을 색안경 끼고 쳐다보는 사람이 나올 겁니다."

그렇게 되면 다른 과의 환자까지 줄어들어도 이상할 것이 없었다. 남의 말도 석 달이라고 하지만, 석 달이나 환자들이 오지 않으면 병원 경영은 심각한 타격을 입는다. 이 사람은 얼마나 교활한지 제 입으로 협박조의 말은 하지 않으면서도 의도한 효과를 잘도 얻어낸다. 새삼 감탄하지 않을 수 없었다. 구루미자와는 어려운 문제에 부딪힌 학생처럼 난감하고 초조한 얼굴이 되었다.

"지금은 때가 아니지만 조만간 그런 정보가 필요해질시도 모릅니다. 그때 협력해주시면 사건을 해결하는 데 큰 도움이 될 겁니다. 그럼 이만 실례하겠습니다."

와타세는 응접실에서 나와 고테가와에게 등을 돌린 채 중얼거렸다.

"뭔가 하고 싶은 말이 있는 얼굴이던데."

"그렇게 몰리면 누구나 그런 표정을 하지 않겠습니까?"

"원장 말고, 너 말이야."

말문이 막혔다. 상대하던 구루미자와뿐 아니라 고테가와의 모습까지 관찰하고 있었던 걸까.

"네가 무슨 생각을 했는지는 대충 알겠어. 그치만 이쪽도 모양새를 따질 상황이 아니야."

순간 귀를 의심했다. 이 남자가 웬일로 초조해하고 있었다.

나중에 와타세와 고테가와가 병원에서 기록을 확인해보니 스에마쓰는 12월 3일 밤 10시 30분에 병원을 나섰다. 병원에서 스에마쓰가 사는 맨션까지는 도보로 10분이 걸리는데 우편함에 3일분의 우편물이 남아 있는 걸로 보아 아무래도 퇴근 중에 습격을 당한 듯했다. 이 정보를 전달받은 이와쓰키경찰서의 수사관이 탐문수사를 계속하고 있지만 눈에 띄는 성과는 얻지 못하고 있었다. 그런데 수사본부가 고민에 빠질 상황이 벌어졌다. 어디서 기삿거리를 가져왔는지 처음에 스에마쓰의 사건을 개구리 남자와 엮어서 보도한 신문은 역시《사이타마일보》였다. 최전선에서 취재하던 오노우에는 여전히 병실 침대에 누워 있지만 그래도 기사를 1면에 배치한 것은 장하다고 할 만했다. 고테가와가 봐도 기사의 문장에서는 오노우에의 기사와 달리 악한 기운이 느껴지지 않았고 자극적인 제목도 달지 않았을뿐더러 선정적이지도 않았다. 그런데 반향은 엄청났다.

> 폭발, 용해, 역단(轢斷: 열차 등이 사람이나 동물을 치
> 어서 몸을 절단 내는 것-옮긴이) 등 아주 심상치 않은 사
> 건이 이어지더니 결국 이번에는 파쇄 사태가 일어났다.

물론 신문지면에 구체적으로 묘사되진 않았지만 목재분쇄기에서 시체가 발견됐다는 문장에서 상상력이 풍부한 독자라면 당장에 상황을 떠올릴 수 있었다. 다른 신문에 앞서 '새로운 개구리 남자 제4의 사건'이라고 제목을 붙인《사이타마일보》는 또다시 시민들의 불안감을 부추기는 형태로 판매부수를 늘렸다. 하지만 이는 다음에 닥칠 소란에 비하면 입가심에 불과했다. 진짜 공포는 조용히, 그리고 착실히 다가오고 있었다.

와타세 반에 속한 형사가 인터넷에서 먼저 발견한 것을 와타세에게 보고했다. 고테가와가 대체 무슨 일인가 하고 지켜보는 가운데 형사실에 와타세의 저주가 울려 퍼졌다.

"내 그럴 줄 알았어. 이 망할 놈의 새끼."

와타세의 등 뒤로 가서 화면을 들여다본 고테가와의 몸이 뒤집

어졌다.

뭐야, 이건.

'개구리 남자의 대활약'이라는 태그가 달린 사이트에 사진이 넉 장 게시되어 있었다. NO. 1은 오마에자키 집 현장으로 살점이 널려 있었다. NO. 2는 엷은 황색 액체로 가득 찬 탱크에 떠 있는 사토의 상체. NO. 3는 선로에 흩어진 옷과 혈육의 잔해. 그리고 NO. 4는 투입구 가장자리에서 피가 떨어지는 확대된 파쇄기. 흘끗 본 순간 실제 광경이 되살아나고 다시 구역질이 나올 것만 같았다. 대체 누가, 언제 이런 사진을 찍은 걸까. 형용할 수 없는 분노가 부글부글 끓어올랐다. 말로만 늘어놓아도 경멸할 짓거리인데, 사진까지 공개해서 흐뭇해하고 있었다. 이건 유쾌범(세상을 떠들썩하게 해서 쾌감을 얻는 범죄자-옮긴이)도 아니고 차라리 악마였다. 넉 장의 사진에 달린 댓글은 1,475개에 달했다. 올린 지 약 세 시간이 지났는데 댓글 개수만 봐도 상당한 반향이었다. 빤한 댓글들은 보고 싶지도 않았다.

"반장님, 한시라도 빨리 사진 출처를 알아내시죠."

고테가와가 어깨 너머로 말을 걸자, 와타세는 눈을 번득이며 돌아봤다.

"이건 현장에 있었던 사람만이 찍을 수 있습니다. 그러니까 사진을 흘린 인간은 관계자 중에……"

"앞서가지 마라, 멍청아."

와타세의 손가락이 NO. 1과 4의 사진을 번갈아 툭툭 쳤다.

"잘 봐. NO. 1은 살점이 사방으로 날아 흩어진 것처럼 가공했어. NO. 4는 파쇄기 색도 다르고 기종도 달라. 떨어지는 혈액도 뽀샵질을 한 거야."

두 장의 사진을 자세히 들여다보니, 과연 기억하고 있던 광경과 달랐다. 이른바 뽀샵질을 한 부분도 자세히 보면 주변과 어울리지 않았다.

"NO. 2는 사토 본인 목이 찍혔으니까 진짜야. 아마 공장에 있던 직원이 구마가야경찰서에서 도착하기 전에 찍어서 올렸을 거야. NO. 3도 마찬가지고. 간다역에서 사건이 발생했을 때 선로에 있는 시체를 본 사람이 몇백 명이나 돼. 그중 몇십 명은 그걸 휴대전화로 찍어 동영상 사이트에 올렸어. 이 사이트를 만든 망할 놈은 이미 인터넷에 있던 NO. 2와 NO. 3의 사진을 가져왔고 NO. 1과 NO. 4는 날조한 거야."

와타세는 화가 나는지 화면을 손등으로 쳤다.

"위계에 의한 업무방해죄든 경범죄든 아무래도 상관없어. NO. 2와 NO. 3의 사진을 올린 놈들과 NO. 1과 NO. 4를 날조한 인터넷 폐인 머저리들을 잡아들일 테니."

"하지만 반장님, 그런 송사리를 잡겠다고 인원을 투입할 때가 아니……."

"송사리 짓이지만 악영향이 너무 커. 본보기든 일벌백계든, 이런 멍청이들은 바로 본때를 보여줘야 해. 불안감과 공포심이 더 이상 확산되기 전에 말이지. 너, 한노시에서 무슨 일이 있었는지 벌써 잊었냐?"

잊을 리가 없다. 공황에 빠진 시민들이 폭동을 일으켜 형사들이 경찰사를 지키고 있어야 했다. 고테가와 자신도 엄청난 부상을 입었다.

"그때와 같은 분위기야. 범행 대상이 되는 장소와 사람이 확산돼서 정도가 약할 수는 있어. 하지만 범죄 자체가 아니라 개구리 남자의 그림자에 떠는 시민들의 심리 때문에 일이 복잡해진다고. 개구리 남자가 아니라 의심이 귀신을 낳고 망상이 다른 사건을 불러 일으킨다고."

"아니, 반장님, 그때는 여러 요인이 겹쳐서……."

"내가 기리시마에게 한 말 기억 안 나냐? 나는 이 나라 사람들을 무조건 믿진 않아. 분명 일본인은 기본적으로 예의가 바르고 섣부르게 폭동을 일으키지 않지. 그런데 말이야, 굳이 한노시 예를 들지 않더라도 일정한 조건에 놓이면 사람은 이성을 잃어. 판단력도 잃어. 자제심도 잃고."

"또 그런 폭동이 일어난다는 겁니까?"

"한 지역에서 일어나는 폭동이라면 그래도 괜찮아. 맘만 먹으면 현경이 진압할 수 있어. 하지만 수도권 전역, 아니 일본 전체로 폭동이 확산되면 어떻게 될까?"

아무리 그래도 이건 과대망상이다. 웃어넘기려고 했지만 와타세의 표정을 보니 그럴 수가 없었다. 너무 심각했다.

"사람은 말이야, 미칠 때는 자각 증상이 없어. 일본은 야마토다마시(大和魂: 일본 고유의 정신, 지혜를 가리키는 용어-옮긴이)가 있어서 전쟁에서 지지 않는다, 땅값과 주가는 영원히 오른다라는 소리가 무슨 법칙처럼 통했어. 조금만 생각하면 말도 안 되는 헛소리임을 알 텐데 말이야. 전쟁을 시작할 때 쌍수를 들고 찬성한 인간들, 버블 사태에 춤을 춘 인간들도 그때는 진심으로 잘했다고, 옳다고 믿었어. 한 개인이 아니고 한 지자체도 아니야. 일본이라는 나라 전체가 허구를 믿고 왜곡된 논리를 따랐던 거야. 그것이 이번 개구리 남자 사건에서 반복되지 않는다는 보장은 어디에도 없어."

웃어넘기려 했으나 자기도 모르게 자세를 가다듬었다. 백번 맞는 말이다. 고테가와는 돌연 깨달았다. 건강한 사람과 장애인 사이에 놓인 벽은 생각처럼 높지도 두껍지도 않다는 사실을. 아무리 의지가 강한 사람이라도 유언비어에 쉽게 넘어갈 수 있다는 사실을. 아니, 애시당초 그런 벽이 있는지 없는지도 확실치 않다는 사실을. 다만 와타세의 말도 온전히 이해하지는 못했다. 수도권뿐만 아니라 일본 전체가 이상한 논리에 사로잡힌다니, 대체 무슨 의미일까.

와타세의 예언은 다음 날부터 멋지게 적중했다. 끔찍한 사진을 올린 사이트는 경고를 받은 관리자가 다음 날 삭제했지만 한 번 인터넷에 올라간 정보는 빛의 속도로 퍼져나갔다. 당장 동일한 사이트가 여럿 만들어지고, 미친 인간들이 나타나 세상 사람들의 호기심과 엽기 취미를 불러일으키는가 하면 이름이 '세'나 '소'로 시작되는 사람들을 도발하기 시작했다. 말하자면 이런 식이었다.

'이제 이름이 "세"나 "소"로 시작하는 사람들은 어디론가 집단 이주를 하면 좋을 텐데. 차라리 한계 집락(과소화, 고령화로 사회의 한 단위로 존속하기 어려운 집단-옮긴이)에 몰아넣으면 일석이조.'

'내가 아는 사람 중에 세가와 야스노리라는 녀석이 있는데 개구리 남자님, 이 녀석을 죽여줘요. 주소는 세타가야구……'

'마음에 안 든다고 죽인다, 이건 좀 아닌 것 같은데. 그보다 내가 더 비참하다구. 사이타마시의 이토개발에서 일하는 센도 미쓰야라는 남자가 양다리였어. 이런 인간을 먼저 죽여야 하지 않겠어?'

'검증. 네 번째 사건에서 사용된 흉기는 타이거 회사의 SXⅡ형이라는 2축 파쇄기로 보인다. 이 SXⅡ형은 저속 고마력이 장점으로 철재도 분쇄하는 대신 축의 회전이 느려서 살아 있는 것을 던져 넣어도 현란하게 핏방울이 튀지는 않을 터. 인터넷에 돌아다니는 것은 좀 오버. 실제로 인체를 투입하면 이렇게 된다고. 시뮬레

이션을 한 영상이 이쪽. 아, 맘에 들면 공감 꾹.'

'세키야, 보고 있냐? 개구리 남자한테 제대로 쫄았냐? 지금부터 네 개인정보를 모조리 업로드할 테니까 목욕재계하고 기다려라.'

'이야기가 피해자 쪽으로 편중돼 있는데 원래 개구리 남자를 몰아세워야 하는 것 아닌가. 이 녀석 정신병원 같은 데서 출소한 지 얼마 안 됐다며? 이렇게 위험한 놈을 쉽게 내보내면 어쩌냐. 시내 한복판에 시한폭탄을 던진 거잖아.'

'관계자 중에 우도 뭐시기라고 하는 미치광이도 의료교도소에서 탈주했잖아. 도대체가 정신병원, 의료교도소가 제대로 기능을 하긴 하는 거냐?'

'이건 사법 시스템의 구멍이야. 아무리 잔인한 짓을 한 범인도 정신이상자라고 판단되면 벌을 면하고 극진히 보호받다가 상태가 좋아지면 석방되고, 완전 땡큐잖아. 아, 맞다, 너희들은 모를지도 모르는데 옛날에는 이런 정신장애인을 맘대로 다뤘대. 그래서 영화나 드라마에 많이 나왔던 거지. 지금은 다 무서워해서 아예 안 찍으려고 하지만.'

'이건 사회학자가 아니라 와다 히토노리 개인의 의견으로 봐줬으면 하는데, 형법 제39조에 따라 입원 조치를 받은 촉법정신장애인은 면죄나 형의 감경 대상으로서 사법 기관의 감시하에 장기 입원을 시켜야 한다고 본다. 물론 인권 보호를 중시하는 논객들이 일제히 공격해오겠지만 여기서 문제는 헌법과 법률의 이항대립, 즉 "공"과 "사"의 대립이다. 헌법은 개인의 권리를 보호하는 반면 법률은 "공"을 우선하여 "사"의 권리를 제한하는 경향이 있다. 개구리 남자 사건으로 인해 우리가 논의해야 할 것은 바로 이 문제이다. 단적으로 말하면 정신질환자 한 명의 권리와 무고한 시민 수천

만의 안전을 저울에 올렸을 때 어느 쪽으로 기우느냐. 헌법 제13조는 개인의 존엄, 행복추구권을 규정하고 있지만, "공공의 복지에 반하지 않는 한"이라는 단서가 달려 있다. 요컨대 중대 사건이 발생하여 아직 해결되지 않은 상태로 예전에 살인 사건을 일으킨 정신병 환자 및 범행 우려가 있는 환자의 자유를 제한하는 것이 "공공의 복지"에 해당하는가 아닌가 하는 판단을 내려야 한다.'

인터넷을 중심으로 개구리 남자에 대한 두려움과 범죄 예방 및 관리 시스템에 대한 불안감이 마른 들판의 불길처럼 번지고 있는 상황에서 고테가와는 와타세와 함께 고히루이의 집을 향하고 있었다. 그의 집을 방문하자 고히루이는 와타세와 고테가와를 기다리고 있었다고 말했다.

"뉴스를 보니 살해된 사람이 스에마쓰 겐조라고 하더군요. 반드시 저희 집에 오실 거라고 생각했습니다. 어차피 저는 용의자 취급을 받겠군요."

고히루이는 비아냥 섞인 웃음을 지었다. 그래도 도발로 보이진 않는데 체념 비슷한 느낌이 전해졌기 때문이다.

"저희는 꼭 그렇게 생각하진 않습니다만 기왕 이렇게 되었으니 의심을 벗을 수 있게 협조해주셨으면 합니다."

"하지만 와타세 형사님, 장인어른이 돌아가신 지금, 스에마쓰를 증오하는 사람은 저뿐입니다. 장인어른의 대학노트는 없어도 후루사와의 정신감정 결과는 가지고 있으니까요. 감정서에는 스에마쓰의 직장이 적혀 있습니다. 이제 와서 숨길 생각은 없습니다. 참고로 알리바이도 말해두죠. 몇 시부터 몇 시까지 입증해야 합니까?"

"12월 3일 오후 10시 30분부터 이튿날 오전 4시까지입니다."

"한밤중이군요. 전 계속 집에 있었습니다. 보시다시피 혼자 사니까 증명해줄 사람은 아무도 없습니다."

설사 있다 해도 가족의 증언은 증거능력이 없다.

"와타세 형사님이 어떻게 얼버무리든 제가 가장 중요한 용의자 아닌가요? 사실 저도 다행입니다."

"용의자 취급 받는 것이 말입니까?"

"아뇨. 스에마쓰 겐조를 제 손으로 벌하지 못한 것이 말이죠."

고히루이는 분한 듯이 미소 지었다.

"형사님 앞이니까 죽이고 싶었다고 말하진 않겠지만. 적어도 정신과 의사라는 훌륭한 직함을 박탈하는 일은 해주고 싶었습니다. 그래서 아직 의사 가운을 입고 있던 스에마쓰를 살해한 범인에게 조금 불만을 품고 있습니다."

"그 정도면 선생님 원한이 풀리겠습니까?"

"법정에서 보인 행동이나 그후의 언동을 보면 아실 겁니다. 스에마쓰는 에토 변호사와 같은 부류의 인간이에요. 공리주의, 현시욕과 명예욕의 화신, 허언증 환자, 비열한 인성의 소유자. 어떻게 표현하든 둘은 한마디로 유유상종입니다. 그런 자들은 지위나 명예가 박탈당하는 꼴을 죽기보다 싫어해요. 지위와 명예가 삶의 전부이기 때문입니다. 살아남아 있던 스에마쓰에게 어떤 치욕을 안겨줄까. 그런 상상이 저한테는 술안주거리였습니다. 아니, 필생의 사업이라고 할까요."

"두 사람의 관계는 알고 계셨습니까?"

"당시 주간지가 폭로했었죠. 대학 선후배라면서. 분명 그런 썩어빠진 인간들을 배출하는 시스템을 갖춘 대학인가 봅니다."

"며느리가 미우면 발뒤꿈치가 달걀 같다고 나무란다, 뭐 그런 얘깁니까?"

"뭔가를 증오하지 않으면 견딜 수가 없습니다……. 잠깐 실례하겠습니다."

고히루이가 자리를 떴다가 돌아왔을 때는 브랜디 한 병과 잔 세 개를 들고 있었다.

"대단히 실례되는 줄은 알지만 지금부터 하는 말은 취하기라도 하지 않으면 형사님들한테 꼬투리가 잡힐 수 있거든요. 형사님들도 한잔 어떻습니까?"

근무 중이라면서 거절할 줄 알았지만 와타세는 고테루히에게서 멋대로 브랜디를 뺏어 들었다.

"자작인가요? 제가 따라드릴 텐데."

"그만두십시오. 원한, 괴로움은 목구멍에 술을 아무리 흘려보내도 정화할 수가 없습니다. 오히려 독이 될 뿐이죠."

"피해자 유족도 아니면서 아는 것처럼 말씀하시는군요."

"그런 유족을 수천 명 봐서 하는 말입니다."

와타세가 째려보자 고히루이도 병을 집으려고 하지는 않았다.

"선생님께서는 알리바이가 없습니다. 그런데 스에마쓰 겐조를 살해할 정도의 동기도 없어요. 그걸로 충분합니다."

"용의자 증언을 이렇게 쉽게 믿어도 되는 겁니까?"

"믿을지 말지는 나중에 결정합니다. 어쨌거나 그건 우리 일이죠. 선생님은 더 이상 악의를 끌어안고 살지 마십시오."

"무슨 말씀이신지 잘 모르겠습니다만……."

"증오할 상대라면 가장 중요한 후루사와가 남아 있지 않습니까."

고히루이는 눈썹을 위아래로 움찔거렸다.

"경찰관으로서, 부디 자중해주길 부탁드린다는 말씀입니다. 그럼 이만."

와타세는 일어서더니 브랜디 병을 창가에 놓고 총총걸음으로 방을 빠져나갔다. 고테가와는 쫓아가기 바빴다.

자동차에 올라탄 뒤 물었다.

"아까 왜 그랬습니까? 더 날카롭게 질문하실 줄 알았는데."

"계속 추궁해도 안 나와. 스에마쓰의 작장을 안다고 스스로 털어놨고, 무리한 알리바이를 만들려고도 안 해."

"고히루이는 결백합니까?"

대답이 없었다.

"부디 자중하라고 하신 말씀은 더 이상 죄를 짓지 말라는 뜻입니까?"

"괜히 깊이 생각하지 마. 말한 그대로야. 그보다 오마에자키 교수가 남겼다는 대학노트가 어디 있을지 생각해봐."

봉인해두었던 광경이 되살아났다. 오마에자키가 폭사한 뒤 대학노트를 열심히 탐독하는 도마 가쓰오의 모습. 교수라면 사랑하는 딸과 손녀의 원수 스에마쓰의 직장도 틀림없이 적어놨을 것이다. 아니, 잠깐. 자신은 한 인물을 의도적으로 용의자 범주에서 제외시키고 있다. 의료교도소에서 탈주한 사유리가 스에마쓰의 살인에 관여했을 가능성은 없을까. 전에는 스승과 제자였던 두 사람이다. 탈주한 사유리가 도마 가쓰오와 합류했을 가능성이 전혀 없다고는 할 수 없었다.

"안 가고 뭐 해?"

퉁명스러운 말투에 서둘러 가속페달을 밟았다. 고테가와는 절대 생각하고 싶지 않은 가장 무시무시한 가능성을 지워버리고 핸들을 꽉 쥐었다.

3

스에마쓰가 시신으로 발견된 지 어느덧 사흘이 지나갔지만 수사는 지지부진한 상태였다. 현장에서 범인의 족적은 바로 채취했지만 패턴이 무지무지하게 닳은 운동화이고 신은 사람이 중간키라는 사실을 추정한 정도였다. 이와쓰키경찰서 수사관들의 탐문 수사도 난항이었다. 범행 시간대와 장소의 특성상 부근을 걸어가던 사람이 전혀 없었다. 범인이 범행 당일에 우연히 제재소를 발견했다고 생각하기는 어렵고 당연히 사전 답사를 했을 텐데 이를 본 사람도 없었다.

다만 한 가지, 범인이 밤중에 행동할 수 있는 사람임은 분명했다. 이와쓰키경찰서 강력계가 총출동해서 건진 정보치고는 초라했지만 없는 것보다는 나았다. 운반하는 데 사용한 손수레는 비교적 빠른 단계에서 주인이 밝혀졌다. 아라카와 종합운동공원의 텐트촌에서 생활하는 효노 마스스케, 통칭 헤이 씨라는 노숙자로, 고테가와가 그를 찾아갔다.

"이 손수레, 선생님 것이 맞습니까?"

헤이 씨는 이와쓰키경찰서에서 보관 중인 현물 사진을 보자마자 눈을 반짝였다.

"아아, 내 거야, 틀림없어. 바퀴 주변을 내가 직접 손봤으니까."

아직 제대로 보지도 않고서 특이점을 입에 올렸기 때문에 헤이 씨의 증언은 믿을 만했다.

"아주아주 소중한 장사 밑천이라서 도둑맞았을 때는 어쩔 줄 모르겠더라고. 아아, 정말 찾아서 다행이야."

"도둑맞은 것은 언제입니까?"

"2일 밤이지. 3일 아침에는 이미 없어졌어."

3일 밤 10시 30분에 스에마쓰를 운반하는 데 사용된 사실을 생각하면 2일 밤에 도둑맞았다는 추론은 수긍이 갔다.

"어디서 찾았는데?"

"히가시이와쓰키의 강가입니다."

"헤에, 꽤 머네. 10킬로미터가 넘잖아. 이런 길 전철로 운반할 수는 없으니까. 분명 거기까지 끌고 갔겠지. 그러니까 요 근처를 아무리 뒤져도 없지. 근데 언제 돌려줄 거요?"

"이쪽 수사가 언제 종료되느냐에 달렸지만 아직 정해져 있지는 않습니다."

"빠르면 좋을 텐데. 이게 없으면 빈 깡통을 모을 수가 없거든."

지금은 헤이 씨를 위해서 허용되는 범위 내에서 상황을 설명해 줘야 했다.

"괜한 참견이지만 이 손수레는 앞으로 쓰지 않는 편이 좋을 겁니다."

"왜?"

아마 신문이나 텔레비전, 인터넷과는 동떨어진 생활을 하기에 스에마쓰 피살 사건을 들어보지 못했을 것이다. 나중에 알게 됐을 경우 엉뚱하게 원망을 살 수도 있었다.

"히가시이와쓰키의 제재소에서 살인 사건이 있었습니다. 이 손수레는 피해자를 운반하는 데 사용됐습니다."

"헉."

헤이 씨는 한 번 신음을 토하더니 들고 있던 사진과 멀리 거리를 뒀다.

"혹시 피범벅이 돼 있었나?"

"운반된 뒤 살해됐으니까 피를 흘린 자국은 없습니다만."

"그래도 께름칙한데…… 젠장. 형사 양반, 이제 그건 필요 없으니까 알아서 처분해줘요. 나는 다른 손수레를 찾아볼 테니."

"쉽게 찾을 수 있습니까?"

"경찰에서 하나 사주려고?"

일단 예산은 나오지 않을 거라고 말하자 헤이 씨는 못마땅한 얼굴을 했다.

"나도 알아. 높으신 분들이 새 손수레를 장만해줄 정도로 마음이 넓다면 우리를 텐트촌에서 내쫓으려고 하겠나."

"평소 손수레는 어디에 뒀습니까?"

"내 텐트 바로 옆에."

"자물쇠를 안 채워두면 훔쳐가라는 얘기나 마찬가지 아닙니까?"

"노숙자라고 해서 색안경 끼고 보지 마슈. 적어도 다른 사람 물건임을 알면서 훔치는 사람은 없으니까. 훔쳐도 손수레는 남의 눈에 띄기도 쉽고 빈 깡통 모으는 게 손수레만 있다고 되는 일도 아니니까. 장소도 그렇고 업자하고 협상도 해야 하고, 꽤 머리 아파."

"그럼 누가 훔쳤는지 짚이는 사람이 있습니까?"

그러자 헤이 씨는 뭔가 말하기 어려운지 얼굴을 찡그렸다.

"남을 별로 의심하고 싶지 않아서. 이런 생활을 하면 더더욱."

"있으시군요, 짚이는 사람이."

고테가와는 절대 놓치지 않겠다는 듯이 헤이 씨에게 바짝 다가갔다.

"얘기해주십시오."

"안 내켜."

"선생님 마음이 내키든 안 내키든, 우리는 남을 의심하는 것이 일입니다."

"이봐, 대답은 내가 해. 잘난 척하지 말라고."

반응이 복잡하지 않아서 다행이었다. 이럴 때는 상사가 어떻게 하는지 옆에서 봤기 때문에 식은 죽 먹기였다.

"경찰은 살인범을 쫓고 있습니다. 아주 이상하고 위험한 녀석이에요. 내버려두면 반드시 다음 희생자가 나올 겁니다. 선생님이 증언을 안 하시면 같은 죄를 받습니다."

"뭔 소리야?"

"범인은닉죄는 숨겨준 상대가 진범이 아니더라도 성립됩니다. 날이 추워져서 유치장 난방을 그리워하는 노숙자도 많지만 요즘 경찰은 어디나 예산이 부족해서요. 경비를 절감하려면 유치장 난방부터 먼저 끄죠. 생각보다 좋지 않습니다."

입에서 나오는 대로 주워섬긴 말이지만 겁을 주려면 이 정도가 딱 알맞았다. 그러자 의도한 대로 헤이 씨는 곧 얼굴빛이 변했다.

"잠깐, 잠깐만 기다려요. 내키지 않는다고 했지 수사에 협조하지 않겠다고는 안 했잖아. 다 알려줄 테니 겁주지 말라고. 저기, 몇 주 전인데 텐트촌에 못 보던 녀석이 흘러들어온 거야. 그쪽도 혼자라 뭘 모르는 것 같아서 냄비우동을 나눠 먹었어요. 그런데 녀석이 손수레를 도둑맞은 날부터 안 보이더라고."

"어떤 남자입니까? 인상은요?"

"점퍼에 달린 모자를 깊숙이 쓰고 있어서 제대로 얼굴은 못 봤어. 낡은 점퍼에 진흙투성이 청바지를 입었고, 운동화는 색이 바랬더라고. 중간 몸집에 중간 키인데 항상 구부정하게 걸었어요. 자세가 어찌나 나쁜지. 뭐 여기서 먹고 자는 녀석 중에 당당하고 씩씩하게 걷는 놈은 없지만."

틀림없다. 도키와다이라에서 오노우에 기자를 습격한 노숙자와 같은 복장, 같은 몸집이었다.

"그 남자, 공원 어디서 먹고 자고 했습니까?"

"거기까지는 몰라. 나는 보호자가 아니니까. 전부터 여기 사는 사람에게는 우선권이 있어서 좋은 장소는 꽉 찼어."

"우동을 나눠 드셨다고 하셨죠? 그때 무슨 얘기를 했습니까?"

"이야기를 잘 못 하는 것 같았어. 뭘 물어도 대답이 '네' 아니면 '응'이야. 하긴 고향이나 가족 따위는 묻기도 싫고 대답하기도 싫으니까."

헤이 씨의 증언을 바탕으로 종합운동공원에서 노숙자가 생활했다는 장소를 수색하기 시작했다. 하지만 역시 헤이 씨의 증언대로 밤이슬을 피할 수 있는 장소는 대개 임자가 있고 더구나 남자를 목격했다는 사람은 아주 적었다. 텐트촌 사람들이 경찰에 협조하려 들지 않았고 애당초 남자의 덩치가 눈에 띄지 않았기 때문이다. 여하튼 공원이 상당히 넓고 불특정 다수가 많이 드나드는 장소라서 특정 인물의 유류품은 확정하기 곤란한 상황이었다. 결국 고테가와가 물고 온 정보는 도키와다이라에서 오노우에를 습격한 남자와 스에마쓰를 납치한 남자가 동일인물 같다는 추정뿐이었다.

"마치 길고양이를 쫓아다니는 것 같아요."

공원에서 수색을 했지만 지지부진해서 애가 탔던 고테가와가 무심코 불만을 털어놓았다.

"목줄도 없고 한자리에 가만히 있지도 않고 종류도 흔해서 주의도 안 끌어요. 게다가 관심거리라곤 이름밖에 없는 잡식성 아닙니까."

하지만 불만을 터뜨릴 상대를 잘못 골랐다. 옆에 있던 와타세가 딱 잘라 말했다.

"고양이라면 털 뭉치를 뱉어서 증거를 남겨. 똑같다고 보지 마라, 이 단세포야."

수사가 지지부진해서 조바심이 난 사람은 현장 수사관만이 아니었다. 구리수 과장과 사토나카 본부장은 물론 개구리 남자 사건에 휘말린 마쓰도경찰서와 간다경찰서의 간부들도 초조해져 있었다. 사건이 자기 관할에서만 일어나고 있다면 모르지만 이렇게 넓게 확산되면 오히려 움직이기가 어려워진다. 시민들의 비난은 날이 갈수록 거세지는 판이라 스트레스만 쌓인다. 문제는 또 있다. 관할 경찰서끼리 또 현경끼리 반목이 심하다. 대놓고 방해하지는 않지만 자기 구역에서 발생한 사건에 대한 정보를 원활하게 공유하지 않는다. 빨리 움직여 잡은 사람이 임자라는 식으로 각자 나름대로 범인을 쫓는 느낌이 들 정도다. 이렇게 된 이유 중 하나는 경시청의 쓰루자키 관리관 때문이었다. 여하튼 이 남자의 공명심과 현시욕은 끔찍할 정도인데 여기에 독선이 더해졌다.

"마침내 개구리 남자는 '스'를 머리글자로 하는 시민들에게까지 손을 뻗쳤다. 지난번에 희생자를 늘리지 말라고 엄명을 내렸는데도 이 모양이다. 관할 경찰서 수사관들은 하나같이 아무 짝에도 쓸모가 없는 거야, 뭐야."

스에마쓰가 사이타마 시내에서 살해된 사실을 노골적으로 비난하자 사이타마현경 경찰들은 일제히 분개한 표정이었다. 쓰루자키가 관할 경찰서를 질타하면 수사본부 전체가 분발할 거라고 생각한다면 나 못지않은 단세포지, 라고 고테가와는 생각했다. 정작 고테가와를 단세포라고 부른 와타세를 봤더니 눈썹 주변을 씰룩거리고 있었다. 와타세 밑에서 일하는 사람이라면 누구나 안다. 이 행동은 폭발하려는 짜증을 간신히 억누르고 있을 때 나오는 버릇이다. 상사가 노여움을 자제하는 모습을 본 고테가와도 폭발 직전이던 분노가 급격히 식었다. 주변 현경 수사관들도 똑같은 반응을 보였는데 이걸 노리고 눈썹을 씰룩였다면 실로 교활한 상사가 아닐 수 없었다.

"보고에 따르면 도키와다이라에서 지방지 기자를 습격한 자와 몸집이 아주 비슷한 모양이다. 즉, 깊은 밤만이 아니라 대낮에도 개구리 남자란 놈이 보란 듯이 날뛰고 있는 상황이다. 이래서야 경찰 위신이 제대로 서겠나."

자신이 말해놓고 흥분하는 기질인지, 말할수록 쓰루자키의 목소리는 더 높아지고 격렬해졌다. 옆에서 듣고 있던 기리시마조차 얼굴을 찌푸렸다. 쓰루자키에 대한 불쾌감과 관할 경찰서에 대한 동정 때문일 것이다.

"이 습격당한 기자가 일련의 사건을 개구리 남자와 연관 지은 남자라니까 자업자득이라고 해야 하나. 이 친구 보도 때문에 대체 수사본부가 얼마나 피해를 입었는지."

쓰루자키의 날 세운 말을 듣고 있자니 원래 비호감이던 오노우에가 가여운 생각마저 들었다.

"네 건이나 되는 살인을 저지른 자가 활개치고 다닌다는 사실만으로도 위험하기 그지없는데 단지 이름만으로 희생자를 선정하고 있다는 보도에 공포는 배가 되었다. 여러분도 아시다시피 인터넷은 말할 것도 없이 일상생활에까지 개구리 남자라는 자가 영향을 미치고 있다. 잘 들어라. 놈의 악명이 확산되는 것과 비례해서 경찰 위신이 떨어지고 있다. 조금은 부끄러운 줄 알아라."

당신이 그렇게 말하지 않아도 안다고요. 관할 경찰서뿐만이 아니라 앞에 줄지어 앉은 경시청 수사관들도 같은 마음일 것이다. 신경이 곤두선 무거운 분위기가 회의실에 감돌고 있었다. 날카로운 불만이 팽배한 분위기를 느끼지 못하는 쓰루자키는 정말 둔감하거나 이 분위기를 은근 즐기는 사람이었다. 고테가와는 이런 남자가 어떻게 관리관을 하는지 정말 의아했다.

한편 쓰루자키의 불만에는 이유가 있었다. 지난 며칠간 보도가 이어지자 수도권에서는 개구리 남자의 악명에 떠는 사람이 급증했다. 현의 경계를 넘어선 연쇄 살인에 두려움을 느끼는 사람들이 많았지만 이 막연한 불안감에 느닷없이 스에마쓰의 시체가 발견된 장소의 사진이 기름을 부었다. 가짜뉴스이자 날조라고 밝혔지만 인터넷으로 퍼져나간 뒤에는 아무 소용이 없었다. 사실 스에마쓰의 발끝부터 천천히 파쇄된 것은 사실이기 때문에 시체가 손상된 정도는 받아들이는 사람들의 상상에 따라 더욱 커졌다. 죽을 때의 모습으로나 나중에 발견된 시신의 상태로나 생각할 수 있는 최악의 살해 방법이었다.

평소 죽음은 교묘하게 감춰져 있다. 시체는 가능한 한 남의 눈에 띄지 않게 은폐된다. 동족의 시체는 혐오감과 함께 극도의 절망감을 불러일으키기 때문이다. 날조된 사진이 현장을 그대로 반영하지 못했다 해도 시체가 손상된 모습은 상상하기 쉽게 해주었다. 시체를 많이 본 고테가와와 수사관들도 충격을 받았으니 일반 시민들이 느낄 두려움과 불안은 상상 초월이었다. 이를 증명하듯 이름이 '세'나 '소'로 시작하는 시민들 일부가 불안감을 호소하며 경비 회사와 계약을 맺거나 가까운 경찰서에 신변 보호를 요청하고 있다고 했다. 한노시에서 그랬던 것처럼.

이런 움직임을 경찰 상층부가 간과할 리 없었고, 와타세 말로는 경찰청에서 경시청으로 이례적인 통지가 내려갔다고 했다. 평소 여러모로 반목하는 상대라 해도 잘한 게 없으니 할 말이 없고 경시청 상층부의 울분을 쓰루자키가 뒤집어쓴 상황이었다.

쓰루자키의 불평은 계속되었다. "게다가 하치오지 의료교도소가 말도 안 되는 실수를 저질렀다. 하필이면 수용 중인 재소자가 대낮에 탈주해버렸으니. 이 수감자가 개구리 남자, 즉 도마 가쓰오와 밀접한 관계가 있다는 이유로 세상이 더 시끄러워졌다."

사유리의 탈주는 이번 연쇄 살인 사건에 직접 관련돼 있지 않기 때문에 하치오지경찰서는 수사본부에 합류하지 않았다. 만약 이 자리에 하치오지경찰서의 수사관이 있다면 틀림없이 바늘방석이었을 것이다.

쓰루자키는 초조하게 와타세를 바라보며 말했다. "지난 사건을 담당한 와타세 경부, 탈주한 사유리가 도마 가쓰오와 접촉할 가능성이 있나?"

"미지수입니다."

와타세는 쓰루자키에게 눈길도 주지 않았다. 무뚝뚝한 말투에 고테가와와 다른 수사관들은 기분이 좋아졌다.

"단, 개구리 남자가 다시 나타났으니 사유리의 탈주를 단순한 우연으로 치부하는 건 위험하다고 봅니다."

"하지만 사유리는 치료 중이라 외부 소식이 단절된 환경에 있었을 텐데."

고테가와는 자신도 모르게 숨이 멎었다. 증상이 좋아졌다 나빠졌다를 반복하고 있을 때 사유리에게 도마 가쓰오가 있는 곳을 물어본 사람은 바로 고테가와가 아니던가. 더구나 탈주 직전 병실에서 미코시바와 딱 마주쳐서 이번 사건 이야기를 하지 않았던가. 만약 탈주한 사유리가 도마 가쓰오와 접촉한다면……. 아니, 애당초 사유리가 탈주한 이유가 도마 가쓰오를 만나기 위해서라면 일을 이렇게 만든 사람은 고테가와 자신이었다. 어떻게 이런 일이. 재앙을 막아내기는커녕 오히려 불에 기름을 퍼붓는 결과가 되었다.

고테가와가 자책에 빠져 있음을 아는지 모르는지, 와타세는 얼굴색 하나 안 변했다.

"의료 설비가 있다고는 해도 형사 시설임에는 틀림없습니다. 경찰관은 병동을 자연스럽게 오가고 간호사는 교도관입니다. 외부가 아니라 내부에서 도마 가쓰오의 정보를 얻었을지도 모릅니다. 여하튼 앞으로가 문제죠. 도마 가쓰오 혼자 움직일 때도 넋 놓고 있었는데 사유리까지 가세하면 틀림없이 현장은 혼란에 빠질 겁니다. 사유리의 행동반경을 고려하면 하치오지경찰서에만 맡긴다고 될 일이 아닙니다."

쓰루자키는 와타세의 무뚝뚝한 표정이 거슬리는지 심술궂은 얼굴로 말을 건넸다. "경부가 사유리와 도마 가쓰오를 그렇게 두려워하는 이유는 뭔가? 위험한 2인조이긴 하지만 어차피 여자와 스무 살밖에 안 된 애 아닌가."

"여자와 애가 손잡고 도시 하나를 공포로 몰아넣었습니다."

"크지 않은 지방 도시였으니까. 아까부터 이야기를 들어보면 경부는 두 사람에게 겁을 먹고 있는 것 같은데."

고테가와는 무심코 이의를 제기할 뻔했다. 지방 도시 어쩌고 할 문제가 아니었다. 와타세가 두려워하는 이유는 두 사람이 정신병을 앓고 있기 때문이 아니라 시민들 속에 숨어 있던 공격성과 기학성을 자극하기 때문이었다.

"와타세 경부는 자질이 우수해서 정신질환자의 심연까지 들여다보고 있지 않았나?"

와타세의 끓는점이 낮다는 사실을 아는 사이타마현경 사람들은 모두 자리에서 일어나려고 했다. 합동수사회의 석상에서 난투극이 벌어질 리는 없지만 와타세라면 못 할 것도 없었다. 다른 수사관들도 험악한 분위기를 알아챘는지 숨죽이고 두 사람을 지켜봤다.

와타세는 예의 흉포한 표정으로 입 가장자리만 끌어올렸다.

"과연 쓰루자키 관리관님, 혜안이십니다. 지금 그 말씀, 정말 감동적입니다."

말은 온순하지만 당장에라도 후려갈길 듯한 얼굴이라 쓰루자키는 겁먹은 표정으로 몸을 움츠렸다. 회의가 끝나자 단상에서 내려온 와타세는 출구로 걸어갔다. 무슨 생각을 하는지 몰라도 고테가와가 다가가도 상대해주지 않았다. 역시 방금 전 쓰루자키와 나눈 대화에 상당히 기분이 상한 것이다.

"저, 반장님. 아까는⋯⋯."

"말 걸지 마. 급해."

"왜 화가 나신 겁니까? 관리관 때문인가요? 아님 제가 사유리한테 질문한 방법 때문입니까?"

"화가 나? 누가?"

와타세가 눈을 번득이며 돌아봤다. 아무래도 노려보는 눈초리였다. 고테가와는 욕설이나 주먹질을 각오했지만 의외의 말이 돌아왔다.

"안 듣고 있었냐? 멍청아, 관리관은 엄청나게 근사한 암시를 췄어. 이 사건이 해결되면 가장 큰 공로자는 틀림없이 쓰루자키 관리관이야."

"비아냥⋯⋯ 이시죠?"

"넌 비아냥과 칭찬의 차이도 모르냐?"

분명히 존경하는 상사긴 하지만 가끔 고테가와도 이해하지 못할 때가 있었다. 지금의 와타세가 그러했다.

수사회의는 별 성과 없이 흐지부지됐지만 조금 전부터 개구리 남자 사건을 둘러싼 일련의 보도는 새롭게 들끓고 있었다. 모두가 알고 있는 사유리의 탈주 때문이었다. 전에도 재소자가 탈주한 적은 있지만 모두 하루이틀 만에 체포됐다. 하지만 사유리는 아직 단서 하나 남기지 않아서 하치오지 시민들은 불안에 떨고 있었다. 보통 재소자가 아니었다. 사람을 넷이나 죽인 범죄자였다. 평소에는 범죄자라 해도 인권에 과민한 언론도 이번에는 시민들의 주의를 환기시킨다는 이유로 사유리의 얼굴 사진을 수시로 내보냈다. 하지만 시민들의 제보는 근거도 알맹이도 없어 수사에 전혀 도움이 되지 않았다.

사유리의 남편에게는 이미 확인을 했다. 지금부터 3년 전, 우도 신이치는 밖에서 여자를 만들어 집을 나갔고 지금은 오키나와에 살고 있었다. 어이없게도 서류상으로는 여전히 부부인데 이유를 물었더니 신이치는 전화기 너머로 이렇게 호소했다.

"내가 애인을 만든 이유는 사유리의 억압된 범죄 성향을 느껴 멀리했기 때문입니다."

점차 사유리와 거리가 생겼고 결국엔 도망쳤지만 사유리는 완강하게 합의이혼에 응하지 않은 모양이다. 그리고 한노시의 사건이 발생하여 사유리는 하치오지 의료교도소에 수감됐고 이혼도 하지 못한 상태였다. 보아 하니 사유리가 연이 끊긴 신이치를 찾아갈 가능성은 없지만, 여하튼 본토에서 오키나와를 가려면 비행기나 배를 이용하는 수밖에 없기 때문에 나하공항과 선착장을 감시하면 사유리의 신병을 확보할 수 있었다. 수사본부는 오키나와현 경에 협조를 요청하여 신이치의 집을 포함한 중요 장소에 경찰을 배치했다.

불안하면 초조해지고, 초조해지면 다른 사람을 아주 손쉽게 비난하게 된다. 본래 정신질환과 범죄 성향은 별개인데 사유리라는 특이한 캐릭터로 인해 함께 취급돼버렸다. 범죄병리학이나 심리학 전문가가 양자를 혼동하는 것은 위험하다고 언론을 통해 경고했지만 누군가를 규탄하여 불안감을 달래고 싶은 사람들에게는 통하지 않았다. 게다가 도망 중인 도마 가쓰오도 정신질환을 앓고 있다는 이유로 사유리와 도마 가쓰오는 하나의 짝으로 입에 오르내리는 일이 많아졌다.

처음에 반응한 사람은 하치오지 시내에서 어린아이를 키우는 부모들이었다. 아이들끼리 등하교하는 것은 위험하다며 학교 측에 요청해 사유리와 도마 가쓰오를 체포할 때까지는 통학로에 경찰을 배치하기로 했다. 이 정도는 이해할 수 있지만 주변 초등학교와 중학교까지 신변보호를 요청해오면 상황이 달라진다. 관내 경찰들이 아이들 보호에 대거 동원되어 정작 중요한 사유리의 추적에는 인원이 부족해지는 사태에 빠진다.

다음에 반응한 사람은 인터넷에 빠져 사는 사람들이었다. 평소 익명성이라는 그늘에 숨어 방종을 즐기던 사람, 신중하게 지론을 펼치는 사람, 법적 차원에서 경찰과 병원 관계자의 대응을 비판하는 사람 등 온갖 부류가 있지만, 의료교도소 재소자에 대한 태도는 놀라울 정도로 비슷했다.

'실제로 가본 적이 있는데 하치형(아, 그러니까 하치오지 의료교도소)은 교도소임에도 경계가 허술한 느낌이야. 재소자지만 병자라

는 점을 배려한 걸까?'

'의료교도소 경계가 소홀한 것은 어디까지나 예산 부족 탓인데 본말이 전도됐어. 애당초 범죄자인데 극진히 치료해줄 필요가 있나. 담장 밖에는 생활보호에 의존하는 선량한 시민들도 많은데 아무리 생각해도 세금 낭비 같다.'

'옛날부터 "미친 사람에게 칼(아주 위험함을 뜻함 -옮긴이)"이라는 말이 있잖아.'

'그런 병자는 평생 병원에서 못 나오게 해야 돼. 완치가 안 되니까 언제 재발할지 모르잖아.'

'이건 형법 39조와도 연관된 얘기인데 왜 정신이상자라는 이유만으로 무죄가 되고 감형이 되고 극진히 간호를 받아야 하는 거야? 물론 일본 재판이 책임주의라는 점은 이해하지만 정신이상자를 후하게 대접하는 것은 또 다른 문제잖아. 그 인간들, 우리 혈세로 밥 먹고 요양하는 거잖아. 이건 가해자의 인권을 너무 배려한 폐해야.'

'고령자의 장기 입원을 되도록 허용 안 해주는 병원이 늘어났다. 의료비도 오르고 가난한 사람은 마음 놓고 병에도 못 걸린다. 그런데 의료교도소라는 병원은 심신에 병이 있는 재소자를 무료로 치료해주는 모양이다. 나도 최악의 경우에는 중대한 범죄를 저질러서 천국 같은 의료교도소로 가고 싶다.'

'안녕하세요. 난 한노시에 사는데 지난 개구리 남자 사건 때 한노 시민들의 반응을 직접 목격했거든요. 당시 한노경찰서가 39조를 적용받아 실형을 면한 우범자 명단을 보유하고 있다는 소문이 있어서 개구리 남자의 표적이 될 수 있는 시민들이 자위를 위해 명단을 달라고 요구했죠. 그런데 경찰이 명단 자체가 없다고 말해서 일부 시민들이 분개해 폭동을 일으켜 놀랍게도 경찰서를 습격했다네요. 다른 지역 사람들은 평소 온순한 일반 시민들이 폭도가 됐다니 믿기지 않는다고들 했지만, 이게 사람 마음이라고 할지, 궁지에 몰린 사람들의 공포는 정말 당사자가 아니면 이해를 못 해요. 나는 나이도 먹을 만큼 먹은 아저씨인데 이름이 "에"로 시작해서 역시 밤길은 절대 혼자 안 다녀야겠다고 생각했어요. 군집심리나 변성의식상태(수면 상태나 최면 상태처럼 평상시와 다른 의식 상태-옮긴이)는 드물다고 생각하는 사람이 많지만 콘서트장에서 흥분하면 비슷한 느낌을 받을 수 있고요. 당신들이 사는 거리가 한노시처럼 된다고 해도 전혀 이상한 일이 아닐 테니까.'

언론도 사유리의 탈주를 계기로 의료교도소 문제를 다양한 관점에서 다루기 시작했다. 신문, 잡지, 텔레비전은 물론이고 일본 변호사협회에서 발행하는 회보까지 재소자들의 인권과 시민 안전에 대해 특집을 꾸몄고 논의는 백가쟁명(百家爭鳴: 다양한 입장의 사람들이 자유롭게 논쟁하는 것-옮긴이)의 양상을 띠었다. 지금까지는 이야깃거리가 되지 않았던 문제들이 도마에 올랐다. 시민 생활의 안전을 어디까지 보장할 수 있을까. 또 형사 시설 및 재소자들에게 쓰는 예산은 과연 적정할까.

국민의 염려는 정부를 공격하는 실탄이 된다. 재빨리 기회를 포착한 야당 총재가 당장 국회에서 발언을 하고 나섰다.

"이번에 보도되고 있다시피 하치오지 의료교도소에서 수감자가 탈주한 뒤 아직 체포되지 않고 있습니다. 시민들은 연일 잠도 못자고 있습니다만, 이번 사건으로 인해 국민들 사이에서 현재의 사법 시스템에 적잖은 의문이 생겨나고 있습니다. 인권 면에서 볼 때도 너무 가해자 편에 서 있다는 불만과 갱생 프로그램의 효과가 있느냐는 의문이 제기되고 있습니다. 아시다시피 심신장애가 있는 재소자들은 전국 네 곳의 의료교도소에 수용되어 있습니다만 이 시설의 운영비, 인건비, 설비비 등을 대략 계산해보면 사회보장비에 육박하고 있습니다. 한편 재소자들을 갱생하는 데는 시간이 걸리고 특히 정신질환이 있는 사람은 완전한 갱생을 바랄 수 없다는 목소리도 있습니다. 재소자들의 인권을 침해하려는 의도는 결코 없습니다만, 충분한 예산을 투입하고 시설을 갖추었음에도 이들을 갱생시키지 못한다면 결국 세금 낭비가 됩니다. 아니, 낭비뿐이라면 그나마 괜찮지만 형사시설이 경찰 관료나 의료 종사자들을 떠맡는 곳이 되고 있다는 실태도 보고되고 있습니다. 예산 절감이 요구되는 현실인데, 재범률이 서서히 상승하는 현실을 공안위원장님은 어떻게 받아들이고 계신지 답변 바랍니다."

답변에 나선 사람은 내각부 특명담당장관을 겸하는 국가공안위원회 위원장이었다.

"하치오지 의료교도소에서 수감자가 탈주한 일은 유감스럽지만 지금 관련 부서가 수사 중이기 때문에 성과를 기다렸으면 합니다. 또 의료교도소의 연간 예산과 갱생의 유효성과 관련해서 효과가 없는 일에 예산을 쓰지 말라는 뜻이라면 이는 전 세계적으로 인권을 존중하는 상황에서 안 된다고 말씀드릴 수밖에 없습니다. 범죄자니까 인권을 경시해도 된다, 수용 시설에 돈을 들이면 안 된다면 이건 독재국가 아닙니까. (야당 측에서 맹렬한 야유) 물론 관련 기관은 갱생 프로그램을 확충하는 데 더욱 힘을 써서 재범률을 낮춰야한다고 봅니다만, 여하튼 하루아침에 결과가 나오진 않기 때문에 성급한 판단은 삼가야 한다는 생각입니다."

정부 관료를 국회에 출석시켜 답변을 듣는 일은 수박 겉핥기로 진행되는 데다 공안위원장이 교묘하게 빠져나가서 더는 논쟁으로 발전하지는 않았다. 하지만 인터넷의 포털 게시판 여론이나 각종 언론 기사, 공안위원장의 국회 답변보다 훨씬 설득력을 발휘한 것은 인기 여배우의 인터뷰였다. 이 여배우는 수년 전, 의료교도소에서 갓 출소한 남성에게 큰딸을 잃은 바 있는데 품위보다는 선정성을 앞세우는 인터넷 매체 기자의 질문에 의연히 이렇게 대답했다.

"사람을 죽였기 때문에 원래는 중형을 선고해 징역을 살게 해야 할 사람들에게 의료 행위나 연명치료를 해줄 필요가 대체 어디에 있을까요?"

이 여배우는 아무도 입 밖에 내지 못하고 마음속에만 웅어리진 생각을 분명하게 말했다. 처참한 비극을 겪었으니 마땅히 이렇게 말할 권리가 있었다. 여배우의 발언에 달려든 사람은 인권 보호를 표방하는 변호사였다. 자신의 SNS에서 반론을 제기했고 여배우의 인터뷰에 성공한 인터넷 매체가 두 사람의 대담을 실현시켰다.

"우선 자제분을 잃었다는 사실에 안타까움을 금할 수 없습니다. 저는 아직 독신이지만 내 자식을 살해당한 일이 얼마나 기막힌 비극일까, 충분히 짐작이 됩니다."

"그러시군요."

"그런데 감정과 사회제도는 별개로 논해야 합니다. 아무리 흉악한 범죄자라도 분명히 사람입니다. 감정적으로는 용납하기 어려우시겠지만 피해자, 가해자 공히 인권을 존중받아야 합니다."

"살해된 제 딸과, 살해한 남자한테 똑같은 권리가 있다고요?"

"일본 헌법에서는 잔혹한 형벌을 금하고 있습니다. 범죄자라도 일반인과 똑같이 취급해야 한다는 헌법 정신이 반영됐기 때문이죠. 애당초 법률은 국가권력이 개인의 권리나 자유를 박탈하지 못하게 하고 죄에 상응하는 벌을 내리게 해두었습니다. 감정이나 세상인심으로 죄와 벌이 정해져 실행되면 린치와 다를 바가 없으니까요."

"저도 린치는 반대예요."

"이해해주셔서 감사합니다."

"하지만 의료교도소를 포함한 형사 시설을 완비하고 재소자를 교화하기 위해 노력했는데도 재범률이 낮아지지 않는다면 범죄자의 인권을 보호한다는 명분으로 제정된 법률이 애시당초 문제가 있는 거 아닐까요?"

"그렇게 생각할 수도 있지만 재범률이 낮아지지 않는다는 사실만으로 사회 불안을 부추기면 국가의 형사재판권이 확대되어 판사는 더욱더 엄한 벌을 내리게 됩니다."

"엄벌을 내리면 왜 안 되는 거죠?"

"엄벌을 내리게 될수록 국가권력이 비대해지기 때문입니다! 공포에 휩싸이면 개인의 자유는 아무래도 제한됩니다. 바로 독재정치의 구조지요. 따라서 재범률이 개선되지 않으니까, 라는 근시안적인 견해는 일단 접고 인권의 보편성을 전면에 내세워야 사회질서가 유지됩니다. 공포나 증오는 감정에 불과합니다. 제도는 이론에 따라 구축되어야 하고 감정은 자제심으로 제어해야 합니다."

"그러니까 가족이 살해된 원한을 잊고 범인을 자신과 똑같은 사람으로 대하라…… 그런 말씀이네요."

"그렇습니다."

"하신 말씀에 반하는 것 같지만, 사람을 살해한 순간 그자는 사람이 아니라 짐승이에요. 짐승에게 인권은 없습니다."

"그것은 단지 유족의 감정으로……."

"그래요, 단지 유족의 감정이에요. 하지만 변호사님이 말씀하시는 것도 단지 이론일 뿐이죠. 실례지만 변호사님 말씀은 전혀 저한테 와 닿지 않아요. 논리에 인간미가 없는 탓일 거예요. 마치 연기 못 하는 배우가 시나리오를 책 읽는 것처럼 읊는 듯한 인상밖에 안 드네요."

"저는 배우가 아니니까요."

"시나리오를 이해하기 전에 사람의 마음을 이해하고 있지 않기 때문이에요. 조금 심하게 말하면 변호사님이 가정을 꾸리고 아이를 의료교도소에서 출소한 지 얼마 안 된 사람에게 살해당한 다음이 아니면 아무리 훌륭한 이상론을 말씀하셔도 설득력이 없어요."

두 사람의 대결은 인터넷에 올라가고 역시 세상의 관심을 끌어 접속자 수가 폭증했다. 이렇게 인터넷에서도, 현실세계에서도 도마 가쓰오와 사유리를 공포의 사자 취급했다. 단 고테가와는 사건에 편승해서 괜히 떠들어대는 인간들이 줄어들었음을 알아챘다. 남의 일이라며 웃어넘기는 동안은 여유가 있다는 증거였다. 하지만 공포가 임계점을 돌파하면 그런 여유조차 없어진다. 떠들썩하게 웃든, 조소하든, 웃음이 끊긴 뒤에는 바늘 떨어지는 소리도 들릴 것 같은 정적과 어떤 빛도 다 빨아들이는 어둠이 펼쳐진다. 네 건의 살인과 두 살인자의 도주 사건이 보도되어도 아이가 있는 부모를 제외하면 시민 생활에 큰 변화는 없었다. 하지만 분명 정체 모를 분위기가 수도권을 덮치고 있었다. 이전의 한노시 사건에서 고테가와가 질리도록 느꼈던 분위기와 매우 흡사했다.

4

예의 여배우는 의료교도소 행정을 따져 물었지만 한편으로는 수사본부에 대한 비난에 기름을 붓는 기능도 했다. 재소자 인권 보호를 대놓고 비난하지 못하니 무능한 경찰이라도 공격하고 싶다는 보상심리였다. 아직 개구리 남자와 탈주범을 잡시 못하는 것은 경찰이 해이해진 탓이 아니냐. 수사본부로 걸려오는 항의 전화는 매일같이 가혹해졌다. 항의가 공포의 방증이라는 사실을 알아도 현장에서 일하는 수사관들의 정신적 피로감은 서서히 쌓여갔다. 하지만 정신적인 피로의 가장 큰 원인은 교착 상태에 빠진 수사였다. 네 건의 범죄 현장에서 채취된 증거물은 총 2,000점이 넘었지만 도마 가쓰오의 행방을 특정할 수 있는 것은 나오지 않고 있었다.

희생자를 지목하는 리스트도 마찬가지였다. 수사본부에서는 오마에자키가 남긴 B5 크기의 대학노트야말로 희생자 리스트라고 생각하지만 내용도 소재도 밝혀지지 않았다. 다음 표적이 '세'로 시작하는 이름이라는 것은 알아도 후보자가 너무 많아서 대책도 세울 수 없었다. 고작 가장 가까운 경찰서에 뛰어 들어온 희생자 후보의 집을 정기 순찰하는 일이나 하고 있을 뿐이었다.

게다가 의료교도소를 탈주한 사유리의 행방도 오리무중이었다. 탈주로 밝혀진 후 검문검색을 실시했지만 잡지 못했고 목격자 정보도 하나 없었다. 유리카와 간호사가 가지고 있던 현금 2만 엔으로 차표를 사서 이미 수도권 밖으로 탈출했을 가능성도 있었다. 그러면 수도권을 중심으로 수사를 진행하는 본부의 손이 닿을 수 없어, 주변 현경에 수사 협조를 의뢰하는 수밖에 없었다.

성가시게도 도마 가쓰오와 사유리가 합류하든, 각자 개별 행동을 하든 간에 문제는 남는다. 살인범끼리 짝을 지어 행동해도 위협적이지만 개별 행동을 해도 수사력이 분산된다. 마치 게릴라를 상대로 싸우는 것과 같고, 어설프게 조직화된 경찰에게는 더할 나위 없이 귀찮은 상대였다. 이렇게 수사가 암초에 부딪힌 가운데 외부에서 쏟아지는 비난과 중상의 목소리는 더욱 커졌다. 모두 입 밖에 내지는 않지만 분명 수사관들은 위축돼 있고 사기가 떨어졌다. 악순환이었다. 교착된 조직은 외부 공격이 잦아지면 단단히 웅크린다. 견고한 껍질 속에 틀어박히면 아집과 갈등이 발생한다. 합동수사본부의 경우는 경시청과 사이타마현경의 반목이라는 형태로 나타났다.

"우리 수사관들을 간다역 주변으로 보내 탐문수사를 시킨다는 겁니까?"

와타세는 쓰루자키가 제시한 역할 분담 방안을 듣자 아닌 밤중에 홍두깨였던지 곧바로 대들었다.

"구마가야시와 사이타마시 두 현장은 우리 관할입니다. 그렇잖아도 인원이 한정된 수사관들이 양분되어 숨이 끊어질 지경인데. 더 이상 다른 현장에 인원을 투입할 수 없습니다."

회의석상에서 반기를 들었는데 쓰루자키 관리관도 순순히 자신의 결정을 물릴 수가 없었다.

"도마 가쓰오가 사람이 많은 환경에서 살인을 단행한 곳은 간다역 현장뿐이다."

"승강장의 CCTV에는 도마 가쓰오도 피해자도 없습니다. 두 사람 모두 주변 이용객들 그늘 속에 숨어 있고, 피해자가 노선에 떨어지는 모습도 두 사람만이 보지 않았습니까?"

"밝히고 나선 사람이 둘뿐이었던 거다. 시호미 준을 떠민 도마 가쓰오가 어떤 경로로 도망쳤는지, 출근하던 시민 중에 반드시 본 사람이 있을 것이다."

사건이 일어난 날 출근 시간대는 지났다고 해도 승강장과 구내는 혼잡했다. 그래도 CCTV에 현장 상황이 녹화되어 있기에 경시청은 이용객 한 사람 한 사람을 특정한 뒤 개별 탐문을 하려는 것이다. 하지만 이 작업은 노력에 비해 성과가 적을 터였다. 설령 도마 가쓰오를 봤다는 증언을 얻어도 행동 패턴을 추측하는 데 반드시 도움이 된다고 할 수는 없다. 아무리 사소한 단서도 무시하지 않는다는 자세는 언뜻 올발라 보이지만, 별로 가치가 없어 보이는 수사에 인원을 투입하는 것은 거의 낭비에 가깝고 노골적으로 말하면 변명을 늘어놓으려는 속셈일 수 있다. 와타세는 태연히 억지를 부리는 남자지만 무모하지도 않고 맹목적으로 움직이지도 않는다. 앞일을 헤아리며 깊이 생각해 강인하게 대처하며 효율성과 확률도 계산한다. 그런 입장에서 이런 방식의 수사는 결코 달가울리 없었다.

"출근하는 사람이라면 매일 같은 시간대에 온다. 탐문하기에 좋은 상황이지. 출근이 급한 사람도 있겠지만 질문 내용이 단순하고 시간을 많이 빼앗지도 않아. 분명 협조해줄 것이네."

"관리관님, 그런 말씀이 아닙니다. 범인으로 생각되는 노숙자 같은 인물이 목격된 곳은 아라카와 종합운동공원 텐트촌입니다. 롤러 작전은 그쪽에서 먼저 해야 하는 것 아닙니까?"

"물론 고려하고 있다."

반론을 내세우는 와타세가 심히 마음에 안 드는 모양이었다. 눈꼬리에 분노가 끓어오르는 쓰루자키가 상대를 노려봤다.

"그럴 경우 탐문 대상은 텐트촌 사람들이다. 지난날 강제철거를 한 바도 있고 경찰에 반감을 가진 자도 있다. 자연히 한 사람당 면담과 진술 시간도 길어진다. 그쪽은 우리 수사관들에게 맡기겠네."

요컨대 유익하다고 여겨지는 정보 수사는 경시청 사람을 시키고 잡일에 가까운 일은 사이타마현경과 지바현경에 맡긴다는 취지였다. 노골적인 편파 지휘에 사이타마현경 이하 관할 경찰서 형사들 표정이 험악해졌다. 경시청 수사관들도 불편한 듯 얼굴을 찌푸렸다.

"다른 의견 있나? 와타세 경부."

"어떻게 분담을 했는지 알고 싶습니다만."

"말할 것도 없이 검거율에 따른 배치다."

무심코 속내를 말해버렸다. 사이타마현경 형사 중에서도 와타세 반 무리들은 짓궂게 웃었다. 경시청 검거율은 평균 80퍼센트지만 와타세 쪽은 90퍼센트가 넘는다. 와타세도 같은 생각을 하는지 쓰루자키의 도발적인 언사에도 눈썹 하나 움직이지 않았다.

"아하, 적재적소에 배치하시는 겁니까? 그렇다면 사유리 추적은 어떻게 할까요?"

"부모는 이미 타계했고. 가까운 사람이라면 오키나와에 사는 남편뿐이지만 그쪽은 공항과 선착장, 남편 집을 경찰이 감시하고 있다. 교우관계는 거의 없기 때문에 무시해도 된다. 가진 돈이라곤 습격당한 간호사가 가지고 있던 2만 엔뿐이니 오랫동안 도망 다닐 수는 없는 거다. 언젠가 돈이 떨어지면 물건을 살 때 전철 정기권을 쓸 테고, 그때가 찬스다."

유리카와 간호사가 도둑맞은 전철 정기권은 카드 형태로 신용카드 기능도 있다. 따라서 사용하자마자 철도 회사와 전자화폐 가맹점의 컴퓨터에 데이터가 송신된다.

"이쪽 생각대로 움직여주면 고생이야 안 하겠지만."

그러자 쓰루자키는 또 눈을 부라렸다.

"가진 돈이 적은 도마 가쓰오가 계속 도망치고 있다는 사실을 비아냥거리는 건가?"

"아닙니다. 두 사람의 행동력을 경시해서는 안 된다는 겁니다."

"아무래도 와타세 경부는 살인마 콤비를 너무 과대평가하는 것 같은데."

당신이 오히려 얕보고 있는 거야. 두 사람의 대화를 듣고 있자니 눌러두었던 반발심이 오랜만에 고개를 쳐들었다.

"과대평가인지는 모르겠지만 어쨌든 수사관 배치가 약간 편중된 느낌이 듭니다만."

"효율이 오르지 않으면 그때 다시 조정하면 된다."

"수사관은 장기판의 말이 아닙니다."

회의실 분위기가 갑자기 긴장되었다. 설마 경시청 관리관에게 현경 경부가 이렇게 맞설 줄은 몰랐는지 경시청 수사관들도 숨죽이며 흘러가는 상황을 지켜봤다.

"병사가 지휘관의 지시를 따르지 않으면 어떻게 되겠나?"

"지시를 따르지 않겠다는 말이 아닙니다. 효율을 생각해달라는 겁니다."

"이것이 내가 결정한 가장 효율적인 인원 배치다. 내가 책임자로 지명됐고. 자네 지도는 받을 생각이 없네."

"지도가 아니라 건의입니다."

"건의하는 말투가 아니잖아."

합동수사본부의 지휘권은 수사본부를 설치한 경찰에 있다. 사이타마현경에 본부가 있고 쓰루자키가 책임자로 지명됐지만 공식

지휘권자는 사토나카 본부장이었다. 자연히 사람들 시선은 한쪽에 앉은 사토나카에게 쏠렸다. 사토나카도 자신이 조정해야 된다고 느꼈는지 와타세와 쓰루자키를 곤란한 표정으로 보고 있었다. 이 윽고 마지못한 듯 입을 열었다.

"와타세 경부. 지금은 관리관에게 일임해보지 그런가. 어차피 흉악범이라고 해도 두 사람, 스물 남짓의 젊은이와 중년 여성이야. 지금은 운이 따라서 용케 도망다니고 있지만 어차피 오래가지 못해. 의외로 어이없이 잡히지 않을까?"

한노시의 사건으로 호되게 당했으면서 그런 발언을 하다니…….

고개를 쳐들고 있던 반발심이 자제심을 몰아내고 고개를 빳빳이 쳐들었다.

"두 사람을 만만하게 보지 않는 편이 좋으실 겁니다."

반은 무의식중에 나온 말이었다. 단상의 쓰루자키는 말할 것도 없이 참석한 수사관들 모두 고테가와에게 주목했다. 이대로 얼버무릴 생각도 했지만 또 다른 자신이 도망을 허락하지 않았다.

"이중에서 두 사람과 일대일로 싸워본 사람 있습니까. 저는 싸워 봤습니다. 덕분에 두 번 죽을 뻔했죠."

말하는 순간, 왼쪽 다리가 욱신거리는 느낌이 들었다. 이미 오래 전에 붕대를 풀고 그때 입은 상처도 거의 사라졌지만 우연한 계기로 기억이 되살아날 때가 있다. 바로 지금이었다.

"도마 가쓰오는 외모에 어울리지 않게 엄청난 괴력을 가지고 있습니다. 일대일로 맞붙으면 여기 있는 우리 중에 누구와 상대해도 우위를 점하기 어려울 겁니다. 사유리도 마찬가지고요. 외모가 차분해서 평범한 주부로 보이지만 일단 분노하면 고양이 못지않은 민첩성을 발휘합니다. 우습게 알고 덤볐다간 단순 부상은커녕 죽을 수도 있기 때문에 각별히 주의하길 부탁드립니다."

말을 마치자 약간의 후련함과 후회하는 마음이 동시에 밀려왔다. 쓰루자키는 총으로 쏠 듯한 시선으로 이쪽을 노려봤다. 그래, 괜찮아. 경시청 관리관이 노려본다고 해서 뭐가 어쨌다고. 하지만 고테가와는 잊고 있었다. 자기 옆에 노려보는 눈길만으로 위압을 가하는 상사가 앉아 있다는 것을. 그런데 예상과 달리 와타세의 반응은 미적지근했다. 늘 그렇듯이 불쾌해 보이지만 왠지 체념한 표정으로 고테가와를 내려다보고 있었다. 그런 분위기가 오히려 더 으스스했다.

회의가 끝나고 형사실에서 대기하는데 아니나 다를까 와타세가 흉악한 얼굴로 고테가와에게 다가왔다.

"무슨 하실 말씀이라도 있으십니까?"

"과장님 지시다. 넌 빠져."

"네?"

"방금 말씀하셨어. 고테가와 가즈야 순사부장은 개구리 남자 사건에서 빠지고 다른 사건을 맡으라는 명령이시다."

고테가와는 자신도 모르게 의자에서 일어났다.

"이유가 뭡니까?"

"네 가슴에 손을 얹고 물어봐라. 수사본부 책임자와 지휘권자를 엄청나게 몰아붙였잖아. 설마 칭찬이라도 받을 줄 알았냐?"

"납득할 수 없습니다. 구리수 과장님이라면 제가 두 범죄자와 얼마나 가까운지 아실 것 아닙니까. 굳이 범인을 잘 아는 형사를 제외시키다니 어이없는 일입니다."

"바보는 너다. 빼라고 한 사람은 쓰루자키 관리관이다. 상황을 모르겠나?"

"더욱 모르겠습니다. 경시청 관리관이 저와 무슨 상관이 있습니까?"

와타세는 울분을 풀 길이 없다는 양 자기 자리에 앉았다.

"경시총감이 독려한 것 같아. 국회에서 다룰 정도로 관심거리가 됐고 전면에 나선 사람은 국가공안위원장이야. 거기서 경시청장관, 경시총감에게 지시가 내려갔을 거야, 짐작이 가지? 한시라도 빨리 사건을 해결하라고 한소리 들었겠지. 궁지에 몰리면 자꾸만 의심이 생겨. 자신에게 조금이라고 칼날을 겨누는 인간은 배제시키려고 해. 그래서 사토나카 본부장과 담판을 한 거지. 넌 두 사람을 잘 안다는 점에서 유리하다고 생각하는 것 같지만 반대로 자칫 동정하고 있을 가능성도 있어. 그런 위험한 녀석을 본부에 두면 그야말로 사자를 죽이는 몸속의 벌레 같은 거니까. 당연히 제외시키고 싶어지지."

"아니, 거의 죽을 뻔했던 제가 동정심이라뇨, 무슨 그런 농담을 하십니까?"

너무나 말이 안 되는 일이라 웃음이 났다.

"어떤 형태로든 피의자와 강한 연결고리가 있으면 무슨 일이 있을 때 책임을 묻게 돼. 사유리의 탈주로 세상의 이목이 쏠려 있어. 일이 잘못되면 본부장 이하, 과장급까지 책임을 져야 해."

"그렇다면 저를 제외시키는 것은 보신을 위한 조치 아닙니까?"

"녀석들한테는 개구리 남자와 사유리보다 무서운 것이 있거든."

"철회를 요청할 겁니다."

고테가와가 발길을 돌리는데 뒤에서 익숙한 호통 소리가 날아왔다.

"관뒤. 너 혼자 쳐들어가서 될 것 같냐?"

보이지 않는 손에 양 어깨를 꽉 붙잡힌 것처럼 몸이 움직이지 않았다.

"이미 결정된 사항이야."

천천히 돌아보았는데 왠지 와타세는 화가 난 것 같지 않았다.

"넌 이 사건에서 제외됐어. 그래서 나는 이 건으로 너에게 더 이상 명령하지 않겠다. 무슨 말인지 알 거야. 너는 너대로 확실히 끝장을 봐라."

5
심판하다

1

　전에 와타세와 방문했었기에 미코시바의 사무실이 도라노몬에 있다는 것은 알고 있었다. 고테가와는 당장 차를 타고 떠났다. 평소 조수석에 떡하니 버티고 있던 와타세가 오늘은 없었다. 단독 행동은 지난 개구리 남자 사건 이후 처음인 데다 그때는 사적인 용무로 움직였기 때문에 수사 준칙을 어겼다는 생각은 하지 않았다. 하지만 지금은 달랐다. 수사는 2인 1조라는 원칙을 무시하고 고테가와는 혼자 수사하는 중이었다. 와타세가 말하지 않았나. "나는 이 건으로 너에게 더 이상 명령하지 않겠다. 너는 너대로 확실히 끝장을 봐라." 이렇게까지 사건에 개입해놓고 중도 하차는 있을 수 없는 일이었다. 무엇보다 이건 내 사건이라는 집착이 고테가와를 옭아매고 있었다.

　수사에서 제외한다는 말을 들었을 때 당장 과장에게 가서 호소하려고 했다. 그때 제지한 와타세가 별 의미 없이 한 말 같지는 않왔다. 와타세가 뒤를 봐주리라는 기대는 하지 않았다. 하지만 손 놓고 사건을 보고만 있으니 움직이라며 독려해주었다. 과장 명령을 따르느냐 마느냐도 너에게 달렸다. 어쩌면 이것은 와타세가 던져준 시금석 혹은 미끼가 아닐까. 놓치느냐, 달려드느냐. 형사의 자질을 보려는 것 같기도 했다.

목적지에 도착해 엘리베이터로 3층까지 올라갔다. 약속은 따로 잡지 않았다. 어차피 단독으로 움직이는 데다 속내를 들어보려면 기습 방문을 하는 편이 나을지 모른다. 미코시바 법률사무소는 엘리베이터에서 내려 바로 왼쪽에 있었다. 전에 방문했을 때는 사무실 명패가 두 동강이 나 있었지만 오늘은 두 동강 난 것을 서로 맞붙여서 테이프로 붙여놓았다. 명패를 걸 때마다 못된 짓을 당한다면 분명 상당한 원한을 사고 있다는 것이다.

노크를 하고 들어가자, 여직원이 자리에서 일어났다. 구사카베 요코라고 했던가. 악명 높은 변호사 사무실에서 여태 일하고 있었다. 월급이 아주 많거나 아니면 무슨 속셈이라도 있는 걸까. 요코도 이쪽 얼굴을 알아보는 듯했지만, 고테가와는 미코시바의 모습을 찾기 위해 사무실을 둘러보다가 이상한 점을 알아챘다. 방구석에 골판지 상자가 쌓여 있고 캐비닛 안은 거의 비어 있었다. 한눈에 봐도 이사하는 중이었다.

파티션 너머로 느릿느릿 움직이는 그림자가 보였다.

"미코시바 씨."

변호사 선생님, 이라고 부르고 싶지는 않았다. 요코가 당황했는지 일어나 막으려고 하지만 그림자의 반응이 더 빨랐다.

"뭐야, 자넨가. 약속은 하지 않았을 텐데."

파티션 위로 내다본 미코시바가 의아한 표정으로 이쪽을 보았다. 고테가와는 요코의 제지를 무시하고 미코시바에게 다가갔다.

"미리 말하면 만나줬을까?"

"그런 막 나가는 자세는 상사에게서 배웠나?"

"어깨너머로."

"그럴 거야. 와타세 경부에 비하면 뒷심이 물러."

뭘 보고 뒷심이 무르다고 하는지는 모르겠지만 분명히 칭찬은 아니었다.

"무슨 뒷심이 무르다는 거지?"

"여유 있게 자네를 상대할 시간이 있는지 어떤지, 보고도 모르겠나?"

다가가자 미코시바는 자신의 책상 서랍을 열고 안에 든 물건들을 꺼내고 있었다.

"이사 가나?"

"적어도 야반도주는 아니야."

"여긴 도쿄지방법원이 가까워서 편리하지 않나?"

"의뢰인 집에 가까우면 일이 편리하지."

그 말을 듣고 직감했다. 미코시바의 고객이라면 신원이 수상한 사람이거나 형사 피고인밖에 없다.

"고스게 근처인가?"

대답이 없는 걸 보니 크게 빗나가지는 않은 모양이었다.

그러고 보니 와타세에게 들은 적이 있었다. 반년 전, 미코시바는 재판정에서 변호를 하다가 지난 악행이 폭로된 모양이었다. 아무리 유능해도 '시체 배달부' 출신이 되면 당연히 고객은 멀어진다. 미코시바 법률사무소는 대기업의 고문역으로 살림이 풍족했을 텐데 해촉당하면 사무실 운영에 치명적이다. 즉, 도라노몬 사무실에서는 임대료도 지불하기 어려워졌다는 얘기다. 최악이자 최강의 변호사로 알려진 남자도 이렇게 몰락하는 건가. 문득 고테가와는 미코시바에게 측은지심이 생겨 당황했다.

"사무실 이전이 그렇게 신기한가? 쓸데없이 왜 거기 서 있나. 방해되니까 그만 돌아가."

"당신한테 묻고 싶은 게 있어."

"경찰에게 뭘 어떻게 협조하든 나한테는 한 푼도 돌아오지 않아. 당장 돌아가."

"사유리는 어디 있지?"

마치 주문의 말 같았다.

미코시바는 손을 멈추고 천천히 이쪽을 돌아봤다.

"무슨 말인가?"

"시치미 떼지 말고. 뉴스에서 봤을 텐데. 여자가 하치오지 의료 교도소에서 탈주했어. 당신은 사유리의 변호인이자 신원인수인이 잖아."

"내가 그 여자를 숨겨주고 있다는 건가?"

"당신이라면 그럴 수 있지. 의뢰인의 이익을 지키기 위해서라면 불법행위도 마다하지 않으니까."

"쓸데없는 소리." 미코시바는 내뱉었다. "어떻게 생각해야 그런 결론에 이르지? 뻔뻔함은 그렇다 치고 논리는 역시 와타세 경부의 뒤꿈치도 못 쫓아가는군. 내가 사유리의 변호인 겸 신원인수인이 라는 것은 하치오지경찰서도 알고 있네. 여자가 탈주한 날 경찰이 사무실과 내 맨션을 조사하고 갔어."

"당신이 어디 경찰이 조사한다고 알 만한 장소에 숨겨둘 사람이 겠어?"

"여자를 다른 집에 숨겨놓고 있다고 말하고 싶은 건가? 멋진 이야기지만 그렇게 돈 많은 변호사가 이 도라노몬에서 왜 이사를 가겠나?"

"당신이라면 집을 팔아서라도 그 여자에게 잘 곳을 제공하겠지."

"도대체 사고회로가 어떻게 생겨먹은 거지? 그건 변호인과 의뢰인의 관계를 넘어선 짓이잖아."

"맞는 말이야. 당신과 사유리는 평범한 변호인과 의뢰인 관계가 아니야. 나와 그 여자가 평범한 경찰과 용의자 관계가 아닌 것처럼 말이지."

미코시바의 표정이 순간 어두워졌다.

꼭 닫힌 문이 약간의 틈을 보였을 때 즉시 더 넓혀야 한다.

"하치오지 의료교도소 음악실에서 그 여자가 〈열정〉을 쳤을 때 당신은 마음 편히 있지 못했어. 옆에서 봤으니까 내가 알지. 분명 나도 똑같은 얼굴이었을 테니."

"뭔 소리를 하는 거야."

"아니, 당신은 알고 있어. 사유리의 피아노 연주에 관한 한 당신과 나는 같은 종류의 청중이야. 기분은 더럽지만."

미코시바는 전혀 감정을 알 수 없는 눈으로 이쪽을 바라봤다. 고테가와는 되받아 보려다가 오싹해졌다. 악덕 변호사로 이름을 날린 미코시바의 눈은 마치 빛이 닿지 않는 바다 같았다. 천천히 일어나서 요코에게 눈짓을 보냈다. 아마 약속된 신호일 터였다. 요코는 이해했는지 안쪽으로 사라졌다.

"그런 데 서 있으면 방해되잖나."

앉으라는 뜻이었다. 고테가와는 미코시바 앞에 의자를 끌어당겨 앉았다.

"같은 종류의 청중이라고 했나? 무슨 뜻이지? 그 여자가 피아노를 못 친다고는 할 수 없겠지만 어차피 동네 피아노 선생 실력이야. 콘서트를 여는 피아니스트가 아니라고."

"하지만 나는 그녀의 타건에 끌려. 어떤 피아노 앞에 앉든 사유리의 연주는 가슴을 꽉 움켜쥐거든."

말하면서도 자신의 어리석음에 화가 났다. 몇 번이나 죄를 저지른 작자에게 공감을 기대하다니. 아, 나는 역시 미숙하다. 그래도 미코시바와 자신의 유일한 공통점을 무시할 생각은 없었다. 사유리의 행동 심리를 가장 잘 아는 사람이 미코시바라는 점에는 의심의 여지가 없었다.

"테크닉 문제가 아니야. 작곡가가 베토벤이기 때문도 아니고. 여자의 과거를 알아서 하는 말은 아니지만 그것은 죄인의 노래야. 타인의 피에 젖은 손가락이 연주하는 음악이지. 그래서 나나 당신이나 끌리는 게 아닐까."

예전에 고테가와는 자신을 신뢰하던 친구를 버렸을 때 지독한 죄책감에 괴로워했다. 아직도 가슴속에 새겨져 지워지지 않는 일이었다. 오른쪽 손바닥에 평행하게 그어진 두 줄의 흉터를 볼 때마다 자신의 죄가 들추어지는 기분이었다. 직접 손을 대지 않았더라도 자신은 한 사람을 죽였다. 더구나 원래는 지켰어야 하는 사람을 보고도 못 본 척했다. 직접 손을 대지는 않았으니 벌을 받지는 않지만 그 죄는 더 컸다. 미코시바도 똑같은 죄인이었다. 이웃에 사는 다섯 살 여아를 직접 살해했으나 소년법의 보호를 받아 벌을 받지는 않았다. 지금은 변호사라며 온화한 얼굴을 하고 있지만 이자 역시 벌을 받지 않았을 뿐 죄인이었다.

"난 옛날에 사람을 죽였어."

고테가와가 그렇게 말했을 때 미코시바의 눈썹이 희미하게 움찔했다.

"고작 열 살이었어. 나를 의지하던 친구가 있었는데, 왕따의 표적이 됐을 때 엮이기 싫어서 거리를 뒀어. 녀석은 학교 옥상에서 뛰어내렸고, 즉사했지."

"네가 죽인 게 아니잖아."

"자살할 계기는 내가 만들었어. 마찬가지야."

"흠, 말하자면 사람을 죽인 죄책감이 사유리란 여자의 피아노 연주를 들으면 증폭된다는 얘기인가. 아니, 그 여자도 소녀 시절에 나이 어린 여아를 살해했어. 요컨대 살인자의 피아노에 똑같은 죄를 품은 자가 공명한다……."

미코시바는 입술 끝을 크게 일그러뜨렸다.

"평범한 심리학자가 들으면 박수치며 기뻐할 사례군. 그런데 공교롭게도 난 죄책감이나 자기혐오와는 거리가 아주 먼 사람이라서. 타인의 고통도 몰라."

"게다가 자신의 고통도 깨닫지 못하는 것 아닌가."

"억측은 자유니까. 내가 사유리의 피아노에 끌리는 것은 각인 같은 거야. 원생 시절, 처음 제대로 들은 실황 음악이 사유리가 연주하는 〈열정〉이었어. 이른바 원체험이라는 거지. 그 이상도 그 이하도 아니야. 자네는 내가 아니고 나도 자네가 아니야. 초짜 주제에 그런 식으로 잘 안다는 투로 설명을 늘어놓지 말게. 웃음거리가 될 뿐이니까."

미코시바는 논할 가치도 없다는 듯 한 손을 하늘하늘 흔들었다.

"변호인이 되고 신원인수인이 된 이유도 예전부터 알았기 때문일 뿐이야. 뭔가 로맨틱한 사건을 기대하다간 사유리한테 목이 베일 테니."

"그래, 예전부터 알고 지냈군. 뭐 상관없어. 사유리가 있는 곳을 말해. 그 여자가 도마 가쓰오와 접촉하면 또다시 악몽이 반복돼."

"지금도 충분히 악몽 아닌가. 죄 없는 선남선녀한테는."

"더 참혹한 일이 생겨."

"형사씩이나 되는 사람이 강박관념이 있나."

"몇 번이고 죽을 뻔했으니까, 강박관념은 아니야. 어엿한 경험칙이지. 일단, 이건 시민들이 위험하고 어쩌고 하는 이야기가 아니야."

"무슨 뜻이지?"

고테가와는 상대방 눈을 응시했다.

"사유리와 도마 가쓰오를 구원하고 싶어."

"진심인가. 둘 다 전문의가 떼 지어 덤벼도 고치지 못한 정신이상자야."

"그렇다고 내버려둘 수는 없잖아. 더 이상 죄를 짓게 해서 좋을 건 없어."

미코시바의 눈은 몹시 어둡고 싸늘했다. 여전히 으스스했지만 와타세에게 대들 때보다는 조금 나은 분위기였다. 고테가와는 얼굴을 확 들이댔다.

"상대가 상대니까 수사본부도 진지해. 만에 하나 두 사람 중 하나라도 흉기를 가지고 있으면 사살 명령이 떨어져. 당신은 그 여자를 그렇게 묻고 싶나? 사유리의 연주를 한 번 더 듣고 싶지 않아?"

이미 어떻게 말할지 생각할 여유는 없었다. 고테가와는 생각나는 대로 입에 담고 있었다. 협상이나 논쟁으로 이 남자를 이길 수가 없다. 칼을 빼들고 감정을 쏟아내 방어벽을 무너뜨릴 수밖에 없다.

"정신병은 대개 완치가 안 돼. 그런데 관해는 가능하다고 들었어. 두 사람한테는 아직 평온을 되찾을 기회가 있어."

"관해는 나도 아네. 하지만 근본적인 해결책은 아냐. 사람의 마음속에 도사린 짐승은 쉽게 사라지지 않아. 한동안 잠에 빠져 있어도 어떤 계기로 각성해서 다시 사람을 잡아먹어버려."

"사유리가 살해돼도 괜찮다는 건가?"

"고테가와 군. 자네는 아직 어려서 몰라. 기묘하게 올곧은 경부 밑에 있어서 깨닫지 못하는 거야. 세상에는 말이지, 매장되어야 하는 목숨도 있어. 구제도, 동정도 필요 없는 인간도 있는 거야."

미코시바는 반은 비웃고 반은 가엾다는 표정으로 이쪽을 바라봤다. 제기랄. 마치 범죄가 특권인 양 말하다니. 구원받지 못하는게 명예처럼 말하다니.

"잘난 척하지 마, 이 빌어먹을 변호사 새끼야!"

고테가와는 턱을 내밀며 말했다.

"당신이 결정할 일은 아니잖아. 아무튼 사유리가 있는 곳을 말해. 그다음에 더 이야기하자고."

"단세포에 저돌적이기까지 하군. 경부가 얼마나 고생이 심할까. 알 만해."

"안심해. 내 수사에 경부는 관여하지 않으니까. 나 홀로 결정해서 행동하는 거야."

"예기치 못한 사태가 발생하면 자네 혼자 어떻게 책임을 질 셈인가?"

"글쎄, 아마 2계급 특진이 날아가는 정도 아닐까."

"흠. 그 둘과 같이 죽기라도 할 텐가?"

"정 안 되면 그것도 괜찮지."

"진심인가?"

"내 한몸 바쳐 악몽을 멈출 수 있다면 다리 한둘쯤 부러져도 상관없어. 지난번에도 거의 죽을 뻔했지만 이렇게 서 있잖아."

"구제불능이군. 말이 안 통하는 상대와 옥신각신하는 것은 피곤한 일이야."

미코시바는 하늘을 올려다보며 탄식했다.

"믿지 않을 테지만 난 사유리를 숨겨놓지 않았네."

"헤어진 남편보다 당신이 더 가깝다는 생각 안 드나?"

"그런 생각은 안 들어. 첫째, 하치오지 의료교도소에서 접견했을 때도 그 여자는 내 이야기를 제대로 듣지도 않았어. 혼자 일방적으로 이야기를 하거나 피아노 연주를 들려줄 뿐이었어. 연주회에 온 손님에게 말을 거는 식이랄까. 가깝다거나 멀다거나 하는 이야기가 아니야."

"하지만 짐작 정도는……."

"인정해주지. 집요함만은 경부를 닮았어. 하지만 집요함도 과녁을 정확히 겨냥하지 않으면 헛돌아. 생각해봐, 이미 용의자가 된 도마 가쓰오라면 몰라도 사유리는 지금 탈주를 했을 뿐이야. 여자를 숨겨주는 것이 득이 되겠나, 경찰에 넘기는 것이 득이 되겠나?"

정확한 지적이었다. 사유리 본인에게는 현시점에서 체포되는 쪽이 훨씬 나았다.

"내가 변호인이라는 사실을 잊으면 곤란해. 의뢰인인 사유리의 이익을 생각하면 경찰이 신병을 확보하게 하는 편이 최선의 선택이야. 괜히 의뢰인이 죄를 더 짓게 만드는 어리석은 행동은 안 하네. 여자가 갈 만한 데를 알았으면 진즉에 가봤을 거야."

"믿어도 되는 건가?"

"변호사가 허위 주장을 하는 것은 의뢰인에게 유리하다고 판단 했을 때뿐이야. 그래도 의심스러우면 맘대로 하게."

미코시바의 주장은 일리가 있었다. 표정을 봐서는 거짓말하는지 알 수 없지만 논리 자체로는 흠이 없어 보였다.

순식간에 힘이 빠졌다. 미코시바만이 돌파구였는데 이제 사유리 의 행방은 더더욱 알 수 없었다.

"왜 그래? 마치 오리무중이라는 얼굴이군. 설마 나만 믿고 있었 던 건가?"

"시끄러워."

"와타세 경부도 아직 멀었군."

"뭐?"

"부하를 키우는 데는 젬병이야. 아니면 제대로 가르치는데 수강 생이 받아들이지 못한 건지도."

마치 받아치라는 듯한 말투였다. 그런 꾐에 쉽게 넘어갈 정도로 고테가와도 어리석지는 않았다.

"자네가 평범한 생활을 하던 시절에 사유리와 만났던 게 사실인 가?"

"그 여자가 도마 가쓰오에게 음악요법을 할 때부터 알았어."

"그때 특이한 변화가 없었나?"

"아니, 없었는데."

"외적으로는 건강한 사람처럼 행동하고 있었다는 거로군."

"하지만 단둘이 만나 내가 여자의 범행을 의심하기 시작했을 때 변했어."

"즉, 광기에 사로잡혀 있어도 필요할 때는 건강한 사람인 척할 수 있다는 얘기야. 그렇다면 우리 눈앞에서 〈열정〉을 쳤을 때 여자의 정신은 과연 정상이었을까. 어쩌면 탈주 기회를 엿보면서 시미치를 뚝 떼고 건반을 두드리고 있었을지도 몰라."

"그게 뭐?"

"사유리에게 목숨을 빼앗길 뻔했다고 했지? 그때 여자는 어떻게 행동했지? 이성이라고는 전혀 없이 짐승처럼 덮쳤나? 아니면 주의 깊은 포식동물처럼 사냥감 숨소리까지 분별하면서 서서히 궁지로 몰아갔나?"

고테가와는 그때의 상황을 되짚어봤다. 방음이 잘 돼 있고 창문으로 한 줄기 빛도 들어오지 않는 어두운 공간에서 사유리는 짧은 간격을 두고 무기를 내려쳤다.

"틀림없이 이쪽이 어디 있는지 알고 하는 공격이었어."

"흠, 그건 살인 행위를 저지르는 중에도 냉정하게 판단하고 있었던 거야. 그렇다면 사유리의 행동은 대개 이유가 있다고 봐야 해."

"당신은 그걸 안다는 말인가?"

"아까도 말했지만 나는 오랫동안 그 여자를 안 만났고 최근에 접견했을 때도 온전한 대화를 나누었다는 생각은 안 들어. 여자의 행동 원리는 접촉한 기간이 길고 죽을 뻔했던 자네가 이해할 수 있겠지. 단지 애석하게도 자네는 생각이 너무 없어."

듣는 중에 어렴풋이 이해됐다. 이 남자는 도발하는 척하면서 고테가와에게 설명하고 충고를 하고 있었다.

"의료 기관 성격을 띠고 있어도 하치오지 의료교도소는 분명 형사 시설이야. 거기서 탈주하면 어떻게 될 거라는 걸 사유리가 전혀 몰랐다고 보기는 어려워. 담당 간호사를 급습하고 바로 옷을 바꿔 입고 정문으로 당당히 빠져나갔어. 대담한 행동이지만 다 계산되어 있었어."

"하고 싶은 말이 뭔데?"

"여자를 정신병 환자와 똑같이 생각하면 호되게 당할 거라는 얘기야. 하치오지 의료교도소를 솜씨 좋게 탈주한 것도 다 계획을 세워두었기 때문이야. 충동적으로 탈주한 게 아니라 나름의 동기가 있고 어떤 목적을 이루기 위해 나갔다고 봐야 해."

여기까지 언급하면 미코시바의 의도는 명백했다. 어둠 속에서 행방을 찾기보단 일단 탈주 동기를 찾으라는 말이었다. 사유리의 동기를 알면 어디로 갔는지 알 수도 있다.

갑자기 미코시바가 화제를 바꿨다. "사람은 안 변한다는 말이 있어. 세 살 버릇 여든까지 간다는 속담이 있을 정도니 일면 옳은 말이겠지. 하지만 그렇지 않은 인간도 존재해. 증오와 절망에 사로잡혀 있으면서도 어떡하든 자신의 인생을 바꾸고 싶어서 바동거리는 녀석도 있어. 과연 사유리는 어느 쪽일까. 난 만난 기간이 길지 않아서 알 수 없지만."

"바뀌어 있기를 바랐나?"

"아무래도 상관없어. 남의 일이야."

너 자신을 바꾸고 싶었던 거냐? 그리고 바뀔 수 있었나? 바로 떠오른 질문이지만 입 밖에 내지는 않았다.

"변호인이지만 접견 시간이 짧았기에 해줄 말은 이 정도네. 만족하든 안 하든, 이제 돌아가. 이것으로 세 번째 경고야. 안 나가면 퇴거불응죄로 고소할 테니."

"……협조, 해주셔서 감사합니다."

"됐어."

내쫓기다시피 사무실을 나온 고테가와는 곧바로 사유리가 탈주한 동기에 관해 생각했다. 이제는 순순히 인정하자. 고테가와가 사유리에게 품은 마음은 사모하는 감정이었다. 어려서 가정이 해체된 고테가와에게 사유리는 그야말로 어머니를 대신한 존재였다. 그래서 여자의 친아들과 도마 가쓰오에게 동료의식을 느꼈던 것이다. 이 사실을 인정하는 데 1년이나 걸렸다. 자신의 미숙함을 인정하고 싶지 않았거니와 동경의 대상이 짐승 같은 여자였다는 사실을 알고는 자신에 대한 분석을 거부했기 때문이다. 더는 사사로운 일에 구애받을 수 없었다. 미코시바까지 속내를 내보이며 단서를 주었다. 당사자가 팔짱을 끼고 있으면 어떡하겠는가.

고테가와는 승용차에 올라탄 채 시동도 걸지 않고 생각했다. 동기를 생각하라, 라고 미코시바는 말했다. 사유리가 중죄를 저지르면서도 하치오지 의료교도소를 나와야 했던 이유는 뭘까. 편지로는 불가능하고 면회로도 이루지 못하는 일. 혹은 면회를 하지 못하는 상대에 관한 일. 생각하면 할수록 이유는 하나로 수렴되었다. 도마 가쓰오다. 눈앞의 도구에 불과했지만 자기 자식처럼 애정을 쏟은 상대. 지금은 용의자로 경찰과 언론에 쫓기는 신세가 됐다. 새로운 개구리 남자. 사유리는 틀림없이 도마 가쓰오를 만나기 위해 하치오치 의료교도소를 탈주했다. 도마 가쓰오를 만나서 뭘 하려는 걸까. 상식에 얽매여서는 안 된다. 쉽지는 않겠지만 사유리의 심정에 다가가서 생각해보자. 사유리는 해리성 정체감 장애를 앓고 있었다. 그런 증상을 앓는 사람의 심정을 생각해본 적은 없지만, 지금은 필요한 작업이었다. 고테가와는 미약한 상상력을 총동원해서 사유리의 마음을 헤아려보려 애썼다.

유아기에는 친부에게 성적 학대를 받으면서도 순종할 수밖에 없었다. 이윽고 자신을 긍정하기 위해 보상행위로 작은 동물들을 죽이는 법을 터득했고 행위가 확대되어 인격의 해리가 시작되었다. 일상에서 두 가지 인격이 해리와 융합을 반복하는 가운데 정신적 균형이 위태로워졌고 피아노만이 일종의 동아줄이 되었다.

도마 가쓰오에게 음악요법을 실시할 때 효과는 도마 가쓰오만이 아니라 사유리 자신에게도 미치고 있지 않았을까. 사유리가 하치오지 의료교도소에 수용된 뒤에 와타세가 중얼거린 말이었지만 지금은 이해가 됐다. 심신을 안정시키기 위해 도마 가쓰오에게 음악을 가르치는 한편, 사유리 역시 음악으로 정신적 균형을 유지하고 있었다. 음악으로 이어진 사제, 그리고 유사가족. 친아들이 이세상에 없는 지금 도마 가쓰오야말로 사유리의 자식이었다. 그런 자식이 오마에자키 교수의 유지를 이어받아 어둠 속을 멋대로 날뛰고 있다면 어머니는 두 가지 중 하나를 선택하게 마련이다. 그만두게 하느냐, 아니면 돕느냐.

여하튼 사유리는 도마 가쓰오와 합류해야 했다. 가장 좋은 방법은 도마 가쓰오가 향하는 목적지에 먼저 가는 것이다. 도마 가쓰오는 오마에자키 교수가 남긴 노트에 따라 살육을 반복하고 있다. 즉, 도마 가쓰오의 표적은 오마에자키 교수의 표적이기도 하다. 오마에자키의 딸과 손녀가 무참히 살해당한 사건. 범인은 후루사와지만 변호인과 정신과 의사가 결탁하여 무죄 판결을 끌어냈다. 그런 계획을 세운 에토 변호사와 정신감정 결과를 위조한 스에마쓰는 이미 살해당했다. 남은 사람은 의료교도소에 있는 후루사와뿐이었다. 이제 연결이 됐다. 후루사와의 집 주변을 어슬렁거리던 오노우에는 도마 가쓰오로 보이는 남자에게 습격당했다. 습격당한 직접적인 이유는 모르지만 분명 오노우에가 방해가 된다고 생각했기 때문일 것이다. 도마 가쓰오의 다음 표적은 후루사와였다!

2

"기상!"

오카자키 의료교도소의 아침은 일반 교도소와 마찬가지로 오전 7시부터 시작했다. 혼거방 구석자리에서 담요를 돌돌 감고 자던 후루사와는 교도관의 외침에 천천히 상체를 일으켰다. 처음에는 교도관 목소리가 너무 귀에 거슬렸지만 익숙해지게 마련이었다. 신축 교도소에서는 기상과 취침을 비롯한 각종 지시가 방에 설치된 스피커로 방송되는데, 이쪽이 훨씬 더 인간적이었다. 완전히 잠에서 깨기도 전에 이상한 냄새가 풍겼다. 점막에 딱 달라붙는 듯한 분뇨 냄새. 또 4592번, 이와타니 자식이 분명 자면서 지린 것이다. 후루사와는 담요로 코를 막았다. 혼거방은 동거인을 선택하지 못하는 것이 최대 결점 중 하나였다.

오카자키 의료교도소는 원래 소년원이었기 때문에 방이 아주 작고, 정신장애가 있는 재소자를 수용하는 형사 시설로는 문제가 있었다. 수용률 53퍼센트라는 형편없는 수치에 실상이 그대로 드러났다. 정신질환을 앓는 재소자는 처음에는 독방에 수용해서 증상을 살펴봐야 하지만 현재 시설로는 불가능했다. 더 많은 재소자들을 수용하고 싶어도 지은 지 48년이나 된 건물이라 언감생심이었다. 그래서 일부러 수용률을 낮춰 재소자들 간에 일어날 수 있는 문제를 피하고 있었다.

의료교도소가 거지같은 이유는 하나 더 있었다. 정신질환의 경우 본인의 승낙 없이는 강제로 의료 행위를 할 수 없었다. 재소자들의 인권을 감안한 조치겠지만 먼저 수용된 선배들에게는 달갑잖은 배려일 뿐이었다. 덕분에 변변한 치료도 받지 못한 재소자가 혼거방에 들어오기 때문에 이와타니 같은 남자와 자신이 같은 방에서 지내게 된 것이다. 1년 내내 이런 데서 지내면 정상적인 사람도 정신병이 걸리고 만다. 후루사와는 큰 소리로 호소하고 싶었지만 정작 본인이 정신질환을 핑계로 감형되었기 때문에 불평할 상황이 아니었다.

오전 7시 25분, 아침 식사. 보리가 반가량 섞인 밥에 두툼한 계란말이와 단무지, 후리카케(어분, 김, 깨, 소금 등을 섞어서 만든 가루 식품으로 밥에 뿌려 먹는다-옮긴이)와 파가 조금 들어간 국. 건강에 좋은지 어떤지는 모르지만 모두 병원식처럼 싱거워서 출소하면 우선 맵고 짠 음식이 정말 먹고 싶다. 의료교도소이기에 재소자들의 건강을 배려한다는 그럴싸한 핑계지만 사실 바깥 사회의 향수를 불러일으키는 데도 한몫하고 있었다. 그래도 칼로리는 낮추고 있기 때문에 비만이 되지 않는 점이 장점 중 하나였다. 실제로 후루사와도 입소한 뒤 5킬로그램 정도 감량에 성공했다. 규칙적인 생활에 적당한 운동과 저칼로리 식사. 정신이야 어떻든 간에 건강에 나쁠 리가 없었다. 출소해서 한가한 날이 이어지면 《당신도 실천할 수 있는 교도소 다이어트》라는 책이라도 써볼까.

아침 식사 자리에서도 때로 우울해질 때가 있다. 유아퇴행인지 얼굴을 그릇에 처박다시피 하고 먹거나 유난히 음식을 흘리는 자가 있다. 식사 때만큼은 조용히 하면 좋을 텐데 "난 계란 싫어", "갈색 된장이 좋아", 이렇게 혼잣말하는 녀석들이 끊이지 않았다. 개중에는 후리카케를 장국 속에 집어넣는 자도 있다. 후루사와는 짜증이 치밀어 오르기 때문에 그냥 무시하기로 마음먹었지만 그래도 들려오는 소리를 막을 수는 없었다. 여러 소음을 견디며 묵묵히 젓가락을 움직이는데 갑자기 오른쪽 뺨에 물방울이 튀었다. 돌아보니 옆에 앉아 있던 4560번 하마다가 장국 속에 젓가락을 집어넣고 놀고 있었다.

"에헤헤헤헤헤헤."

하마다는 장난을 들켰다고 생각했는지 한심해 보이는 얼굴로 쳐다보며 웃었다. 순간 주먹을 날리고 싶었지만 간신히 자제심을 발휘했다. 자신은 정신장애를 앓았지만 집단생활을 하면서 치료한 결과 현재는 관해 상태가 됐다고 알려진 인물이었다. 그런데 싸움질을 하면 지난 수고가 모두 물거품이 된다.

오전 7시 50분, 방에서 나갔다. 후루사와를 비롯한 재소자들은 제2작업요법센터를 향했다. 어디든 마찬가지겠지만 의료교도소에서는 증상의 단계에 따라 작업 내용이 달라진다. 일단 독방에서 증상을 안정시킨 뒤 생활요법센터로 옮겨가 음악을 들으면서 가벼운 작업을 한다. 마음이 제일 편한 곳이다. 월, 수, 목, 금요일 오후 1시부터 한 시간동안은 노래방에서 노래하기, 고리 던지기, 볼링, 그림 그리기를 하며 시간을 보낼 수 있다. 정신장애를 치료한다는 명분 아래 허용되는 레크리에이션이다. 더 증상이 안정되면 제1작업요법센터, 이어서 제2작업요법센터로 옮겨간다. 말할 것도 없이 위로 갈수록 일반 교도소와 작업 내용이 비슷해진다. 직업훈련이라고 해도 틀리지 않다.

오전 8시, 작업 개시. 작업이라고 해도 의료교도소의 성격상, 선반이나 드릴, 전기톱 같은 공구를 사용하지는 않는다. 예를 들면 후루사와에게 주어진 작업은 서양란 재배였다. 씨앗을 심고 키우는 1년 동안 흙과 초목을 가까이하는 것이다. 꽃을 바라보고 있으면 정서가 안정된다고 믿는 사람이 이런 프로그램을 만들었을 테지만 정말 세상 물정 모르는 작자다. 하지만 꽃잎을 사랑스럽게 바라보는 재소자도 있기에 반드시 나쁜 것만은 아니었다.

제2작업요법센터에서 뭔가를 하는 사람은 보통 말이 없었다. 후루사와와 마찬가지로 목소리를 낼수록 불리해진다고 생각하는지, 여하튼 서양란을 상대로 무언의 대화를 계속했다. 옆에서 보고 있으면 마치 집고양이 무리처럼 보였다. 그런데 후루사와에게는 들고양이가 발톱을 가는 것처럼 보였다. 실제로 이중에는 '관해 상태의 정신병 환자'를 연기하는 자가 있다. 형을 경감받기 위해서인지, 교도소에서 편한 작업을 하기 위해서인지 모르지만 다른 재소자들에 비해 성깔 좀 있어 보이는 녀석이 집고양이인 척하고 있다. 이른바 고양이 탈을 쓴다(본성을 숨긴다는 뜻의 일본 관용구-옮긴이)는 것이다. 쓴웃음이 나왔다. 정말로 형법 제39조만큼 고마운 조문은 없다. 이걸 작성한 사람이 눈앞에 나타나면 정말로 힘껏 안아주고 뽀뽀해주고 싶다.

후루사와에게 정신장애인인 척하라고 주문한 사람은 에토 가즈요시라는 변호사였다.

"형법 제39조라고 들어봤나?"

"알아요. 심신상실…… 이었나. 중증 정신병이면 죄를 면할 수 있는 거잖아요."

"정확히는 심신상실자의 행위는 벌하지 않는다, 심신미약자의 경우 형을 경감한다는 내용이지."

"아하, 알겠어요. 저한테 정신병 환자 흉내를 내라는 거네요. 하지만 변호사님, 전문가가 보면 단박에 알아차리지 않을까요?"

"그 점은 걱정 안 해도 된다. 니가 말한 전문가가 법정에서 어떻게 행동할지 아주 친절하고 자세히 설명해줄 거야. 너는 지시만 따르면 된다."

"저 그런 거라면 잘해요. 학교에서 연극반 활동을 했거든요."

"아주 든든하구나. 여하튼 평범하지 않은 면을 판사 앞에서 보여줘야 한다. 애니메이션 캐릭터가 살인을 부추겼다거나 사람은 죽여도 금방 다시 살아난다고 생각한다거나, 누가 들어도 말이 안 되는 소리를 하는 거야. 갑자기 비명을 질러도 좋아. 아무튼 네 평생을 좌우하는 일생일대의 무대야. 실수하지 않게 조심해라."

정신감정을 담당한 의사는 스에마쓰라는 사람이었다. 어떤 질문에 어떻게 답할지는 에토가 가르쳐줬기 때문에 당황하진 않았다. 구치소에서는 배운 대로 행동하고 지시받은 대로 말했다. 이윽고 지방검찰청의 정신진단실로 연행되어 검찰관이 입회한 가운데 감정이 이루어졌다. 이때 후루사와 앞에 모습을 드러낸 의사가 스에마쓰였다. 지금부터가 진짜였다. 후루사와는 예전에 동아리 활동에서 익힌 연기력을 최대한 발휘하여 정신장애인을 실감나게 연기했다. 다만 아마추어 배우인지라 한 방에 검찰관 입을 다물게 하지는 못했다. 3개월에 걸쳐 감정을 반복했는데 결국 후루사와는 살인죄로 기소됐다.

"처음치고는 연기가 아주 훌륭했지만 역시 검찰관을 납득시키기는 어려웠던 모양이다."

"죄송해요."

"괜찮다. 우리도 그렇게 간단하리란 생각은 하지 않았어. 진짜 무대는 어디까지나 재판정이다."

그리고 맞이한 재판. 피고인은 마지막 날 진술하는데 후루사와는 혼신의 힘을 다해 연기에 몰두했다. 판사들과 검찰관, 그리고 많은 방청객들이 지켜보는 앞에서 아주 제대로 미쳐 보였다. 지금도 그날의 광경은 생생히 떠올릴 수 있다. 애니메이션 캐릭터 이름을 외치며 "그 여자가 죽이라고 해서 두 사람을 죽였어요. 두 사람은 완전 불행했는데 제가 살해해서 세상 제일의 행복을 손에 넣었어요"라고 말했다.

"죽은 고히루이 씨를 범한 것은 왠지 제 엄마 같아서였어요. 자궁회귀원망이라고 하나 봐요. 하지만 배운 대로 부활 주문을 외워도 두 사람은 살아나지 않잖아요. 아직 두 사람 몸속에는 악령이 머무르고 있기 때문이라고 생각했어요. 그래서 두 사람의 몸을 흔들어서 악령을 짜내려고 했는데 소용없었어요. 부활 의식에 실패했다고 생각하니 무서워져 도망쳤고요. 그래서 도망치는데 경찰이 제 두 팔을 붙잡은 거예요."

엄청난 열연으로 후루사와 본인조차 정말 정신이 이상해진 게 아닌가 하고 착각할 정도였다. 판사와 방청객들은 어안이 벙벙해했지만 단 한 사람, 남편으로 보이는 남자만은 총으로 쏘아 죽이고 싶은 표정으로 이쪽을 응시하고 있었다. 결과적으로 이 방법이 좋았다. 원래 검찰도 공소를 유지할 수 있을지 불안해한 재판이었던 모양이다. 판결은 형법 제39조가 적용되어 무죄. 단 후루사와의 신병은 오카자키 의료교도소로 옮겨졌고 여기서 4년이 넘는 세월을 보내게 되었다.

"네 범죄는 검찰관 말을 빌리면 흉악함 그 자체였다. 요즘은 엄벌을 하는 경향이 있어서 사람을, 그것도 주부와 아기를 살해했기 때문에 극형을 면하기 어려웠을 거야. 그런데 이런 판결이 나왔으니 정말 바라던 바다. 부디 의료교도소에 가면 처음에는 그럴듯하게 행동해라. 서서히 안정을 찾는 것처럼 보이면 관해로 간주되어 출소가 빨라질지도 모르겠다."

미친 연기를 앞으로도 계속할 수 있을지 솔직히 불안했지만 다행히 의료교도소의 정기 면담은 기소 전 정신감정만큼 엄밀하지 않았기 때문에 손쉽게 빠져나갈 수 있었다. 촉법행위를 한 정신장애인의 치유와 사회 복귀는 정신보건복지법의 정신을 따라야 하기에 담당 정신과 의사도 소신껏 판단하지 못한 것이다.

입소한 뒤에는 철저히 온화한 재소자가 되었다. 동거하는 재소자가 아무리 민폐를 끼쳐도 미안해하는 척하며 교도관에게 전하는 데 그쳤다. 소내 작업은 성실하게 임했고 일상에서는 가끔 조용한 미소를 보여주려고 애썼다. 요란하게 웃거나 바보 같은 미소를 띠는 자들 속에서 후루사와의 거짓 웃음은 보는 자를 안심시켰다. 그렇게 노력한 보람이 있어 한 달 전에는 가석방이 떨어졌다. 담당 교도관에게 통지를 들었을 때 만세삼창이라도 외치고 싶었지만 필사적으로 참고 "고맙습니다"라고 조심스럽게 말하며 기쁨을 표현했다. 자신 없어 보이면서도 친근감을 담아서. 교도소 측에서 좋아하는 태도였다.

최근에는 원예 작업을 하고 있으면 저절로 미소가 흘러나왔다. 출소하면 하고 싶은 일들이 산더미였다. 우선 맥주. 여기는 일반 교도소에 비하면 규칙이 느슨하지만 그래도 알코올 섭취는 엄격히 금한다. 체포된 뒤로 5년 가까이 술을 입에 대지 못했다. 떳떳하게 자유의 몸이 되면 실컷 마셔줄 테다.

그다음엔 먹을거리. 기름지고 짠 음식을 배 터지게 맛보고 싶었다. 병원식 비슷한 것을 계속 먹어서 미뢰가 무뎌지지 않았을까 걱정이었다. 교도소에서도 새해나 크리스마스에는 조니(간장이나 된장으로 국물을 우려낸 일본식 떡국-옮긴이)나 오므라이스가 나오지만 집밥에는 미치지 못했다. 고기 요리에 계란 요리, 다양한 색상의 샐러드, 죄다 못 다 이룬 꿈이었다. 교도소가 재소자들에게 주는 징벌 중 하나는 분명 미각 학대다. 후루사와의 입맛은 별로 사치스럽지 않았다. 마늘을 터질 듯이 잔뜩 넣은 뜨거운 군만두를 한입 가득 넣고 차가운 맥주와 같이 삼키는 것이다. 아아, 그때의 목 넘김이란.

"4587번. 손이 멈췄다."

교도관 목소리에 후루사와는 정신을 차렸다. 허둥지둥 손을 움직이자 교도관은 입가에 미소를 띠었다.

"가석방된다지?"

"네."

"기분은 이해하지만 부디 자중해서 도를 넘지 않도록 해라. 가석방이 결정된 순간 소동을 일으켜서 취소된 녀석도 많다."

"네, 말씀 감사합니다."

"넌 특별히 손이 안 가는 녀석이었어. 나도 그동안 고마웠다."

당연한 소리다. 교도소 쪽 사람들에게 좋은 인상을 주려고 얼마나 성질을 죽이고 살았는데. 소리 지르고 싶은 것을 꾹 참고 분노와 불평에 뚜껑을 덮고 비웃음과 멸시의 시선도 견뎠다. 벌레 하나 못 죽이는 착한 사람 흉내를 내고 인형처럼 따랐다. 모두 가석방을 쟁취하기 위해서였다. 사람을 둘이나 죽여도 잘만 행동하면 감시가 다소 심한 병원 생활을 하면서 자유를 누릴 수 있다. 얼마나 매력적인가. 물론 누구에게나 허용되는 일은 아니다. 후루사와라는 선택된 사람이나 받는 은혜였다. 그런데 뭐라고? 손이 가지 않아서 고마웠다고? 설마 내가 여기 말뚝이라도 박을 거라 생각했나. 장난하냐.

"아 참, 점심 식사가 끝나고 오후 작업을 시작하기 전에 히바 선생님이 하실 말씀이 있다고 하셨다."

히바는 후루사와의 담당 의사였다. 타이밍으로 추측건대 가석방에 앞서 주의사항 따위를 알려줄 것이다. 문제는 시간이었다. 12시부터 30분에 걸쳐 점심 식사를 마치면 휴식을 취한다. 12시 30분부터는 다시 작업이 시작되기 때문에 평소보다 빨리 식사를 마쳐야했다. 교도소라는 데는 재소자가 정신장애인이라고 해서 봐주지 않는다. 규율 엄수라고 하면 그럴싸하지만 사실은 재소자를 사람 취급도 하지 않는 것이다. 흠, 그래도 좋다. 이제 며칠 안 남았으니까.

"알겠습니다. 4587번, 점심 먹은 뒤에 히바 선생님께 갑니다."

후루사와는 점심 식사를 거의 8분 만에 해치우고 교도관과 함께 의무실로 향했다.

"4587번, 들어갑니다."

"들어와요."

방에 들어가자 히바가 남자 간호사 한 명과 있었다.

"가석방 날짜가 정해졌습니다. 12월 23일 오전 10시예요."

23일. 즉, 이틀 뒤라는 거구나.

기뻐서 덩실거리며 춤이라도 추고 싶었지만 꾹 참고 직립 부동 자세를 유지했다.

"감사합니다, 히바 선생님."

"편하게 앉아요."

히바는 근처에 있던 의자를 권했다.

"정기 면접 결과도 양호했고 담당 의사로서 소견서에 덧붙일 말은 전혀 없습니다."

"감사합니다."

"아니, 딱 하나 있군요."

히바는 반쯤 뜬 눈으로 후루사와를 보았다.

"만약 당신이 겁쟁이인 척하는 거라면 출소해도 계속 그렇게 하는 편이 좋을 겁니다."

바짝 긴장했다.

"죄송합니다. 무슨 말씀인지 잘 모르겠습니다."

"모른다면 그냥 흘려들어요. 방금 한 말은 주치의의 충고 같은 거니까."

히바는 나른한 듯이 머리카락을 만지작거렸다.

"이건 일반론인데 정신장애가 없는 사람이 그런 척하기는 아주 어려운 일입니다. 하지만 일단 심신상실로 진단되면 정기 검진은 비교적 형식적으로 치르죠. 기소 전 정신감정에서는 반년에 걸쳐 검사를 하는데, 몇 달에 한 번 30분 정도 하는 정기 면담은 그냥 잡담이나 하는 거고요."

후루사와는 표정근에 힘을 줬다. 조금이라도 긴장을 늦추면 불안이 얼굴에 비칠 것이다. 히바가 무슨 속셈인지는 잘 모르지만 이 자리에서는 선량한 인간상을 밀고 나가야 했다.

"하지만 불과 30분 면담을 해도 알 수 있는 것이 있습니다. 어떤 내용이든 간에 거짓말을 하고 있으면 알 수 있어요. 악용되면 안 되니까 자세히는 말 안 하지만 사람은 거짓말을 하면 반드시 얼굴에 드러나거나 어떤 행동을 취합니다. 개인차는 있지만, 예를 들어 눈을 피하거나 특정 얼굴 부위를 손으로 가리거나 하지요. 무의식중에 나오는 반사 반응 같은 거라서 훈련이라도 하지 않는 이상 막기는 어려운 겁니다."

무심코 손이 얼굴에 가려고 했다. 안 돼, 위험해. 저자가 판 함정이면 어쩌려고.

"누구나 자기 성격의 싫은 부분은 숨기고 싶은 법이니까 내버려두라고 하면 그만이지만. 아무튼 어차피 할 거라면 계속해야 합니다. 이유를 알겠습니까?"

"아뇨, 모르겠습니다."

"신중하고 겁이 많은 성격은 절대 나쁜 것이 아닙니다. 전쟁터에서도 살아남는 유형이죠. 아니, 전쟁터뿐 아니라 실제 사회에서도 똑같이 적용된다고 할 수 있으려나. 쓸데없이 용감하거나 앞뒤 생각하지 않는 사람은 문제에 휘말리기 십상이니까. 출소해도 지금처럼 자신의 싫은 모습을 계속 숨겨요. 안 그래도 출소자는 색안경 끼고 보는 세상이니까 신중에 신중을 기하는 것이 좋습니다."

"네, 명심하겠습니다."

다 듣고 나서 가슴을 쓸어내렸다. 아무래도 후루사와의 연기를 두고 한 말은 아닌 모양이었다. 일반적인 전과자가 가져야 할 마음가짐이랄까. 아니, 잠깐. 방심해서는 안 된다. 히바와는 여러 차례 면담했지만 이 남자가 무슨 생각을 하는지 도통 알 수 없었다. 항상 천연덕스러운 얼굴을 하고 있지만 어쩐지 수상했다. 자신의 싫은 모습을 숨기라니, 어쩌면 히바 자신을 두고 하는 말이 아닐까.

"출소 당일엔 작업이 없습니다. 아침을 먹으면 옷을 갈아입고 입소 때 맡긴 물건을 찾으러 가세요. 마지막으로 소장님과 인사를 나누고 정식으로 출소하십시오."

"감사합니다."

"단 당신한테는 걸리는 것이 있어요. 최근 뉴스를 봤습니까?"

"아뇨."

"당신 본가가 마쓰도시 도키와다이라가 맞죠?"

"네, 맞습니다."

"대체 어디서 정보가 흘렀는지 당신 출소가 얼마 안 남은 것을 언론에서 안 모양입니다."

아아, 그랬구나, 하고 후루사와는 남의 일처럼 들었다. 부모 자식의 연을 끊진 않았지만 최근 4년간 부모님은 면회도 오지 않았다. 모녀 살해, 게다가 정신장애인이라고 낙인이 찍히면 면회 올 마음도 사라질 만했다. 이제 와서 부모에게 기대하는 것은 별로 없었다. 그래서 본가에 폐를 끼치고 있어도 마음은 모기 물린 정도도 아프지 않았다.

"언론사 기자 한 사람이 본가에서 별로 안 떨어진 곳에서 습격당한 사건이 있었습니다. 피해를 입은 기자는 지금도 의식불명 상태이고 습격한 사람은 아직 체포되지 않았고요. 뭔가 짐작 가는 것이 있습니까?"

"없습니다."

정말이었다. 아버지와 어머니가 나와 연루되어 습격당했다면 그래도 이해가 됐다. 그런데 왜 우리 집을 찾아온 기자가…….

"당신이 관해 상태라지만 세상 사람들은 꼭 그렇게 생각하진 않습니다. 마쓰도시 사건은 아직도 잊을 수 없는 비극으로 기억되고 있어요. 그래서 당신 집에 기자들이 몰려드는 것이죠. 잔인한 말 같지만 당신에게 교도소 밖은 여기보다 더 치열하고 비정한 세상일 수 있습니다. 그래서 방금 전쟁터 운운했던 겁니다."

에이, 그랬구나. 후루사와는 단번에 긴장감이 사라졌다. 출소한 전과자, 더구나 정신질환을 앓는 자에게 사람들이 얼마나 관심이 많은지는 본인이 가장 잘 알고 있었다. 요컨대 보기 좋은 구경거리이고 양식 있는 사람들의 적이며 아무리 때려도 용서되는 불가촉천민이었다. 그런 데로 어슬렁어슬렁 돌아가라고? 그야말로 여름에 불빛을 보고 날아드는 날벌레였다.

"지금도 출소자에 대한 비난은 강하고 사회도 받아들일 자세가 안 되어 있습니다. 이제 신원인수인은 정해졌습니까?"

"네, 마쓰도의 성당에 계시는 신부님입니다."

"신부라. 그렇다면 당신도 기독교인이 되는 겁니까?"

"신부님과 의논해보려고 합니다. 세상을 뜬 두 사람의 명복을 계속 빌고 싶습니다."

속으로 혀를 쏙 내밀었다. 종교 따위는 엿이나 먹으라지. 잠시 교회에 몸을 맡기고 있다가 좋은 직장을 찾으면 얼른 나갈 생각이었다.

"출소 후에 교회로 가는 겁니까? 좋은 일이군요. 잠시나마 본가로 돌아가지 못해서 괴롭겠지만, 지금은 세간의 관심이 식을 때까지 기다리는 편이 좋겠어요. 머지않아 많은 사람들이 사건을 잊을 날이 올 겁니다."

그건 맞는 말일지도. 어차피 남의 일이기에 아무리 처참한 사건이라도 사람들은 산뜻하게 잊을 것이다. 손이 닿지 않은, 머리로만 기억하는 일은 별로 오래가지 않는다. 아직 젊은 남의 아내의 가느다란 목을 두 손으로 조르는 감촉. 울음을 터뜨려 시끄러웠던 딸아이의 머리를 쇠파이프로 내리쳤을 때의 느낌. 점차 체온을 잃어가는 여자의 질에 페니스를 삽입했을 때의 쾌감. 모두 어제 일처럼 생생하게 떠올랐다. 떠올릴 때마다 바지 앞이 경직되었다.

"잊지 않아도, 괜찮습니다."

후루사와는 이내 절실한 말투가 되었다. 이 정도 연기는 누워 떡 먹기다.

"제가 지은 죄와 끊임없이 마주하기 위해서라도, 저 스스로 잊지 않기 위해서라도, 잊지 않았으면 합니다."

"기특한 태도입니다. 가석방 될 만해요."

히바는 다시 반쯤 뜬 눈으로 쳐다봤다.

"솔직히 당신을 출소시키기가 망설여졌는데 이미 결정된 사항입니다. 나도 출소를 축하하겠습니다. 밖에 나가서도 당신이 주변의 악의로부터 끝까지 도망칠 수 있기를 바랍니다."

어떤 의미가 있는 듯한 말이라고 생각했지만 깊이 따지지는 않았다. 두 번 다시 이 남자와 만날 일은 없을 테니까.

3

다음에 고테가와가 찾아간 곳은 마쓰도시 도키와다이라 8가, 말하지 않아도 모두 아는 후루사와의 본가였다. 전에는 기자들이 떼지어 모여 있었다. 그중에서도 뭔가 다른 기운을 내뿜고 있었다는 오노우에가 습격당한 지 거의 한 달이 지났다. 여전히 오노우에는 의식불명 상태였고, 어느 정도 싫증이 난 무리들은 전열에서 이탈했으리라 예상했는데 번지수를 한참 잘못 짚었다. 전보다 인원이 늘어나 있었다. 녀석들, 자기 목숨은 둘째치고 후루사와가 귀환하는 사진 한 장이 갖고 싶은 거로구나. 고테가와는 새삼 언론인들의 집요함에 어이가 없어졌다. 자기 자신을 지키려고 한노서를 습격한 시민들이 훨씬 인간다웠다. 다만 열기는 좀 누그러졌다. 남에게 뒤질세라 인터폰을 붙들고 늘어진 사람도 없고, 집 앞에서 얌전한 얼굴로 대기하는 리포터 모습도 보이지 않았다. 단지 통행에 방해가 되지 않을 정도로 거리를 두고 찾아오는 사람을 가만히 기다리고 있었다. 별로 대단한 일도 아니었다. 중요한 순간, 바로 대응하기 위한 체력과 기력을 유지하기 위해 자제력을 발휘하고 있는 것이니까.

기자들이 감시하는 가운데 고테가와는 인터폰을 눌렀다.

"사이타마현경의 고테가와라고 합니다. 후루사와 후유키 씨 부모님 계십니까?"

한동안 기다려도 대답이 없었다. 아무도 없거나 있어도 없는 척 하는 것이거나. 뒷문으로 돌아가 보자고 생각했을 때 겨우 인터폰에서 잠긴 듯한 목소리가 들려왔다.

"돌아가세요."

"현경 형사입니다. 주의를 환기시키려고 방문했습니다. 이야기라도 들어주시겠습니까?"

"이제 그만 내버려두세요."

정말 지친 듯한 목소리에 결심이 약해졌다. 하지만 자신을 질타하며 계속 설득했다.

"아드님이 어떻게 되든 상관없다는 겁니까? 지은 죄를 속죄하고 출소한 사람에게 이제 와서 과거를 추궁할 생각은 없습니다."

대답이 없었다.

"저는 앞으로 발생할 범죄를 막고 싶을 뿐입니다. 아드님이 피해자가 될 가능성이 큽니다. 제발 이야기 좀 하시죠."

"정말이에요?"

"특별한 종교는 없지만 어떤 신에게도 맹세할 수 있습니다."

이윽고 현관문이 조금 움직였다.

"문 열었어요. 밖에 얼굴을 내밀고 싶지 않으니 그냥 현관으로 들어오세요."

현관 안으로 들어갔다. 현관에는 오십 대로 보이는 여자가 기다리고 있었다.

"후유키 엄마예요."

미리 후루사와 후유키 집안의 관련 기록은 찾아봤더랬다. 평범한 회사원 가정, 아버지는 도시히코, 어머니는 구니코. 사전 정보에 따르면 구니코는 사십 대 중반인데 실제 나이보다 더 들어 보였다. 역시 마음고생이 심했던 모양이다.

"죄송하지만 남편은 아직 퇴근을 안 해서요."

"어머님과 이야기하는 것으로도 충분합니다."

"후유키가 피해자가 된다는 이야기 말인데 아들은 이미 오래전에 피해를 입었어요."

구니코는 문 너머를 가리켰다.

"저 사람들이 쓴 기사를 읽은 적 있으세요? 후유키는 아팠어요. 그런데 교도소 같은 데 4년 넘게 집어넣고, 이제야 겨우 나아서 나오는 거예요. 그런데도 아직 안 나았다, 위험하다고 쓰잖아요. 오늘도 저렇게 집 주변을 감시하면서 후유키가 나타나기를 이제나 저제나 기다리고 있어요."

어머니라서 하는 생각이겠지만, 고테가와의 머릿속에는 당장 반박할 거리가 대여섯 개는 떠올랐다. 어머니와 어린아이를 무자비하게 죽여놓고 후루사와는 겨우 4년간 수감됐을 뿐, 이제 바깥세상으로 돌아온다. 심지어 교도소도 아닌 사실상 의료 기관에 들어가 있었으니 형벌이라고 할 수도 없었다. 그런데 구니코는 아들이 4년간 고통받았다고 보는 듯했다. 한편 언론을 비롯한 시민들의 감정도 이해했다. 수상쩍은 형법 제39조에 문제를 제기하고 후루사와를 끊임없이 감시하는 이유는 재범 가능성이 있다고 보기 때문이었다. 무서운 범죄자 후루사와를 지금은 보호해야 하는 입장에 있다는 사실이 도저히 납득 가지 않았다.

"밖에 있는 사람들은 기껏해야 소문으로 피해를 주는 정도입니다. 경찰은 더 심각한 사태를 우려하고 있습니다."

"지난 4년간 저희가 세상 사람들에게 당한 일보다 더 심각한 사태가 있다는 생각은 별로 안 드네요. 정말 지독했어요. 무책임하게 말하는 사람들 덕에 남편은 두 번이나 직장을 옮겨야 했어요. 저도 낮에는 장도 보러 못 갔고요."

구니코가 무슨 말을 하려는지 대충 짐작이 갔다. 범죄자 가족이라면 어디서나 당하는 일이다.

"최근에는 안정됐지만, 후유키가 체포된 직후는 떠올리고 싶지 않을 정도로 심했어요. 문과 벽에는 무분별한 낙서를, 그것도 어지간해서는 지워지지 않는 페인트로 해놨어요. 끊임없이 괴롭히는 전화가 왔고요. 그런 괴물을 낳은 책임을 지라느니, 당장 피해자 집 앞에 가서 무릎을 꿇으라느니, 훨씬 더 잔인한 말을 해댔어요. 그래서 집 전화는 선을 빼버렸고요. 재판이 시작되고 고마운 에토 변호사님이 변호를 시작하자 이번에는 집 안에 죽은 동물과 분변을 던져 넣더라고요."

아마 평범한 살인, 평범한 재판이었다면 사람들의 증오가 그 정도로 집중되지도 않았을 것이다. 이렇게 말하면 안 되겠지만 후루사와 부부가 받은 고통은 아들 후유키의 범행과 에토의 변호에 대한 응답이었다. 익명에 숨은 보복과 사이비 정의는 눈에 보이는 쉬운 표적을 향한다. 하루하루 고통스럽게 살아가는 데 보상을 받지 못하는 '선량한 시민'들은 평소의 울분을 범죄자와 그 가족에게 쏟아놓는다.

"최근에 안정됐었다고 하셨죠?"

"어느덧 5년째가 되니 괴롭히는 것도 싫증이 났나 봐요. 문과 벽에 낙서는 없어졌어요. 기자들이 찾아오는 횟수도 줄었고, 여전히 동네에서 따돌림을 받긴 하지만 나름 평온한 생활로 돌아갔어요. 그런데……."

구니코의 말투가 갑자기 날카로워졌다.

"어디서 들었는지 후유키의 출소가 가까워졌다는 것을 알아낸 언론이 다시 떠들기 시작한 거예요. 매일 밤낮으로 카메라를 들이대고 기자들이 집 앞에서 멋대로 지껄이고 낙서도 다시 휘갈기고. 인터넷에는 옛날 장난전화는 저리 가라 할 만큼 심한 말들이 쓰여 있고."

"인터넷은 얼굴도 목소리도 모르는 만큼 반응이 악랄하죠."

"제 생각도 그래요. 돈만 있으면 당장 이사라도 갈 텐데 그러면 우리 애가 돌아올 집이 없어지잖아요. 하루하루가 악몽 같아요. 이보다 더 심한 처사는 없어요."

"어머님은 개구리 남자 사건을 아십니까?"

"텔레비전에서 봤어요. 무고한 사람들을 50음순으로 죽이고 다니는 정신이상자잖아요. 지금은 '사'행부터 시작했다고 들었어요. 저희는 성이 후루사와라서 당분간은 괜찮고요."

"꼭 그렇지도 않습니다. 이번 범인은 아드님이 일으킨 사건 관계자들을 노리는 것 같기도 합니다. 그래서 이렇게 온 거고요."

"아들이 일으킨 사건이라니!"

구니코의 표정이 갑자기 험악해졌다.

"형사님도 후유키를 짐승 취급하는 거예요? 그건 사건이 아니라 사고예요. 엄마의 애정에 굶주려 있던 후유키가 정신적으로 궁지에 몰려서 저지른 불행한 사고라고요. 그야 죽은 어머니와 따님은 안됐지만 법원이 후유키의 무죄를 선고했으니 그애는 이제 깨끗한 몸이라고요."

진심인지, 아니면 어머니의 입장에서 대변하려 하는 말인지는 모르겠지만 순순히 고개를 끄덕일 수는 없는 주장이었다.

이럴 때는 입장 바꿔놓고 생각해봐라, 와타세는 이렇게 말했을 것이다. 만약 후루사와 후유키가 정신장애가 있는 사람에게 살해되고 범인이 형법 제39조를 적용받아 무죄를 선고받아도 구니코는 똑같은 소리를 할 수 있을까. 그렇지 않을 것이다. 어머니라는 생물의 판단 기준은 내 자식을 향한 맹목적인 애정이지 사회적 윤리가 아니다. 후유키가 피해자라면 이 어머니는 정당방위였다고 해도 틀림없이 범인에게 입에 담지 못할 욕을 퍼부을 것이다.

"형사님, 들어보세요. 후유키는 아주 착한 아이였어요."

구니코는 고테가와의 짜증을 아는지 모르는지 지난날을 그리워하듯 미소 지으며 이야기를 시작했다.

"저희 부부 모두 기다리던 아이라서 애가 태어났을 때 둘이 손을 맞잡고 기뻐했어요. 결국 한 명밖에 낳지 못했지만, 저희는 애한테 모든 애정을 쏟아 부었어요. 실컷 어리광을 부리게 하고 갖고 싶어 하는 것도 지갑이 허용하는 한 뭐든 사줬어요. 초등학교 6학년 때까지는 같이 목욕도 하고 한 이불에서 잤다고요."

"초등학교 6학년 때 말입니까?"

"엄마가 자식한테 애정을 쏟는데 나이가 무슨 상관이에요?"

구니코는 말귀를 못 알아듣는 아이를 나무라듯 말했다.

"후유키도 저희 마음을 받아들이며 착한 아이로 컸어요. 제 생일에는 항상 꽃을 한 송이 사서 선물했고요. 제가 남편에 대해 불평을 하면 항상 잘 들어줬고요. 정말 후유키가 없었다면 제가 남편과

결혼 생활을 유지할 수 있었을까 싶어요."

고테가와는 무심코 현관 주변을 둘러봤다. 신발장 위에는 삼십 대의 구니코와 초등학생 남자아이 사진이 세워져 있었다. 벽 쪽을 보면 성장에 맞춰 편집한 사진처럼 구니코와 후유키의 사진들이 놓여 있었다. 사진을 보고 있자니 설명하기 어려운 위화감이 생겨났다. 잠시 이유를 생각하다가 알아냈다. 아버지의 부재였다. 셔터를 누르는 사람이 항상 아버지였다면 사진에 도시히코의 모습이 없는 게 당연했다. 그런데 사진뿐 아니라 집 안에서도 아버지의 냄새가 전혀 나지 않았다.

"그렇게 착한 아이가 아무 이유도 없이 사람을 죽일 리가 없잖아요. 당시 후유키는 진로 문제로 고민하고 있었어요. 머리는 좋은데 학교가 후유키를 제대로 가르치지 못했어요. 그래서 원하는 대학에 갈 수 없는 상황인데, 남편이 재수는 안 된다고 하니까 의견은 더 좁혀지지 않았고…… 여러 가지 일들이 겹쳐서 후유키 머리가 이상해진 거예요. 만약 책임이 있다면 우리 주변 사람들한테 있어요."

구니코의 눈은 이상한 빛을 내뿜었다. 고테가와는 똑같은 눈을 전에도 본 적이 있었다. 세상이 무슨 말을 하든지 자신만 옳다고 믿는 광신자들의 눈이었다.

"그렇다면 더더욱 협조해주시겠습니까? 경찰은 아드님을 노리는 자를 찾아야 합니다. 어머님은 아드님을 지켜야 하고요. 어떻습니까?"

"고테가와 형사님이었나요? 후유키를 체포한 형사님들은 정말 싫지만 형사님은 말이 통하는 분 같네요. 알겠습니다. 그애를 위해 제가 할 수 있는 일은 뭐든 하죠."

구니코는 마침내 경계를 풀었는지 고테가와를 집 안으로 들였다. 복도를 지나 거실로 들어서자 아버지가 없다는 분위기가 더욱 짙어졌다. 순간 고테가와는 젖먹이가 있는 특유의 우유 냄새를 맡은 느낌이 들었다.

"제가 뭘 하면 될까요?"

"아드님이 갈 만한 곳을 말씀해주십시오."

고테가와는 구니코의 눈을 들여다보면서 말했다. 상대의 눈이 진실을 말할지, 허위를 말할지, 와타세의 도움을 바랄 수 없는 지금은 혼자 판단해야 했다.

"오카자키 의료교도소를 출소한 아드님이 대체 어디로 갈지 알고 싶습니다."

"어디로 갈지, 라니…… 무슨 그런 이상한 말씀을 하세요? 그애가 돌아올 곳은 이 집밖에 없어요."

"하지만 집 주변을 저렇게 보도진이 에워싸고 있습니다. 불빛을 보고 날아드는 여름밤의 벌레라고나 할까요. 분명히 아드님도 예상하고 있을 겁니다. 그런 장소에 어슬렁어슬렁 돌아올 수 있을까요?"

질문 방법에 따라 대답은 얼마든지 달라진다. '머리가 좋은' 아들이라면 분명 그런 어리석은 짓은 하지 않는다고 생각하게 만든다. 이제부터는 엄마만 알 수 있는 정보가 나온다.

"그건 그렇네요. 우리 애는 신중하고 조심성이 많아서……."

"네, 집 말고 어디 다른 곳. 아니면 부모님에게 연락할 방법이 따로 있을까요?"

구니코는 하던 말을 멈추고 깊이 생각에 잠겼다.

고테가와가 보기에 구니코는 아직 자식을 자립시키지 못한 어머니였다. 구니코에게 후루사와 후유키라는 인간은 초등학교 6학년에서 성장을 멈춘 것이다. 지나친 애착이 애정을 일그러뜨리고 아들을 보는 눈도 왜곡시키고 있었다. 보통 본가로 돌아가지 못하게 되면 출소자는 회사 동료나 학창 시절의 친구 집, 아니면 교도소 동기 집으로 간다. 그런데 후루사와는 저지른 사건이 사건이니만큼 옛날 친구 집은 생각할 수 없을 것이다. 같은 의료교도소 동기에게 찾아갈 가능성도 별로 없었다. 일반 교도소 이상으로 재소자들 간의 접촉이 적은 시설이기 때문이다.

고테가와는 아직도 반응이 없는 구니코를 지켜보다 더는 참지 못하고 질문을 던졌다.

"아드님과 편지는 주고받았습니까?"

"그럼요. 한 달도 빼먹은 적 없어요."

"아드님의 편지 중에서 친한 친구, 지인에 대해 쓴 대목은 없었습니까? 학교 다닐 때 사귄 친구나 의료교도소에서 알게 된 사람이나."

구니코는 기억을 더듬는 듯했지만 몹시 당황한 표정이었다.

"그런 얘기는 없었던 것 같아요,"

다시 구니코의 눈을 들여다봤지만 거짓말하는 것 같지는 않았다.

고테가와는 낙담했지만 한편으론 찾아가야 할 장소가 적어졌다는 이점은 있었다. 친구, 지인이 적은 후루사와는 역시 집 말고는 갈 데가 없었다. 문 앞에 진을 치고 있는 기자들을 어떻게 뚫느냐가 문제일 뿐이었다.

"아드님을 보호하기 위해 주변을 경계하려고 합니다."

"정말 고마운 말씀이에요."

구니코는 얌전히 머리를 숙였다. 세상의 여느 엄마들과 전혀 다를 것이 없었다. 갑자기 고테가와는 생각했다. 구니코가 아들에게 맹목적인 사랑을 담아서 하는 말과 행동은 절반은 연기가 아닐까. 어머니 자신은 아들이 저지른 죄를 인식하고 있으면서 차마 직시하지는 못하고 현실 도피를 하고 있는 것은 아닐까.

"하지만 고테가와 형사님, 아주 고마우신 말씀인데 그러면 집 앞에서 지키고 있는 사람들과 마찬가지로 텐트 생활을 해야 할 텐데요. 정말 죄송하지만 저희 집에 계시라고도 할 수 없고."

"당일에 감시하고 있으면 되잖습니까? 오카자키 의료교도소에서 출소 예정일을 통지할 텐데요."

구니코는 어안이 벙벙한 채로 말했다. "그런 건 전혀 안 왔어요. 매일 우편함을 보는데요. 교도소에서 그런 통지는 못 받았어요. 그래서 저, 후유키가 언제 돌아올지 전혀 짐작도 안 가요."

후루사와의 집에서 나온 고테가와는 머리가 터질 듯했다. 뭔가 의심스럽고 마음은 초조하기 이를 데 없었다. 와타세의 말에 따르면 후루사와의 가석방 일시는 12월 23일 오전 10시로 정해졌다. 적어도 2주 전에는 후루사와 본가에도 통지가 간다. 그런데 어찌 된 일일까. 생각할 수 있는 이유는 두 가지였다. 첫째, 법무국 실수로 아직 통지가 발송되지 않았다. 둘째, 후루사와 집에 온 통지서를 누군가 채갔다.

고테가와가 보기에는 후자일 가능성이 높았다. 그러면 오노우에가 습격당한 이유도 짐작이 갔다. 오노우에는 한 발짝 떨어진 데서 전체를 바라보는 식으로 취재를 한다. 습격당한 시간, 오노우에는 큰길에서 누군가를 미행하고 있었다. 그자는 모자가 달리고 때가 탄 점퍼에 낡은 청바지을 입었고 발끝이 들린 운동화를 신었으며 노숙자 같은 분위기를 풍겼다. 스에마쓰 피살 사건에서 어른거리던 인물과 같은 차림새였다. 전적으로 상상에 불과하지만 노숙자 분위기를 풍기는 남자, 즉 도마 가쓰오는 후루사와의 집 주변을 어슬렁거리면서 후루사와의 출소 통지서를 채갔다. 이 광경을 목격한 오노우에가 도마 가쓰오를 미행하다가 도리어 당한 게 아닐까. 물적 증거는 전혀 없지만 주변 정황은 딱 맞아떨어졌다. 만약 고테가와의 추측이 맞다면 도마 가쓰오는 후루사와의 출소일을 알고 있다. 바꿔 말하면 23일 오전 10시 이후 이곳에서 감시하고 있으면 후루사와와 대면할 수 있다는 사실을 알고 있다는 의미였다. 후루사와에게는 흉조지만 도마 가쓰오를 잡으려는 고테가와에게는 길조였다. 이쪽도 도마 가쓰오의 계획에 맞춰 행동하면 된다. 그렇다면 어디에 숨어서 도마 가쓰오를 기다릴까. 그런 생각을 하는데 뒤에서 누군가가 말을 걸었다.

"고테가와 군 아닌가."

돌아보자 마쓰도경찰서의 다테와키가 서 있었다.

"수고 많으십니다."

고테가와는 허둥지둥 가볍게 인사했다.

어리석었다. 생각해보면 오노우에를 습격한 자는 아직 체포되지 않았고 후루사와의 출소를 앞두고 현장은 어수선했다. 당연히 다테와키 이외의 마쓰도경찰서 수사관들이 지켜보고 있었을 것이다.

"오늘 와타세 경부는 같이 안 왔나?"

아니나 다를까, 다테와키는 가장 피하고 싶은 질문을 했다. 고테가와가 수사본부에서 제외된 사실을 알면 여기서 내쫓길 것이 빤했다.

"와타세 반장님은 따로 움직이고 계십니다."

"호오, 자네를 혼자 여기로 보낸 건가. 그 정도로 와타세 경부의 신뢰를 받고 있다니."

왠지 비아냥거리는 말투가 거슬렸다. 마치 고테가와가 독자적으로 수사한다는 사실을 다 안다는 말투였다.

그렇다면 이쪽도 가능한 한 다테와키에게 끌어낼 수 있는 정보를 끌어내야 했다.

"오노우에한테서는 아직 무슨 말을 듣지 못했습니까?"

"아직. 의사 말로는 감염증 염려는 없어졌지만 여전히 의식을 회복하지 못하고 있어."

"반장님은 반드시 회복하리라고 단언하셨습니다. 예언이 적중하기를 기원합니다."

"한데 오노우에의 의식이 회복되더라도 얼마나 유익한 증언을 얻을 수 있을지는 의문이야. 녀석은 여기를 당했어."

다테와키가 자신의 후두부를 두드렸다.

"뒤에서 습격을 당했으니까 범인 얼굴을 목격했는지도 의심스러워."

"그래도 개구리 남자를 가장 가까운 거리에서 본 유일한 목격자입니다."

"응, 그래서 내버려둘 수도 없는 노릇이고. 도내에서는 새로운 희생자가 발각되어 난리라는데, 빌어먹을 기자들 때문에 마쓰도경찰서 인력들은 계속 여기 붙들려 있으니, 원."

뭣이?

"몰랐나? 오늘 오전에 국민당 세가와 료스케 의원이 자택에서 누가 보냈는지 모르는 편지를 받았다던데. 개봉했더니 서툰 글씨로 개구리를 어쩌고저쩌고 하는 글이었던 모양이야. 개구리 남자 이야기를 뉴스에서 보고 알고 있던 가족 중 하나가 세타가야구에 신고

해서 간이 감정을 해보았더니 개구리 남자 필적과 같았다는군."

사건은 이러했다. 세타가야구 도도로키에 있는 세가와의 집 우편함을 살펴보는 일은 의원 비서관의 임무였다. 오늘 오전 11시, 우편함에는 편지와 엽서가 도합 일곱 통 있었는데 발신인을 알 수 없는 편지가 한 통 섞여 있었다. 밤중에 넣었는지 우표나 소인도 없었다. 그래서 비서관이 경계하면서 뜯어보았더니 이런 글이 쓰여 있었다.

> 오늘은 자전거로 개구리를 깔아뭉갰다. 한 번 치면 개구리는 내장이 터져서 움직이지 않았지만 재미있어서 계속해서 쳐봤다. 개구리는 점점 납작해져서 마지막에는 종잇장처럼 됐다.

비서의 신고로 세타가야서의 수사관들이 출동해서 필적을 간이 감정한 결과 정말로 일련의 범행성명서와 필적이 동일했다. 세가와 본인이 무탈한 상황임을 확인한 쓰루자키 관리관은 집 주변에 수사관을 배치하고 경찰관 40여 명을 동원해 탐문조사를 실시했다. 사이타마현경과 지바현경의 수사관들이 현지에 파견되어 두 현경 모두 인원 부족에 시달리고 있는 모양이었다.

"그렇게 됐다네. 경시청은 물론 우리나 사이타마현경도 세가와의 집을 주시하고 있어. 와타세 경부가 자네 혼자 이곳에 보낸 데엔 무슨 꿍꿍이가 있다는 생각이 드는구먼. 그런데 수사본부에 있는 형사가 그것도 모르다니."

다테와키는 이쪽 반응을 즐기는 듯했지만 고테가와는 머릿속이

혼란스러워서 죽을 지경이었다. 이름이 '세'로 시작하는 새로운 희생자라니. 그렇다면 도마 가쓰오가 후루사와를 노린다는 것은 오판인 걸까.

망연자실해 있는데 갑자기 어깨에 손을 올려놓았다. "고테가와 군, 대담하게." 힘이 어찌나 센지 손톱이 어깨에 파고들어 고테가와를 놓아주지 않았다. "그렇게 개구리 남자를 잡고 싶나? 사이타마현경과 지바현경뿐 아니라 경시청의 실력 좋은 형사들이 총출동해서 잡으려는 중대 사건의 범인이야. 그런 자를 수사에서 제외된 젊은이가 고군분투해서 잡을 수 있다고 생각하나?"

역시 알고 있었구나.

"녀석은, 도마 가쓰오는 제가 잡아야 합니다."

논리고 나발이고 없었지만 이렇게 대답할 수밖에 없었다. "이전 사건에 관여했기 때문이 아닙니다. 이번 사건과도 이어져 있습니다. 사건을 제 손으로 끝장내지 않으면, 저는⋯⋯."

"와타세 경부도 고생이구만. 자네 같은 애송이 부하를 둬서."

다테와키는 어이없다는 표정으로 어깨에 놓인 손을 거뒀다.

"형사니까 사건에 집중해야겠지만 그렇게 질질 끌려다녀서는 좋을 게 없어."

"비슷한 말을 들었습니다."

"그렇겠지. 와타세 경부가 자네한테 전해주라더군. 가슴만 뜨거우면 된다, 라고."

"전해주라니⋯⋯."

"자네가 여기 오리라는 것도 다 알고 있던 거지. 자네는 아직 와타세 경부 손바닥에 있는 손오공이야."

4

12월 23일, 오카자키 의료교도소. 주변은 초록빛으로 넘치고 별로 높은 건물도 없었다. 하치오지 의료교도소와 마찬가지로 담장은 높지만 형사 시설이라기보다는 의료 시설처럼 보였다.

오전 10시 정각. 형사 시설은 어디든 시간을 엄수한다. 그동안 아무런 움직임도 없던 정면의 대문이 열렸다. 안에서 나타난 사람은 후루사와 후유키였다. 후루사와는 좌우를 둘러봤다. 오카자키 의료교도소 앞은 몹시 살풍경해서 편의점 하나 보이지 않았다. 마중 나온 사람도 없었다. 후루사와는 이내 동쪽으로 걸어갔다. 연못 두 개에 걸쳐 있는 오타니바시 다리로 직진하면 앞에는 메이테쓰 나고야 본선이 달리고 있기 때문에 가장 가까운 메이테쓰역으로 가려는 걸까. 가끔 주머니에서 꺼내보는 종이는 근처 지도였다. 틀림없이 어딘가를 향하고 있었다.

하늘은 무겁고 짙은 잿빛이었다. 햇빛은 두꺼운 구름에 차단돼 있고 산에서 불어오는 바람이 길 위의 마른 잎을 후려쳤다. 당장이라도 울음을 터뜨릴 듯한 하늘인데 이런 상태라면 눈이 올 수도 있었다. 후루사와는 셔츠 한 장 입은 몸을 바르르 떨더니 양어깨를 감쌌다. 출소할 때는 본인이 소지하고 있던 물건을 전부 돌려주는데, 입소할 때는 두꺼운 옷이 필요 없는 시기였던 것이다.

후루사와는 처음 산책을 나온 강아지처럼 주위를 두리번거렸다. 낮은 건물들만 있는 거리이기 때문에 높은 담장이 가로막고 있으면 안에서는 숲만 보였다. 4년간 담과 숲만 보았기 때문에 바깥세상이 몹시 신선하게 다가왔다. 다리 반대편에서 여학생 두 명이 걸어왔다. 둘 다 스마트폰 화면을 들여다보느라 정면에서 오는 후루사와를 전혀 알아채지 못했다. 얼마나 빠져 있는지 스쳐 지나가도 고개조차 들지 않았다. 후루사와는 두 사람이 들고 있던 케이스에 시선을 빼앗겨 멍하니 서 있었다. 그도 그럴 만했다. 후루사와가 의료교도소에 입소했을 때는 스마트폰이 멀리 보급돼 있지 않았다. 후루사와 입장에서는 우라시마 타로 같은 기분이 조금 들었을 것이다.

다리 건너편으로는 파친코 가게와 편의점 간판이 보였다. 오랫동안 바깥세상에 나오지 않았던 입소자라면 그리워했을 풍경이다. 어쩐지 후루사와는 걸음이 빨라진 듯했다. 그런데 다리 옆에 뭔가 이물질이 있었다. 아니, 당연히 물건으로 보일 만했다. 더러워진 점퍼에 낡은 청바지 차림을 한 사람이 보도 가장자리에 웅크리고 앉아 있었다. 점퍼에 달린 모자를 푹 뒤집어쓰고 있었기 때문에 멀리서는 전혀 사람으로 보이지 않았다. 후루사와는 노숙자 같은 인물을 흘낏 봤지만 별 흥미 없다는 모습으로 지나쳤다.

그때였다. 노숙자가 천천히 자리에서 일어났다.

"후루사와 후유키냐?" 모자 속에서 목소리가 튀어나왔다.

일단 앞을 지나쳤던 후루사와는 깜짝 놀라 돌아봤다. 주변에는 두 사람 말고는 아무도 없었다. 다음 순간, 노숙자가 느닷없이 후루사와에게 달려들었다. 허를 찔린 후루사와가 버티지 못하고 길 위로 쓰러졌다.

"뭐, 뭐야."

영문도 모른 채 저항하려고 했지만 노숙자가 올라타자 후루사와는 생각대로 움직일 수 없었다.

"누구야? 왜 이러는 거야?"

후루사와는 대화를 시도했지만 상대는 아무 대답도 없었다.

말 대신에 주머니에서 꺼낸 것은 작은 주사기였다. 내용물은 모르지만 위험한 약물이 들어 있을 것이다. 후루사와도 불길한 상상을 했는지 얼굴색이 싹 변했다.

"뭐야, 그 주사기는. 안 돼. 하지 마!"

노숙자는 자기 무릎으로 후루사와의 왼팔을 누르고 왼손으로는 오른팔을 붙잡고 주삿바늘을 겨냥했다.

그때 10미터 뒤에서 후루사와를 미행하던 고테가와가 있는 힘껏 소리를 질렀다.

"그만 둬, 도마 가쓰오."

노숙자가 이쪽을 돌아봤다. 모자에 가려 얼굴은 안 보였지만 반응이 재빠른 걸로 보아 놀란 모양이었다.

고테가와가 두 사람을 향해 맹렬히 뛰어갔다. 오카자키 의료교도소에서 계속 후루사와를 미행한 이유는 이 순간을 기다렸기 때문이었다. 후루사와의 집을 나온 직후, 고테가와는 생각했다. 만약 자신이 개구리 남자라면 의료교도소에서 출소한 인간을 어느 지점에서 습격할까. 집 앞에는 여전히 기자들이 깔려 있었다. 아무리 도마 가쓰오라도 많은 사람들이 에워싼 장소에서 표적을 습격하진 않는다. 그렇게 해서 단순한 결론에 이르렀다. 돌아갈지 말지도 불확실한 집보다는 교도소 앞에서 기다리는 편이 확실하다. 그래서 이른 아침에 나고야로 와서 의료교도소 앞에서 대기했다. 도마 가쓰오와는 아주 합이 잘 맞는지 이렇게 만날 수 있었다. 절대 놓칠 수 없었다. 8미터, 5미터…… 점점 다가갔지만 노숙자는 후루사와에게서 떨어지지 않았다. 주사기도 여전히 쥐고 있었다.

"도마 가쓰오, 후루사와에게서 떨어져!"

이제 3미터 정도 남았지만 노숙자는 움직이지 않았다. 고테가와는 급히 달려가 노숙자에게 덤벼들었다. 두 사람은 길 위에서 나뒹굴었다. 겨우 몸을 빼낸 후루사와는 용수철처럼 뛰어올라 난간에 기댔다.

"오랜만이다."

고테가와는 길바닥에서 몸싸움을 벌이며 상대에게 말을 건넸다. 도마 가쓰오의 완력은 몸서리치게 잘 알고 있었다. 접근전에서 불리하다는 것도 이미 깨달았다. 당연히 설득이 최선이었다.

"더는, 죄를, 짓지 마라."

하지만 상대는 힘을 전혀 늦추지 않았다. 이번에는 주삿바늘로 고테가와를 찌르려고 휘둘렀다. 멀리서 바라볼 때는 별거 아니었지만 이렇게 눈앞에서 휘두르자 바늘 끝이 심상치 않고 불길해 보였다.

"잊었냐? 나다. 고테가와라고. 같이 사유리 씨 피아노 연주를 들었잖아."

사유리 이름을 대면 조금은 느슨해질 줄 알았는데 너무 안이한 생각이었다. 이야기를 하느라 집중력이 끊긴 틈을 노려 바늘 끝이 왼쪽 손목을 찔렀다. 순간 예전에 도마 가쓰오한테 받은 수많은 폭력들이 떠올랐다. 간단히 팔이 비틀리고 몸이 공중에 떠올랐다. 허공에 내던져지고 구멍이 뚫릴 정도로 배를 걷어차이고 코가 부러졌다. 결국 갈비뼈와 왼쪽 다리가 밟혀 뭉개졌다. 습격당하면서 실탄 세 발을 발사했지만 도마 가쓰오의 폭력은 멈출 기미가 없었다. 그때 죽음을 몇 번이나 생각했던가. 끔찍한 기억은 원초적 공포를 불러일으켰다.

"으아아아악."

위기의 순간, 상대의 오른손을 세게 떨쳐내자 주사기가 튕겨 나갔다. 이제 무기는 제거됐다고 판단한 것이 잘못이었다. 불과 몇 초도 안 되는 사이에 왼손의 감각이 둔해졌다. 힘을 주려고 해도 들어가지 않고 마치 남의 몸 같았다. 빌어먹을, 뭘 주사한 거야. 고테가와가 동요하는 가운데 상대는 나머지 한 손으로 다른 흉기를 준비했다. 수술용 메스. 칼날의 길이는 4센티미터 정도지만 살상 능력은 충분했다.

"그만 둬."

소리를 질렀지만 상대는 무자비하게 메스로 옆구리를 찔렀다. 칼끝이 너무 날카롭기 때문인지 통증은 별로 없지만 무자비하게 복부의 혈관과 조직을 후볐다. 메스를 쥔 손이 이미 피로 물들고 있었다. 자신의 피임을 인식하자마자 공포가 덮쳤다. 이대로 가면 죽는다. 지난 사건에서 죽을 뻔했던 기억이 되살아난다. 이번에도 단독으로 움직인 것을 후회했다. 공포로 인해 고테가와 자신도 모르는 힘을 짜냈다. 아직 마비가 되지 않은 두 다리를 들어 올려 상대방 목을 뒤에서 감았다. 하체의 무게를 이용해서 상대방 몸을 억지로 떼어냈다. 하지만 힘을 줄 때마다 옆구리에서 피가 흘러나오는 것이 느껴졌다.

"사람을, 불러."

후루사와에게 말했지만 정작 당사자는 새파래진 얼굴로 난간에 기대어 있을 뿐 아무 도움도 되지 못했다. 괴력을 쥐어짜냈지만 여기에도 한계가 있었다. 고테가와의 두 다리도 상대를 넘어뜨릴 정도의 힘은 없고 메스에 오른쪽 허벅지도 찔렸다. 푹. 아주 굵은 혈관이 절단된 것이다. 메스가 잘 드는지 통각보다 시각이 먼저 자극을 받았다. 고테가와의 눈앞에서 커다란 핏방울 꽃송이가 피어났다. 대량으로 뿜어 나오는 피와 함께 기력까지 새어나갔다. 주입된

약물 때문인지 왼손은 완전히 기능을 잃었다. 뿐만 아니라, 온몸이 마비되기 시작했다. 두 다리의 힘이 빠지자 상대는 몸을 비틀어 빠져나갔다. 그리고 세 번째 타격을 가하기 위해 메스를 든 팔을 공중으로 치켜들었다. 가슴을 노리고 있었다.

고테가와는 얼마 안 남은 기력을 한 곳에 집중했다. 상대는 후루사와의 얼굴을 보고 있었다. 등 뒤의 기척은 알아차리지 못하고 있었다. 고테가와는 오른쪽 발끝으로 목덜미의 움푹 파인 곳을 걷어찼다. 숨골에 해당하는 곳으로 머리 부위에서는 가장 치명적인 급소다. 과연 효과가 있는지 상대는 갑자기 크게 흔들리며 옆으로 쓰러졌다. 하지만 고테가와의 저항도 한계에 이르렀다. 상대가 일어나면 이번에야말로 죽는다. 고테가와는 상체도 일으킬 수 없었다. 뜻대로 움직이지 않는 몸으로 볼썽사납게 버둥거리는데 상대가 천천히 일어났다. 다 틀렸구나. 시야도 흐릿해지기 시작했을 때였다. 상대 뒤로 사람 그림자가 불쑥 나타났다.

"거기까지다."

절대 잘못 들을 리가 없는 탁한 목소리. 와타세는 나이에 어울리지 않는 민첩함을 발휘해 도마 가쓰오 손에 들려 있던 메스를 쳐서 떨어뜨리더니 순식간에 상대를 제압했다.

"제압했다."

그러자 수사관들이 우르르 몰려들었다. 왜 이렇게 늦게 온 거야. 이윽고 와타세 얼굴이 시야에 가득 찼다.

"누가 지혈 좀 해줘라. 혈기 왕성한 남자라서 그런지 출혈이 장난이 아니군."

와타세의 말에 한 사람이 응급처치를 하러 왔다.

"못 일어날 것 같은데."

"뭔가 주사를 맞았습니다."

"녀석 주머니에 있었어."

와타세는 눈앞에 빈 앰플을 들어 올렸다.

"근육이완제야. 많이 맞지는 않았지만 한동안은 움직이지 못한다고 봐야지. 다행히 의료교도소가 코앞에 있어. 정말 복도 많은 녀석이야."

"언제부터 우리를 미행했습니까?"

"네가 의료교도소에 도착하기 한 시간 전부터. 제법 많은 인원이 사방에 흩어져서 너하고 거리를 두고 있었어."

들으면서 부끄러워졌다. 사실 고테가와가 생각해낼 만한 것을 와타세가 생각하지 못할 리 없었다.

"……불평 좀 해도 되겠습니까?"

"네가 개구리 남자와 격투하고 있던 시간은 불과 수십 초였다."

그렇게 짧았구나.

"상대가 상대라서 뭔가 무기를 소지하고 있으리라는 예상은 했고. 그래서 거리를 뒀던 거지."

예상도 못 하고 무작정 육탄전을 시도한 자신이 어리석었다는 걸까. 얼굴을 잔뜩 찌푸린 와타세가 경솔한 행동을 나무라는 것처럼 보였다.

"도마 가쓰오한테 데리고 가주십시오."

와타세의 미간에 주름이 생겼다.

"대면을 안 시켜주면 체면이 안 서나?"

"이건, 제 일입니다."

와타세는 콧방귀를 뀌더니 고테가와를 안아 일으켜 포박된 개구리 남자에게 데려갔다. 개구리 남자는 모자를 뒤집어쓴 채 힘없이 고개를 떨어뜨리고 있었지만, 고테가와와 와타세가 다가가자 천천히 이쪽을 보았다.

"모자 벗겨."

와타세의 말에 수사관 한 명이 모자를 들어올렸다.

고테가와는 할 말을 잃었다.

세상 사람들이 제2의 개구리 남자라며 무서워했던 인물은 아주 불만스러워 보였다.

"꽤나 난폭한 짓을 해줬군."

오마에자키 무네타카 교수가 고테가와를 노려보고 있었다.

고테가와가 개구리 남자, 즉 오마에자키와 다시 대면한 곳은 현 경본부 취조실이었다. 적절한 응급처치와 실려 갔던 의료교도소의 조치 덕에 복부와 오른쪽 허벅지의 부상도 고비를 넘겼고 근육이 완제 효과도 시간이 지나면서 진정되었다. 담당 의사는 정말 놀라운 회복력이라며 어이없어했다고 한다. 지금 고테가와는 와타세와 함께 오마에자키와 대치하고 있었다. 묻고 싶은 것은 산더미지만 취조는 와타세가 맡고 있었다.

"형사님과는 또 이렇게 만날 줄 알았습니다."

유치장에서 하룻밤을 보낸 오마에자키는 여유가 생겼는지 잡담하듯 말을 건넸다. 이에 반해 와타세는 무뚝뚝한 얼굴로 응대했다.

"잡힐 줄 예상하셨습니까?"

"개구리 남자로 범행을 계속하다 보면 반드시 형사님이 나설 테니까요. 형사님의 뛰어난 실력은 제가 가장 잘 압니다."

"도망치실 생각은 없었습니까?"

"최종 목표는 후루사와 후유키였죠."

오마에자키는 왠지 자랑스러워하는 것 같았다.

"제 딸과 손녀를 무참히 잃고 피눈물을 흘린 것은 형사님께 말했던 대로입니다. 지난 사건에서는 에토 변호사를 처리했지만 두 사람의 원한이 풀릴 리가 있겠습니까? 후루사와 후유키를 땅에 묻어버릴 수만 있다면 나중 일은 어떻게 되든 상관없습니다. 어차피 저는 이미 죽은 사람 아닌가요?"

"저희는 일단 그것에 속았습니다."

와타세는 화난 기색을 숨기려고도 하지 않았다.

"교수님 집이 절반쯤 파괴됐습니다. 벽과 천장 등에 부착된 살점과 뼛조각에서 채취된 혈액과 모발, 그리고 DNA는 집에 남아 있던 교수님의 지문, 모발과 일치했습니다. 교수님 연구실에서 채취한 것도 마찬가지였고요. 더구나 조호쿠대학 부속병원에 보관된 혈액 샘플과도 완전히 일치했습니다. 현장 커피 잔에는 교수님과 도마 가쓰오의 지문이 남아 있었고. 이만큼 상황 증거가 갖춰지면 누구나 도마 가쓰오가 오마에자키 교수님을 폭사시키고 도주했다고 믿겠죠. 얼굴 없는 시신이 있으면 맨 먼저 본인인지 아닌지를 확인하지만 교수님은 우리 과학수사 기술을 역으로 이용해서 사건 무대에서 자신을 지우는 데 성공했습니다."

"어떤 공작을 했는지 알겠습니까?"

"말할 것도 없습니다. 교수님은 대역을 세웠습니다."

와타세는 갑자기 공허한 눈을 했다.

"미키모토 헤이시치로라는 노인이 조호쿠대학 부속병원에 입원해 있었습니다. 교수님이 주치의이고 상당히 회복됐다면서 퇴원시켰고요. 나이와 외양이 교수님과 매우 닮은 노인이었습니다."

"호오. 그 사람을 주시하고 있었군요."

"의지할 데 없는 노인이었으니까 교수님 의도에 꼭 들어맞는 사람이었습니다. 미키모토 노인은 퇴원해서 자기 집이 아닌 교수님 집으로 갔습니다. 노인을 데리고 갈 구실은 얼마든지 있었죠. 교수님 자신은 거의 연구소에 있기 때문에 집에 편하게 있어도 된다, 만약 몸에 이상이 생겨도 교수님 집에서 살면 바로 병원에서 조치한다고요. 조건은 단 하나, 밖으로 나가 이웃들 눈에 띄는 일이 없을 것⋯⋯. 의지할 데 없는 노인에게 더할 나위 없는 호의로 보였겠죠. 그렇게 그 집에 한동안 살았다면 당연히 집에 미키모토 노인의 지문과 모발이 남아 있을 테고요. 더구나 부속병원에 보관돼 있던 혈액 샘플도 교수님이라면 손쉽게 미키모토 노인의 혈액과 바꿔치기 할 수 있었습니다. 가끔 집에 가서 노인의 모발과 지문이 부착된 물건을 연구실로 옮겨놓았고요. 물론 미리 교수님 자신의 잔류물을 회수하는 수고는 필요하지만 별로 어려운 일은 아닙니다. 그렇게 교수님의 연구실과 집은 미키모토 노인의 잔류물로 가득 찼습니다. 그래서 교수님 집에서 폭발이 일어나고 실내에 살점이 흩어져 있었을 때 유일하게 살해된 사람이 오마에자키 교수라는 점을 의심하지 않았습니다. 미키모토 노인의 집에서 채취한 잔류물, 그리고 교수님에게서 채취한 혈액과 모발로 모두 증명됩니다."

고테가와는 와타세가 추리한 이야기를 처음 들었기 때문에 깜짝 놀랐다. 그렇게 오래전부터 계획을 세워 실행하고 있었던 걸까.

"미키모토 노인만이 아닙니다. 교수님은 도마 가쓰오도 태연하게 이용했습니다. 도마 가쓰오가 교수님을 찾아간 날은 아마 폭발이 있던 11월 16일 이전일 겁니다. 교수님은 최종 표적인 후루사와를 죽이기 전에는 잡힐 수 없었습니다. 그래서 오마에자키 무네타카의 존재를 지움과 동시에 도마 가쓰오를 개구리 남자로 활약하게 할 필요가 있었고요. 집에 도마 가쓰오의 지문이 묻은 커피 잔을 남겨둔 것도 위장 공작 중의 하나였습니다."

"그것도 증거가 없다면야. 살인 현장에 남아 있던 범행성명서는 모두 도마 가쓰오의 글씨로 쓰였잖습니까."

"도마 가쓰오의 시신은 오늘 아침 발견됐습니다."

와타세의 목소리는 더 낮아졌다.

"폭파된 교수님 집의 바닥을 파고 샅샅이 살폈습니다. 폭파되지 않은 침실 밑에서 시신을 발견했죠. 외상은 보이지 않는 걸로 봐서 아마 독살당했을 겁니다. 살인이 벌어진 현장 바로 밑에 다른 시체가 묻혀 있다는 생각은 아무도 못 하죠. 역시 맹점이었습니다."

고테가와는 자기도 모르게 주먹을 꽉 쥐었다. 도마 가쓰오의 시신이 발견됐을 때 받은 충격은 아직도 잊을 수 없었다. 분노와 상실감, 왠지 모를 안도 비슷한 감정이 일제히 밀려와서 한동안 말이 나오지 않았다.

"그렇습니다. 저는 맹점을 최대한 이용했습니다. 그런데 형사님은 잘도 간파하셨군요."

"수사를 하던 도중에 교수님을 의심하기 시작했습니다. 그리고 도마 가쓰오가 아니라 오마에자키 교수님 입장에서 생각하면서 교수님이라면 분명히 이렇게 할 거라고 추측한 겁니다."

"흠, 그럼 나중에 일어난 살인 사건도 추측할 수 있었습니까?"

"다 살인 사건은 아니었습니다. 마지막 스에마쓰는 살해당했지만 나머지는 전혀 상관이 없었습니다. '야시마 프린트'에서 사토 나오히사가 용해된 것은 단순 사고였습니다. 간다역에서 시호미 준이 선로에 뛰어든 일 역시 그냥 자살입니다. 교수님은 단순한 사고와 자살도 적절히 이용했습니다. 방법은 어이없을 정도로 간단했죠. 시체가 발견된 장소에 개구리 남자의 범행성명서를 놓아둔다. 당연히 경찰과 세상은 개구리 남자의 범행이라고 생각하겠지요."

"왜 제가 그런 성가신 짓을 합니까?"

"스에마쓰를 살해한 시점에서 범인은 후루사와 사건의 관계자라는 점이 바로 드러납니다. 원한을 품은 사람은 후루사와에게 살해된 여성의 남편인 고히루이 씨와 교수님뿐이죠. 일단 의심을 사면 세워둔 계획이 드러날 염려가 있습니다. 그래서 교수님은 지난번과 마찬가지로 이름이 '사'행으로 시작하는 50음순 연쇄 살인 사건을 연출해서 살인 동기를 숨기려고 애썼습니다. 덧붙이면 국민당 세가와 의원 앞으로 협박조의 범행성명서를 보낸 것도 마찬가지입니다. 이 경우는 가장 중요한 후루사와 후유키를 습격하기 위해 시선을 엉뚱한 데로 돌리려는 의도가 개입돼 있었습니다만, 도마 가쓰오의 일기 원본은 교수님이 가지고 있습니다. 교수님은 도마 가쓰오의 일기를 모두 스캔한 다음 프로그램에 기억시킨 그의 필체로 범행성명서를 작성했습니다. 현장에 가져다놓는 범행성명문은 출력한 것을 다시 복사한 것이기 때문에 필적은 도마 가쓰오 것이라도 데이터상에서 작성했다는 생각은 안 하죠. 교수님이 입고 있던 옷에 숨겨놓았던 USB메모리는 현재 감식반에서 분석 중인데 틀림없이 보물이 무진장 담겨 있을 겁니다."

"물증을 빼앗겼으니 어쩔 도리가 없군요. 와타세 형사님이 지적한 대로입니다. 도마 가쓰오의 필적으로 성명서를 작성하는 일은 어렵지 않았습니다. 최근에는 그런 작업을 하는 데 적합한 대여 사무실이 늘어났으니까요. 말쑥한 옷을 챙겨 입고 들어가면 아무도 의심하지 않았습니다."

"사토 나오히사와 시호미 준의 경우 사건이 보도된 다음에 범행 성명서가 발견됐습니다. 도쿄도만 따져도 하루에 발생하는 사건사고나 자살은 엄청나게 많습니다. 교수님은 피해자나 자살자의 이름이 '사'나 '시'로 시작하는 사람을 검색해서 현장에 범행성명서를 놔두기만 하면 됩니다. 단순하죠. 최소의 노력으로 최대의 효과를 거둔다. 정말 교수님 정도 돼야 생각해낼 만한 방법입니다."

"어떻게 그런 추리를 하게 됐는지 궁금하군요."

"스에마쓰의 경우는 피살일 수밖에 없지만 다른 두 건은 단순한 사고나 자살입니다. 범행성명서가 있어서 사고나 자살로 보이지 않는데, 역으로 도마 가쓰오가 아닌 다른 사람이 범행성명서를 위조했다면 얘기가 달라집니다."

"맞는 말씀이군요. 그런데 와타세 형사님. 그 단계에서는 도마 가쓰오가 아직 살아 있을 가능성을 부정하지 못했을 텐데요."

"오마에자키 교수님 집에서 죽은 사람은 교수님일 수밖에 없지만…… 이건 처음부터 의심하고 있었습니다. 의혹이 명확히 풀리지 않는 한 도마 가쓰오가 살아 있다는 확신은 하지 못했습니다."

오마에자키의 얼굴에 처음으로 의심의 빛이 떠올랐다. "초기부터 저를 의심한 이유는 뭡니까?"

"잊으셨습니까, 오마에자키 교수님. 교수님은 2년 전에 강연 차 한노시에 가셨을 때 갑자기 치통을 앓아서 사와이 치과로 뛰어가셨습니다. 거기서 에토 변호사와 만나게 됐는데 그때 치료하면서 임플란트를 심었죠. 이것은 사와이 치과에 보관된 진료기록카드에서 알았습니다. 그래서 이상하다고 생각한 겁니다. 폭파 현장에서 임플란트는 한 조각도 회수하지 못했으니까요."

오마에자키는 앗, 하고 작은 신음을 내뱉었다.

"하나 더. 스에마쓰는 목재분쇄기에 신체가 파쇄됐습니다만, 보통 그런 기계에는 사고를 방지하기 위해 안전장치가 갖추어져 있습니다. 물론 기계 옆면에 붙은 주의사항을 읽으면 되지만 도마 가쓰오는 한자를 못 읽거든요. 전원 스위치와 시동 버튼은 비전문가도 알 수 있을 정도로 단순하지만 주의사항을 읽지 못하면 파쇄기를 구동할 수가 없습니다."

"그걸로 끝입니까?"

"일단은."

"백점을 주죠, 와타세 형사님. 나름대로 치밀한 계획이라고 생각했지만 군데군데 구멍이 드러난 모양입니다. 깨끗이 패배를 인정하죠. 후루사와 후유키를 죽이지 못해 몹시 화가 나지만, 아무런 잘못도 없는 모녀를 잔인하게 죽인 짐승을 사회가 받아들여줄 리 없다고 생각하고 기대해봅니다."

오마에자키는 비아냥거리는 미소를 지으며 말했다. 하지만 고테가와에게는 분해서 하는 소리로만 들렸다. 지위와 명예를 누리던 남자가 부릴 수 있는 최소한의 허세일 터였다.

"원래는 무죄판결을 내린 판사 세 사람도 죽이고 싶었습니다. 그래야 제 복수가 완결됐을 겁니다."

"후루사와에게 무죄판결을 내린 관계자 전원을 두 사람의 제단에 받칠 생각이었습니까?"

"당연하죠. 죄 없는 모녀를 참살한 짐승을 허술한 법리를 적용해 살아남게 하고, 자신은 고상한 인물인 양 행세했습니다. 누구든 그에 상응하는 대가를 치러야 합니다."

오마에자키는 오만하게 단언했다. 고테가와는 설령 일본의 법률이나 수많은 판사를 등지더라도 이 노인의 정의는 절대 바꿀 수 없다고 생각했다.

"그런데 와타세 형사님. 다시 묻는데 대체 언제부터 저를 의심한 겁니까?"

"'심연을 엿보는 자는 심연에서도 엿보고 있다.'"

"뭐라고요?"

"돼먹지 못한 경찰관이 별 생각 없이 내뱉은 말입니다만, 힌트가 됐습니다."

"대체 뭔 소린지."

"오마에자키 교수님. 이번 사건, 교수님 혼자 계획을 세웠다고 믿으시는 것 같은데 정말 그럴까요?"

"대체 뭔 소리를 하는 건지……."

"생각해보십시오, 교수님. 사유리를 이용한 지난 사건에서 교수 님은 본인 손을 전혀 더럽히지 않았습니다. 정말 근사하고 몹시 기분 나쁜 솜씨였습니다. 그런데 이번에는 미키모토 노인과 도마 가쓰오, 그리고 스에마쓰 겐조, 이 세 사람에게 직접 손을 댔습니 다. 장기 말이었던 사유리가 하치오지 의료교도소에 수용돼 있긴 했지만, 도마 가쓰오를 다시 장기 말로 사용하는 방법도 있었을 겁니다. 그런데 교수님은 굳이 자신의 손을 더럽혔습니다. 이전의 교수님에게는 어울리지 않는 방법이죠. 방법을 바꾼 이유가 대체 뭘까요?"

질문을 받은 오마에자키는 심히 당혹스러운 모습이었다.

"오마에자키 교수님, 교수님은 이전에 외상재체험 요법을 이용 해서 사유리의 광기를 끌어냈습니다. 정신장애의 원인이 된 일을 최면 상태에서 다시 체험하게 하는 위험한 치료법이죠. 아니나 다 를까 사유리는 멋지게 향락살인자로 돌아갔습니다만…… 그때 시술자였던 교수님 본인도 사유리의 영향을 받지 않았습니까? 그런 요법을 되풀이하면 환자와 의사 사이에 공통 환상이 생겨납니다. 의학적으로는 역전이(逆轉移)라고 불리는 것 같더군요. 어떤 요법을 실시하는 가운데 과거의 정서적 유대나 인간관계가 재현되는 것이 전이. 환자의 전이에 촉발되어 시술자의 이면에 숨은 인간관계가 재현되는 것이 역전이, 인가요?"

오마에자키의 얼굴빛이 바뀌었다.

"그런…… 말도 안 되는 소리를."

"말이 안 되지 않습니다. 교수님이 약 이십 년 전에 발표한 〈외상재체험 테라피 비판〉에서 과거에 그러한 실례가 있었다고 기술하고 있지 않습니까? 사유리의 내면에서 괴물이 눈뜬 순간, 교수님 내면에도 괴물이 침입했다고 생각할 수 있지 않습니까?"

오마에자키는 얼굴빛이 바뀐 채로 기억을 떠올리는 듯했다.

"뭔가 짐작 가는 것이 있는 것 같군요."

"……테라피를 시술하는 도중에 그 여자가 끊임없이 중얼거렸습니다. 자신이 본래의 목적인 친자 살인을 실행하면 다음은 어떻게 되냐고. 또 계획을 도중에 멈추면 어떻게 되냐고."

"교수님은 사유리 안에서 잠자던 살인 충동을 무리하게 두들겨 깨웠습니다. 그때 교수님 정신에도 살인 충동이 전이된 겁니다. 물론 아마추어의 생각입니다만, 이게 아니라면 교수님이 피에 굶주린 짐승처럼 행동한 사실을 설명하지 못하거든요. 바꿔 말하면 교수님이 사유리를 조종했듯이 사유리도 교수님을 조종한 겁니다."

갑자기 오마에자키는 크게 웃기 시작했다.

"이거 걸작이군. 내가 조종당했다? 그 여자한테? 전에도 말했지만 베테랑 경찰관의 과대망상이 그런대로 경청할 만하군요. 하하,

유쾌해. 정말 유쾌해."

"하긴 망상일 수도 있겠군요. 그런데 교수님이 직접 손에 피를 묻힌 것은 틀림없는 현실입니다."

와타세는 상대방의 목을 조이는 듯한 목소리로 말했다. 오마에자키의 웃음이 차츰 잦아들었다.

"교수님은 기소 전에 정신감정을 받을 가능성이 있습니다만, 미숙한 의사의 질문에 대답하기 전에 교수님 자신이 자가진단을 해보면 어떻겠습니까? 혼자 방에 있으면 시간이 남아돌죠. 지루하지 않을 겁니다."

인과응보란 이런 것이다. 고테가와는 기분이 상쾌했지만 또 한편으론 안타까움을 느끼며 두 남자를 바라봤다. 이번엔 와타세가 완승을 거둔 듯했다. 이윽고 오마에자키는 어두운 눈으로 와타세를 들여다보았다.

"방금 갑자기 생각났는데……."

"뭡니까?"

"저는 외상재체험 요법을 통해 에토 변호사의 사망 이후에 일어날 살인도 사유리의 잠재의식에 심어두었습니다. 여자가 체포되면서 일단 중단됐지만 그런 사유리가 담장 밖으로 뛰쳐나가면 대체 어떤 짓을 벌일까 궁금하군요."

이번에는 와타세가 입을 다물 차례였다. 오마에자키는 아주 언짢은 표정을 한 와타세의 얼굴을 보며 소리 죽여 웃기 시작했다. 취조실은 점차 오마에자키의 비웃음으로 가득 찼다.

5

"마스터, 한 잔 더."

후루사와가 주문하자 금방 작은 술잔에 술이 가득 찼다. 4년 동안 한 방울도 마시지 않았더니 작은 술잔 하나를 기울였을 뿐인데 벌써 만취 상태에 이르렀다. 오늘이 크리스마스이브여서 더 기분이 들떴다. 나고야시 나카구 니시키 3가. 처음 들어간 가게지만 익숙해지는 데 3분도 걸리지 않았다.

오마에자키 무네타카에게 습격당했을 때는 당황해서 허둥거렸지만 자신을 미행하던 형사들 덕분에 목숨을 건졌다. 이전 모녀 살인 때도 그렇고 일본의 사법은 철저히 후루사와를 위해 굴러가는 모양이었다. 여하튼 산뜻한 새 출발이고, 오늘은 크리스마스이브였다. 자신을 구해준 고테가와라는 형사는 분명히 산타의 선물이었다. 후루사와 후유키의 미래를 위해 건배, 고테가와 형사의 분투에 건배.

후루사와는 눈앞에 놓인 잔에 든 술을 입안에 털어 넣었다. 뜨거운 액체가 목구멍을 기분 좋게 태웠다. 당장 쓸 생활비는 있었다. 의료교도소에 어머니가 면회를 왔을 때 넣어준 현금을 모아두었다. 가석방한 전과자의 갱생을 도와줄 보호관찰사도 소개받았다. 세상 사람들은 마쓰도시 모녀 사건은 알아도 당시 17세였던 후루사와의 이름은 모를 터였다. 의료교도소에서 배운 대로 예의 바르게 행동하면 별 어려움 없이 직장도 구할 것이다. 누가 뭐라고 해도 세상은 후루사와의 형편에 맞게 만들어져 있었다.

"마스터, 이것도 더 줘요."

기분 좋은 목소리가 들렸다. 바로 옆에 앉은 여자의 목소리였다.

후루사와는 조금 전부터 여자의 옆얼굴을 살펴보고 있었다. 이목구비가 또렷한 고혹적인 여자였다. 자신보다 분명히 연상이지만 이 정도면 충분히 커버할 수 있다.

여자와 갑자기 눈이 마주쳤다.

"자기, 여기 사람?"

"아니요, 왜요?"

"말에 사투리가 없어서."

"아아, 난 원래 간토 사람이라서."

"어디?"

"지바."

"아아, 난 사이타마. 이웃이네. 난 사유리, 반가워."

예쁘기보다는 귀여운 여자로, 이야기하는 것을 좋아하는 것 같았다. 분명히 남자를 유혹하고 있었다. 여자의 유혹에 응하지 않는 것은 남자의 수치라고 의료교도소에 들어가기 전부터 알던 선배들에게 배웠다.

니시키 3가는 남자의 욕망에 부응하는 장소로, 스낵바가 늘어서 있는 바로 길 건너편에는 유흥업소가 즐비했다. 이미 암묵적으로 인지하고 있었는지 후루사와가 사유리의 팔을 잡고 그쪽으로 걸어가도 별다른 저항은 없었다. 설레는 기분을 억누르면서 러브호텔 문에 들어섰을 때 후루사와의 마음은 하반신과 함께 갑자기 하늘로 솟구치는 듯했다. 맛있는 술과 섹시한 여자. 출소를 축하하는 데 이보다 더 끝내주는 밤은 없다. 흥분 반, 꿈꾸는 기분 반으로, 이윽고 방으로 들어갔다. 오늘 밤 사유리는 어떤 쾌락을 안겨줄까.

"먼저 씻을게."

후루사와에게 '노'란 있을 수 없었다. 옷을 벗기 시작한 사유리를 바라보는데 여자가 부드럽게 나무랐다.

"잠깐 저쪽 좀 보고 있어."

어차피 몇 분 후에는 발가벗고 죄다 드러내게 된다. 후루사와는 기꺼이 등을 돌렸다.

"그대로 들어. 당신이라면 어느 쪽을 고를지."

"뭘?"

"당신은 지옥이 좋아? 아니면 천국이 좋아?"

"그야 당연히 천국이지."

"크리스마스이브니까 당신 바람을 들어줄게."

두근거리는 가슴을 느끼며 뒤를 돌아봤다.

사유리가 치켜든 예리한 칼이 실내등 불빛에 번득이고 있었다.

〈끝〉

연쇄 살인마
개구리 남자의 귀환

초판 1쇄 발행 2019년 1월 25일
초판 5쇄 발행 2022년 12월 1일

지은이 나카야마 시치리
옮긴이 김윤수
펴낸이 신경렬

상무 강용구
기획편집부 최장욱
마케팅 박수진
디자인 박현경
경영기획 김정숙 김태희
제작 유수경

펴낸곳 (주)더난콘텐츠그룹
출판등록 2011년 6월 2일 제2011-000158호
주소 04043 서울시 마포구 양화로12길 16, 7층(서교동, 더난빌딩)
전화 (02)325-2525 | **팩스** (02)325-9007
이메일 longest@thenanbiz.com | **홈페이지** www.thenanbiz.com

ISBN 979-11-5879-105-6 03830